魅丽文化 飞言情工作室

指尖温热

Warm fingertips

遇时 著

江苏凤凰文艺出版社
JIANGSU PHOENIX LITERATURE AND ART PUBLISHING

图书在版编目（CIP）数据

指尖温热 / 遇时著 . -- 南京 : 江苏凤凰文艺出版社，2023.3
ISBN 978-7-5594-7433-9

Ⅰ. ①指… Ⅱ. ①遇… Ⅲ. ①长篇小说－中国－当代
Ⅳ. ① I247.5

中国版本图书馆 CIP 数据核字 (2022) 第 255497 号

指尖温热

遇时 著

责任编辑　张　倩
出版统筹　曾英姿
特约编辑　何　进
封面设计　殷　舍
插画绘图　王点点
出版发行　江苏凤凰文艺出版社
　　　　　南京市中央路 165 号，邮编：210009
网　　址　http://www.jswenyi.com
印　　刷　湖南天闻新华印务有限公司
开　　本　880mm × 1230mm　1/32
印　　张　10
字　　数　279 千字
版　　次　2023 年 3 月第 1 版
印　　次　2023 年 3 月第 1 次印刷
书　　号　ISBN 978-7-5594-7433-9
定　　价　45.00 元

目录

C O N T E N T S

第一章
回国

华灯初上，余晖落下。天边还有一大片浅灰色的云，偶尔透出几丝光亮。盛夏的夜晚总是来得比较迟。

八月的夜晚燥热得很，偶尔吹来的几缕清风也缓解不了炎热。

沈温庭刚下飞机，他扫了一眼天边，解开了手腕上的衣袖扣子，露出一小截手腕。

白霄吩咐了人处理托运行李，这才上车。

上车后，白霄看了一眼白景发来的消息，回头看向沈温庭：“沈总，沈太太现在正在酒吧。我们是先回家还是去酒吧？”

“酒吧。”

沈温庭闭上眼，困倦得很。回国前一晚着了凉，而后又坐了十几个小时的飞机，饶是他身体好，此刻也有些受不住，脑袋昏昏沉沉。

白霄点头，启动车子。这会儿已经过了下班高峰期，一路畅通无阻，不到半个小时就到了酒吧。

一进门，便听到震耳欲聋的鼓点，嘈杂的音乐声此起彼伏。

大厅的灯光迷离闪烁，舞池中的人尽情地摆动着身体，空气中弥漫着烟酒的味道。

沈温庭觉得头更疼了：“太太在哪儿？”

白霄扫了一眼舞池，看向一处角落，道：“应该在那边。”

闻意喜欢来酒吧玩，却不喜欢跳舞，她更喜欢安静地在一旁喝酒。

沈温庭闻言，抬腿走去，目光粗略地环视一圈，眉头微微皱起。

比起舞池，这边的光线暗了很多。偶尔有几道明晃晃的灯光落在他们脸上，也不过是稍纵即逝。

“闻意，你输了。”这时从角落里传来一道戏谑的男声。

沈温庭循声看去，隐约看到一个女人的身影。她安静地坐在那儿，曲线优美，面容隐在微暗的灯光下。舞池中忽有一道深蓝色的灯光扫了过来，落在她的脸上，映照出她精致的面容。

“大冒险吧。”闻意道，打了个哈欠。

“行。”顾方原开了灯，从一沓卡牌里面抽了一张。

他们所在的地方是个半开放小空间，弧形的座椅围出了一小块地方，每个座位的顶上都悬着两盏不算明亮的灯。

“选择在场的一位男性约会一天。”顾方原照着卡上的字念出来，抬眼看向闻意，“我呢，闻大小姐自然是看不上的，不如……”

顾方原顿了一下，目光落在一旁的宋致身上：“宋致怎么样？”

白霄这才注意到，顾方原旁边还有一个男人，脸蛋白白净净，看上去年纪不大。

宋致突然被点名，涨红了脸：“我、我……”

一旁的艾思言看不下去了，狠狠地翻了一个白眼：“做你们这里的调酒师也是惨，时不时就被老板推出来陪客人喝酒。”

宋致是酒吧新来的调酒师，年龄不大，刚上研究生，性子内敛文静，一张脸倒是长得不错。今天艾思言过生日，顾方原便顺道拉着宋致一起过来玩，权当助兴。

顾方原耸了耸肩，吊儿郎当地说：“怎么能说是惨呢，能和咱们闻意大美女约会可是荣幸。”

闻意懒懒抬眼，扫了一眼宋致，有些心不在焉。

没等她回答，宋致已经轻声开口，干干净净的脸上带着几分羞涩：“闻小姐如果不嫌弃的话，我、我愿意。”

闻意回了神：“约会吗？”

她在自问，宋致却以为她在问他，当下喜上眉梢：“那……闻小姐是单身吗？”

他来这里两个月了，虽然只见过闻意两三次，但他对闻意一见钟情，闻意不常来，他至今都没有要到连联系方式。今天好不容易有个机会，他不想放弃。

男朋友没有，一年到头不回家的老公倒是有一个。

最近半个月，沈温庭像是人间蒸发了一样，微信不回，打电话也没人接，弄得闻意无比烦躁。

虽然他们的婚姻名存实亡，但是半个月没有任何一点消息，着实让闻意气得很。联系不上的老公，跟没有有什么区别？

想到这里，闻意端着酒抿了一口，暖色灯光下，她挑了挑眉：“我单身。”

白霄下意识地朝沈温庭看去，小心翼翼地问了一句：“沈总，要不要……”

沈温庭面色淡淡，像是未曾听到一样，道：“回去。”

白霄怔了一下，道：“就留太太在这里？”

沈温庭收回视线，声音低沉：“嗯。”

他的背影挺拔如竹，和这喧嚣的酒吧显得格格不入。他气质清冷高傲，却又散发出震慑人心的强大气场。

闻意似是有所察觉，朝着沈温庭的方向看了一眼。舞池中央人影攒动，偶尔有几个男人走过，她定睛看了看，又没什么兴趣地收回了目光。

“意宝贝，你在看什么？”旁边的艾思言问了一句。

闻意讪讪道：“我刚才一晃眼觉得看到了沈温庭。”

“啊？”

“是不是太久没见，所以思念成疾了？”闻意自问自答，“可我也没想他。”

就是最近一直联系不上他，她有些烦躁。

艾思言想了想，道：“可能是你一做坏事就心虚的缘故？”

闻意看向她，翻了一个白眼：“你想多了，我为什么要心虚？”

沈温庭都敢玩人间蒸发了，她偶尔泡泡酒吧算什么。再说了，指不定沈温庭这会儿在国外玩得比她还要欢呢。

艾思言十分笃定地说道：“因为你是‘夫管严’。”

闻意微笑：“吃你的东西，少说话。”

“怎么了，闻小姐？”旁边的宋致小心翼翼地问了一句，生怕惹得闻意不高兴。

闻意摇头，扫了一眼面前奶油小生一般的宋致，想了想，还是实诚地说道：“没什么，刚才醉意上头，说了谎。”

宋致不明所以：“什么？”

闻意解开脖子上戴着的项链，亮出上面系着的戒指，说：“很抱歉，我已婚，这局我自罚三杯。”

宋致的脸色顿时惨白下去。他很清楚闻意是有钱人家的大小姐，如果她结婚，丈夫必定是优秀的人。

宋致呆滞地看了闻意几秒，才赶忙道：“我、我知道了。闻小姐，我先去忙了。”

他步伐慌乱，起身时还撞到了桌角。

顾方原看了宋致的背影几秒，笑道：“闻意，你的魅力还挺大，这才见了几次，就勾走了他的心。”

他也是个男人，一看便知道，这新招来的小酒保啊，定力不行。

闻意往后靠了靠，道：“顾方原，不是你把他喊来的吗？这锅我可不背。”

“行，我的错，不过酒你还是得喝。”顾方原给闻意的酒杯满上，瞥了她一眼，道，“话说回来，闻意，你家那位远在国外，你怕什么？”

闻意瞧了一眼顾方原，眼神鄙夷：“你懂什么？”

顾方原投降：“是不懂。”

他只懂沈温庭和闻意两人并不相爱，偏偏两人也不拈花惹草，对外做足了恩爱夫妻的模样。

“原哥！”有人喊了一声。

“马上来。”顾方原应了一声，起身丢下一句，“记得三杯全喝了，艾思言，你给我监督好。别心疼酒，今天我请客。”

艾思言挥了挥手：“知道了，忙你的去吧。”

三杯酒过后，艾思言递给闻意一块点心：“意宝贝，你今天怎么心不在焉的？”

闻意撑着下巴，有些郁闷：“沈温庭那臭男人玩失踪了。”

话音刚落，闻意放在一旁的手机便响了起来。

来电显示：沈温庭。

沈温庭到家的时候，家里一片漆黑。闻意怕黑，她只要在家，房间里总是留着一盏灯。

开了灯，沈温庭环视一圈屋子，倒是没有他想象中的乱。只是零食摆满了茶几，餐桌上还有几瓶酒。

他不在，闻意倒是过得不错。

捡起掉落在地上的毛毯，沈温庭才点开许久没碰的微信，瞬间弹出了几十条消息。

回国前一个月，工作繁忙。沈温庭忙起来的时候，经常几天几夜不合眼。在国外的时候，他也不常用微信。

而且闻意向来爱玩，也不管他，一连两三个月不找他都是正常的。所以沈温庭便忘记点开微信，没想到闻意发了这么多条消息过来。

他看了一眼，大致意思就是让他帮她去国外的拍卖会上买一幅画。

很巧，这幅画被沈温庭买下了，作为送给闻意的礼物之一。

最后一条消息是今天早上发的。

闻意：“再不回我消息，我就去国外抓奸！”

沈温庭盯着那行字，在通话界面按下“1”，拨了闻意的电话。

铃声响了好一会儿，那头才接起：“喂？”

沈温庭一只手拿着手机，另一只手拿着水杯去接水：“在哪儿？”

听到这话，闻意赶紧遮住话筒不让音乐声传过去，回答他：“在家看电视。”

“闻意。”沈温庭道，细细地听着她那头传来的音乐声，提醒了一句，“我在家。”

闻意的脑袋蒙了片刻，过了好几秒她才反应过来：“你回来了？”

“嗯，刚到家。”沈温庭进了卧室，里面还算整洁，只是被子乱成了一团，梳妆台上面的化妆品也乱七八糟的。

闻意扫了一眼旁边的艾思言，道：“我在思言家里看电视。”

艾思言很是上道，声音拔高了几分：“沈总放心，闻意在我家里，我会照顾好她的。”

沈温庭的手指掠过她随手丢在被子上面的内衣，也不拆穿她，沉声道：“闻意，早点回来。”

闻意：“好。”

等闻意挂了电话，艾思言立刻幸灾乐祸地说：“你口中的臭男人回来了？”

闻意赶紧拉着她起身：“我去你家洗个澡。”

艾思言端起杯子喝完里面的最后一口酒，调侃她：“大小姐，你怎么这么怕沈温庭？这才十点，夜生活才刚开始。”

闻意横了她一眼：“沈温庭人间蒸发那么久，我回去兴师问罪！”

艾思言：“你确定？”

就凭着沈温庭那张冷脸，兴师问罪恐怕很难。

闻意重重地点头：“我确定！”

去艾思言家快速地洗了个澡，又换了一身衣服，确定身上没有酒味儿了，闻意才回了沈温庭在清河湾买的婚房。

输入指纹进门后，她下意识地看了一眼客厅墙上的钟：指针指向十一点。

沈温庭除了偶尔加班，平时的作息十分规律，这个点已经到了他的休息时间。

客厅安安静静，灯光明亮，闻意把包丢在沙发上，进了卧室。

一进去，一股浓郁的香水味扑鼻而来，闻意皱了皱眉，打开了窗户。

这时，卫生间的门吧嗒一声打开，闻意循声看去。

沈温庭刚洗完澡，发尾还有些湿润，清冷的面容在灯光的映照下显得有几分冷淡。他的眉眼总是带着几分疏离，唇色极淡。

闻意一直觉得，论长相，无人能及沈温庭。只是他的性子太过寡淡，再加上早些年他给她补习过功课，闻意在他面前总有几分紧张感。

而现在，刚刚出浴的沈温庭，头发微微凌乱，一双黑眸染上了水意，褪去了几分清冷，比往常更为诱人。

闻意心口跳了跳："你、你回来怎么不提前和我说？"

沈温庭看着她，在床边坐下："过来。"

闻意乖乖地走过去："做什么？"

沈温庭看她一眼，声音略低："站好。"

闻意心想：刚回国你就抽风吗？

想到刚才的香水味，闻意忍不住靠近嗅了嗅。

沈温庭的身上倒是没有香水味，只有淡淡的沐浴露的味道。也是，就算有，这会儿也洗干净了。

想到沈温庭半个月不回她消息，一回来就带着香水味，闻意郁闷极了，原本明媚的小脸顿时沉了下去。

沈温庭沉默了几秒，才说："下次回来，我会提前和你说。"

沈温庭也不是故意不跟她说。原定计划半个月后才能回来，但是事情提前完成了，他便赶着回来了。这三天三夜他都没合过眼，的确是忘记了。

闻意顺着杆子往上爬，居高临下地看着沈温庭："我给你发微信不回，打电话也不接。"顿了一下，她看着沈温庭，问道，"说，你在国外做什么了？"

沈温庭瞧着她嚣张的样子，缓缓道："你打的是国内的号码，那边信号不好。"

闻意没说话，哼了哼。

沈温庭："画给你买了，放在书房了。"

闻意原本嚣张的气焰一下子就灭了。

沈温庭的态度这么好，一时间，闻意都不知道该怎么兴师问罪，而且她没敢说，她没存他国外的电话号码。

闻意还在抓耳挠腮想办法质问半年没回来的沈温庭，却听到男人声音低沉道："问完了？"

闻意讷讷地点头："暂时问完了。"

沈温庭："去酒吧了？"

闻意心口一颤，轻咳一声："没有，就是在思言家里玩了一个晚上。"

沈温庭站起身来，眸色沉了下去，声音很低："玩大冒险，要跟其他男人约会？”

沈温庭怎么会知道？难道他去酒吧了，还刚好把她逮住了？

闻意张了张嘴，轻声解释：“只是在玩真心话大冒险，而且我最后也认输了，自罚了三杯。”

沈温庭不语，三天没合眼，这会儿他完全是强撑着精神。

闻意抬头看了他一眼，一本正经道：“其实我不常去酒吧，今天是艾思言非拉着我，我才勉强陪她去的。”

见沈温庭一直不说话，闻意也有些不开心：“怎么不说话？”

沈温庭看她：“闻意，以后少去酒吧。”

“哦。”闻意应得随意，见他不追究了，她便拿了睡衣去了卫生间。

沈温庭半年没回来，闻意早就习惯了一个人睡觉。这会儿旁边突然多出来一个人，她还有些不习惯。

想想以前，她此刻应该还在外面潇洒，而不是安安静静地躺在床上。闻意又翻了一下身，正好面对着沈温庭，她喊他的名字：“沈温庭？”

“嗯？”

沈温庭的声音中带着几分睡意，尾音轻轻地勾着。

这声音……

闻意心尖颤了颤：“你这次在国内待多久？”

沈温庭睁开眼睛，两边的床头灯都没关，虽然不算明亮，可也足够让他看清闻意的脸。

“以后不走了。”

“什么不走了？”

“国外的事情已经全部办妥。”

闻意混沌的大脑思考了几秒，才总算搞清楚了这句话的意思：“所以以后你都留在国内？”

“嗯。”

闻意语塞。

她闭眼躺了一会儿，怎么都无法无动于衷。男人身上带着一股极淡的茶香，离得近了便越发醇厚，还有着提神醒脑的功效。

她是化妆品腌入味了，这男人直接是茶叶腌入味了。

一想到以后沈温庭都在国内，闻意便觉得眼前一片黑暗。

“沈温庭，我觉得国外市场还有很多地方可以开拓，要不你再考虑考虑？”

“闻意。”沈温庭的声音带着十足的困意。

“嗯？”

“闭眼，睡觉。”

“哦。”

一夜无梦，闻意睡得不错，以至于醒来后发现旁边躺着的沈温庭，脑袋还蒙了一会儿。

闻意揉了揉眼睛，坐起身子，看了一眼时间。

今天她的工作不多，这会儿虽然醒了，却不打算起床。她扭过头，看着旁边平躺着睡觉的沈温庭。

闻意打小就知道，沈温庭长得好看。可是时隔半年再看到这张脸，她依旧觉得上天不公平。

他简直是上帝的宠儿，五官精致到无可挑剔。

闻意欣赏了一会儿，伸手扯了扯被子：“沈温庭？”

沈温庭闻言睁开眼睛，眼底还有些许迷茫。

“你今天不用上班？”闻意问道。

沈温庭起身，眼中的迷茫瞬间消失得干干净净，只余冷清：“九点有个会议。”

“哦。”闻意想了想，道，“那你再睡会儿。”

“不了。”沈温庭起了身，扫了一眼闻意，也没有丝毫避讳，当着她的面换了衣服。

沈温庭的身材很好，腹肌结实有力，是闻意喜欢的样子。

这样的场景，闻意不是第一次欣赏。以前她还会害羞脸红，现在已经很淡定了。

自家的老公，不看白不看。

等到他扣好最上面那颗扣子，把身体遮挡得严严实实，闻意才下床去洗澡。等到闻意洗了头发出来，已经八点了。她下意识地看向梳妆台，原本杂乱的梳妆台已经被收拾整齐。瓶身按照大小顺序摆放，就连她的化妆刷都全部按照大小顺序放进了袋子。

闻意按了一泵护肤乳，抹在自己的手上。靠近梳妆台，香水味比其他地方的更重。

她这才想起来，昨天忘记问香水的事情了。

闻意又嗅了嗅，一边抹着护肤乳一边往外走。她刚一不小心挤了一大坨，根本抹不完。

早餐已经做好了，简单的豆浆和吐司面包。

“粥呢？”闻意随口问了一句。

闻意盯着手上多出来的护肤乳发了会儿呆，便听到沈温庭说：“不会做。”

说来也奇怪，沈温庭的厨艺很好，却偏偏不会熬粥。

而她，只会熬粥。

闻意丢过去一个嫌弃的小眼神：“明天我来熬粥，你有口福了。”

沈温庭点头：“好。”

闻意还在发愁护肤乳的事情，余光看到客厅的三个大箱子，问道：“这是什么？”

沈温庭咽下最后一口面包，一边起身去厨房，一边回复她：“衣服，晚上我回来收拾。”

闻意腹诽：你一个总裁缺衣服吗，还非得从国外扛三箱衣服回来？这说出去，你沈温庭还要不要面子了？

沈温庭从厨房出来，便径直走到玄关穿鞋。

闻意看着他，又盯着手上的护肤乳，过了好几秒才道：“你给我带礼物了吗？”

“带了。”沈温庭看着她，眉眼清冷，“和画一起放在书房了。”

闻意凑上前去，把最后那一点护肤乳抹在沈温庭的手上：“喏，这是给你的礼物，欢迎回国。”

沈温庭无奈地摇了摇头。

闻意还用手帮他抹开，涂在他修长的手指上。

闻意想，沈温庭果然是上帝的宠儿，长得好看就算了，手还生得这么完美。

她有些酸酸的，替他抹完才道：“瞧，我的服务多周到。”

“闻意。”沈温庭低头看着面前的闻意。她穿着一身粉色的睡衣，刚刚沐浴过后的脸蛋水润微红，正一脸乖巧地站在他面前。

闻意也看向他，好看的丹凤眼眨了眨。

不得不说，现在的氛围不错。闻意期待着沈温庭能说出“乖乖等我回家”之类比较温情的话，却听到他说：“以后不要乱丢内衣。”

闻意：呵，臭男人。

“化妆品摆放好，香水不要放在边缘，容易打碎。”

“哦。”闻意乖乖地应了一声。

等等！香水？

闻意赶紧冲进房间，身后传来关门的声音。

她仔仔细细地检查了一番，她的全球限量版巴宝莉香水不见了！

那瓶香水一买回来闻意就后悔了，味道实在是太熏人了，不适合她的风格，之后就一直丢在梳妆台边缘，再也没动过。

她倒也不是多在意那瓶香水，只是沈温庭一回来就教育她，还告诉她他以后都会待在国内的消息，她自然很郁闷。

打扮好自己，闻意上了车便接到艾思言拨来的语音电话。

“宝贝，怎么样了？”艾思言坏笑道，“昨天你老公有没有身体力行地教育你一番？”

教育倒是有，只是口头的而已。

闻意戴上耳机，一边刷着微博一边跟她聊天。

“所以……沈温庭以后都待在国内，你的逍遥日子不复存在了？”艾思言抓住了重点，“顾方原昨天还跟我说，过几天有个装扮主题的活动，我还想着带你一起去玩。”

闻意沉思几秒，道：“要不我偷偷溜过去？”

“还是别了！”艾思言赶忙道，“万一沈温庭真的生气了，会殃及池鱼啊！”

闻意也只是说说，昨天沈温庭才警告她少去酒吧。

艾思言没听到她的声音，又问了一句：“你昨天不是说要对沈温庭兴师问罪吗，状况如何？”

“兴师问罪是有了。”闻意下了车，炎热的空气扑面而来，她沉痛道，“只不过是我被兴师问罪了。”

艾思言在心里道：我猜到了。

挂了电话，闻意进了画室。

闻意大学读的美术专业。毕业之后，沈温庭给她在最繁华的市中心买了一个画室作为新婚礼物。虽然画室规模不算很大，但有单独的展示厅和教室。闻意不想太劳累，便招了两个女老师，让她们带班管理。而她在微博上小有人气，约稿的人不少，她平时就是靠画画谋生。虽然收入不算高，但不买奢侈品的话，还是能够勉强养活她自己。而平时买东西，她都是刷沈温庭给她的卡。

闻意刚刚在画室坐下，手机便弹出来一条微信消息，来自她那不上进的哥哥，闻远。她扫了一眼，没理会，把画具摆好，开始认真画画。

夜已经深了，沈温庭的办公室里依旧灯火通明。月光透过落地窗洒在他身上，在地面上投下一道剪影。

文件堆了一摞，沈温庭按了按眉心，有些疲惫。这半年他人在国外，公司在国内的生意多有照管不周。如今回了国，问题便接踵而至。

他和闻意结婚后，闻氏便借此机会和沈氏合作了几个项目，这几个项目虽然没有亏本，但也没多少利润。在投入了大量的人力和资金后，获得的利润却甚低，这对一家公司来说是致命的。

白景拎着几个饭盒推开门进来，看向办公桌后的沈温庭：“沈总，吃一点再看文件吧。”

白景是白霄的姐姐，比起白霄，她更为沉稳。沈温庭在国外的这些年，白景一直留在国内。

众人都以为沈温庭将白景留在国内是让她代为掌管公司，只有白景知道，掌管公司只是其中一方面，照顾闻意才是最重要的。

关于这一点，沈温庭虽然没有明说，但是白景心知肚明。沈温庭娶闻意只是因为爱她，无关其他。

“嗯。”沈温庭合上文件，起身走到沙发边坐下，打开饭盒。

白景站在一旁，向他汇报闻意今天的行程：“太太白天去了画室，晚上吃了一顿火锅。”

沈温庭问：“太太现在在家吗？”

白景点头：“晚上八点多太太就回家了。”

今天闻意倒是很乖，没有去酒吧玩。

沈温庭没什么胃口，简单地吃了一点便放下筷子：“把和闻氏合作的项目的资料都拿来。”

白景点头，走到门口，又转过身说了一句：“沈总，如今闻氏由闻远掌管，我们与闻氏合作的几个项目都有了亏本的苗头，再这样下去对公司很不利，您看是不是该终止合作？”

用支付违约金的方式来及时止损，目前看来这是最好的处理办法。

沈温庭知道这个道理。作为商人，他做事向来以利益为重，只是这事牵扯到闻家，他多少有些顾虑。

他思考片刻，道：“不急。”

凌晨一点多，沈温庭才回到家。

客厅灯光明亮，电视还开着，而闻意窝在沙发里睡着了。

沈温庭换上拖鞋，走到沙发旁，微微垂眸，瞧着闻意。

夏天炎热，闻意穿了一件睡裙，裙摆下露出的两条纤细的长腿白得发光。沈温庭只是扫了一眼便移开目光，转而盯着她粉嫩的小脸。她呼吸均匀，樱唇微微张着，唇形漂亮。

沈温庭神色一暗，微微俯身，一只手揽着她的腰，另一只手穿过她的腿弯，把人抱了起来。

他温热的手臂和她微凉的双腿相触，沈温庭心里一动，面上却十分平静。

闻家和沈家离得近，闻家对闻意并不算好，沈老爷子却很喜欢闻意，对她百般疼爱。可以说，闻意是在沈老爷子的娇惯下长大的。

“沈温温……”熟睡中的闻意突然唤了一声。

沈温庭脚步微顿，垂眸看她。

闻意哼道：“你赔我香水。”

沈温庭失笑。

闻意刚上小学那会儿，认识的字不多，有一次她盯着沈温庭的名字看了半晌，憋出了一句“沈温温”。

之后的几年里，闻意嫌弃“庭”字不好念，便一直喊他“沈温温”。直到上了初中，她才改口喊他“沈温庭”。长大后，沈温庭便很少听到这个称呼了。

沈温庭将她放在床上，替她盖好被子，然后伸出温热的手指抚过她的脸，接着便收了回来。

“晚安。”他在闻意的额头上落下一个浅浅的吻。

梦里，闻意闻到了熟悉的茶香，还听到了哗啦的水声。

她猛地醒了过来，环顾一圈后，盯着卫生间的门看了几秒。过了好一会儿，她才反应过来沈温庭已经回来了。

她看了一眼床头柜上的闹钟，一点半。

卫生间的流水声不停歇，闻意被吵得有些不耐烦。她本就有起床气，这会儿还是半夜被吵醒，一股怒火憋在心里无处发泄，她索性把被子拉到头顶。

过了一会儿，她好不容易又有了睡意，脸上突然一凉，被子被人掀开了一角。

闻意怒声道：“做什么？！”

“被子不要盖住头。”沈温庭看着她，顺势上了床，面朝她侧躺着，盯着她带着怒气的小脸，“吵醒你了？”

闻意不想理他，又生气又委屈地翻过身背对着他。

“给你买香水。”沈温庭道。

闻意的眼睛瞬间亮了，乖乖地翻回去：“勉强原谅你打扰我睡觉。”

沈温庭盯着闻意看了几秒，平躺下来，跟她解释：“香水不是我摔碎的。”

他回来的时候，屋子里就弥漫着一股浓郁的香水味。

闻意回想了一下，那天艾思言喊她出去，她走得急，那瓶香水就摆在化妆台边缘，可能离开的时候不小心带倒了。

她心虚地对上沈温庭的目光，这个男人似乎会读心术，他问：“想起来了？”

“睡觉睡觉。”闻意说完就平躺下来，闭上了眼。

沈温庭将被子往上拉了一点，正好盖住她的脖子，而后他微微探身，把手伸向她旁边的床头柜。

闻意下意识地喊道：“别关灯！”

她怕黑，就算是睡觉，也要开着一盏灯。

沈温庭的动作一顿，他低声对她说：“我不关。”

闻意睁开眼看向沈温庭，刚好看到他性感的喉结，她忍不住伸出手戳了戳。

“闻意。”沈温庭的声音落在她头顶，低沉又沙哑。

闻意猛地回神，立马缩回手，讪讪道：“你要拿什么？”

沈温庭的喉结轻轻滚动，从喉咙里溢出两个字：“手机。”

待沈温庭拿着手机再度躺下，她侧过身面对着他，说：“爷爷的生日快到了，你打算送什么？”

“茶叶。”沈温庭扫了一眼邮箱，这才把手机放在自己这一侧的床头柜上。

沈老爷子喜欢喝茶，沈温庭每年都会送他茶叶作为生日礼物。

闻意嫌弃道：“没新意。”

沈温庭闭了闭眼，工作了一天，这会儿他只能强打起精神问道：“你送什么？”

“我的画。”闻意扬扬得意道。

沈温庭沉默下来。

从上大学开始到现在的六年里，闻意每年送给沈老爷子的生日礼物都是一幅画，也算不上有新意，唯一有新意的大概是画的内容。

闻意看了沈温庭一眼，他眉眼轻垂，看上去疲倦极了，她连忙道：“你快睡吧，明天还要上班。”

“嗯。”沈温庭闭上眼睛。

刚才闻意还困倦得很，这会儿身边多了沈温庭，她却没了睡意。

过了一会儿，她喊了一声：“沈温庭？”

无人应她。

闻意伸出手，轻轻地戳了戳沈温庭的锁骨。见他没反应，她又戳了戳他的喉结。玩了好一会儿，她才收回手，闭上眼睡了过去。

一夜无梦。

第二天早上，闻意是被闹钟吵醒的，她没有睁眼，下意识地往沈温庭那边凑了凑，不满地哼哼：“好吵。”

沈温庭也是刚醒，觉察到手臂上传来柔软的触感，他喉咙微微发紧。

他伸出手关了闹钟，闻意轻蹙的眉头才舒展开来，她下意识地抱住他的一只手臂，温热的气息喷在他的手臂上。

“闻意，松开。”沈温庭压低声音道。

闻意闭着眼睛，嘟囔道：“别吵，让我再睡会儿。”

她白净的小脸带着红晕，眉眼弯弯的，显得十分乖巧。沈温庭的眸色暗了暗，他也不急着起床，替她把被子拉上来一点，任由她抱着自己的手臂。

又眯了十几分钟，闻意才睁开了眼睛。她放开沈温庭，慢吞吞地下了床，去厨房煮粥。等将米下了锅，盖上了盖子，她才折回卧室。

沈温庭从卫生间出来，便看到闻意笨拙地缩进被子里，还听到她咕哝了一句：“粥给你煮上了。”

“嗯。”沈温庭扫了一眼隆起的被子，“被子不要盖住头。”

那一团没动静。

沈温庭只好上前，微微掀开被子，露出她的小脸。此时离上班的时间还早，沈温庭在床边坐了一会儿。直到闻意翻了个身，他才起身出去了。

一连好几天，沈温庭都加班到很晚才回家。除了早上，其他时间闻意几乎见不到沈温庭。

周末，艾思言去闻意家找她。

“今晚的聚会你真的不去？难得的角色扮演主题，你不是最喜欢吗？”艾思言进门后，边换上一次性拖鞋边问。

闻意叹了口气：“不去了，今天我得画画。”

沈老爷子的生日快到了，她还没想好画什么送给沈老爷子。

艾思言略一思索，道：“好吧。”她扫了一眼客厅里的三个大箱子，“这是什么？你要离家出走？”

闻意翻了一个白眼：“我离家出走，你养我吗？”

艾思言赶忙摆手：“算了算了，我怕你老公思念成疾，找我算账。”

闻意在阳台上摆好画架，瞧了一眼正在客厅里寻找零食的艾思言：“零食在茶几下左边第二个抽屉里。”

艾思言翻出几包零食，也去了阳台：“你怎么把零食收起来了？”

“沈温庭不喜欢我吃零食。”闻意盯着空白的画纸，在脑子里思索着画什么。

沈温庭是个有些古板的人，还讲究养生。他觉得零食是垃圾食品，虽然没有禁止闻意吃，但提醒过她让她少吃。

艾思言摇头叹息，说：“没有零食的人生是不完美的。”顿了一下，她又道，“你说沈温庭一个大好青年，不去酒吧，不吃零食，也太无趣了吧。”

闻意点点头：“我也觉得。”

“话说回来，你和沈温庭的性子这么不搭，那当初沈温庭为什么会娶你？”这一直是艾思言想不明白的地方。

闻意抢了一包零食过来：“因为我美。”

艾思言竟无法反驳。

沈氏。

方译推门进来时，沈温庭正在吃午饭，两素一荤，荤菜还是鸡蛋。方译挑了挑眉：“吃得这么清淡？”

沈温庭三两下吃完，优雅地擦了擦嘴，收拾好饭盒，才看向他，问道：“有事？”

方译把笔记本电脑往他办公桌上一放：“没事就不能找你了？你刚回国，哥几个还没为你接风洗尘，都等着你抽出时间呢。”

“过段时间吧，最近太忙了。”刚刚回国，沈温庭要处理的事情实在太多，甚至抽不出时间陪闻意。

放在办公桌上的手机振动起来，沈温庭拿起来划开一看。

闻意：“今年我画山河怎么样？”

沈温庭回复她：“好。”

闻意不满了：“你就不能多说几个字？”

沈温庭想了想，还没来得及打字，闻意又问：“今晚你又加班？”

消息一发出去，闻意顿时觉得自己像深闺怨妇，她赶忙点了撤回，可是来不及了，沈温庭已经看到了。

沈温庭：“今晚有应酬。”

闻意想了想，回复他：“那你回来的时候别吵醒我！”

隔着屏幕，沈温庭都能感受到闻意的不满。

她有起床气，闹起来连沈老爷子都没有办法。

“啧啧啧，你的微信头像怎么还没换？”方译扫了一眼他的手机。

沈温庭将手机熄了屏：“不会换。”

方译笑了，调侃道：“是不会还是不想？”

沈温庭很少用微信，对他来说，打电话效率更高。他的微信号和头像都是闻意一手操办的。为了逗弄沈温庭，闻意还故意画了一个漫画版的小女孩给他当头像。

没得到沈温庭的回答，方译也不在意，又道：“这两年闻意过得挺好的，没人欺负她。”顿了一下，他继续道，“说句实话，闻意不欺负别人就算不错了。”

沈温庭看向他，神色略冷：“还有什么事？”

得，说都不让说了。

方译正色道：“闻远今年接管了闻氏集团，你应该早就知道了吧。他虽然是闻纪年一手提拔上来的，但做起事来没有半分闻纪年的果决。”

闻远和沈温庭同年，比闻意大两岁。他不但缺乏商业眼光，而且行事也不够果断。

“华艺那块地，闻氏很想要。”方译在笔记本电脑的键盘上敲了几下，屏幕上弹出来一张表格，“这是几家公司的情况分析，目前我们公司是闻氏最大的竞争对手。”

闻氏根基深厚，虽然闻远能力不足，但是闻氏还有精明的董事会成员，闻纪年也会在背后帮忙。

沈温庭看了一眼那张表格，道：“华艺那块地的潜在价值不可估量，沈氏不会让。”

这两年和闻家合作造成的损失，沈氏必须找一个项目填补回来。华艺那块地就是目前沈氏最好的选择。

“是啊，听说闻远急需拿下那块地来坐稳位置，他最近为了这件事可谓是到处忙活。不过，有咱们英明神武的沈总在，那块地怎么可能落到闻家手里。”方译看了一眼沈温庭，笑道，“我就是担心沈总抵挡不住美人计。”

听到“美人计”三个字，沈温庭忽然想到昨天晚上闻意的手指戳着他喉结的触感。

如果她真的施展美人计，他必定溃不成军。

定了定神，沈温庭道：“闻意不会帮闻家。”

“你这么笃定？”方译提醒他，“闻远好歹是她哥哥，你顶多算一个名义上的老公。”

方译和闻意认识得比较晚，对于闻家的那些事，他并不了解。

沈温庭不愿多提闻家的过往，只道：“她不会。”

方译这下安心了，合上电脑，道：“不打扰你工作了，毕竟你家里还有个小娇妻等着你早点回去。”说完，他便拿着电脑离开了。

沈温庭看了一眼手机，离晚上的应酬还有一段时间，而工作已经处理得差不多了，他便打算回家看看闻意。

选定了题材之后，闻意便开始创作。

艾思言躺在椅子上晒太阳，感慨道：“有钱就是好，买下整个顶楼，又宽敞又清静。”

这阳台比她家客厅都大。

闻意洗了洗毛笔，道：“你要是喜欢的话，今晚就留在这里。”

“还是算了吧。”艾思言进屋拿了防晒喷雾，一边往脸上喷一边道，“沈温庭是看在你的面子上才允许我来这里，我要是敢留宿，第二天早上肯定是在门外醒来的。”

闻意沉默了，沈温庭确实能干出这种事。

简单地构思了一下，闻意调了个颜色便开始作画，旁边还摆着一台相机在拍摄。她经常在微博上发作画视频，偶尔还会在视频中耐心地讲解作画要点。

艾思言看了好一会儿，又撕开一包薯片吃了起来，边吃边问她：“话说回来，沈温庭在国外待了两年，你就没盘问过他有没有其他女人？”

毕竟以沈温庭的条件，喜欢他的女人肯定不少。

闻意轻轻落笔，画好重山的最后一笔，才问她：“你觉得我长得怎么样？”

艾思言立马拍她马屁：“好看！你简直是天仙下凡！”

艾思言见过不少好看的人，但在她心中，只有闻意才算得上是一块宝玉。

闻意赏了她一个赞许的眼神，一边洗着毛笔一边道：“那你觉得我的身材怎么样？”

“凹凸有致，婀娜多姿，我要是个男的，早就心动了！”

闻意挑眉，有些傲气：“那你觉得沈温庭在国外能找到比我更好的女人？”

艾思言一噎。

“而且，”闻意顿了一下，开始慢慢调色，“我撩拨过沈温庭，他不为所动。我的魅力不可能不大，那么就是他不行。”

结婚那晚，闻意一时兴起去撩拨沈温庭，结果他无动于衷，还问她冷不冷。

自此之后，沈温庭在闻意眼里就是个没有感情、没有欲望的人。即使两人现在睡一张床，她也不担心沈温庭会对她怎么样，反倒担心自己会忍不住对沈温庭动心。

艾思言愣了一会儿才回过神来，安慰道：“咯咯，你别担心，这种病应该能治好的。”

她刚说完，便感觉脊背发凉，一转头，就看到沈温庭冷着脸站在客厅里。

闻意专注于画画，没觉察到她的异常，叹气道：“也许吧。”

“闻意。”一道冷冷的声音从背后传来，闻意拿着毛笔的手一顿，墨汁顿时在纸上晕开。

闻意和沈温庭认识了二十多年，对他的微表情了如指掌。她回头看了沈温庭一眼，他面色平静，眼里没有丝毫怒火，但她知道，他生气了。

艾思言适时地开口：“意宝贝，我还得去找我哥，先走了。”经过沈温庭身边时，她讪讪地说道，“沈总再见。”

沈温庭不冷不热地“嗯”了一声。

离开之前，艾思言忍不住同情地看了闻意一眼。

闻意转过身，盯着自己的画，没好气地抱怨了一句：“你突然喊我做什么，画都毁了。”

“心虚了？”沈温庭问她。

闻意假装淡定地放下毛笔，仰头看他。他身材高大，站在她旁边，让她莫名地有了安全感。

“什么？”

“作画要专心，少说话。”沈温庭道，灼灼的目光落在她的脸上。

在阳台待了一段时间，闻意的嘴唇有些干，鼻尖渗出汗珠，她抬眸看他的时候，带着几分娇憨。

闻意装傻充愣：“我作画一直很安静，都是艾思言在说话。”

沈温庭微微俯下身子，意有所指道：“沈太太的相貌和身材的确很不错。”

闻意赶紧认错：“我错了。”

沈温庭面无表情地看着她，本想教训她，可是对上她水润的眸子，到嘴边的话就变成了一声叹息，最后他不轻不重地警告了一句：“以后不许胡说。”

闻意低声反驳：“我那是在说你洁身自好。”

“你觉得我不行？”沈温庭挑眉。

他不是圣人，面对自己喜欢的女人，怎么可能无动于衷，只是他有自己的坚持，他不希望闻意以后会因此后悔。

闻意赶紧摇头，顿了一下，又愤愤不平道：“我就随口一说。沈温庭，你不要一回来就教育我。”

她的鼻尖和脸蛋都被晒红了，看上去惹人怜爱。

沈温庭盯着她看了几秒，然后直起身往客厅走去：“外面热，别待太久。”

闻意眨了眨眼，不敢置信地盯着沈温庭的背影，刚才沈温庭好像有点温柔？

这时，她的手机振动了一下，是艾思言发来微信消息。

艾思言：“意宝贝，我没能护住你，你自己保重。”

闻意回了一个省略号过去。

艾思言秒回：“你老公没教训你？”

闻意：“我长得这么美，他舍得教训我？”

艾思言没再回复。

闻意扫了一眼画，想了想，又加了几笔，最后写下自己的名字，等到晾干之后才拿进卧室。

沈温庭正在卧室里收拾那三个行李箱，闻意瞧了一眼，大多是衣服。

听到动静，沈温庭朝她看去：“不画了？”

“画好了。”闻意把画给他看，“送你了。”

沈温庭起身接过，仔细地看了一下。画中远山重叠，山水相抱，只是山峦的一角墨色晕开，破坏了整幅画。

“画毁了就送我？”

闻意往后退了一步，坐在床上：“谁让你突然喊我，这幅画我画了一下午，不送人浪费了。”

沈温庭把画收起来放在一旁，扫了一眼乱成一团的被子：“闻意，把被子叠好。”

闻意蹬掉鞋子，盘起腿看向他：“你可以把这幅画挂在办公室，想我的时候就看看。”

“别转移话题。”沈温庭道。

当初他只顾着监督她学习，没有在意她的生活习惯，结果她就养成了懒散的性格。

闻意气急，这个臭男人，他有强迫症就罢了，为什么还要强迫她收拾整齐！这被子现在叠好了，晚上不还得打开。

她敢怒不敢言，哀怨地看了他一眼，便乖乖地起身叠被子。

过了片刻，沈温庭喊道：“闻意，过来。”

还在叠被子的闻意扭头道：“没空！”

沈温庭抚额：“你的衣服。”

衣柜里乱作一团，全是她胡乱地塞进去的东西。

闻意心虚地走过去，扫了一眼，道：“等我一会儿。”

沈温庭："不急。"

闻意坐在地上："哦。"

她就坐在他脚边收拾着东西，模样甚是乖巧。他低头看去，正好能看到闻意脖子上的项链。

他伸手碰了碰："项链上是戒指？"

闻意头也没抬地"嗯"了一声。

"戴好。"沈温庭道。

那晚在酒吧，如果她手上戴着戒指，定能省去很多麻烦。其实沈温庭也存了私心，他希望闻意戴着戒指，以此告诉其他男人，她已经结婚了。

"戴在手上不舒服。"闻意哼道，"也不方便画画。"

沈温庭蹲下身："我让人设计一种适合戴着画画的款式。"

闻意心想：我只是不想戴，与款式无关。

她一扭头，就对上沈温庭清浅的眸子，她张了张嘴，闷声闷气地说道："哦。"

别了，她潇洒惬意的生活。别了，她假装单身的时光。

第二章
别动

闻意的自由生活在沈温庭回国后就结束了，如今的她被沈温庭管得死死的。

好几次闻意都想反抗，可一对上沈温庭淡漠的眸子，她便放弃了。

一周很快就过去了，闻意被沈温庭管得受不了，却不敢反抗。

“那你们怎么不分居？”艾思言开着车，道，“你俩的生活习惯完全不一样。”

“分居是不可能的，对外还得假装恩爱。”闻意也发愁，他们要是分居了，沈老爷子准会看出来。

前天去烟水别院的时候，沈老爷子还问她和沈温庭相处得怎么样。

闻意有些愤愤不平：“他就不能变得邋遢一点吗？”

艾思言笑了：“你能想象沈温庭邋遢的样子？”

“还是算了吧。”

要是沈温庭真有一天邋遢起来，闻意大概会拽着他去医院检查他是不是生病了。

车子在闻家的院子外停下，艾思言打开了车锁，转头看她：“真的不需要我陪你去？”

闻意拿着挎包下了车，走到艾思言这边，向她抛了个媚眼：“放心吧，他们又不吃人。”

是不吃人，不过也差不多。

艾思言没再说什么，毕竟她一个外人，闻家的事情她不好插手。

闻意一进门，就见闻纪年夫妇和闻远这一对小夫妻都坐在客厅等她。

“小姐。”保姆上前。闻意顺势把手中的包递给她，换了拖鞋才走进去，看了一眼几人：“大家都等着我呢？”

“知道也不早点回来，家教都被你吃进肚子了吗？”首先开口的是周茜茜。

周茜茜和闻意从小就互相看不顺眼，和闻意不同的是，周茜茜有父母疼爱，还有姐姐宠着，而闻意一无所有。

周茜茜以前最喜欢踩着闻意的痛处跟她炫耀，两人为此打了好几回架。一年前周茜茜嫁给闻意的哥哥闻远，婚礼当天闻意送了周茜茜一顶绿帽子，周茜茜气得差点跟她打起来。

“不乐意就别等啊。”闻意懒洋洋地说道，扫了一眼闻远，撇了撇嘴。

“你！”

闻纪年看了一眼周茜茜：“茜茜，别闹。”

周茜茜扭过头去，显然是不乐意了。

莫清美看了闻意一眼：“好了好了，既然小意回来了，我们就赶紧吃饭吧。”

面对莫清美，闻意连说话的欲望都没了，只“嗯”了一声。

五人的团聚，闻意被夹在莫清美和闻远之间，左右都是她讨厌的人……哦不，应该说这里都是她讨厌的人，她自然没什么胃口。

意思意思吃了几口，闻意便放下了筷子。

莫清美注意到了，问她：“饭菜不合胃口？”

闻意扯了扯嘴角：“我最近在减肥。”

莫清美露出一抹温和的笑容：“你这么瘦减什么肥啊，温庭又不会嫌弃你。”

闻意挑眉笑了笑，顺着莫清美的话道：“那倒是。”

莫清美的笑容僵了僵，紧接着她道：“那就好，温庭自然是疼你的。小意啊，是这样的，你哥刚刚掌管公司，正好看上了一块地……”

闻意兴致不高，面色淡淡地听着。

见她没什么反应，莫清美接着说：“目前来看，若是沈氏退出竞争，那块地就非我们闻家莫属。要不你回去跟温庭说说，反正沈氏也不缺那块地，可是我们闻家……”

“打断一下。”闻意优雅地用纸巾擦了擦嘴，“莫阿姨，闻远自己无能，跟我有什么关系？”

闻远一下子就怒了：“闻意，你说谁无能？”

闻意十分嫌弃：“你要是有能耐，你妈能在这里跟我唠叨半天？”

莫清美看了一眼闻远，示意他别说话。她想抚摸闻意的手，却被闻意避开了。

莫清美虽然有些尴尬，但还是道：“小意，就当阿姨拜托你。你和温庭是夫妻，你跟他说说，他肯定就答应了。”

“我从来不插手沈温庭公司的事情。”闻意懒懒散散地拿起手机，见到沈温庭发来了一条微信消息。

沈温庭：“我到了。”

莫清美温和地说道：“就这一次，小意，就当我们欠你的。”

就这一次？从她和沈温庭结婚到现在，闻家借着她的名义从沈家手里截和的项目少说也有五六个。

闻意看向闻纪年：“爸，虽说我是沈温庭的妻子，可到底是个女人，掺和这些事不太好吧？”

闻纪年神色复杂地看了她一眼，轻叹一声：“这事……”顿了一下，他委婉地说道，“如果能成，最好不过。”

闻意反问：“如果不能成呢？”

闻纪年沉默了。

闻意有些疲倦，她站起身，礼貌地说道：“抱歉，我还有事，先走了。”

闻纪年道：“也好，你回去和温庭说说这事吧。”

闻意：“哦。”

刚出了院子，她便看到沈温庭靠在一辆黑色的车上，她立即加快脚步朝他走去。

“怎么来得这么早？”闻意冲他眨了眨眼，语气暧昧，“想我了？”

沈温庭无视她的调戏，只是问：“吃完了？”

“没吃饱。”闻意哼道，这个没情趣的男人。

她气鼓鼓地上了副驾驶座，系上安全带：“我要去吃烤肉。”

沈温庭也上了车，侧头看她，半晌才道：“好。”

他提前来，无非是想给她撑场子。

一路沉默，车在红绿灯前停下，沈温庭瞧着她闷闷不乐的模样，难得主动找话题：“他们说什么了？”

闻意扭头看他：“沈家和闻家最近在抢一块地？”

沈温庭眸色微沉，极轻地“嗯”了一声。

闻意眉眼微弯：“他们让我多吹吹枕边风。”她顿了一下，又小声说，“吹什么风，我又不是电风扇。”

沈温庭失笑。

盛夏的傍晚，太阳挂在天边，偶尔有风吹来。

绿灯亮起，沈温庭专心地开着车，闻意轻声开口：“闻远就是一摊扶不上墙的烂泥，莫清美的算盘倒是打得不错，只可惜我又不蠢。”

莫清美并非闻意的生母，说起来她还是个第三者，再加上闻纪年重男轻女，闻意早就对这一家人寒心了。

沈温庭问她：“不怕闻家破产？”

“破产就破产呗。”闻意扭过头看他，瞧着他清冷的眉眼。

虽然沈温庭表面上有些严厉，但是闻意不得不承认，沈温庭是第一个带给她安全感的人，只要有他在她身边，她就不再彷徨害怕。想到这里，闻意试探性地说道：“我现在是沈太太，有你养着我。”

闻意注视着沈温庭，不放过他的任何反应。

“好。”沈温庭没有丝毫迟疑，低沉的声音很是好听。

闻意悬着的心一下子就落下了。她了解沈温庭，他承诺的事情，他一定会做到。

“你要是不喜欢他们，可以不用回去。”

这么多年过去，闻意以为自己已经能够坦然面对闻家人，可她心里到底还是委屈的，沈温庭简单的一句话，就让她鼻子发酸。

闻意低头，吸了吸鼻子：“不行，表面功夫还是得做。”

到了烤肉店下了车，沈温庭才注意到她的嘴唇泛着光：“口红过期了？看上去很油。”

“这是唇釉。”

沈温庭不了解这个东西，只觉得她粉嫩的唇瓣水润光泽，像一颗待人采摘的小樱桃。

他压低声音道：“颜色不错。”

闻意腹诽：呵，你还能再敷衍一点吗？

她主动挽上沈温庭的手臂，离得近了，便能闻到他身上那股淡淡的茶香，沁人心脾。

大概是因为从小待在沈老爷子身边，沈温庭的一些习惯跟老一辈人很相似，比如不喝咖啡只喝茶，也不吃零食。

她打量的目光太明显，沈温庭想忽视都不行。进了烤肉店，沈温庭才问她：“怎么了？”

闻意脱口而出：“是不是茶喝多了，能腌入味？”

沈温庭愣了一下。

闻意反应过来，赶紧补救，说：“我的意思是你身上的茶香味挺好闻的。”

沈温庭没说话，按照她的口味点好了菜。

闻意又凑近闻了闻，有些羡慕道：“你说我要是用花瓣洗澡，是不是也能腌入味？”

沈温庭把菜单递给服务员，看向闻意：“你想招蜂引蝶？”

闻意总觉得这句话哪里不对，可是又说不出来到底哪里不对。

吃完烤肉回到家，闻意便去了书房，重绘给沈老爷子的画。

沈温庭洗过澡也来了书房，他扫了一眼认真画画的闻意，打开电脑，开始处理邮件。

书房很大，两人都有各自的工作区域，倒也不会互相干涉。而且，有沈温庭在旁边，闻意的效率往往会比平时高很多。

累了的时候，她会抬头看一眼沈温庭，他的面容清冷如玉，五官俊朗，看着赏心悦目。

最后一笔画好，闻意退了几步，仔仔细细地看了一遍，这才转了转手腕。

她刚放下笔，沈温庭便问："画完了？"

闻意点了点头，开始收拾画具。

沈温庭合上电脑："去洗漱，该睡了。"

闻意把毛笔洗干净，顺带把自己也洗干净。

从卫生间出来后，闻意走到梳妆台前坐下，开始往脸上抹护肤品。

沈温庭还未睡着，突然闻到一股淡淡的栀子花香味。

他睁开眼，便看见闻意蹲在床边看着他，她手心里有一团面霜。

闻意本想趁他睡着了偷偷抹在他的脸上，结果她还没碰到他的脸，他就睁开了眼。

她看着沈温庭，诚恳地说："最近天气干燥，我给你涂一点补水的面霜。"

沈温庭闻言挑眉："不是你挤出来用不完？"

"怎么可能。"闻意直接将手里的面霜抹在他脸上。

沈温庭没说话，一双漆黑而沉静的眸子就这么看着她。

闻意被他看得有些心虚，手上动作加快，抹完之后就乖乖上了床。

这臭男人的皮肤还挺嫩的。

闻意拿起手机，刚准备打开视频，屏幕便被沈温庭的大手盖住，只听他道："很晚了，该睡觉了。"

闻意掰开他的手："我不困，而且我戴了耳机，不会吵到你。"

沈温庭重复了一遍："睡觉。"

兔子被逼急了也是会咬人的，闻意怒上心头，瞪着他："那你去书房睡。"

沈温庭眯了眯眼，语气有些危险："嗯？"

闻意理直气壮道："我们的生活习惯不一样。"

沈温庭静默几秒，拿走她的手机："嗯，我帮你纠正。"

闻意腹诽：怎么不让我帮你纠正？

她敢怒不敢言，只得躺了下来。

安静了几秒，她不死心道："要不我去书房睡？"

"闻意。"沈温庭的声音微沉，带着几分不悦。

闻意顿时就蔫了，小声哼了哼："我就随便说说，你为什么这么想和我一起睡，难不成你暗恋我？”

沈温庭顿了一下，也有些恼了。他可以允许闻意现在不喜欢他，只要闻意习惯了他的存在，时间久了她自然会对他产生感情。只是没想到他回国还不到一个月，闻意便不耐烦了。

他闭了闭眼，心中烦闷：“我们是夫妻，理应如此。”

闻意撇了撇嘴，翻了个身，背对着沈温庭。

周末画室有课，闻意赶了过去。上午的课结束后，她便去美甲店做美甲，顺便刷了会儿微博。

做完美甲，闻意满意地看着暗红色的指甲。她的手指本就纤细白皙，配上暗红色的指甲，更显妖媚。

“闻大美女。”这时，一道轻佻的声音传来。

闻意循声看去，见顾方原挽着一个美女站在美甲店门口。

闻意看了顾方原一眼，径直走了出去。

“闻意，等等，我家小甜心最近迷上了画画，你教教她呗？”

闻意停下脚步，转身看向顾方原：“我收的学费一向很贵。”

“学费不是问题。”顾方原道，挽着那个美女跟着闻意去了画室。

他一走进去，就指着一个女孩道：“就她来教吧。”

突然被点名的田雨有些茫然，在得到闻意的眼神示意之后，她才领着那个美女去了教室。

“转账吧。”闻意朝顾方原伸出手，“现金支付也行。”

顾方原吊儿郎当地来了一句：“就咱俩的交情，谈什么钱啊？”

闻意做出送客的手势：“那就请吧。”

“多少？”

闻意伸出手指比了一个数，顾方原忙道：“闻意你抢钱啊，谁家画室收费那么高！”

“闻意家的。”闻意懒洋洋地说道。

顾方原没有说话，闻意也不着急，欣赏着刚做好的美甲：“顾大少爷缺这点钱？”

顾方原没好气道：“你家沈总少你零花钱了？”

“当然没有。”沈温庭对她一向很大方，给她的那张卡从来没有出现过额度不足的情况。

“自己赚的钱花起来更爽。”闻意慢条斯理道，“你那女朋友下课之前，钱要到账。”

说完，她便往教室里走。

顾方原跟在她后头：“打个折呗。”

闻意挥手：“不可能。”

见闻意摆好画架开始画画，顾方原便去看了自家女朋友，实在无聊，又去找闻意唠嗑：“你最近怎么不去酒吧了？”

这话无疑是在闻意的伤口上撒盐，她翻了一个白眼，没说话。

顾方原已经猜到了原因，嘚瑟地笑道：“家里管得严？啧啧啧，二十四岁妙龄少女，结婚后就失去自由，太惨了。”

闻意努力保持着礼貌的微笑：“请立刻从我的画室滚出去。”

顾方原坐在凳子上，跷着二郎腿，阴阳怪气道：“那可不行，我得陪着我女朋友。唉，像我这么疼爱女朋友的好男人已经不多了。”

一个月换一个女朋友的男人，也好意思说出这种话？

闻意轻哼一声，收了笔。

“不画了？”顾方原问她。

“嗯，你吵得我头疼。”

眼看闻意打算离开，顾方原赶紧跟上：“我说闻大美女，你不至于这么小气吧？”

闻意微笑：“我一直很小气。”

“换个角度来想，你看你多幸运，嫁给了多少女人想嫁的男人，他还对你百般宠溺。”真不是顾方原胡说，在外人看来，沈温庭和闻意确实是甜甜蜜蜜的一对。

这时，他眼尖地看到一辆熟悉的车，说：“喏，这不，他来接你下班了。”

闻意顺着他的目光看过去，就见沈温庭从车上下来，朝她走过来。

她看了顾方原一眼，勾起嘴角，冲着沈温庭喊道：“沈温庭，顾方原欠我钱不还。”

顾方原心道：我不就是没给你转账吗，你怎么还跟沈温庭告状呢？

等到沈温庭走近，闻意便挽上他的手臂，骄纵地说道："他还说我结婚后就失去了自由，很惨。"

沈温庭冷冷的视线落在顾方原身上。

闻意还不罢休，淡定地说道："我觉得他是嫉妒我们太恩爱。"

顾方原听不下去了，看向沈温庭："沈总，好久不见。"

他们几个算是一起长大的，不过沈温庭这人性子冷，后来又去国外待了四年，回来后也经常去国外出差，所以两人的交集不多，关系自然就浅了。

沈温庭朝着他点头："闻意性子闹腾，你多担待。"

顾方原松了一口气："没事。"

看来，沈温庭还是明事理的。

"欠她的钱，记得给她。"

顾方原："……"

收到转账短信后，闻意松开了沈温庭的手臂："我进去拿个东西。"

"好。"

待闻意进了画室后，顾方原笑了笑，道："沈总，下个月咱们这些朋友要聚一次，你要是有空，可以跟闻意一起来。"

他有意结交沈温庭，沈温庭明白，便应下了："好。"

顾方原顺势道："那先加个微信吧，到时候也好联系。"

沈温庭刚报出微信号，闻意就从画室出来了，自然而然地挽住了他的手臂。

软绵的触感从手臂上传来，沈温庭眼神一暗，喉结微动，目光落在闻意的脸上。

闻意丝毫没有察觉，对他毫无防备。

"沈总，这是你的微信号？"顾方原确认了一遍，才敢开口问。

他原以为沈温庭的微信头像会十分严肃，就像他这个人一样，没想到是一个漫画版小女孩。

闻意探头看了一眼，扬扬得意地说道："好看吧，这个头像是我给他画的。"

顾方原：“好看。”

他忍不住看了沈温庭一眼，闻意胡闹也就算了，沈温庭没意见吗？

“那我们先走了，欢迎下次再来。”闻意浅笑盈盈。

顾方原微笑：“好啊。”

绝对不来！

顾方原输入了验证信息，再抬头时，沈温庭和闻意已经走出一段距离了。

大概是今天的阳光格外温柔，两人的影子一高一矮地斜落在地上，透着几分温馨。

也不知道闻意在说什么，沈温庭微微偏头看着她。

顾方原虽然看不清他的神色，却莫名觉得此刻的沈温庭很温柔。

他和沈温庭不算熟悉，在他为数不多的关于沈温庭的记忆里，沈温庭是有些孤僻的。

他原本以为，沈温庭之所以愿意和闻意结婚，是因为沈老爷子还有闻沈两家的关系，现在看来，怎么感觉沈温庭是看中了闻意呢？

回到家，闻意把包一丢，正准备去卸妆，却被沈温庭牵住了手。他的大手温热，手指相触的一瞬间，像是有一道电流掠过一样。

闻意转头去看他，沈温庭的眉眼清冷好看，睫毛长得令人嫉妒。她微微仰着头，正好对上他性感的喉结，她忍不住伸出手去戳，还没碰到，手就被沈温庭握住了。

沈温庭：“把指甲弄干净。”

闻意一把抽回自己的手，气道：“我刚做的美甲，不好看吗？”

“好看。”沈温庭道，瞧着闻意因为生气而微微鼓起的腮帮子，眸色微暖。

闻意瞪他：“那为什么让我弄干净？”

她一再做出让步，凭什么这男人就不能容忍她的一点小爱好？

她的眼睛都有些红了，双眸含水，小脸微红。

沈温庭心口微软，低声跟她解释：“爷爷不喜欢这些，你可以等爷爷的生日之后再去做。”

过几天就是沈老爷子的生日，他们得去烟水别院住一晚。

沈老爷子思想传统，花里胡哨的美甲超出了老人家的接受范围。

闻意沉默了片刻，还是觉得十分憋屈：“沈温庭，这是我刚做的。”

沈温庭问她：“下不去手？”

闻意点头。

沈温庭略一思索，道：“我帮你。”

知道闻意委屈，沈温庭低声道：“今晚我下厨，你想吃什么？”

沈温庭做的菜很得闻意的心，他回国之后，因为太忙，极少下厨。

闻言，闻意的小馋虫立马被勾了出来，不过她还是很有骨气地拒绝了：“不吃。”

沈温庭权当没有听到她的拒绝，道：“辣子鸡、鱼香肉丝、糖醋带鱼，还想吃什么？”

“蜜汁烤鸡翅！”

闻意一边熬着粥，一边跟电话那端的艾思言抱怨：“我的绝美指甲就存活了不到半天！他就不能在去别院的前一天让我卸吗？”

艾思言乐不可支：“他可能是怕你对那美甲有了感情，更加舍不得卸掉。”

“闭嘴吧您。”

听着电话那头传来咕嘟咕嘟的声音，艾思言好奇地问：“你在做什么，怎么还有冒泡的声音？”

闻意掀开盖子看了一眼：“熬粥啊。”

“你不是在和沈温庭冷战吗，怎么还给他熬粥？”

闻意认真地盯着粥，道：“可能是睡糊涂了。”

“我妈不让我跟傻瓜说话，挂了挂了！”艾思言说着便挂了电话。

这段时间，闻意每天早上都会给沈温庭熬粥。

闻意盯着粥看了几秒，想在沈温庭醒来之前倒掉，刚刚准备往厨房走，便看到沈温庭站在卧室门口看着她。

她正在气头上，说话自然冲了些：“看什么，这粥不给你喝。”

沈温庭问：“想倒掉？”

闻意点点头。

“拿回去放好，不许浪费粮食。”沈温庭面色微沉，冷冷地说道，“你自己喝完。”

在喝了两碗粥之后，闻意摸着圆鼓鼓的肚子，目光落在对面的沈温庭身上，心想：我不让你喝，你就真的不喝？平时也没见你这么听话。

沈温庭正好看向她，淡淡地说道：“喝不完？”

闻意咬牙道：“喝得完。”

她闻意今天就算是撑死，也不会让他喝半碗粥！

沈老爷子生日前一天，闻意被闻纪年叫去公司谈话。

“坐。”闻纪年给她倒了一杯水，“外面天气热，喝点凉水解解渴。”

闻意扫了一眼，没动，问他：“有什么事吗？”

闻纪年轻叹一声：“小意，你不用对我这么客气。”

闻意看着自己的指甲：“哦。”

气氛一下子冷了下来，闻纪年把两份文件递给她：“这是今年上半年闻氏的财务报表，还有与沈氏合作的项目的收益情况。”

“给我看这些做什么？”闻意对这些一窍不通。

闻纪年沉声道：“小意，那天你莫阿姨说得直白了些，你别怪她，她也是为了闻氏着想。”

闻意这下明白了，今天他找她还是为了那块地。

“你今天叫我来，还是想让我去劝沈温庭放弃那块地？”

闻纪年点头：“小意，温庭那么爱你，只要你开口，他一定会答应。闻氏真的很需要那块地。”

见她无动于衷，闻纪年继续道：“你和莫阿姨还有阿远有些误会，甚至你也怨恨我，但是小意，我终究是你的父亲，闻家是你的根。孰轻孰重，我想你应该明白的。”

“再说吧。”闻意淡淡地回了一句。

闻纪年不好再逼她，他拿出一个礼盒：“明天是沈老的生日，这是爸爸送给沈老的生日礼物，你替我送给他吧。”

“好。”

闻意应下后，就拿着礼盒离开了。

外面阳光明媚，她的心情却不怎么好。她想了想，给方译打了一个电话。

方译此时正在和沈温庭商量事情，瞧见闻意打来电话，他扫了一眼沈温庭，道：“你老婆。”

他接通电话后把手机放在办公桌上，开了扩音。闻意的声音从电话那头传来，十分清晰：“方译，我有事想问你，你现在方便说话吗？”

方译和闻意是在大学里认识的。

方译和艾思言在一起时，与闻意的关系还不错。后来他和艾思言分手，与闻意的关系也就慢慢淡了。

方译看了一眼沈温庭：“方便，你问吧。”

“沈家和闻家竞争的那块地很值钱？”

方译缓缓道：“闻意，那块地涉及很多方面，不是用金钱可以衡量的。”顿了一下，方译问她，“闻家问你了？”

闻意语调懒懒：“是啊，他们催得紧呢，说那块地对闻家可重要了，所以我才问你那块地是不是很值钱。”

方译忍不住看了一眼沈温庭，他神色如常，似乎并不担心闻意会向着闻家。

方译又问：“所以你打算劝沈温庭退出竞争？”

“我脑子坏了吗？”闻意翻了个白眼，“当然是让我家沈先生好好把握，绝对不要输给闻远那个败家子。”

方译夸了一句：“有眼光。”

“那是。”闻意道，“我去见客户了，回头再聊。”

“好。”

挂了电话，方译看向沈温庭，调侃道：“闻意果真是向着你的。”

沈温庭没说话。

闻意虽然对他无意，但她看得通透，还记仇。闻家对她不好，当初也是因为利益逼她嫁给他。如今，闻意已还了养育之恩，自然不会在意闻家的未来。现在她向着他，只是因为讨厌闻家。

方译轻叹一声：“你就打算一直瞒着她你对她的感情？”他扫了一

眼办公桌上的钢笔，“这支钢笔是你十八岁生日时她送你的吧？都六年了，你也舍不得换。”

沈温庭十八岁生日那天，闻意特地去找他，陪他过了一个生日，最后自己迷迷糊糊地睡着了。

“这支用着顺手。”

作为沈温庭多年的好朋友，方译不忍看他单相思，忍不住劝他：“闻意向来没心没肺，你如果不说，她可能一辈子都不会知道。”

沈温庭轻垂眉眼，神色寡淡，声音平静：“不着急。”

闻意对他无意，如果他表明自己的心意，两人未必能像现在这样相处下去。

一辈子那么长，他不着急。

沈老爷子生日这天，沈温庭和闻意一大早就开车去了烟水别院。

烟水别院离两人住的地方比较远，开车要两个小时。车子驶入熟悉的大门，沈温庭停好车，侧头看了一眼熟睡的闻意。

昨晚闻意熬了夜，半夜才迷迷糊糊地爬上床，今天又早起，这会儿困得很。

“闻意。”沈温庭轻声喊她。

闻意没反应，依旧睡得很香。

沈温庭无奈，微微俯身，替她解开了安全带，然后便欣赏起她的睡颜。只见闻意的樱唇微微张开，呼吸很浅，睫毛垂下，显得十分乖巧。

沈温庭替她把脸颊边的头发别到耳后，然后下了车，绕到副驾驶这边把她抱下车。

“嗯……”闻意有些不舒服，无意识地用脑袋蹭了蹭沈温庭的脖子，低喃出声，“沈温温，别吵……”

说话间，她温热的呼吸喷在沈温庭的脖子上，让他燥热不已，偏偏她还往他脖子上靠了靠，像是在找枕头一样。

沈温庭的脚步顿了一下，他垂眸去看闻意，语气半是无奈半是宠溺，道：“闻意，别动。”

闻意似乎听到了，乖乖地靠着没有再动。

沈老爷子知道今天他们要来，已经在门口等着了。他特意穿了一身唐装，拄着拐杖，精神十足。等了好一会儿，沈老爷子才看见沈温庭抱着闻意进了院子。

他瞧了一眼熟睡的闻意，压低声音道："小意还睡着呢？"

沈温庭点头："昨晚睡得迟了些。"

沈老爷子喜笑颜开，又佯装生气地责备了沈温庭一句："你也不懂得节制，赶紧把小意抱到楼上卧室去，让她睡得舒服一点。"

沈温庭挑了挑眉，没有解释，抱着闻意径直上了楼。

等到他下来的时候，沈老爷子已经在着手泡茶了。看到沈温庭，沈老爷子朝他招了招手："来来来，陪爷爷聊聊。"

沈温庭端起一杯茶，轻抿一口。

沈老爷子放下茶壶，问道："公司的事情怎么样了？"

"最近正在对接公司的各种事项，有些忙。"

沈老爷子年轻时也经常忙得连家都没时间回，所以他理解沈温庭，但仍然道："之前你在国外，我就不说了。如今你回了国，公司的事情该放就放，多陪陪小意。"

沈温庭点头："等到公司的事情处理得差不多了，我会抽出时间来陪她的。"

"那就好。"

爷孙俩慢悠悠地聊着，直到临近中午，闻意才从楼上下来。

"睡醒了？"沈老爷子和蔼地笑了笑，"小意，过来坐。"

闻意冲着沈老爷子调皮一笑："我睡过头了。"

"都怪温庭不懂节制，我已经替你教训过他了。"沈老爷子笑眯眯道，"我特地让阿姨给你们准备了补汤，待会儿多喝点。你们虽然年轻，但也要注意身子。"

闻意扭头去看沈温庭，他朝她伸出手："睡够了？"

闻意点了点头，握住他的手。

沈老爷子见状，满意极了，乐呵呵地带着两人去吃饭。

午饭过后，沈老爷子就上楼休息了。

闻意已经睡够了，便去后院玩秋千。身后传来脚步声，闻意头也没回道："沈温庭，帮我推秋千。"

没人回答，秋千轻轻地荡了起来。

阵阵微风吹过，吹散了盛夏的闷热。

闻意问他："爷爷跟你说了什么？"

"说你太瘦，需要补补。"

闻意虽然爱吃，却不长肉。刚才他把她抱下车时，感觉她轻飘飘的，没什么重量。

"还有呢？"闻意扭头看他，哼道，"爷爷没让你补补吗？"

沈温庭牵住绳子，秋千缓缓停了下来。

他温柔地凝望着她，声音低得有些危险："你想试试？"

闻意赶紧摇了摇头，讪笑道："我就随便说说。"

秋千又荡了起来。

沈温庭的声音随风飘来："下不为例。"

闻意噤声了。

晚餐过后，沈老爷子和沈温庭下起了象棋，闻意乖乖地坐在旁边看。

说起来，琴棋书画，她和沈温庭各占两样，沈温庭擅长琴棋，她精通书画。对于象棋这种东西，她是一窍不通。

"哎，哎，哎，别吃我的炮！"沈老爷子气得吹胡子瞪眼。

沈温庭朝着沈老爷子伸出手："爷爷，你输了。"

沈老爷子把茶叶给他，没好气道："温庭，尊老爱幼懂不懂？"

"棋盘不讲亲情。"沈温庭道。

沈老爷子"哼"了一声，给闻意使了一个眼色。

闻意立马会意，挽上沈温庭的手臂，娇声娇气道："沈温庭，你教我泡茶好不好？"

沈温庭"嗯"了一声，却没看她，注意力仍在棋盘上。

"那你什么时候有时间？"闻意蹭着他，还伸出手戳他的脸颊，"你看我一眼呗。"

沈温庭无奈，只得扭头去看她："你安静一点。"

闻意才不听他的话，继续闹他。

沈温庭被扰得无法专心下棋，一步错，全盘皆输。最后，沈老爷子得意道："快把茶叶还给我！"

沈家爷孙喜欢喝茶，下棋的彩头自然是难得一见的名茶。

沈温庭无奈，只得把茶叶还了回去。

他看着闻意，低声训斥一句："捣蛋鬼。"

闻意冲他挑眉，轻哼一声，随即跑到沈老爷子身边，和沈老爷子击了个掌。

沈老爷子抱着茶叶，心满意足道："咱们小意还是向着爷爷的。"

"那当然。"闻意给沈老爷子捏着肩，"您是我的爷爷，我不向着您向着谁？"

这个世界上能被闻意称为亲人的人，只有沈老爷子了。两人没有血缘关系，沈老爷子却把她当孙女宠。

小时候，闻意在闻家受了委屈，就会跑来沈家，扑到沈老爷子怀里大哭。沈老爷子会用他温暖的大手拍着她的后背，哄着她入睡。

闻意不知道的是，每次把她抱到床上去的都是沈温庭，替她洗干净满是泪痕的小脸的也是他。

沈温庭看了两人一眼，道："爷爷，我先上楼了。"

沈老爷子挥了挥手："去吧。"

闻意和沈老爷子聊了一会儿，才记起闻父的礼物，赶忙拿出来给沈老爷子。

那是一块上好的砚台，闻意虽然不懂这些，却也看得出来价格不菲。

"倒是有心了。"沈老爷子随手将那块砚台放在一边，"今年闻远接手了闻氏，他没有欺负你吧？"

闻意"哼"了一声："他怎么敢欺负我。"

"那就好。"沈老爷子叹息一声，总觉得她还是当初那个受了委屈就会扑进他怀里大哭的小丫头。

沈老爷子拍了拍闻意的手："你要是被欺负了就来找爷爷，爷爷帮你出气！"

闻意歪着头乖巧地应下："好啊，那我现在就要告状。"

沈老爷子挑眉，满脸严肃："谁欺负我们小意了？"

闻意故意道："沈温庭！他整天板着一张脸，一点也不疼我。"

沈老爷子这下子乐了。他老了，在这个世界上也没什么牵挂，唯一放心不下的就是沈温庭和闻意。

“你跟爷爷说说，他平时都是怎么欺负你的，回头爷爷帮你好好教训他！”

“那可就有得说了。”

闻意让阿姨温了一杯牛奶给沈老爷子，接着便细细地和他说着这段时间发生的事。

等她从沈老爷子房间出来，沈温庭朝她伸出手：“爷爷睡着了？”

“嗯。”

沈老爷子年纪大了，睡眠浅，而且见不得光亮，所以走廊上的灯都关了，沈温庭牵着她，用手机手电筒照亮脚下的路。

“说了我不少坏话，开心了？”

闻意看向他，见他的侧脸忽明忽暗：“我也说了你很多好话。”顿了一下，她又说，“爷爷很开心。”

“我知道。”沈温庭道，伸手打开房门，领着闻意进去。

闻意说那些，无非是想让沈老爷子放心。

毕竟当初两人结婚的时候，她的不情愿沈老爷子是看在眼里的。沈老爷子虽然心有愧疚，却不得不这么做。

“闻意，你想要什么奖励？”沈温庭轻声问。

闻意看得通透，不为那些琐事而烦恼。沈老爷子待她好，她便给予同等回报。即使不爱他，她也愿意跟他在沈老爷子面前装作很恩爱，从而让沈老爷子放心。

闻意把手给他，轻哼一声：“喏。”

她的手指白皙修长，指甲粉嫩得有些可爱。沈温庭顿了一下，薄唇轻轻印上去，而后在她震惊的目光中抬头：“满意了？”

“沈温庭，你记不记得前几天你对我的手做了什么？”

沈温庭沉默，好半晌才道：“我不会。”

“我允许你拿我的脚做实验。”闻意开玩笑。

沈温庭看了她几秒，道：“好。”

他答应得爽快，闻意却迟疑了：“我、我开玩笑的。”

她只是随口说说，她怎么敢让沈温庭给她涂脚指甲油。只是想想那个画面，她就觉得惊悚，毕竟面前这人可是沈温庭。

沈温庭面色如常：“我不嫌弃你。”

闻意心里一动，可能是月光晃了她的眼，她居然觉得此刻的沈温庭温柔至极。

然而，他的温柔在第二天早上就消失无踪了。

“我不起！”闻意死死地按住被子，“我还没睡够！”

“闻意。”沈温庭站在床前，跟她分析，“你昨晚十点睡的，现在是早上六点，八个小时的睡眠对你来说很充足了。”

“我是婴儿，婴儿需要睡十几个小时！”

沈温庭愣了一下，眼中闪过一丝笑意。他微微俯下身，声音低沉好听：“闻意，别撒娇。”

被沈温庭这么一闹，闻意也没了睡意，气鼓鼓地下了床，还不忘给艾思言发微信消息。

闻意：“我迟早会被沈温庭气死！”

洗漱过后，闻意便跟着沈温庭下楼。

沈温庭扫了一眼她白净的小脸，说：“不化妆好看。”

闻意翻了一个白眼，没搭理他。

沈温庭拿出茶具，熟练地开始净具。他动作优雅，带着与生俱来的矜贵气质，十分赏心悦目。

闻意盯着沈温庭看了半晌，不敢置信地问：“你一大早把我叫起来看你泡茶？”

沈温庭冲泡完第一遍，拿着茶壶把茶水倒进茶船里，缓缓道：“昨天你不是说想学泡茶？”

“我只是随便说说。”她可不想牺牲睡眠时间来学泡茶。

“过来，我教你。”沈温庭道。

闻意不情不愿地挪过去，软趴趴地坐着，一张小脸垮着，眼神幽怨。

沈温庭在她背上不轻不重地敲了一下：“坐直。”

“哦。”闻意乖乖坐直，偏头看着沈温庭。

说话间，沈温庭已经泡好第二壶茶，他把茶船推到闻意面前：“看清楚了？”

她之前迷糊着，后来又光注意沈温庭了，根本没看他是怎么泡的。

闻意诚实地摇头：“没有。”

“先学净具。”沈温庭话音刚落，沈老爷子从楼上下来了。看着两人，他和蔼地问道：“怎么起得这么早？”

闻意扫了一眼沈温庭，“哼”了一声：“沈温庭要教我泡茶。”

“这是好事啊，我早就想教你泡茶了。”沈老爷子走了过来，“喝茶修身养性，你性子跳脱，可以适当地静静心。”

闻意顿时蔫了：“哦……”

整个上午，闻意都在学泡茶。

因为公司还有事，沈温庭下午便离开了。闻意直接回了家，刚到家就收到艾思言的回复。

艾思言：“沈总怎么惹着你了？”

闻意：“那个臭男人居然让我六点起来学泡茶！”

闻意把这两天发生的事情跟艾思言说了一遍，艾思言在那边笑得花枝招展。

艾思言：“意宝贝，你演技这么好，不去当演员真是可惜了。”

闻意：“没办法，毕竟我不想做一个花瓶。”

闻意：“过些天顾方原要举办一个聚会，你去吗？”

艾思言兴致高昂：“去！我要去看帅哥！”

闻意：“方译也会去。”

艾思言：“他什么时候‘诈尸’了？”

闻意：“他一直活着，让你失望了。”

艾思言知道她在担忧什么，道：“放心吧，我不杀生。”

闻意：“那就好。”

退出微信，闻意看了一眼时间，趴在沙发上看起了电影。

电影结束时，开门声响起。

闻意翻了个身，便被人捞了起来，耳边响起一道熟悉的声音：“不要趴着玩手机。”

来人顺势一带，闻意便半坐在对方怀里。

“我买了指甲油。”沈温庭低头看着闻意，“你喜欢哪个颜色？”

闻意转头一看，茶几上放了一排指甲油。她扫了一眼，指了指裸粉色那瓶：“就这个颜色吧，低调一点。”

沈温庭：“好。”

闻意当然不好意思让沈温庭给她涂脚指甲，她放下手机，把手伸向沈温庭。

沈温庭做事向来细致，温柔地替她涂上一层护甲油，小刷头贴着她的指甲边缘，却不会弄脏她的手。

闻意低头瞧着他，见他神情专注，动作轻柔，她不由得心旌摇曳，唤了一声：“沈温庭。”

沈温庭微微抬眸，看向她。

大概是美色醉人，闻意看着沈温庭棱角分明的脸，喃喃自语道：“要不要接吻？”

手指上突然失去沈温庭的体温，闻意回过神来，有些窘迫：“我乱说……”

她还没说完，唇便被沈温庭吻住了。

沈温庭轻轻地含住闻意的下唇，温柔地吻着。淡淡的茶香萦绕着两人，比酒还醉人。

闻意不是没和沈温庭接过吻，在结婚的时候，在特殊的日子里，两个成年人自然会做些什么，不过沈温庭性子寡淡，向来都是浅尝辄止，从不逾越。

等到沈温庭离开了，闻意还晕乎乎的。

“还涂吗？”男人低沉的声音一如既往的平静，但若仔细听，便能听出其中隐藏的欲望。

闻意赶紧收回手，捂住自己微微发红的脸：“不涂了。”

片刻后，她又把手拿开，看向沈温庭。

他面色如常，除了薄唇微红，闻意找不到一丝他们亲密过的痕迹。

闻意不由得有些失落，原本小鹿乱撞的心一下子就静了下来。她认识沈温庭太久，久到她已经习惯了沈温庭的存在，沈温庭也一样。他们接吻，无关情爱。正如沈温庭所说，他们是夫妻，理应如此。

在这个世界上，很多夫妻都是这样，即使并不相爱，也能在一起生活。想清楚了之后，闻意镇定下来，把手给他：“继续涂。”

“好。”

他垂眸之际，隐忍的欲望浮现在眼底。只是一个吻，就让他差点把持不住。沈温庭，你可真没出息。

第三章 沈温温

从烟水别院回来后，两人又恢复了忙碌状态。闻意经常在画室待到很晚，沈温庭也常常加班。

方译走进沈温庭的办公室，一抬眼便看到挂在墙上的画，构图不错，就是重山边的那一团黑十分刺眼。

他瞧着那幅画，道："这画你是在哪儿买的？你肯定被坑了。"

沈温庭合上文件，听到他又说了一句："你要是想要画，让闻意随手给你画一张不就好了。"

沈温庭捏了捏眉心，有些疲惫地说道："这就是闻意画的。"

白霄给那张废了的画稿装上画框挂了上去。

方译凑近一看，果然在右下角看到了闻意的签名，不由得乐道："她的水平不行啊。"

沈温庭没说话。

她本来就没画完，勾边的时候还下笔重了，自然不会好到哪里去。

方译打趣道："沈温庭，这是闻意让你挂上去的？"

"嗯。"

沈温庭的目光落在画上，眼前浮现出那天闻意气急败坏的样子。

方译摇头叹息："恋爱中的男人真可怕，我认识你这么久，怎么不知道你还会给人涂指甲油？"

沈温庭目光一凝：“你怎么知道？”

方译乐了：“闻意发了朋友圈，你没看到？”

沈温庭很少用微信，更是从没看过朋友圈。他沉默片刻，道：“开会时间快到了，我们先过去。”

方译也没追问，应了一声：“行。”

在认认真真工作了几天之后，闻意被艾思言叫出去吃火锅。

点好了菜，艾思言捧着闻意的手，羡慕地说道：“沈温庭这样的男人，居然愿意给你涂指甲油！”

闻意瞧了一眼自己的指甲，道：“呵，那天他卸我美甲的时候都不带犹豫的。”

艾思言呛她：“难不成他还得焚香沐浴之后再动手？”

闻意认真地思索了几秒，道：“也不是不可以。”

艾思言神色复杂地看着她：“得了得了，你别在我面前秀恩爱了。”

两人聊了一会儿，艾思言不经意间转过头，便看到了外面的沈温庭，道：“你老公在外面！”

闻意顺着她的视线看去，正好看见了走在沈温庭后面的方译。

艾思言也看见了，她冷声道：“青天白日的，这货居然还敢出来！”

当初艾思言和方译闹得不欢而散，艾思言更是没少骂方译。闻意自然是向着艾思言的，便渐渐和方译疏远了。除非遇到大事，否则两人不会联系。

闻意怕她冲动，赶紧劝道：“行了，看他不如看我。”

“我在看你老公。”艾思言若有所思，“我总觉得好像在哪里见过他的领带。”

闻意扫了沈温庭一眼，道：“我们离他少说也有十几米远，你能看得清？”

艾思言摇头：“看不清，就是觉得眼熟。”

服务员把火锅汤底送过来，闻意收回视线，美食在前，她完全没心思管沈温庭的领带。

见她不说话，艾思言赶紧道：“我对你老公可没兴趣，你别误会！”

沈温庭那样的男人，她胆子再大也不敢觊觎。

“知道。”闻意烫了一片牛肉，“我饿了，先开吃了。”

吃完晚饭，闻意便想起了未完成的画，出了火锅店就准备打车回家。

“那条领带！”艾思言突然来了一句。

闻意正在打车，听到她的话，有些无奈地问：“你还在想这件事？”

“那是 YK 去年推出的款式，当时我陪你一起去买的。”艾思言总算想起来了。

闻意喜欢逛街，不仅喜欢给自己买衣服，也喜欢给别人买衣服。那时沈温庭在国外，闻意给他买了一大堆衣服，然后寄了过去。

艾思言当时还说闻意浪费钱，沈温庭又不缺衣服，谁知闻意说了一句：“花钱的快感你体会不到。”

闻意沉默了几秒，问：“什么时候的事情？”

“您还是赶紧回家画画吧。”

把闻意送上车，艾思言就准备去商城“血拼”。一进去，她就撞上了沈温庭和方译。

“沈总好。”艾思言乖乖地打了招呼。

沈温庭看向她身后：“闻意没跟你一起？”

艾思言赶忙道：“她刚上车，沈总要回家了吗？”

“嗯。”沈温庭朝前走了两步，又突然顿住，回头看了一眼艾思言。

艾思言绷紧身体，就怕沈温庭找她算上次的账：“沈总？”

“她这些天很忙？”

从烟水别院回来后，闻意似乎每天都很忙，晚上还会熬夜画画。

艾思言想了想，道：“我没问她工作上的事情，不过她好像要攒钱买东西。”

沈温庭沉默片刻，道：“我知道了。”

闻意前脚刚回到清河湾，沈温庭后脚便到了。

屋子里明亮一片，沈温庭换上拖鞋走到客厅，便看到闻意的包随意地扔在沙发上，大概是没关紧，口红和镜子都掉了出来。

沈温庭替她装好，拿着包进了卧室，便看到闻意钻进衣柜，身子微微往前倾，细白的小脚丫露在外面。

“闻意。”

“啊？”猝不及防听到有人喊自己，闻意刚想转头，脑袋便磕在了衣柜上。

“疼疼疼……”闻意捂着脑袋出来，气急败坏地瞪着他，“做什么？”

沈温庭上前，替她揉了揉磕到的地方：“你怎么钻到衣柜里去了？”

他看了一眼，那还是他的衣柜。

“想看看你衣服上面有没有口红印不行吗？”闻意哼道。

沈温庭提醒一句：“衣服在上面一格挂着。”

“领带上也可能有口红印。”闻意晃了晃手上的几条领带，问他，“这些好像都是我给你买的。”

“嗯。”

闻意冲他暧昧地眨了眨眼：“没想到你对我如此痴情。”

沈温庭难得没反驳她。

闻意来了兴致，红唇一勾：“沈温庭，你是不是对我……”

“得节约一点，毕竟家里有个能花钱的。”沈温庭淡淡地开口道。

闻意不服气道：“我花你的钱不是理所当然的吗？”

“那你为什么还要攒钱？”沈温庭盯着她的脸，手上仍然不轻不重地给她揉着脑袋，“我给你的卡是无限额的，可以随便刷。”

“我看上了一块玉，想买来送给爷爷。”闻意把领带还给他，冲他扬了扬眉，“检查过关，恭喜你。”

沈温庭接过领带：“那块玉很贵？”

“几十万吧。”闻意丢了一个小眼神给他，“放心，我自己能搞定。”

沈温庭看着面前的闻意，压低声音道：“你别太劳累了。”

送给沈老爷子的礼物，闻意不想用他的钱买，沈温庭知道。

闻意仰起头，明艳的小脸上满是骄傲：“我的画很值钱的，很快就能攒够了。”

沈温庭只是看着她，没有说话。

“不说了，我要去画画了。”闻意抬脚往外走，却被沈温庭扣住了手腕。

她扭过头，对上沈温庭的黑眸，很淡定地说道：“沈温庭，你不要太心疼我，我也是能赚钱养家的。”

沈温庭看着她，嘴角微勾：“在赚钱养家之前，你得先把我的衣柜整理好。”

闻意：“哦。”

说起艾思言和方译的故事，大概是两人在机场一见倾心，随后谈了两年的跨国恋爱。

后来，艾思言去国外看方译的时候发现他和一个女生在他家里谈风月，方译虽然解释了对方只是他的学姐，可是从小被宠到大的艾思言哪里受得了这些，当场就提出了分手。

方译当时也在气头上，不满艾思言的大小姐脾气，就同意了分手。艾思言在异国他乡哭了两天，还是闻意飞过去把人捡回来的。

自那以后，艾思言和方译便断了联系，一晃就过了一年。

“他居然说我坟头长草了怎么还能爬出来！”艾思言愤愤不平道，“气死我了！要不是打不过他，我绝对一个过肩摔将他扔在地上！”

闻意这会儿正专注于画画，闻言，扫了艾思言一眼：“打不过你也出手了，勇气可嘉。”

艾思言是拿包砸过去的，听说方译的额头被砸得青了一块。

艾思言“哼”了一声：“我又没下重手。”她看向闻意，撒娇道，“要不你帮帮我？”

把天空画完，闻意才收回了笔，一脸诚恳道：“只要不是让我大冬天去捡你，一切都好说。”

艾思言：“闭嘴，别提了！”

那一次大概是艾思言有生以来最丢脸的时候，当然，也是闻意最丢脸的时候。

当时艾思言蹲在方译家门口，死活不肯离开，闻意一边拽她，一边骂她。

不少外国人看到，误以为闻意想对艾思言做什么，便喊来了警察。于是，两人在异国他乡进了警局，最后还是沈温庭出面，两人才得以平安回国。

闻意每每回忆起那时的场景，便觉得十分丢脸。

“换个话题，意宝贝，你老公那三箱衣服真的全是你买的？”艾思言好奇地问道。

上次来清河湾，艾思言只是扫了一眼那三个箱子，心里有些纳闷，但并没有细问。

“不知道，我的记性向来不好。”闻意摇了摇头，继续调着颜色。

艾思言剥开一根棒棒糖塞进嘴里，道：“沈温庭又不缺钱，你说他是脑子坏掉了吗，居然从国外带三箱衣服回来？”

闻意站起身来，往后退了几步，一边观察画面构图一边道：“沈温庭说这叫节约。”

艾思言更好奇了：“那他怎么只把你买的衣服带回来了？”

确定画面构图没问题，闻意才戳了戳艾思言的脑袋，没好气地说道：“他收拾箱子时我又没注意看，谁知道是不是都是我买的。”

就算看了，凭闻意的记性，她估计也记不得哪些是自己买的。

艾思言轻叹一声，道：“说出来你可能不信，我居然感觉到了一丝甜蜜。”

闻意直接道：“夫妻之间，理应如此。”

她早就看开了，一辈子跟谁过不是过，反正她又没有喜欢的人，找一个知根知底、肯为她花钱还不会出轨的男人挺好的。

闻意来到沈氏集团，沈温庭不在办公室，应该是去开会了，而方译正在为沈温庭的电脑升级系统，她把手中的药递给方译：“给。”

方译下意识地问道：“你怎么知道我受伤了？艾思言不会把她打了我的事情昭告天下了吧？”

“她有没有昭告天下我不知道，我只知道，你再用这种语气说话，我也想揍你一顿，并让沈温庭把你的丑照挂在沈氏集团官网上。”闻意双手抱胸，语气轻飘飘地威胁道。

“喀，我不说了。”方译立即转移话题，“谢了。”

闻意哼道：“谢我做什么，药又不是我买的。”

因为方译对艾思言的态度，闻意这会儿正窝火。

方译有些不敢置信：“艾思言买的？”

闻意连个眼神都没给他，直接在沙发上坐下。茶几上有泡好的茶，她探了探，已经凉了。

想了想，她把茶水倒掉，取了茶叶，打算重新冲泡。之前学了泡茶，她也没怎么练习，今天就当作复习了。

“行了，我以后不会那么说她了。”方译叹息。

闻意没抬头，想到艾思言，心口还是憋着一团火：“你觉得她当年提出分手是无理取闹？”

方译沉默了几秒才道：“我和学姐什么事都没有。”

“可是那个学姐喜欢你。”闻意泡完第一壶，倒进茶船。

方译有些无奈：“闻意，当初艾思言直接冲进我房间跟我提分手，她这脾气谁受得了？如果是你，你会怎么做？”

泡好第二壶茶，闻意压低手肘倒茶，道：“我当然不会像艾思言这样做。要是哪天沈温庭敢和对他有意思的女人共处一室，我直接拍下照片发到网上！”

话音刚落，沈温庭便推门而入，目光灼灼地看着闻意。

闻意顺势端起一杯茶，对他道：“你渴不渴，要不要喝杯茶？”

沈温庭没吭声。

“你听到了？”闻意有些心虚地问。

沈温庭接过茶：“嗯。”

闻意的声音清脆，他隐约听到了。

闻意扫了一眼方译，道：“不能怪我，我是被方译给气的。再说了，你又不会那么做。”

沈温庭轻抿一口茶，道：“的确不会。”

他不会和对他有所图的女人共处一室，当然，闻意除外。

方译不打算当电灯泡，拿走那瓶药：“电脑给你弄好了。你们聊。”

走到门口，方译转头看了一眼闻意，似乎有话要说，但最后他什么都没说，出去后替他们关上了门。

等到方译离开，闻意才小声解释：“我不是故意骂你朋友的，就是有点生气。”

“他没有那么脆弱。”

言下之意就是她可以随便骂。

“当你朋友好惨。”

沈温庭放下茶杯，看着闻意。她勾着细细的眼线，还上了眼影，一双眸子十分灵动，唇瓣粉嫩水润。

他微微移开视线：“你是在替艾思言出头？”

闻意点点头：“嗯。”

见沈温庭不说话，闻意问他：“怎么了？”

“你很在乎艾思言。”沈温庭的声音低低的，听不出情绪。

闻意下意识地说道：“她是我闺密。”

闻意小时候在闻家不受重视，周茜茜又讨厌她，经常煽动那些女生孤立她。愿意做闻意朋友的，只有艾思言。

沈温庭还有事要忙，不能陪着闻意，她坐了一会儿就回家了。

卸了妆，闻意躺在沙发上蒸着脸，顺便打电话给艾思言汇报情况：“我把药给他了，也替你收拾他了。”

艾思言对着手机猛亲了几口：“爱死你了，意宝贝。对了，最近怎么不见你家苏弟弟？他退圈了？”

艾思言口中的苏弟弟是演员苏禹桥。闻意大三那年，闻氏旗下公司投资的一部剧正在选角。闻意听说周茜茜要塞人进剧组，她气不过，随手在学校拉了一个学弟过去。

因为这部剧，苏禹桥在圈内算是有了些名气。

苏禹桥视闻意为伯乐，待她很好，逢年过节都会送她很多礼物。而闻意觉得当年自己因为赌气把苏禹桥拉进娱乐圈，愧对于他，便把他当成了弟弟。

“没退圈。”闻意关了蒸脸仪，问她，“苏禹桥在拍戏？”

“没有吧，我一个朋友还问我苏禹桥最近两三个月是不是都没有通告了。”

闻意皱眉，以苏禹桥现在的咖位，他不至于待业两三个月。

“我去问问。”

闻意又给李玉敏打了个电话。

李玉敏是闻氏旗下娱乐公司的艺人总监，和闻意还算熟稔。

李玉敏接通电话后，支支吾吾的，好半晌才道："有人插手了，想让苏禹桥的热度降下去。"

"谁胆子那么大，不知道苏禹桥是我捧的人吗？"闻意的声音扬了上去，带着几分骄纵。

李玉敏："是闻太太。"

闻意反应了好一会儿，才明白过来她说的是周茜茜。

周茜茜一直看她不顺眼，现在她是沈太太，周茜茜不可能直接找碴。知道苏禹桥和她关系好，周茜茜便用这种方法硌硬她。

闻意深吸了一口气，冷下了脸："李玉敏，你告诉那帮人，周茜茜再怎么样都姓周，我不仅是闻家的大小姐，还是沈太太，他们要是不怕得罪我的话，就尽管雪藏苏禹桥。"

李玉敏赶紧应道："我立马去办。"

闻意的脸色这才缓和了一点："好，那就麻烦你了。如果他们为难你，你就跟我说。"

她挂了电话，打开微信，看到艾思言发来的消息。

艾思言："意宝贝，周雨落快回来了。"

闻意盯着那行字，有些失神。比周茜茜更讨厌的女人要回来了。

沈温庭回到家的时候不算太晚，闻意却已经睡了。

他捂着绞痛的腹部，疼得冷汗直流。这段时间因为一个复杂的项目，他时常加班，饮食也不规律。

他有轻微的胃病，平时饮食规律，倒也没什么。最近太忙，他时常忘记吃饭，这病痛便来了。

翻了翻药箱，沈温庭拿出胃药。

闻意每隔一段时间就会检查药箱，给他准备好胃药，上面还有一张贴纸，画着一个小人，旁边写着：一次吃两片，要用温水服用。

盯着上面的小人，沈温庭眉眼温柔，倒了一杯温水服下药。

进了卧室，沈温庭看了一眼床上熟睡的闻意，拿起睡衣轻手轻脚地去了卫生间。

洗过澡后，依旧疼痛难忍，沈温庭只好躺在客厅沙发上，打开电视机，将音量调到最小，企图转移自己的注意力。

闻意是被渴醒的，她穿着拖鞋走出卧室，看到客厅一片明亮，她怔了怔，目光落在沙发上。

沈温庭捂着腹部，脸色苍白如纸。

她赶紧跑过去，半蹲在他面前，担忧地问："胃病犯了？"

沈温庭轻轻地"嗯"了一声，问她："吵醒你了？"

"都什么时候了，你还关心这个？"闻意没好气道。

男人的眉头紧紧蹙着，薄唇也失去了血色，整个人不复往日的清冷，变成了一个病美人。

"药吃过了？"

"吃了。"

闻意伸手去扶他，动作小心翼翼的，连声音都放轻了："我扶你去卧室。"

把沈温庭弄上床，闻意便去给他准备热水袋。

她脱了鞋子爬上床，把热水袋放在沈温庭的腹部，对上他的黑眸，她解释："之前在网上看到的，这样能缓解胃痛。现在好点了吗？"

灯光有些暗，她的眼底却有光。

她的长发随意地落下，秀气的眉头皱着，眼里带着几分心疼。

沈温庭缓缓道："好多了。"

"那就好。"闻意顺势躺下，手还搭在热水袋上替他按着。

为了转移沈温庭的注意力，闻意说："上周爷爷说想你了，让你带着茶叶去看他，他要跟你下象棋。"

沈温庭闻着闻意身上的淡淡的香味，觉得疼痛渐渐散去："过段时间吧。"

"我帮你拒绝了，你去一次，家里的茶叶就少好几罐。"闻意一脸嫌弃，"你的棋艺太差了。"

沈温庭看着她，眸子清亮，声音低沉："不是因为你干扰我？"

闻意被噎了一下，随即呛回去："你又不喜欢美人，我在你旁边有什么关系，归根结底还是你技不如人。"

沈温庭沉默几秒，轻声道："没有。"

不喜欢美人，但喜欢你。

闻意并没有细想，瞧了沈温庭一眼，道：“你说你工作那么拼命做什么？我虽然喜欢买东西，可也用不着那么多钱。”顿了一下，她继续道，“你要是哪天猝死了，我就得守寡了。所以，沈温庭先生，请你好好照顾自己。”

腹部的疼痛缓解了不少，沈温庭的眉头舒展开来，而闻意还在絮絮叨叨。

沈温庭的思绪渐渐飘远了。

高中时他就有胃病，闻意第一次见到他发病就被吓着了，哭着问他是不是要死了。知道他有胃病后，闻意便开始监督他按时吃饭。那一年，家里的胃药一直是闻意给他准备的。

“沈温庭！”久久没得到回应，闻意不满了，用手指戳了戳他的手臂，“你吱个声。”

沈温庭：“吱。”

闻意不敢置信地撑起身体去看他：“你刚才吱声了？”

沈温庭把热水袋拿开，没回答她的问题，只是道：“睡吧。”

闻意又磨磨蹭蹭地躺下来，偏头去看沈温庭。他额头的汗已经干了，脸色依旧有些苍白，但比起之前好了很多。

她撇了撇嘴：“反正我听到了。”

沈温庭瞧着她的小脸，低声道：“快睡吧。”

闻意点头，却没有睡觉，而是掀开被子下了床，翻箱倒柜好一阵才回到床上。

“给你贴了片暖宝宝，凑合一下。”闻意给他贴好之后才躺下，顺便把空调的温度调低了一些。

盛夏的天气贴暖宝宝，虽然开着空调，但也受罪。

沈温庭替她盖好被子，闭上眼，准备入睡。

“沈温庭。”闻意突然凑了过去，手指轻轻地搭在他腹部，“以后你要是胃病犯了，可以喊我。”

她有些闷闷不乐：“虽然我有起床气，但是你胃病犯了那么难受，你不要一个人扛着。”

沈温庭垂眸，闻意低着脑袋躺在他手臂旁，他看不到她的神色，只能看见她白皙的额头。

“好。”

折腾了一番，闻意困得不行，很快便沉沉睡去。第二天她被闹钟吵醒的时候还是迷迷糊糊的，强撑着起床去厨房煮上粥，又回到卧室缩进被子里。

沈温庭洗漱完从卫生间里出来，看向床上的闻意，把空调温度调高了一些。

“沈温庭。”闻意瓮声瓮气道，“我给你煮了粥，你记得喝，今天不要吃油腻的东西。”

沈温庭一边系领带一边回答她：“今晚我要出发去国外出差，大概一周后才回来。”

“嗯……”睡意袭来，闻意根本没听清沈温庭说了什么。

沈温庭走到窗边把窗帘拉好，回头便瞧见她又睡着了。他走过去，轻轻抚摸她细嫩的脸，低声道：“你在家别闹腾。”

他还真的有点担心，一周后回来，家里又发生翻天覆地的变化。

沈温庭离开后，房间内重新归于平静。

这一觉闻意睡得极好，醒来的时候，已经是中午了。她打开手机一看，艾思言已经发了十几条微信消息过来。

艾思言：“你打了方译的脑袋？我怎么觉得他不正常了？”

艾思言：“他约我去看电影，看的还是爱情片。我觉得我们应该看鬼片。”

闻意扫了一眼，回复她：“你答应了吗？”

那头显示正在输入，闻意随意地丢下手机，去卫生间洗漱。

她虽然没有谈过恋爱，但总觉得艾思言放不下方译。虽然艾思言没有明说，但闻意能够感觉出来。

闻意洗漱完出来后，艾思言已经回复了她：“没有，我忙得很，没时间理他。”

闻意想了想，半是调侃半是认真地问她：“估计他是想跟你道歉，你真不去？”

自从分手后，两人只见过两三次面，每次一见面就吵。当年的事情，两人一直没有好好地谈过。

艾思言："不去！"

两人又聊了几句，闻意才摸着空空如也的肚子出去觅食。

下午，当了半天咸鱼的闻意开始认真工作，她刚勾好墨线，沈温庭的电话便打了过来。

"在画室？"沈温庭问她。他那头有喧闹的人声，混杂着他的声音。

闻意放下笔，道："嗯，等会儿还要见一个客户。"

"我今晚出发去巴黎出差，你想要什么礼物？"沈温庭一边说，一边上了车。

"都可以。"闻意对礼物不是很看重，想到了什么，她问，"这次出差多久？"

"一周。"

"好的，你记得按时吃饭，我等你回来。"闻意一本正经地嘱咐，嘴角止不住地上扬。

沈温庭不在的日子，闻意过得十分潇洒，白天认真工作，晚上就和艾思言去顾方原的酒吧。

顾方原端着酒走过来，看了一眼妆容精致的闻意，调侃道："闻大小姐这几天怎么来得这么频繁？"

闻意抿了一口鸡尾酒，懒洋洋道："把前两个月落下的补回来。"

顾方原笑道："沈温庭出差了？"

闻意横了他一眼，语气骄纵，道："我来酒吧和他出不出差有什么关系？"

旁边的艾思言实在没忍住，扑哧一声笑了出来。

顾方原扫了一眼艾思言，心下明了，笑得肆意："那行啊，下周你要是来，酒水畅饮！"

闻意面露微笑："不好意思，我下周太忙，没时间过来。"

顾方原笑而不语，艾思言幽幽地说道："意宝贝，你就认了吧，大家都知道你是'夫管严'了。"

闻意淡定地呛回去："宝贝，别忘了你单身，我好歹还有老公。"

艾思言噎住。她环视一圈，没看到上次那个调酒师，便问："顾方原，那个年轻的调酒师去哪儿了？”

“辞退了呗。”顾方原耸了耸肩，“咱们闻大小姐好歹也是有主的，那宋致不长眼，我可不得辞退他？不过你放心，我给他介绍了其他的工作。他毕竟是在校生，整天待在酒吧也不好。”

这并不是他的意思，而是沈温庭的意思。沈温庭虽然没有直接跟他说，但让白霄提醒了他一句。顾方原不傻，男人对这种事情都比较在意，尤其是沈温庭这种身份的男人。为了一个宋致得罪沈温庭，不值当。

闻意瞧了他一眼，道：“我也是在校生。”

顾方原笑道：“咱们闻大小姐和他可不一样。”顿了一下，他指着手表道，“十一点了，两位大美女，我送你们回家吧。”

艾思言还没尽兴：“这么早回去做什么？”

顾方原没有解释，只是催着她们回家。

艾思言在酒吧待到很晚倒是没什么，可闻意不一样。沈温庭明显表现出对闻意的在意了，顾方原才不会傻到以为这两人只是商业联姻。此刻，远在国外的沈温庭看着手机上白景发来的照片，眸色沉沉。

白霄小心翼翼地问他：“沈总，拍卖会还去吗？”

沈温庭拿上外套，道：“嗯。”

白霄有些搞不懂了。要说两人是商业联姻，可是沈总对太太的关心似乎又太多了。在国外这两年，只要有名画拍卖，沈总必定会去拍下那些价格不菲的画作，然后送给太太。

白霄想了想，忍不住问：“沈总，太太去酒吧……”

“让白景注意她的安全。”沈温庭道。

“好。”

沈温庭处理完工作，提前两天回了国。

闻意因为生理期到来，决定在家好好休息，才没有再一次在酒吧被沈温庭逮个正着。

清河湾。

闻意洗了澡出来，便看到沈温庭背对着她在换衣服。他的背部肌肉结实，精壮的腰上没有一丝赘肉。

听到身后的声响，沈温庭转过身来，闻意猝不及防地对上他的胸膛："咯，回来了？"

"嗯。"沈温庭穿上睡衣。

"对了。"闻意拿出手机，打开微信，"我给你发个东西，你帮我看看。"

沈温庭的手机放在客厅，他懒得去拿，道："直接看吧。"

闻意点头，她已经把链接发给沈温庭了，正准备点开，就听到沈温庭道："臭男人？"

闻意暗道：完蛋了。

其实原来闻意给他备注的是他的全名，这不，老虎不在家两天，猴子就嚣张得上蹿下跳，嘚瑟地改了备注。

对上沈温庭漆黑的眼眸，闻意心跳如擂鼓，却佯装淡定地解释："沈温庭，这个'臭男人'，其实是打情骂俏的意思。"

沈温庭扫了一眼她心虚的样子，没有拆穿她："打情骂俏？"

闻意点点头，故作娇羞："哎呀，你这个臭男人，真不懂情趣！"说完，她一脸诚恳地看着沈温庭，"真的是打情骂俏。"

沈温庭垂眸看着她，眸色深深，看不出喜怒。

闻意被他看得一阵心虚，眼睛胡乱瞟着，就是不看他。她轻咳一声，生硬地转移了话题："刚才我看到你的腹肌了，练得不错。"

过了几秒，沈温庭低沉的声音响起："想试试？"

夜色深了，月光从窗帘一角洒了进来，在地板上投下浅浅的影子。

男人柔软的头发贴着耳边，垂眸看她的时候眸色浅浅，一张脸棱角分明，整个人矜贵又清冷。

闻意知道自己对沈温庭没有抵抗力，如果沈温庭真的撩拨她，她肯定很快就会陷进去。

她吞了吞口水，努力抵挡住诱惑，正气凛然地看着沈温庭："不用了，我就摸摸！"

话音刚落，闻意就伸出了手，隔着一层睡衣，她依旧能感受到他精壮的腹肌。

最后，闻意得出一个结论："你腹肌的手感真不错！"

沈温庭的喉结微微滚动了两下，他抓住闻意不安分的手，低声警告：“闻意，别闹。”

闻意讪讪地收回手，忍不住又瞅了沈温庭几眼，嗯，身材真好。

沈温庭努力忽视闻意的目光，转移话题：“你要给我看什么？”

“我订制了几条裙子，你看看哪条最合适。”过几天她和沈温庭要参加顾方原举办的聚会，对外他们得装出恩爱的模样。

沈温庭重新看向她的手机，他见过闻意穿各种各样的裙子，每一种都很适合她。他指着一条米色的裙子，道：“这条。”

“会不会太素了？”闻意有些犹豫，往上划拉了一下，指着一条红裙问，“我穿这条怎么样？肯定艳压群芳。”

“一般。”那条红裙是V领，裙摆很短，不适合闻意，他平静地说道，“我们是去参加聚会，穿得舒服就好。”

闻意想了想，勉为其难地点点头：“好，那就这条。”

她刚想熄屏，沈温庭一把拿过她的手机：“备注改了。”

闻意看着他打字，问道：“改成沈温庭是不是太生疏了？”

沈温庭打字的动作一顿，他偏头看向她：“那改成什么？”

闻意“哼”了一声，就着他的手打字，将备注改为“沈温温”。她冲沈温庭眨了眨眼，说：“我还是觉得沈温温比较适合你，要不你抽空去改一下名字？”

“我觉得闻二比较适合你。”

闻意腹诽：沈温庭的绅士风度去哪儿了，他怎么能对一个美女说这种话！

“你赶紧撤回这句话，我不喜欢！”

沈温庭失笑，扫了一眼闻意，便去客厅拿自己的手机。

闻意在床上躺了一会儿，沈温庭问她：“朋友圈是什么？”

“朋友圈就是发动态的地方。”闻意打开微信，点开朋友圈，“喏，就是这个。”

最近一条是闻意今早发的，一幅她刚完成的画。

沈温庭顺势往下划拉了一下，便看到闻意前两天发的动态。

闻意：我胡汉三又回来了。

配图是几张她在酒吧拍的照片。

闻意赶紧退出微信，讪笑道："那个，朋友圈在'发现'那里，你点开就行。"

沈温庭只是看着她，没说话。

闻意生怕沈温庭质问她，赶紧缩进被子里，闭上眼睛道："我'大姨妈'来了，得早睡。"

这会儿才晚上八点多，闻意压根睡不着。没听见沈温庭的回答，闻意以为他不追究了，悄悄地睁开眼睛，直接撞上了一双漆黑的眸子。他问："为什么我看不到你的朋友圈？"

闻意一时不知道该怎么解释。

为了蒙混过关，闻意之后几天每天都发三条朋友圈，并把沈温庭从屏蔽名单里放了出来，以证明自己的清白。

"哈哈哈，你就跟沈温庭说，刚看朋友圈都是空白的，过两天就好了？"艾思言不敢置信地看着闻意，"他信了？"

"嗯。"闻意点头，叹息一声，"他的微信好友本来就不多，全屏蔽他了。"

回忆起那天点开沈温庭的朋友圈看到一片空白的场景，闻意就觉得五味杂陈。

艾思言："沈总还真是……威严十足。"

说话间，闻意跟着艾思言进了一家服装店。为了今晚的聚会，艾思言订制了一件性感的短裙。

闻意坐在沙发上打量着换上短裙的艾思言，称赞道："除了胸部太平，其他都不错。"

艾思言瞪了闻意一眼："要不我去垫两层？"

"别折腾了。"闻意起身，揽住艾思言的手臂，"时间差不多了，我们该过去了。"

"哟，这不是闻大小姐吗？"这时，一道带着挑衅的声音传来，两人双双看过去。

周茜茜带着一个朋友站在门口，正一脸高傲地看着闻意："最近怎么不见闻大小姐回家了？"

闻意抬了抬眼，没打算搭理她。

周茜茜慢悠悠地说道：“哦，某人魅力不够，没能帮忙拿下华艺那块地，所以惹得自家家人不开心了。”见闻意不说话，周茜茜走到她面前，故意戳她的痛处，“爸妈本来就不喜欢你，我要是你，就抓住这个机会讨好闻家。只可惜，沈温庭好像没有那么看重你。”

闻意怒了，刚想动手，艾思言赶忙拉住她，冲她摇了摇头，道：“别冲动。”

闻意沉默了一瞬，随即淡定地看着周茜茜：“你有时间在这里嘲讽我，不如回家好好想想后路。闻远接管闻氏已经半年，也该下来了。周茜茜，你说你就当周家小姐不好吗，非得蹚闻家这趟浑水。”

“你！”周茜茜刚抬起手，就被闻意一把抓住，闻意的力道很大，周茜茜疼得脸色都变了。

“周茜茜，你每次见到我就挑衅我，你不觉得无聊吗？”闻意耸了耸肩，冲她笑了笑，“我就是比你过得好，你很气吧？”

闻意小时候很羡慕周茜茜有父母疼爱，现在她已经不在意这些了，有些事情是强求不来的。

周茜茜咬牙，这是她最讨厌闻意的地方——明明闻家人都不喜欢她，她本应该是最落魄的那一个，却得到了沈老爷子的宠爱，活得比他们都要好。

闻意放开周茜茜的手，拿出纸巾擦了擦自己的手，好心提醒道：“对了，周茜茜，去年你和闻远结婚，我送给你的礼物，你好像还没明白其中的含义。”

艾思言想了想，当时闻意送了周茜茜一顶绿帽子。

闻意挽着艾思言朝外面走去，走到门口，她停下脚步，转过身看向周茜茜：“对了，以后请叫我沈太太，不然我家沈先生会不高兴。”

周茜茜已经气得脸都绿了。

沈温庭的妻子，这个身份才是最让她嫉恨的。

出了商场，艾思言竖起大拇指，道：“厉害啊，姐妹，你真是太霸气了！”

闻意挑眉，一脸惋惜：“本来想动手打她的。”

艾思言赶忙道："那可不行，沈温庭不让你在外面和人起冲突。"

沈温庭曾经明令禁止闻意在外面和人打架。

"我知道，所以我忍住了。"闻意刚说完，手机就响了，来接她的车已经到了。

两人上了车，艾思言问她："你送那顶绿帽子是认真的？"

闻意回复着沈温庭的微信消息，听到艾思言的问题，她点了点头，道："嗯，闻远在外面养了一个女生，我遇见过。"

艾思言摇头叹道："丈夫出轨，周茜茜还不知道，太惨了。闻远的胆子也是大，他就不怕周家因此和闻家闹翻？"

谈起这些事情，闻意显得兴致黯然，一边回复着沈温庭一边道："周家现在不会，等闻家没落了就不一定了。"

利益远比感情重要，这一点周家和闻家都懂。艾思言没有问下去，随后想到一件事，道："周雨落好像下周就回来了，你就不担心？"

闻意放下手机："我担心什么？"

艾思言捧起闻意的脸，咬牙道："宝贝，那可是你的情敌。而且周雨落很不要脸，手段也高。"

闻意沉默了几秒，幽幽地说了一句："你见识过沈温庭的手段吗？"

艾思言："……"

沈温庭到达的时候，闻意还没有到。顾方原正在招呼几个朋友，见到沈温庭，便对那几个朋友道："我离开一会儿，你们先玩。"

他走到沈温庭身边坐下，礼貌地笑了笑："沈总。"

沈温庭："顾先生。"

顾方原有意套近乎，还在想合适的话题，沈温庭已经开口："听闻顾先生的酒吧最近在寻找投资？"

顾方原眼珠子一转，连忙给沈温庭倒了一杯酒："是啊，还在找呢。"

沈温庭扫了一眼那杯酒："顾先生觉得沈氏是否有资格？"

"沈总的意思是……"

"闻意终究是个女生，不适合经常泡在酒吧。"沈温庭语气淡淡道。

顾方原很上道："我也这么觉得。沈总放心，我明白的。"

原来沈温庭不是不在意闻意去酒吧，而是知道闻意的性子看似随和，实则有些倔强，说她一次两次还好，要是说多了，她必定会不高兴，甚至还会跟他闹脾气。

正因为如此，沈温庭才会从顾方原这里下手，让他做这个恶人。

沈温庭："多谢顾先生体谅。"

闻意和艾思言到的时候，聚会已经开始了。人不算很多，也就十几个。她环视了一圈，没看到沈温庭，倒是看到方译和顾方原在喝酒。

顾方原的人脉甚广，机缘巧合下认识方译也正常。

"哟，两位美女来了。"顾方原眼尖地看到闻意和艾思言，冲她们举了举杯，"思言，我给你点了你最爱喝的鸡尾酒，过来喝一杯。"

闻意挑眉："我的呢？"

顾方原笑了笑，道："沈总在这里，我可不敢让你喝酒。"他不仅不敢让她喝酒，以后还得在酒吧门口挂块牌子，写上"闻意禁入"。

闻意看向艾思言："我陪你去唱歌？"

艾思言摇头，看了一眼方译，又移开视线："我想喝酒。对了，沈温庭呢？"

顾方原把酒递给艾思言，道："他去走廊上接电话了。"

闻意还想说什么，艾思言戳了一下她的脸蛋："你去找沈温庭吧，我和顾方原喝酒。放心，我说了今天不杀生。"

闻意拍了拍艾思言的肩膀，才朝着走廊走去。走廊的尽头，男人背对着她站着，她刚走近，便听到他说了一句："嗯，吩咐下去。"

他的声音有些冷，与平日里和她说话时完全不一样。挂了电话，沈温庭转过身，清隽的眉眼在暖黄色的灯光下显得很柔和。看到她，他柔声问："你怎么到这里来了？"

"找你啊。"闻意挽住他的手，看着他的眼睛，问了一句，"刚刚你在和谁打电话？"

"白霄。"

闻意又问："生意上的事情？"

"一些琐事。"

沈温庭看向她，目光从她脸上扫过，又上下打量她一番，像是在确定什么一样。

闻意被他看得有些不自在，摸了摸自己的脸：“我的妆花了？”

“没有。”沈温庭道。

那你在看什么？闻意觉得沈温庭这人真的闷骚，说话喜欢只说一半，好在她已经习惯了，便也没有追问。

聚会的气氛已经热了起来，顾方原作为组织者，拿着话筒唱了起来，虽然算不上好听，但也不至于刺耳。

沈温庭和闻意一落座，便陆陆续续有人过来打招呼。闻意和他们都很熟，便聊了几句。

“沈总，好久不见。之前你们的婚礼我没能赶回来参加，在这里给你们赔个不是。”来人是宁家的小少爷，人憨憨的，小时候经常被闻意欺负。

沈温庭扫了他一眼，对他印象不深：“没关系。”

宁憨憨这人向来粗线条，没察觉到沈温庭的冷淡，乐呵呵道：“以前我觉得闻意性子闹腾可能嫁不出去，没想到她居然是我们这些人中第一个成家的！”

闻意阴恻恻道：“小宁子，你这是三天不打上房揭瓦啊。”

宁憨憨下意识地缩了缩脖子：“我今天不是来讨打的，而是来送祝福的。”

闻意没再搭理他，看向一旁的艾思言，她坐在角落里喝酒，看上去有些醉了。她戳了戳沈温庭的手臂，这时顾方原的歌声突然拔高，她只好凑到沈温庭的耳边道：“我过去看一下思言。”

温热的气息喷在沈温庭耳边，让他的身体僵了僵，他还没来得及回答，闻意就起身离开了。

宁憨憨见闻意离开了，这才大胆了些，举着酒杯道：“沈总，你和闻意真的很般配，我祝你们幸福长长久久。”

沈温庭眸色微动，似乎被这句话取悦了，很给面子地端起酒杯。

“多谢。”

第四章
他生气了

艾思言的酒量还不错，一般情况下她不会喝醉。闻意凑近一看，发现艾思言醉得连她都不认识了。

她伸出手在艾思言眼前晃了晃，问道："知道我是谁吗？"

"我老婆！"艾思言冲她傻笑了一下，抓住她的手，一脸得意。

闻意面无表情地纠正她："我是沈温庭的老婆。"

"唔……我老婆被臭男人抢走了！"艾思言抱住闻意的脖子，把头埋在她颈间，哇哇大哭起来。

她的哭声盖过了顾方原的歌声，所有人齐刷刷地朝她们看来。

顾方原也不唱歌了，笑道："没想到你的魅力还挺大，男女通吃。"

闻意瞪他："滚。"

顾方原把话筒丢给其他人："你们玩。"他走到闻意旁边坐下，瞧着艾思言，"我还是第一次见到她醉成这样。"

闻意没理他，哄着艾思言，直到把她哄睡着了，才把人放在沙发上。闻意扫了一眼旁边的方译："看够了？"

艾思言虽然性子跳脱，但不会无缘无故地喝这么多，唯一的可能就是方译和她说了什么。

方译微微叹息："抱歉，我先送她回家吧。"

闻意狐疑地看了一眼方译，有些不放心，道："万一你酒后乱性怎么办？”

方译笑了笑，抱起艾思言，道：“那我就只好对她负责了。”

他的语气很认真，不似开玩笑。

闻意越发头疼了，把艾思言的包挂在方译肩上，低声警告他：“你要是敢乱来，我就打断你的腿。”

方译笑了笑，低头看着艾思言：“行了，沈温庭的老婆，你去找你老公吧。”

“闭嘴，抱好她。”

艾思言走了，闻意也没有心思继续玩了，和其他人打了招呼，便带着沈温庭回家了。

回到家后，闻意把沈温庭丢在客厅，自己去洗澡护肤。等一切弄完，还没看到沈温庭的身影，她走到门口探出头瞅了一眼。

沈温庭一动不动地坐在沙发上，面色淡淡，如同雕像一般。

闻意纳闷，走过去叫了一声：“沈温庭？”

沈温庭抬头：“嗯？”

他的尾音浅浅上扬，勾得闻意心尖一颤，连声音都软了：“你怎么坐在这里不动？”

“头疼。”他说。

闻意端详着沈温庭，脑海里冒出一个想法：“你喝酒了？”

“嗯。”沈温庭诚实地点头，轻轻皱眉，似乎真的很不舒服。

沈温庭不会喝酒，也不喜欢应酬。闻意记得以前自己恶作剧带沈温庭去喝酒，他不仅头疼了很久，还被沈老爷子罚跪。自此之后，闻意就再也不敢让沈温庭碰酒了。

她拽着沈温庭进了卧室，忍不住训道：“谁让你喝酒的！自己去洗澡，我帮你做醒酒汤。”

把沈温庭塞进卫生间后，闻意翻出他的睡衣，然后看向他的内裤，微微红了脸，咬了咬牙拿了一条去了卫生间。

一进去就撞见沈温庭精壮的胸膛，闻意被晃了眼，对上他带着醉意的眸子，赶紧把他的睡衣放在旁边。

沈温庭洗了澡喝完了醒酒汤，便朝她伸出手：“过来。”

闻意放下手机走过去，被沈温庭一把拉到怀里，鼻尖狠狠地撞上他的胸膛，疼得她眼泪都流出来了。

“沈温庭！”闻意怒极，抬头瞪了他一眼。

“撞疼了？”沈温庭轻轻揉了揉她鼻尖。

闻意失神了片刻，仰头看着他：“沈温庭，你是不是醉了？”

沈温庭瞥她一眼，没说话。他的酒量虽然不好，但也不至于一杯就醉，不过头疼是真的，想以喝醉这个借口亲近她也是真的。

闻意盯着沈温庭认真地看了几秒，忍不住戳了戳他的脸。沈温庭没什么反应，只是沉默地看着她。她又扯了扯他的脸，他依旧没反应。

沈温温喝醉了！

闻意喜上眉梢，从沈温庭怀里挣脱出来，指挥道：“去给我洗一串葡萄。”

沈温庭定定地看着她，就在闻意心虚得想改口的时候，他站起身朝厨房走去。

闻意老大爷似的坐在沙发上，一副指点江山的架势：“再帮我倒杯红酒。”

沈温庭皆照做了。

被“压榨”了许久的闻意有种翻身做主人的感觉，不停地支使沈温庭做事，最后她自己累得趴在沙发上：“沈温温，给我按摩。”

闻意怕热，夏天的睡衣全是裙子，她不安分地动了动，裙子便撩上去一些，修长的双腿露了出来。

她有些红润的小脸微微偏着，用脚轻轻踢了一下沈温庭，催促他：“快点，我累了。”

沈温庭坐在沙发边缘，骨节分明的手指搭在她的肩膀上，不轻不重地按着。

闻意的骨骼纤细，她平时又注重身材管理，所以他掌下的肩膀小而瘦弱，仿佛按重了便会断了。

闻意舒服得眯了眯眼，扭头去看沈温庭。

她和沈温庭之间极少有这么温馨的时候。小的时候，她忙着和闻远打架。稍微长大一些，她就住进了沈家，每天在沈温庭的监督下学习，之后分别了四年，又经历了两年有名无实的婚姻。

“沈温庭，你是真的醉了吗？”闻意忍不住小声问道。

沈温庭手上的动作没停，也没有应声，像是没有听到这句话一样。

“真好，要不以后你每天都喝一杯？”闻意舒服得直哼哼，连声音都慵懒了几分，带着些许媚意。

沈温庭又按了一会儿，闻意才坐起来，捏着他的脸道：“让你平时欺负我！”

他也不反抗，只是微微垂眸，眸色清浅。他身上带着茶香，气质清冷，却又十分勾人。

闻意的心狠狠地跳了几下，她松开了手，目光盯着沈温庭的薄唇。在隐忍和放纵之间犹豫了几秒，闻意还是选择趁他喝醉吃一次豆腐。

她靠近沈温庭，在他唇上吻了吻。瞥见他眼底的清明，闻意有点紧张，随即又道：“这是奖励。”然后她又忍不住嘀咕了一句，“你是我老公，我亲一下怎么了？”虽然她和沈温庭没有感情，但是这并不妨碍她沉迷于他的美色。

闻意重新趴了下来，眯着眼说：“继续按。”

直到闻意发出均匀的呼吸声，沈温庭才停下手上的动作，低声喊她：“闻意。”

客厅里一片安静。

沈温庭抱起闻意，喃喃道：“真笨。”

自始至终，他都没有承认他醉了。

九月下旬，闻意和艾思言去了一趟M市。

刚入秋，天气依旧很热。苏禹桥正在拍一部古装剧，身上裹着好几层衣服，闻意看着就觉得热。

“这个剧组的帅哥还挺多的。”艾思言环视一圈，指着不远处一个穿现代装的男人，笑道，“古代人还穿短袖？”

“这是一部古装轻喜剧，双向穿越。”闻意看过剧本，题材很新颖，主演都是一些颜值高的新人。

“闻意，思言。”刚刚收工的苏禹桥笑着朝她们走过来，“我下午请了假，陪你们逛逛。”

艾思言接过话：“行啊，晚上找个清吧坐坐，你可以吗？”

苏禹桥毕竟是个明星，去酒吧那种人多的地方会遇到很多麻烦。

他点了点头：“我在这边认识了一个朋友，他开了一家清吧，就去那里吧。”

艾思言道：“好。”下一刻，她瞪大了眼睛，指着不远处的一个女人，不敢置信道，“那是谁？”

苏禹桥回头看了一眼：“我们这部剧的编剧，周雨落。”

闻意也看见了，饶是她教养再好，也忍不住想骂人。

周茜茜想把人塞进剧组，她姐姐倒好，直接做了编剧。她们姐妹两个果然是喜欢和她作对！

三人说话间，周雨落正好看过来。看见闻意，她有些诧异，随后温和地笑了笑，朝着他们这边走过来。艾思言立即挽住闻意的手：“走走走，再多看她几眼，我就吃不下饭了。”

苏禹桥看了周雨落一眼，没有说什么，跟上闻意的步伐，低声问了一句：“闻意，你不喜欢她？”

闻意点头，坦白道：“她是周茜茜的姐姐。”

苏禹桥了然，轻叹一声：“抱歉，我事先不知道。”

“你道歉做什么，又不是你的错。”闻意心中烦闷，可是对着苏禹桥又不好发火，只能道，“你在剧组要是受了欺负就跟我说，别跟上次一样自己忍着。好歹你喊我一声姐，我得罩着你。”

苏禹桥怔了怔，无奈地笑了：“好。”

沈氏。

沈温庭刚开完会，白景便上前来汇报：“太太已经到了剧组。”

沈温庭：“你安排下去，别让太太被狗仔拍到。”

影视城的娱记众多，再加上闻意是去探苏禹桥的班，难免会有些娱记想趁机搞出一些爆炸性新闻。

白景点头，看了一眼沈温庭，忍不住道：“太太把苏禹桥当作弟弟，沈总不用忧心。”

沈温庭停下脚步，看向白景：“我知道。”顿了一下，他又道，“查查苏禹桥。”

“好。”

他进了办公室，手机上弹出来一条微信消息。

周雨落：“我好久没见到闻意了，没想到在这里遇上了。等我这边结束了，我们一起吃个饭吧。”

她还发来一张照片，照片上，闻意眉眼带笑地站在苏禹桥身边。

沈温庭没有立刻回复，周雨落也不着急，一边吃着东西一边耐心地等着。

苏禹桥是被闻意拉入娱乐圈的，从他出道开始，闻意就一直捧着他。沈温庭虽然没说什么，但心里肯定是介意的，周雨落不相信他看到照片后会无动于衷。而猜疑，在婚姻里是最为致命的。

过了十几分钟，她才收到回复。

沈温庭：“把她拍胖了。”

周雨落自认为了解沈温庭，他出生在那样一个家庭，表面看似冷淡，实则有自己的骄傲。再者，任何一个男人看到自己的妻子在外面与别的男人亲密都不可能无动于衷。如果他对这种事情无动于衷，那么只有一个可能，他根本就不在乎闻意。

周雨落飞快地打字：“抱歉，我的拍照技术一般。下周我回去，一起吃个饭吧。”

沈温庭：“我最近很忙。”

周雨落懂得进退，知道沈温庭不喜欢缠人的女人，当下回复：“好，等你有时间我们再约。”

那头没再回复，周雨落也不在意，起身朝导演走去：“导演，我想改一下剧本。苏禹桥虽然是男主角，但是戏份未免太多了，您看要不要删减一点？”

导演看了她一眼，摇头道：“不行，沈太太说过，苏禹桥的戏份一点都不能动。”

周雨落只得道：“好。”

三人在商场逛了一会儿，吃了午饭，苏禹桥便带着闻意和艾思言去了清吧。

这个时段清吧人还不多，他们选了一个角落的位置坐下。驻唱歌手已经到了，正唱着轻柔的民谣。

“真是冤家路窄，那个周雨落怎么无处不在。”艾思言愤愤不平道，“现在还能换编剧吗？”

闻意有些烦躁道：“都拍了一半了，换不了。”

周家姐妹就像跟她杠上了一样，想方设法让她不舒服。

苏禹桥安安静静地听着两人说话，见艾思言准备喝酒，他提醒了一句：“这酒有些上头，你别喝太多。”

闻意看向艾思言：“那你别喝了，免得又发酒疯。”

上一次艾思言喝醉后抱着闻意号啕大哭的场景被人拍了下来，闻意在朋友圈里看到过好几次。

艾思言翻了一个白眼，没好气道：“放心，这次我有分寸。”她转头看向苏禹桥，“你不喝酒吗？”

苏禹桥摇头，指了指台上：“马上就轮到我了。我答应了朋友，替他唱一个小时。”

苏禹桥的嗓音条件很不错，只是音域不够宽广，平时唱唱民谣，配合着他低沉的声音，也足够吸引不少粉丝了。

上一首歌结束，苏禹桥便上了台。他弹着吉他，低低缓缓的歌声在清吧里响起。

艾思言一边倒着酒一边跟闻意说：“周茜茜好像惹到人了。”

闻意来了兴趣：“怎么说？”

“具体的情况我也不清楚。”艾思言想了想，道，“听说前天她去饭店吃饭，被人赶出来了。”

周茜茜脾气不好，完全就是一个被宠坏了的大小姐，估计又说错话得罪人了。闻意没有在意，把玩着手里的酒杯，瞧着艾思言：“思言，你就没有什么要坦白的？”

距离上次艾思言耍酒疯，已经过去了一个星期。这段时间闻意忙着画画，还没来得及好好盘问她。

“什么都没发生。”艾思言的语气听上去有些遗憾，“我睡了一觉，醒来的时候连他人影都没看到。”

闻意挑眉，方译倒是一个正人君子，果真是把人送到家之后就走了。她捏了捏艾思言的小脸，调侃一句：“你怎么一副遗憾的样子？”

艾思言挺了挺胸，不满道：“我身材不好吗？他居然无动于衷！”

敢情她在意的是这个？

话一出口，艾思言就察觉出了不对劲，赶紧否认：“我就是觉得他对我的身材不够尊重，没有别的意思！”

闻意无比嫌弃道：“你觉得我傻吗？”

艾思言诚实道：“你看起来确实不太聪明。”

闻意微笑道：“闭嘴，喝酒。”

因为苏禹桥还有夜戏，三人在清吧待到晚上八点多钟就离开了。

把苏禹桥送上车后，闻意还不放心地嘱咐：“要是周雨落给你下绊子，你一定要告诉我。”

周茜茜向来是明着来，不喜欢她就会表现出来，而周雨落不一样，她是表面和善，背后耍小心思。

这样的人才是最可怕的。

苏禹桥无奈地点头：“我知道。闻意，你别太担心我。”

一说到这个，闻意就气不打一处来：“我不问，你会说？这部戏算是一个过渡，等你的人气回升了，我再让人给你安排大制作。”

苏禹桥愣了愣，随即温和一笑：“好，以后我也会注意点，不会再选周雨落的剧本。”

待载着苏禹桥的车开远了，闻意忽然有些感慨。当初她认识苏禹桥的时候，他还是一个怯生生的大一新生，如今已经光芒万丈了。

艾思言见闻意露出欣慰的眼神，问了一句：“你把苏禹桥当儿子养了？”作为闺密，艾思言可是知道闻意为苏禹桥操了多少心。

闻意横了她一眼：“怎么可能！”

两人没有在这边过多停留，闻意买了之前看中的玉后便离开了。回去后，她先去看望了沈老爷子。

“这玉可好了。”把玉送给沈老爷子后，闻意兴致勃勃道，“玉养人，您可得随身带着，想我的时候就看看它。”

沈老爷子乐呵呵地收下：“只给我买了？”

“当然不是。”闻意笑嘻嘻地说道，“我给沈温庭也买了。”

沈老爷子佯装生气，眼里却带着笑：“哼，我还以为你只给我带了礼物。”

“我可是专程去给爷爷买玉的，沈温庭是沾了您的光。”闻意站起身来，替沈老爷子按摩着肩膀。

沈老爷子没好气道：“你就会哄我。”

闻意笑而不语，继续替他按着。再过两天就进入十月了，天气转凉，树叶已经开始飘落。她往外头瞧了一眼，道：“爷爷，最近入秋了，您可得记着多穿衣服。”

沈老爷子应下：“好好好，爷爷会照顾好自己，你们就放心吧。”

“对了，昨天温庭来了一趟，看起来瘦了一些，他是不是没有好好吃饭？”沈老爷子问道。

“那我回去替您教训教训他。”闻意哄着沈老爷子，“以后我保证监督他好好吃饭。”

“那就好。他也只听你的话。”沈老爷子轻声说了一句。

闻意看着院子里随风飞舞的枯叶，没有听清最后那一句。

沈温庭回到家的时候，就见衣柜敞开，闻意正站在几件晚礼服前，一副认真思考的样子。

听到声响，闻意扭头看过去：“沈温庭，你觉得我穿哪件更好看？”

沈温庭扫了一眼那些晚礼服，大多是露肩露腿的设计，甚至还有露背的。他从闻意的衣柜里挑出一件白色的裙子递给她：“这件。”

“这件太素了，不能让我艳压群芳！”闻意很不满意。

这次闻纪年的生日会，周茜茜姐妹都会参加。有情敌在的场合，她必须盛装出席，输什么也不能输了气势。

“试试。”沈温庭道。

闻意不情不愿地拿着裙子进了卫生间，过了几分钟才出来，喊道：“沈温庭。”

沈温庭循声看去，素色的长裙勾勒出闻意姣好的身材，抹胸的设计露出她精致的锁骨，锁骨下是一枚戒指，往下便是盈盈一握的腰肢，裙摆很长，只有半截小腿露在外面。

他的闻意真好看。

沈温庭朝她伸出手，闻意上前几步，被他揽入怀中，扑鼻而来的茶香侵占了闻意的所有感官。

头皮忽然传来轻微的疼痛，她微微仰头，头发被沈温庭松开来。他修长的手指替她梳理着长发，几缕发丝落在胸前，遮住了锁骨前的一小片美景。

“这样就够了。”沈温庭道，伸出手抚过她胸前的那枚戒指，“新的戒指还在做，再等等。”

闻意眨了眨眼，其实她一点都不着急。

“你是不是胖了一点？”沈温庭揽着闻意的腰，感觉有了些肉感，甚是满意。

闻意瞪他一眼：“闭嘴！”

这个男人太没有绅士风度了，居然说她胖！

闻意挣开他的怀抱，走到镜子前，左右看了一下，不满道：“不够性感。”

沈温庭扫了一眼，轻启薄唇：“这件好。”顿了一下，他又道，“你不胖。”

闻意咬牙道：“跳过这个话题！”

闻意换回睡衣后便去客厅看电视，而沈温庭就在旁边处理工作。

沈温庭工作起来十分专注，以前帮她补习的时候，时不时被她打断，他也能够重新找回思路。现在他就在她旁边，电视声音不小，他还能心无旁骛地翻阅文件。

闻意吃着薯片，起了捉弄的心思，拿了一片薯片递到沈温庭嘴边：“张嘴。”

“我不吃。”

沈温庭刚张嘴，闻意便顺势把薯片送了进去，顺便岔开了话题：“明天你不去吗？”

“明晚有一个合作要谈，我要晚一点才能到。”沈温庭咬下那片薯片，奇怪的味道在口腔里蔓延，他忍不住皱起眉头。

沈温庭不太放心闻意一个人去闻纪年的生日会，便嘱咐道：“明天你去了闻家别闹腾。”

她从来都没有闹，而是闻家人看她不爽。被沈温庭这么一说，闻意语气很冲地呛了回去：“他们不找我麻烦，我就不闹。”

知道闻意委屈，沈温庭放下文件，轻叹一声：“生气了？”

闻意扭过头，噘嘴道：“没有！”

看着闻意这样，沈温庭更加不放心：“闻意。”

闻意十分不爽地回道：“做什么？”

“不要冲动。”

闻纪年的五十大寿，来了不少人，闻意也掐着点到了。

艾思言提前到了，等了一会儿才看见闻意，赶紧凑上去：“你总算来了，闻总刚才还找你呢。”

“他不是找我，是找沈温庭。”闻意挑眉，把礼物放到旁边的桌子上。

桌子后的人看了她一眼，恭敬地说道：“闻小姐。”

“还是叫我沈太太吧。”闻意丢下这句话，就挽着艾思言进去了，“周雨落她们到了？”

话音刚落，闻意便看到了不远处的周雨落。对方妆容精致，一袭红裙勾勒出傲人的身材。

闻意低头看了自己身上的白裙子一眼，暗道果然不应该相信那个臭男人说的话！

而此刻，刚落座的沈温庭收到了来自闻意的抱怨：“骗子！今天周雨落艳压群芳，我就像是在旁边撒花的童子！你一定是故意的！”

沈温庭眸色微动，眼里闪过一抹笑意。

他的确是故意的。闻意不需要艳压群芳，让他一个人喜欢就够了。再者，他到底是个男人，自然不希望闻意在外穿太暴露的衣服。

“沈总？”旁边的中年男人喊了他一声。

沈温庭将手机熄屏，冷声说道：“沈氏提出的条件一个都不会变。”

直到晚上九点，这场谈判才结束。礼物早就准备好了，沈温庭带着白霄和白景去了闻家。

他们到的时候，客人们都走得差不多了。沈温庭环顾一圈，没看见闻意。闻纪年见到他，立即迎上去：“温庭，许久不见了。”

沈温庭看向闻纪年，礼貌性地打了一个招呼，道：“我回国之后一直忙于工作，一直未能来看望，还请闻总不要怪罪。”

“没事，知道你忙，可千万别累坏了身体。”闻纪年笑着道。

和闻意结婚两年，沈温庭从未喊过闻纪年“爸”，闻纪年虽然心中不满，却不敢表现出来。

沈温庭点头，不等闻纪年继续寒暄，便问：“闻意在哪儿？”

“她在院子里和茜茜她们聊天呢。”闻纪年笑了笑，见缝插针道，“温庭啊，听说沈氏最近在 K 市有个项目？”

“那个项目是方译负责的，我并不了解。”沈温庭直接断了闻纪年所有的心思，“闻总，闻意性子闹腾，怕她在外家不适应，我先过去看看她。”

听他把闻家比作外家，闻纪年的脸色又难看了几分。碍于沈温庭的身份，他又不敢发怒。

“好好好，知道你们夫妻感情好。”

等到沈温庭走后，闻远走过来，对闻纪年道：“爸，沈温庭未免也太目中无人了吧。”

“你要是像他那么厉害，也能如此傲气！”闻纪年没好气道，“瞧见了没，沈温庭现在是片刻都离不开闻意。最近你要讨好着闻意，即使她骂你，你也得忍着！”

闻远忍不住道：“之前那个项目……”

“那是因为闻意压根就没和沈温庭提过！”闻纪年一副恨铁不成钢的样子，“闻意喜欢画，你最近留意着点，看到好的就赶紧买下来！”

闻远心有不甘，却不得不应下：“知道了。”

闻家的后院很大，中间有个喷泉，四周的绿植郁郁葱葱，到了夏天有些招虫，闻意自小就不喜欢这个院子。

沈温庭余光瞥见凉亭里有一袭白裙，是闻意。她的身影被柱子挡住了，再加上绿植葱茏，尽管灯光明亮，他依旧看不清她的脸。

啪！一声响亮的巴掌声传来，沈温庭心口一窒，快步走了过去。

周茜茜捂着脸，不敢置信地看着闻意："你打我？"

闻意揉了揉有些疼的手心，轻飘飘地说道："怎么，还想我踹你？"

周茜茜很愤怒："你这个……"

她还没说完，就被一道低沉又冰冷的声音打断："闻意。"

闻意转过身，看到沈温庭，心中的委屈无限放大。她撇了撇嘴，朝他走过去，控诉道："沈温庭，她们欺负我。"

沈温庭的目光扫过她的肩头，顿时沉了下去。半晌后，他轻轻地叹了一口气："我们回家。"

闻意眨了眨眼，心不断地往下沉，执拗地说道："沈温庭，我说，她们欺负我。"

沈温庭扫了一眼亭子里的几人，过往种种浮现在脑海里。他有些头疼，却还是耐心地哄道："我知道，我们回家。"

闻意眼神淡漠地看着他，微微勾起嘴角："不回。"

她说完就准备离开，却被沈温庭扣住了手。他沉声喊道："闻意，别闹。"

闻意挣脱开他的手，愤怒地说道："闹你个头！"

不等沈温庭有所反应，她就离开了。

夜色沉沉，闻意透过窗子看着外面的夜景，眉眼间有些疲惫。

酒吧已经被她包场了，周围安安静静的，她有点不习惯。

"顾方原，上去给我唱首歌。"

顾方原都快给这位小祖宗跪下了。

顾家和闻家不熟，顾方原象征性地送了一份礼物便回来了，正忙着呢，就见闻意气势汹汹地冲进来，还点了一大堆酒，这会儿她正慢悠悠地喝着。

一想到之前答应沈温庭的事，顾方原就觉得无比头疼。

"闻意，小祖宗，现在已经不早了，劳烦您移驾回宫休息。"

闻意大手一挥："今晚朕就在这里休息。"

她还演上了？

顾方原一边给沈温庭发信息，一边按住闻意拿着酒杯的手，劝道：“行了行了，就算你千杯不醉，也不能这样喝。你有什么不顺心的事，跟哥说说。”

闻意被他按住手，也就没动了，看着他，忽然问了一句：“顾方原，你在外面闯了这么久，打算什么时候回家？”

顾方原是那种家里有钱，非得出来体验生活的富二代。因为开酒吧这事，他跟家里闹了很久。好在他有一个能干的姐姐，父母也就没有逼着他回家。

顾方原把她的酒杯移开，道：“怎么突然问起这事了？”

“今晚我看见你妈妈了，她憔悴了很多。”闻意道，“你有空就回去看看，你也老大不小了，别整天惹他们生气。”

“我知道。”

“你知道什么！”闻意气得踹了他一脚。这个男人什么都不知道，有那么疼爱他的父母却不珍惜。

莫名其妙被踹的顾方原压下怒火，咬牙切齿道：“闻意，你赶紧滚回家！”

“顾先生。”一道冷沉的声音突然响起。

顾方原呆了呆，转头看到沈温庭，忙道：“沈总，你来得正好，我先走了，晚一点我再过来关门。”

顾方原说完就溜了，偌大的酒吧里只剩下沈温庭和闻意。

闻意心里憋了气，扭过头去，不想搭理沈温庭。

沈温庭轻叹一声，在她身边坐下：“我来接你回家。”

“不回去。”闻意闷闷不乐道，“沈温庭，我现在不想看见你。”

她本以为，无论什么时候，沈温庭都会站在她这边。可是就在今晚，在她想要发泄的时候，沈温庭却让她回家，这无异于当着他人的面让她难堪，让她在讨厌的人面前下不来台。

她深吸了一口气，看着沈温庭道：“沈温庭，你走吧。”

沈温庭盯着她的肩看了几秒，随后微微靠近她，替她按着太阳穴：“喝那么多，明天又该头疼了。”

“跟你没关系。”闻意侧头，不让他碰自己。

沈温庭耐心极好，被她躲开也不恼，依旧轻轻地帮她按着。

闻意虽然生气，但也不会跟自己的身体过不去。她打了一个哈欠，闭上眼睛假寐。

过了好一会儿，沈温庭看着假寐的闻意，低声开口：“十三岁那年，你和周茜茜打架，膝盖摔破，落了疤。”

周茜茜学过防身术，闻意打不过她，膝盖摔破了，手也磨破了，不仅如此，闻纪年还责骂了闻意。那晚，闻意一夜未眠。第二天沈温庭见到她的时候，她的眼睛红红的，肿得像两颗核桃。

他父母感情破裂的时候，也是这样。众目睽睽之下，彼此破口大骂，甚至拳打脚踢，像野蛮人一样，用最粗暴的方法报复对方。

他见过太多两人歇斯底里的瞬间，他们在让对方脸面全无的同时，自己也没落到多少好。

他不希望闻意这样。

所以她遇到麻烦，他都会替她处理好，她只需要做一个无忧无虑的小公主就行了。她可以任性地躲在他身后，什么都不用管。

“闻意，我会处理好。”他说，“欺负你的人，我都不会放过。”

闻意推开他的手，气鼓鼓道：“沈温庭，你根本不懂我，我就是要在那个时候报复回去！”

谁要他的马后炮！再说了，他当着那么多人的面让她回家，就像错的是她一样！

沈温庭微微沉吟，道：“我派两个保镖跟在你身边。”

闻意：“你是要狠狠地揍她一顿吗？”

周茜茜虽然学过防身术，但只学了皮毛，小时候打得过闻意是因为闻意发育晚，那个时候个头比较小，要是换成两个保镖，周茜茜肯定不堪一击。

闻意撇了撇嘴，还是有些气不过：“我又不是小孩子，怎么可能会打架？”

沈温庭缓缓道：“周茜茜性子骄纵，她们又人多势众，今晚若是我没去，你和艾思言打算怎么收场？”

闻意不说话了，依旧一副气鼓鼓的样子，嘴巴噘得老高。

沈温庭假装没有看到她生闷气的样子，眼眸含着几分笑意：“我们回家？”

闻意还是没说话，沈温庭动作轻柔地按着她肩上的瘀青：“听话，先回家。”

细微的疼痛传来，闻意微微皱起秀气的眉头：“你看到了？”

周茜茜的确骄纵，一把把她推到了柱子上。她皮肤本就嫩，那么一撞，就留下瘀青了。周茜茜还恶语相向，闻意才忍不住打了她一巴掌。

“嗯。”沈温庭低声道歉，“这次是我不对。”

闻意怔了怔，有些不敢置信地看着沈温庭。和沈温庭认识这么多年，这好像是闻意第一次听到他跟自己道歉。

其实沈温庭也没有做错什么，她当时正在气头上，说话自然冲了一些。不过……闻意轻咳一声，道：“本来就是你的错！我是你太太，不管遇到什么情况，你都要护着我，站在我这边。”

“好。”

沈温庭也是第一次去爱一个人，还不懂得怎么对她好。他固执地想用自己的办法去保护闻意，却没有考虑过她的感受。

闻意看他一眼，道：“这次就算了，下次再犯，我们就分房睡。”

“不会有下次。”沈温庭道。

直到此时他才发现，他害怕闻意不理他。

沈温庭的认错态度过于良好，闻意都不好意思说他了，只得转移话题：“回家回家，我饿了。”

回家后，沈温庭为了哄闻意开心，做了一桌的美食。吃完后，闻意抱着自己圆鼓鼓的肚子瘫在沙发上。

沈温庭找了消食片递给她，又伸出手轻轻地给她揉着肚子。

闻意赶紧护住自己的小肚子，有些恼怒地说道：“不许摸！”

此刻的她肚子圆滚滚的，完全不复平时的纤瘦。对于自己的形象，闻意还是十分在意的。

“害羞了？”

沈温庭的声音醇厚、低沉，像音乐会上的大提琴声一样。

趁她愣神之际，沈温庭继续给她揉着肚子。过了好一会儿，他才让她转身。

她肩上的瘀青不算严重，但她的皮肤娇嫩，所以那处瘀青尤为显眼。沈温庭去冰箱里拿了冰袋敷在那处瘀青上。

冰冰凉凉的感觉让闻意有些不适应，她下意识地瑟缩了一下。

“别动。”

闻意乖乖地不动了，拿起手机打开微信，就见到艾思言发来的一串消息。

周茜茜推她时，艾思言差点拎起旁边的凳子砸过去。要不是闻意立马打了周茜茜一巴掌，周茜茜估计不只是脸挂彩了。

闻意：“我没事了，你到家了吗？”

艾思言：“到家了。你肩膀还疼吗？”

下一刻，艾思言就拨了一个视频电话过来，闻意接通，将手机摄像头对准自己的肩膀：“喏，就是青了一点。”

正在替闻意敷冰袋的沈温庭微微抬眸，看向镜头，他的神色极为冷淡，眼神微微凝着。

艾思言隔着屏幕都能感觉到他周身的低气压，她只迟疑了一秒，就眼疾手快地挂断了视频电话，随后给闻意发了一条微信消息：“知道你没事就行了，我明天再去看你。”

过了好一会儿，闻意有些坐不住了，哼哼唧唧道：“我想躺着。”

沈温庭收回冰袋，闻意立马躺在沙发上。他将冰袋放回冰箱里，从厨房出来，便听到自己的手机在响。闻意探头看了看，顿时沉下脸，看向沈温庭，道：“你的电话。”

沈温庭走过去，见到来电显示是周雨落。

他扫了一眼闻意，接通电话并开了扩音，然后随意地将手机放在一旁，这才冲着闻意道：“手给我。”

闻意没动，沈温庭便自己动手，把她的手拉了过来。她的手心倒是没有肿，只是不知道她还做了什么，指甲裂开了一点。

“温庭，闻意睡了吗？”周雨落轻柔的声音从手机里传出来。

闻意翻了一个白眼，她睡没睡关周雨落什么事。

“怎么？”沈温庭按住躁动的闻意，替她修剪指甲。瞧见她气鼓鼓的小脸，他眸色微暖。

“今天的事情，我很抱歉。茜茜被我宠坏了，所以才会那么冲动。只是我没有想到，闻意竟然会动手打人。”周雨落轻叹一声，虽然在道歉，却暗指闻意行为粗鲁。

闻意听得火气直冒。艾思言果然没有说错，周雨落的手段很高。

沈温庭没说话，只是专注地替闻意剪着指甲。闻意等了一会儿，没等到沈温庭开口，忍不住用空着的那只手戳了戳他。

沈温庭停下手中的动作去看她，闻意指了指手机，示意他说话。

那头的周雨落等了一会儿，见沈温庭没说话，继续说道：“我替茜茜跟闻意道个歉。明天你有空吗？我想请你和闻意吃顿饭，算是赔罪。”

沈温庭看向闻意，问道：“你想去吗？”

那头的周雨落愣住了，还没反应过来，便听到一道娇气十足的声音：“不去！”

“嗯，那就不去。”沈温庭替她剪完手指甲，对电话那头的周雨落说，“闻意被我惯坏了，受不得委屈，让周茜茜本人亲自跟她道歉。”

闻意眨了眨眼，沈温庭果然厉害。

果不其然，周雨落已经不像刚开始那么淡定了：“好……我会和茜茜说的。”

“嗯。”沈温庭直接挂了电话，低头看了一眼闻意，“满意了？”

闻意猛点头：“满意，十分满意！”

沈温庭仍旧看着她：“然后呢？”

“什么然后？”闻意疑惑地看了他一眼。

沈温庭抿着唇，没回答。

闻意也没再问，摸了摸肚子，懒洋洋地说道：“我要睡了，今天累死我了。”

沈温庭沉默地跟在她身后。

她满意了，却没有奖励？

买玉几乎花完了闻意的积蓄，虽然沈温庭不会让她缺钱花，但是闻意总觉得要有存款才安心。

她在网上接了两个单，趁今天画室没什么事，便在家里开了直播，开始作画。她的微博粉丝也就十几万，来看直播的人不算多，她也落得清净。

艾思言来了后，闻意便关了直播，专心致志地作画。

到了下午一点，闻意才停了笔。

艾思言已经点好了吃的，朝她招手：“快过来吃一点，别太辛苦。”

闻意伸了个懒腰，在外行人看来，作画既优雅又美好，其实是一件很辛苦的事，只有真正体会过的人才知道有多累。

“昨天我走后，她们没有为难你吧？”昨晚闻意太委屈了，一刻都不想看见沈温庭，就把艾思言给忘了。

“放心吧，你老公都来了，她们不敢对我怎么样。”艾思言从冰箱里拿出饮料，一边倒在杯子里一边跟她说，“其实沈温庭真的很在乎你，昨天你走后，他的脸色沉得那叫一个吓人。”她顿了一下，继续道，“估计是你说的话刺激到他了。我认识沈温庭也有很多年了，一直以为他是个不食人间烟火的男人。”

闻意夹了一块肉，慢悠悠地说道：“他要是那样的人，我能和他结婚？神仙和凡人结婚是触犯天条的。”

艾思言下意识道：“你不是小仙女吗？”

闻意顿了一下，赞赏地看了她一眼：“也是。”

“不对，我是想说，我觉得你们可以试试。”

闻意和沈温庭认识太久了，从她记事开始，沈温庭就一直在她身边，她已经习惯了他的陪伴，也坚信他会一直护着她，所以两人有没有感情似乎并不重要。

“实不相瞒，我想直接拿下他。”闻意很认真地看着艾思言，说，“你不懂这种能看不能动的憋屈，尤其是面对身材和相貌都堪称完美的沈温庭。”

艾思言猝不及防被塞了一嘴狗粮，懒洋洋地说道：“聊不下去了，告辞！”

画了一整天，闻意才画了一半。定制画比较麻烦，她常常要反复修改调整，才能达到满意的效果。

她看了一眼时间，已经下午六点多了，手机上有一条沈温庭在半个小时前发来的短信：“想去吃烤肉吗？”

闻意是典型的肉食主义者，而沈温庭口味清淡，不喜欢荤腥的东西，总觉得烤肉店的味道太熏，极少陪她去。

这一次，估计是因为惹她生气了，他才会主动提出邀请。

闻意回复：“好，我去公司找你。”

闻意把画架收好，还化了一个淡妆，穿着简单的T恤和牛仔裤便出门了。

她打了一辆车，很快就到了沈氏集团。

“夫人好。”这段时间闻意来了不少次，公司里的人几乎都认得她。

闻意点点头，坐了电梯上去，一出电梯便撞见了白霄。

白霄怔了怔，随即恭敬地说道：“太太，沈总正在和人谈事情，不过应该快结束了。”

“哦，那我去他办公室等他。”闻意道。

“太太，沈总说了，您要是来了，直接去会议室。”

闻意挑眉。沈温庭虽然不介意让她听到公司的事情，但是这么主动地让她过去，好像还是第一次。

等白霄打开会议室的门，闻意便知道是为什么了。里面坐着三个人，而周雨落是其中一个。

会议室很大，前面摆着圆形的桌子，中间是长形办公桌，往后便是类似于榻榻米的地方。

闻意第一次进来的时候，还吐槽过这个设计。如果她是沈温庭，就往榻榻米上一躺，看着员工们讨论。

周雨落起身，温柔地笑了笑：“闻小姐……”

“是沈太太。”一旁的沈温庭开口。

周雨落面色一僵。闻意没看她，朝着沈温庭走过去，挽上他的手臂：“谈完了？”

“嗯。”沈温庭道。

白霄尽职尽责道：“周小姐，请。”

周雨落看了一眼沈温庭，道：“那好，我先走了，改日再谈。”

还有改日？

闻意怒视沈温庭，还没来得及开口，便听到身后传来一道幽幽的声音："我能走了吗？我可是连续写了三天代码，沈温庭，你能不能有点人性？"

沈温庭："辛苦。"

闻意扭头看过去。方译捶了捶自己酸痛的手臂，跟她抱怨："管管你老公，我都准备下班了，他非得拉我过来，他是不是有毛病？"

沈温庭并未解释，只是看向闻意："走吧。"

上了车，闻意纳闷地问道："你让方译待在那里做什么？"

"怕你把我和周雨落待在一起的画面拍下来发到网上……"

闻意愣住了。

当时她不过是随便说说，没想到这个男人记得那么清楚。她轻咳一声，淡定地说道："做得不错，继续保持。"

夜幕还未降临，市中心已经点亮了灯火。闻意微微扭头，看着旁边的沈温庭："周雨落找你做什么？"

"想让我投资剧本。"

周雨落比沈温庭大一岁，一直在写小网剧剧本，最近两年才算有了点成绩，所以想和沈氏合作。

"沈温庭，你觉不觉得……你有点像一个香饽饽？"闻意沉思了一会儿，才想到这个无比贴切的词。不管是闻纪年还是周雨落，都想和沈温庭搞好关系。

沈温庭沉默了几秒，才道："他们只是想从我这里得到利益。"

生在沈家，沈温庭自小就知道这个道理。他身后是沈家，这就代表着他和别人不同，也注定了能交心的朋友很少，好在他也不介意，他性子清冷，一个人倒也自在。

闻意的出现打乱了他原本平静的生活，他却觉得甘之如饴。

"谁说的，周雨落不是还想得到你的人吗？"闻意哼了哼，"她喜欢了你那么多年，你看不出来？"

车子稳稳当当地停下，沈温庭看着闻意，眼底的光忽明忽灭："那你呢？"

这么多年，她也没看出来他对她的爱意。

“你的人我不是已经得到了吗？”闻意一副扬扬得意的样子，“哦，钱财也得到了。”

沈温庭不语，面色淡淡地解开安全带下了车。

闻意有些蒙，赶紧下车，走到沈温庭面前，瞧着他似乎不怎么开心，纳闷地问了一句：“你生气了？”

她寻思着自己好像也没做什么吧。

“你看错了。”沈温庭的声音越发冷淡。

唉，沈温温生气了。

第五章
我们来玩个游戏

第二天，闻意和沈温庭的相处模式又恢复如常，闻意不禁怀疑，昨天沈温庭生气只是她的错觉。

因为周六有课，闻意便去了画室。

艾思言也跟了过去，绕着淡定画画的闻意转了几圈，忍不住问她：“你就不担心周雨落要什么手段？”

“昨天她就回剧组了。”闻意道，“今早苏禹桥跟我说的。”

那部剧还没拍摄完，听苏禹桥说，周雨落不仅是编剧，还是副导演。

“难怪你这么淡定。”艾思言若有所思，扫了一眼旁边的桌子，看到一个画本，便拿了起来。

她翻开第一页，见上面画着一男一女两个卡通人物，女生躺在沙发上，男人给她按摩着肩膀，虽然只是简笔画，却生动可爱。

“这是你画的？还挺有趣。”艾思言又往后翻了翻，还有两幅简笔画，其中一幅画着女生给男人涂身体乳，因为画不出来身体乳，闻意还在旁边写了“身体乳”三个字。

“对，无聊的时候随手画了几张。”闻意道，放下毛笔，看向艾思言，“你觉得画得怎么样？”

艾思言想了想，很认真地提出建议：“很有趣，如果数量够多，可以出一本漫画集。你有没有兴趣画漫画？”

闻意摇头：“暂时没有。”

画室的工作已经够她忙了。

“那就算了，偶尔画一画当作娱乐也可以。”艾思言把画本放回原处，有些好奇地问，“你从哪里得到的灵感？”

闻意拿过画本打开，拍了两张照片发给沈温庭，才回答道：“这是真实发生的事情。”

艾思言很惊讶：“画上的人是你和沈温庭？”

“对。我记性不太好，也不会写脚本，所以喜欢把有趣的事情画下来了。”

艾思言有些不敢置信：“你的意思是，你给沈温庭擦过身体乳，他还给你按摩过？”

沈温庭没有立刻回复，闻意放下手机，不解地看向艾思言：“这不是很正常吗？”

沈温庭说过，夫妻之间理应如此。

艾思言一时说不出话来。

她深吸一口气，压下心中的激动，拍了拍闻意的肩膀，郑重其事地说：“都是我的错，我带着你泡吧、蹦迪，却没有教会你人间情事，所以你才那么傻。”

闻意一脸茫然。

艾思言是个行动派，当天就给闻意买了几本言情小说，还不忘嘱咐她：“你一定要看，我只能帮你到这儿了。”

闻意从画室出来的时候，沈温庭还没有结束工作，她索性去他办公室等着。两个人一个处理工作，一个看着小说，十分和谐。

方译进来的时候，扫了一眼闻意，调侃道：“哟，你来查岗呢？”

闻意放下书，打开一包薯片，回道：“哟，你还单着呢？”

闻意知道方译想要追回艾思言。只是可惜，艾思言最近迷上了一个小明星，一直忙着应援，都没打算理他。

“知道我单着也不帮帮忙。”方译笑道，看向沈温庭，毫不犹豫地出卖自己的老板，“你帮我追艾思言，我帮你看着沈温庭，怎么样？”

“我相信我老公，他一直洁身自好，不像某些人。”闻意笑得甜甜的，她这话无疑是在方译胸口上插了一刀。

方译被呛得哑口无言，换了一个办法：“我给你钱。”

沈温庭抬眸，轻轻地扫了他一眼：“文件给我，人可以走了。”

方译赖着不走：“我再和她聊两句。这样，闻意，你说你想要什么？”

闻意有些动摇，下意识地看了一眼沈温庭，道：“不好意思，我只花我老公的钱。”

方译：“我以前怎么没发现你俩这么黏糊？”

闻意“哼”了一声，指着门口道：“你赶紧走吧。”

方译不死心：“真不帮我？”

闻意擦了擦手，重新拿起小说：“方译，追求女孩要拿出真心。我要是帮你，你的真心在哪儿？”

方译愣了愣，随即反应过来，冲她笑了笑：“多谢提点。”

“嗯，记得发个红包给我。”闻意道。

方译失笑。

聒噪的人终于走了，房间里只剩下闻意和沈温庭。

闻意看了十几页，觉得故事情节还不错，大概是因为从来没有看过这类小说，她觉得很新鲜。只是她的想象力太差，无法理解小说中的一些情节。

她自动把男主角代入到沈温庭身上，忍不住频频抬头，看着认真工作的沈温庭。

闻意的目光太过灼热，沈温庭想忽视都不行，他只能暂时放下手中的工作，看向她：“怎么了？”

闻意又低头看了一眼书，思索一番后，很认真地说道：“沈温庭，我们来玩个游戏吧。”

沈温庭的视线落在她手中粉色的书封上，看到了上面的字——亿万总裁的小娇妻。

小娇妻？

沈温庭挑眉：“什么游戏？”

“我说你来做。”闻意道，选取了刚刚看到的一段话，“顾寒一只手轻敲桌面，另一只手随意地搭在一旁，冷漠地看着面前的女人。”

沈温庭沉默了，闻意见他没动，催促道：“快点。”

他只得照做，极为冷淡地看着她。

面前的沈温庭和书中的男主角重合，闻意十分激动：“对对对，就是这样！我们继续。顾寒嘴角勾起一抹邪魅的笑，说‘女人，你成功引起了我的注意’。”

沈温庭起身朝闻意走去，坐在她身边，目光落在书本上，只见上面写着：“顾寒捏着苏小沫的下巴，勾起嘴角，不顾她的反抗，狠狠地吻了上去……”

沈温庭指了指其中一段，问：“要照做吗？”

“不了，你还是去工作吧。”闻意红着脸道。

在闻意打了周茜茜的第五天，闻远居然带着人前来道歉了。

他约闻意在一家咖啡厅见面，闻意实在不喜欢咖啡，幽幽地看着对面的甜品店，心想，闻远带着人来道歉也不事先了解一下她喜欢吃什么，实在是太没诚意了。

“闻意，之前茜茜跟你闹了矛盾，我很抱歉，今天特地带她来跟你道歉。”落座后，闻远开口道。

闻意回过神，看了一眼愣神的周茜茜，懒懒地说道：“我怎么觉得你身边这位不太乐意？”

闻远瞪了一眼周茜茜，周茜茜忙低头道：“闻意，是我错了，我不该那样说你母亲，也不该推你。”

这么多年过去，对于周茜茜的挑衅，闻意早就无动于衷了。她唯一不能忍受的便是他人侮辱她早逝的母亲，而周茜茜正好触了她的逆鳞。

闻意对母亲的印象不深，只记得她很温柔，会给自己梳辫子，还会轻声唱歌给自己听。

闻意六岁那年，母亲病逝，之后不到一个月，莫清美就被接进闻家。在闻意心里，谁都不能侮辱她母亲，她母亲才是闻纪年明媒正娶的女人，谁知莫清美的孩子比她还大，这不是明摆着打她们母女的脸吗！

闻意挑眉，敷衍地“哦”了一声。

周茜茜急了：“我真的不是故意的，我那时正在气头上，谁让你老是跟我作对。”

她虽然看闻意不爽，但也不会无知到拿一个已故的长辈去挑衅闻意。但当时她在气头上，说话就没过脑子。

“我跟你作对？也不知道是谁凑到我面前找骂，还推了我一下。”闻意端起面前的咖啡，轻抿了一口，小脸顿时皱了起来。

太苦了。

“谁让你那么高傲，让人讨厌！”周茜茜气愤地说道，听到闻远轻咳一声，她连忙改口，不情不愿道，“反正我错了。我都跟你道歉了，你也别咄咄逼人了。”

闻意懒得理会周茜茜，看向一旁的闻远，问：“你呢？”

闻远不明所以：“什么？”

“既然说到我母亲，你也欠我一句道歉。不过，就算你道歉了，我也不会原谅你，即便如此，你还是得跟我道歉。”闻意道。

闻意恨闻家，恨闻纪年的无情，恨闻远的存在，也恨莫清美的厚颜无耻。

闻言，闻远几乎要把后槽牙咬碎了，但是一想到沈温庭，他只能压下怒火，道：“对不起！”

虽然闻远的道歉很没有诚意，但是闻意还是很满意。

她放下咖啡，起身道：“道歉我收下了，希望你们以后别在我面前作妖，我的脾气真的不好。”

闻意一走，周茜茜便不满地说道：“她也太傲气了吧！”

“闭嘴！”闻远何曾这么憋屈过，一想到都是因为面前的周茜茜，他就来气，“让你没事别招惹闻意，你偏不听！”

周茜茜一怔。闻远继续道：“知道为什么周家的项目被抢，上次你去饭店被赶出来吗？”

周茜茜摇了摇头。

“无论沈温庭喜不喜欢闻意，闻意终究是他的妻子，是沈太太，你动她，便是在打沈温庭的脸。你觉得，沈温庭会不闻不问吗？”闻远没好气道。

周茜茜的脸都憋红了，大小姐脾气又上来了，她朝着闻远吼道：“你怎么老凶我！”

闻远深吸一口气，沈家他搭不上，要是再失去周家的帮助，他的位置怕是就保不住了。

闻远放缓了声音，哄着周茜茜：“乖，别生气了，我刚才是气急了。”

周茜茜的脸色缓和了一些，说：“那你去给我买杯奶茶，这咖啡苦死了！”

闻远耐着性子道：“好。”

出了咖啡厅，闻远便撞见白霄，赶忙恭敬地说道：“白助理，我和茜茜已经跟闻意道过歉了，收购的事情您看……”

白霄面无表情地回答闻远：“沈氏暂时不会出手。闻先生，请好自为之。”

闻意离开咖啡厅后，沈温庭就一直跟在她后面，虽然有白霄看着，但他依旧不放心。

看到她进了一家甜品店，点了一大堆吃的，沈温庭才放了心，他正打算回公司，手机便响了起来。

“沈温庭，我今天很开心。”闻意高兴道，她吃了一口甜品，又说，“你要是能在十分钟之内出现在我面前，我就给你一个奖励。”

沈温庭看着不远处眉眼弯弯地吃着甜品的闻意，从容不迫地朝她走去：“什么奖励？”

“奖励你一个亲亲。”

闻意的心情很不错，她知道闻远之所以服软，大概率是因为沈温庭出手了。难得开心，闻意一时冲动就逗了逗沈温庭。

其实话一说出口，她就有点后悔了，觉得自己像在调戏良家男子一样。转念一想，沈温庭这会儿应该在公司，离这里不近，开车少说也要半个小时。

定了定神，闻意挂了电话，继续吃着甜点。甜点的味道不错，总算压下了刚才那口咖啡的苦味。

一块甜点还没吃完，她的视野里就出现了两条笔直的腿。

闻意眨了眨眼，看着面前突然出现的沈温庭，努力咽下嘴里的奶油，问道：“你、你怎么来了？”

他是开飞机过来的吗，速度这么快！

“刚好在附近办事。”沈温庭在她对面坐下，扫了一眼满桌的甜点，道，“少吃甜食。”

“哦。”闻意乖乖地点头，将一块甜品往他跟前推了推，“奖励你的。”

“不吃。”

他专注地看着她，眸子里荡着几分复杂的情绪。明明是一双极为冷淡的眼眸，闻意却觉得里面蕴藏着炽热的岩浆，仿佛只要一个触发点，便会喷涌而出。

想到自己刚刚在电话里说的话，闻意越发心虚了，不敢对上沈温庭的视线，赶紧岔开话题：“闻远和周茜茜会跟我道歉，是因为你吗？”

“嗯。”沈温庭道，“不仅如此。”

还有什么？

闻意看着他，这个男人却又不说话了。她鼓了鼓腮帮子，很郁闷。

两人离开甜品店，沈温庭带着她往车边走，白霄已经在车里等着了，看见两人，恭敬地喊道：“沈总，太太。”

看见白霄，闻意才确定了沈温庭是真的在附近办事，于是乖乖地上了车。

闻意坐在车上思考了很久，也没能想出来沈温庭还做了什么，只得扯了扯他的袖子：“你说说你还做了什么，让我高兴高兴。”

沈温庭不为所动，瞧了她一眼，神色淡淡地训她：“坐没坐相。”

闻意气急，这个臭男人刚温柔了两天，又恢复了一贯的清冷。她扭过头，没好气道：“你不说算了，我也不想知道。”

旁边的男人没出声。

闻意没辙了，她轻咳一声，装作不在意地说道：“你要是愿意说，我就勉为其难地听一下。”

驾驶座上的白霄实在没忍住，扑哧一声笑了出来。从后视镜里看到闻意怒气冲冲的模样，他赶忙道：“太太，刚才我的脸抽筋了。”

“哦，你再抽筋一下试试看？”

白霄立马闭嘴，专心开车。

直到回到家，闻意都没撬开沈温庭的嘴。

闻意踩着鞋后跟脱着鞋，仰头看了一眼面前的沈温庭。这个男人把她勾得心痒难耐，他却一副没事人的样子。

闻意把包丢在一旁，没好气道：“你是接受过特殊训练吗，嘴巴那么紧，怎么都撬不开？”

沈温庭突然停下脚步，闻意一时没注意，直接撞了上去：“沈温庭，你……”

余下的话被沈温庭的唇堵了回去。

沈温庭的吻来势汹汹，不等她有所反应，他就开始攻城略地。她呼吸间尽是他身上好闻的茶香，还掺杂着一丝甜点的香味。

他的吻轻柔又急促，闻意根本招架不住，手指紧紧地拽住他的衣角，被动地配合着他。直到她感觉脑袋有些发蒙，沈温庭才慢了下来，轻轻吻着她的唇，不过几秒，又凶狠起来。

闻意不知道这个吻持续了多久，红晕从她耳后蔓延至脸蛋的时候，沈温庭才放开了她。

唇齿间有甜甜的味道。沈温庭的口味一向清淡，他最不喜欢甜腻的东西，今天尝了甜点，他觉得甚是满意。

闻意早就腿软了，如果不是沈温庭搂着她，估计她已经站不住了。

沈温庭浅浅的呼吸声落在她耳畔，修长的手指撑在她脖子后面，肌肤相贴的感觉十分撩人。

虽然两人结婚后亲过好几次，但闻意还是第一次看见这么疯狂的沈温庭，与平常克制清冷的他截然不同。

闻意被美色迷得晃了晃神，手指依旧拽着沈温庭的衣角。

“撬开了。”他说。

闻意：“哦。”

因着那个吻，闻意一时间不知道该怎么面对沈温庭。晚上睡觉的时候，她借口说要看电视剧，不等沈温庭同意，就溜去了书房。

她很晚才睡着，第二天醒来的时候已经日上三竿，沈温庭已经出门了。闻意按了按酸痛的脖子，从床上爬起来。昨晚沈温庭不在身边，她坐着睡着了也没人管，居然落枕了。

闻意转了转僵硬的脖子，慢吞吞地下床去洗漱，简单地吃了一点东西后便去了画室。闻意觉得自己最近太过懒散，是时候努力一把了。

“你老公太帅了！”她刚准备好画具，门口便传来艾思言兴奋的声音，接着她就被艾思言一把抱住。

“慢点慢点，我脖子疼。”闻意猝不及防地被她紧紧搂住，疼得几乎要飙出眼泪。

艾思言赶紧放开她，瞧着她一脸痛苦的样子，忍不住笑出了声：“哈哈哈，我真想把你现在的样子拍下来！”

闻意没好气地瞪她一眼：“闭嘴，说正事。”

“没什么正事，就是过来八卦一下。”艾思言搬来一张凳子，反坐在闻意面前，“你老公这次做得太棒了。我听说周茜茜被她爸教训了一顿，据说还被打了。”

闻意若有所思，难怪那天周茜茜的脸有些红肿，粉底都盖不住。

当时她还有点不好意思，以为是她那一掌打得太重了，原来是周茜茜她爸后来又补了一巴掌。

“对了对了，闻远也表态了，说不会再让周茜茜插手闻家的任何事务。”艾思言怔了怔，道，“我有个大胆的猜想……”

难怪闻意一直顺风顺水，即使遇到麻烦，很快也会得到解决，她原本以为是沈老爷子的手笔，可是现在想想，沈老爷子一直待在别院，不可能管这些，那么最可能的就是……

艾思言羡慕地说道：“你不仅结婚了，老公还那么优秀，而我还是单身！”

闻意安慰性地拍了拍她的肩膀：“其实单身也有单身的好处。”

艾思言看着她，一脸期待：“比如说？”

“比如说，我和你就是已婚少妇和单身少女的区别。”

艾思言点了点头：“似乎有那么一点道理。”

闻意开始画画后，艾思言便不再打扰她，安安静静地坐在一旁，拿起上次那个画本看起来。小漫画又更新了，漫画中的女生照顾男人吃药，给他暖肚子。

最近要处理的事情不算很多，沈温庭把今天的工作做完，也不过下午四点。

知道闻意在躲他，沈温庭今天早早地便起床了。一整天下来，她都没有发来任何消息。

他的朋友圈极为干净，上面显示的全是闻意的动态，最新一条是在一个多小时前发布的。

闻意：连载小漫画第二弹！

漫画的内容是上次他胃病犯了，闻意照顾他的场景。

“沈总。”门外传来白景的声音，接着她推门而入，身后跟着白霄。白景手里抱着一幅画，似乎有些为难：“沈总，这是闻先生送给太太的礼物，让沈总您转交一下。”

沈温庭保存了那张漫画，放下手机，道：“给我看看。”

白景点头，小心翼翼地把画递给沈温庭，想了想，又道：“沈总，闻先生还送了不少衣服和首饰过来。”

闻远没有拿到华艺那块地，地位岌岌可危，如果不是因为闻纪年所持的股份比较多，可能他早就下台了。对闻远来说，目前最重要的是巴结沈家，而其中的关键就是闻意。

那是一幅油画，笔触细腻，用色大胆，意境悠远，颇有水墨画的韵味。

沈温庭扫了一眼：“挂在公司。”

白霄下意识地看向墙上的那幅画：“沈总，要不要把这幅换下来？”

沈温庭不咸不淡地瞥了他一眼。

白霄打了一个激灵，赶忙转移了话题：“沈总，明早六点您还得去出差，今天先回去好好休息吧。”

“嗯。”

对于沈温庭出差这事，闻意是不知道的。她僵着脖子回到家的时候，沈温庭正在做饭。她扫了一眼客厅里的行李，问道：“你要出差？”

她声音里是藏不住的欢喜。

“明早的飞机。”沈温庭端着菜出来，看见闻意直直地站在客厅，道，“洗手吃饭。”

闻意僵硬地转过身，问他：“你这次出差多久？”

“不确定。”不告诉她时间也好，免得让她有了准备。

“去哪儿？”

“加拿大。”

“哦。”闻意想了想，还是转身进了卧室，给他拿了御寒的装备。

沈温庭怕冷，偏偏他这人又不喜欢表达自己的想法，如果不是特别亲近的人，还不知道他有这个毛病。

“这个季节，加拿大那边已经很冷了。”闻意把暖宝宝和小包冲泡姜汤递给沈温庭，指了指行李箱，“你自己放进去。”

沈温庭盯着她的脖子看了几秒，问：“落枕了？”

闻意僵着脖子回答：“有一点。”

“难受？”

闻意翻了一个白眼，这不是废话吗？今天画画的时候，她都不敢乱动，就怕动一下，整个脖子都疼。

沈温庭挑眉，语气甚是寡淡：“书房睡着很舒服？”

他这是什么语气！

闻意哼了哼，道：“当然很舒服。”

“那你今晚继续睡书房吧。”沈温庭坐下来，给自己盛了一碗饭，“我明天得早起，正好不打扰你。”

闻意原本以为沈温庭只是随便说说，没想到他真的让她在书房睡了一晚。

书房的床狭窄，因为当时设计的时候考虑到只是暂时休息的地方，床垫还有些硬。闻意习惯了睡大床，再加上这是沈温庭第一次主动让她睡书房，她气得辗转反侧。

脖子又疼，也不敢乱动，闻意只能顶着僵硬的脖子继续看剧。

最近她爱上了一部剧，男主角很帅，他那双浅蓝色的眼睛看向镜头的时候，她便觉得他在撩自己。

要不是这个男演员人在国外，闻意很可能去找个剧本给他拍，然后天天去探班，欣赏他的“神颜”。

时间一晃而过，外面的天蒙蒙亮了，门口传来轻微的声响。闻意一个激灵，赶紧将手机熄屏，闭眼装睡。

沈温庭不喜欢闻意熬夜，平时在家的时候，都会严令禁止她熬夜追剧。她每次哼哼唧唧不情愿的时候，沈温庭便搬出熬夜伤身、早睡早起精神好之类的大道理。知道闻意听不进去，沈温庭便直接没收她的手机，从根源上解决问题。

开门的声音传来，闻意紧张得屏住了呼吸。

男人的脚步声很轻，闻意闭着眼睛，也不确定他是不是进来了。

沈温庭看着直直地躺着的闻意，床头灯还开着，闻意细长的睫毛轻轻颤动，明显在装睡。

他也不打算拆穿她，只是坐在床头，替她拉了拉被子。余光扫到一旁的手机，他伸手去拿，不小心碰到了她的鼻尖。

“阿嚏！”闻意鼻子发痒，狠狠地打了一个喷嚏，下意识地睁开眼睛，便对上沈温庭深邃的眼眸。

闻意的大脑飞速地转动着，很快她便瓮声瓮气地“唔”了一声。

沈温庭没搭理她，打开了她的手机，上面是一个外国男人，看上去很年轻。

“你就是看他看到了现在？”沈温庭淡淡地问。

“哪、哪有。”闻意立马否认，“晚上十二点我就睡了。”

沈温庭扫了一眼她的脖子：“还疼？”

“疼！”说到这个闻意就委屈，“这张床硬死了，又窄又不好睡。沈温庭，要不我们改造一下次卧吧？”这样她和沈温庭闹别扭了也不用来书房睡。

沈温庭看了她一眼：“阳台可以改造。”

这个房子里就不应该出现第二张床，要不是怕闻意画画累了没地方短暂休息，这张床也不会存在。

闻意喜欢在阳台上晒太阳，立刻否定了这个提议：“那还是算了，换张床就行。”

沈温庭定定地看着她，语气沉沉：“怎么，你打算一直睡在书房？”

他的语气怎么有些不对劲？

瞥见沈温庭有些难看的脸色，闻意眨了眨眼：“不是你让我睡书房的吗？”

沈温庭沉默了几秒，道：“跟你说了那么多，你只听进去了这一句。”

闻意心道：那你到底是不是想让我睡书房？

都说女人心海底针，她倒觉得沈温庭的心思才不好猜。

清河湾离机场不近，沈温庭待了一会儿就离开了。

沈温庭走后，闻意回到主卧睡到了八点才起床，她先去烟水别院看望了沈老爷子，然后才去画室工作。

最近一段时间，闻意乖了很多，不追星不泡吧，就连艾思言都调侃她：“自从沈温庭回来后，你就从良了。”

闻意叹息一声，摸着胸口前的戒指喃喃道：“不从良不行，家里管得严。”

艾思言毫不客气地笑话她：“婚姻果然是女人的坟墓。”

闻意瞪她一眼，继续画小漫画。

艾思言闲得无聊，绕着画室走了一圈，指着多出来的那幅画，有些惊讶地说道：“这不是毛大师的画吗？我记得他的画可是千金难求啊。”

艾爸爸喜欢书画，前几天艾思言还看到自家老爹看着这画的照片感慨有钱都没用，连幅画也买不到，结果转眼她就在这里看到了。

闻意扫了一眼那幅画：“哦，那是沈温庭送给我的礼物。”

“又送？”这已经是这个月沈温庭送地第四幅画了吧？关键是这些画不仅昂贵，还十分难买。

闻意丢给她一个嘚瑟的小眼神：“没办法，谁让我老公宠我。”

艾思言被噎住了。

沈温庭出差后，闻意就放飞自我了。

她换了一身衣服去酒吧，却被人拦在门口：“很抱歉，沈太太，我们老板说过了，您不能进去。”

想她闻意恣意地活了二十四年，还是第一次被人拦在门口。她面上十分平静，微笑着道：“叫你们老板出来。”

那人一脸为难：“老板出来了也没用。”

闻意咬了咬牙：“让你去你就去，别废话。”

那人大概也知道闻意的身份特殊，不敢招惹，只得朝里面喊道：“顾老板。”

“来了来了。”顾方原刚走到门口，看见熟悉的脸，心里暗道不好，还没来得及开溜，便被闻意喊住了。

“顾方原。”闻意双手环抱在胸前，“是钱不香了，还是你皮痒了？”

顾方原十分头疼，只得换上笑脸迎上前：“钱当然是香的。”

命也是很重要的。

“我这酒吧庙小，要不您换一家？”反正他只答应了沈温庭不让闻意来他酒吧，至于她去不去其他酒吧，就不归他管了。

闻意狐疑地看了他一眼：“你脑子坏掉了？”往常他可是很乐意她来这里做冤大头的。

顾方原刚想解释，闻意的手机便响了。

“闻小姐，苏禹桥吊威亚时不慎摔下来，手骨折了。”接通电话后，李玉敏的声音从电话那头传过来。

闻意询问了几句，便坐了最近的一班飞机飞过去，直接去了医院。

李玉敏正守在病房门口，看见闻意，赶紧迎了上去：“医生看过了，说没什么大碍，就是得休养一段时间，所以可能得跟剧组请假。”

“那就请假，这是因为剧组的疏忽造成的，我们不告他们已经是仁至义尽了。”闻意一脸不耐烦，扫了一眼病房，“他醒着？”

李玉敏点头：“他醒着呢，不过还没吃晚饭，闻小姐可以进去看看，我已经让人送了晚饭过来。”

闻意点头：“好。”

“闻小姐。”闻意走到门口，李玉敏又问了一句，“这事要不要告诉媒体？”

之前因为周茜茜的有意为之，苏禹桥被雪藏过一段时间。最近他天天在剧组拍戏，也没有什么曝光，现在若是把他受伤的消息放出去，倒是能够获得一点热度。

闻意想了想，摇摇头：“不用，让他好好休息。”

舆论最是麻烦，苏禹桥现在受伤了，应该静养。

她打开门，见苏禹桥坐在床上，正看着电视里播放的爱情剧。看到她，他浅浅一笑：“你来了。”

“疼不疼？”

闻意虽然没有骨折过，但是看着他打了石膏的手，就知道不会好受到哪里去。

“还行，已经不疼了。”苏禹桥道，“让你费心跑一趟，其实你可以不用来……”

“苏禹桥。”闻意打断他的话，“我把你当弟弟，你受了伤，我能不来？”

苏禹桥怔了怔，有些不好意思地解释：“抱歉，我只是怕打扰你。”

“你不用这么见外。”闻意被苏禹桥客气的态度弄得很不舒服，她扫了一眼电视，挑刺道，“演技这么差的人也能演戏，现在娱乐圈是没人了吗？”

苏禹桥知道她心中有气，温声道：“姐，我渴了。”

闻意看向他：“还知道使唤我？”

苏禹桥轻笑：“毕竟你是我姐。”

闻意的脸色缓和了一些，她给他倒了杯水：“人为还是事故？”

苏禹桥迟疑了几秒，道：“应该是事故。”

“我让李玉敏去查，你安心养伤。”

苏禹桥接过那杯水，顿了一下才说：“姐，我不是小孩子了。”他的言下之意是不想让闻意插手这件事。

闻意沉默了一会儿，道：“嗯，遇到麻烦记得找我。”

在苏禹桥的病房里待了一会儿，闻意便去了酒店。

第二天醒来的时候，她想着跟沈温庭说说这事，便拨了一个视频电话过去。

那头的沈温庭正在参加一个活动，看到闻意打来的视频电话，往旁边走了走。白霄见状，赶紧跟在他身后。

接通后，沈温庭看到闻意背后是一面白墙，明显不是在家里，便问：“你在哪儿？”

“在酒店。”闻意一边拿起衣服一边看向手机。

“啊啊啊，沈温庭！”

一阵尖叫突然从手机里传出来，白霄有些蒙，平时沈总出差，也不见太太这么热情。

沈温庭轻皱眉头：“闻意……”

“沈温庭，你赶紧让让，别挡着我看‘崽崽’！”

好巧不巧，沈温庭参加的活动里有一位来宾便是闻意正在追的那部剧的男主角。

沈温庭是品牌合伙人，所以他的位置在前排，离舞台不远。那边的闻意也不着急了，坐在床上聚精会神地看着难得的直播。

“啊啊啊，‘崽崽’怎么那么帅！”

沈温庭面无表情地将镜头移开了一点，对着舞台旁边的柱子。

“把镜头转过去，快转过去！我家‘崽崽’要唱歌了！”闻意都快急哭了。要是昨天她死乞白赖地跟着沈温庭过去，现在就能近距离地看“崽崽”了。

“闻意。”沈温庭的声音低低的，“我挂了。”

“别别别，让我再听一首歌！”她家“崽崽”很少唱歌，如此难得的机会，怎么能错过，“让我听完，等你回来了，我保证都听你的！”

“确定？”沈温庭看向镜头里的闻意，怕打扰到别人，他戴上了蓝牙耳机。

她穿着浅色的衬衫，外面配了一件薄外套，俏丽的小脸化着淡淡的妆，一双眼睛里仿佛有无数星光，灵动又耀眼。

“嗯！”闻意忙不迭地点头，眼睛直勾勾地看着手机。

得到允诺，沈温庭也不催促了，安安静静地举着手机，让她看完。

一旁的白霄无声地轻叹，他跟在沈总身边也有些年头了，一直觉得闻意是一个特殊的存在。

白霄曾经以为沈温庭只是因为极具责任心，既然把人家姑娘娶回家了，就好好对待。时间久了，白霄才发现，他完全是因为爱她。

一首歌听完，闻意仍觉得意犹未尽。“崽崽”已经下台了，她也只能收心：“沈温庭，你能不能帮我跟‘崽崽’要个签名？”

沈温庭瞥了她一眼，拿着手机出了会场，来到走廊上的窗边：“你怎么在酒店？”

“苏禹桥摔伤了，我过来看他。”闻意道，把手机放在茶几上，这才仔细瞧着沈温庭，见他衣衫单薄，不由得有些不满，“那边不是冬天吗，你怎么穿得跟我一样？”

“室内开着暖气，不冷。”沈温庭道。

“那你也不能总待在外面。”

等等，为什么那么像妻子在关心自己在外出差的丈夫？

闻意转移了话题：“你记得把暖宝宝贴好，别冻着了。爷爷昨天还让我提醒你注意身体，等你这次出差回来，我们去烟水别院住两天。”

沈温庭此时非常疲倦。他坐了十几个小时的飞机，入住酒店后稍微休整了一下便来参加活动了，基本没有休息。听到闻意的声音，他才觉得放松了几分。

他也不插话，就静静地听闻意说。

“苏禹桥不让我插手，我待两天就回去了。”

她虽然不用像普通上班族那样朝九晚五，但也是有任务的，拖个两三天已经是极限了。

暖暖的灯光落在沈温庭俊朗的面容上，大概是隔着屏幕的原因，闻意觉得这张脸又好看了几分。

“注意安全。”沈温庭的声音低沉而轻缓。

这会儿沈温庭那边正是晚上，他身后是一片流光溢彩的城市夜景。

“沈温庭。”闻意瞧着他身后的夜景，心里蠢蠢欲动，“我好像从来没有和你一起出过国。”

沈温庭心里一动，瞧着闻意的小脸，道：“下次带你来。”

“好！”闻意冲他笑了笑，又问他，“我们结婚两年了你才想起带我出国，你是不是该补偿我？”

闻意耍小心机的时候，眸子十分灵动，还带着一丝狡黠。

“你想要什么？”

“帮我要我家‘崽崽’的签名。”闻意兴致勃勃道，“他应该是品牌代言人吧？我觉得这个品牌可以进入中国，顺道让‘崽崽’过来宣传一下，效果肯定很棒。”

“闻意。”沈温庭打断她天马行空的幻想，“代言人年底就换。”

闻意心碎了：“那……签名？”

“也没有。”他还没有大方到帮妻子去问其他男人要签名。

闻意生气了：“那还有什么？”

有他。

挂了电话，沈温庭看向不远处静静等候着的白霄：“让白景看紧苏禹桥。”

白霄怔了怔，斟酌了几秒才道：“沈总，苏禹桥是太太一手捧出来的，他对太太也很好，应该没问题吧？”

沈总该不会是吃醋了吧？太太把苏禹桥当作亲弟弟，要是知道沈总暗中调查苏禹桥，估计又得闹脾气了。

沈温庭转头看向窗外，灯光照亮了大地，却无法触及暗沉的夜空。

“但愿如此。”

陪着苏禹桥吃了一顿午饭，闻意便跟着他去外面晒太阳。

他虽然戴了口罩，但是依旧很容易被认出来，闻意忍不住问：“不怕被拍到？”

苏禹桥笑了笑，有些无奈：“可能已经没人记得我了。”

从当红小生到被雪藏了几个月，好不容易有戏拍了，结果手又摔断了，闻意能理解苏禹桥的心情，安慰他：“怎么会，我朋友天天念叨着你呢。”

苏禹桥看向闻意，精致的丹凤眼里带着些许笑意：“其实现在这样也挺好的，安安静静的。”

见到苏禹桥的第一眼，闻意就觉得他的眼睛很好看，非常灵动。只是，闻意已经见过了更好看的眼睛，所以没有被惊艳。

顿了一下，闻意问他：“娱乐圈让你觉得很累吗？”

对闻意来说，这是一个很大的心结。当年她年少无知，为了破坏周茜茜的计划，没有征求苏禹桥的意见就把他拉进了娱乐圈。

闻意始终觉得对不起苏禹桥，年轻气盛的时候她做了很多不过脑子的事，唯独这件事让她很后悔。

苏禹桥是个活生生的人，并且与闻家人、周家姐妹完全不一样。

苏禹桥怔了怔，随即摇头：“做什么工作都很累，虽然做演员不容易，但我觉得还不错。”

闻意听不出他是在安慰自己还是真的觉得不错：“你要是累了就告诉我，反正解约也没有违约金，你想离开就直接离开。”

苏禹桥低低地笑了一声："闻意，你别总把我当孩子。倒是你，都这么大的人了，做事还那么冲动。听思言说，前些日子你和沈总吵架了？"

"没吵架，就是我单方面和他冷战。"说起这事，闻意还颇为骄傲，"不过这架吵得值！"

苏禹桥也没细问，只是道："以前沈总不在你身边，你散漫一点也没关系。现在沈总回来了，你也得学着去改变自己。你们是夫妻，得在一起过一辈子。虽然我和沈总接触不多，但是像沈总那样的人，为了你应该放弃了很多东西，只是你不知道。你啊，也该收收心，学着去照顾沈总，别总跟一个孩子一样。"

闻意翻了一个白眼，听他絮絮叨叨说了半天才开口："苏大明星，你才多大啊，怎么总是一副老气横秋的样子？"

苏禹桥无奈："我怕我不说，没有人告诉你。"

闻意一怔。

确实，对于这些事情，闻家的人不会告诉她，艾思言没心没肺的，比她还要闹腾，自然也不懂。沈温庭总是管着她，而她向来任性，他越是不让她做什么事，她越要做。只有苏禹桥像个老师一样，耐心地教她怎么和别人相处，怎么克制冲动。

闻意哼了哼，压下心口的酸涩之意："知道了，我一直在照顾沈温庭。你不知道他这人爱干净，又有强迫症，整天让我收拾屋子。我是他老婆，又不是老妈子！"

苏禹桥失笑："确定不是因为你搅乱了他的私人领域？"

闻意一噎。

在医院待了一会儿，闻意便去了商场，买了很多东西才身心俱疲地回到酒店。

闻意趴在酒店的大床上，累得完全不想动，休息了一会儿，她打开微信，给沈温庭发了条消息："给你买了几件外套，你回来后试试。"

半晌没有收到回复，沈温庭估计正在忙。闻意翻了个身，磨蹭了好一会儿，才不情不愿地去洗澡。

洗完澡后，她收到了沈温庭的回复，只有一个"好"字。

他就不能多打几个字吗？！

闻意气得没了继续跟沈温庭聊天的欲望，看了几集电视剧便睡了。

在这边待了两天，明天又是周末，闻意便买了下午的回程机票。她买了一大堆零食送到医院，扫了一眼坐在窗边看书的病号：“给你买了零食，你无聊的时候可以吃一点，亲测好吃不胖。”

苏禹桥：“好。你是今天下午的飞机？”

“是啊，等会儿吃了午饭我就要去机场了。”顿了一下，闻意又有些遗憾地说道，“你说你的外在条件这么好，演技也好，怎么就是个不争不抢的性子呢？”

苏禹桥合上书，看向闻意：“一切随缘，不用强求。”

“我知道，这是你的选择，我也就随口一说。”话音刚落，敲门声响起，闻意道，“进来。”

“苏先生……”一道轻柔的声音传来，闻意转头看过去，是周雨落。

“闻小姐也在啊。”周雨落眼里闪过一抹诧异。

“嗯。”闻意并不觉得意外，周雨落来慰问一下受伤的演员也在情理之中。

周雨落笑了笑，把带来的水果放在桌面上：“看来闻小姐和苏先生的感情的确不错。”

闻意抬了抬眼，漫不经心道：“你不用暗讽什么，这里没人想听你的废话。”

说起来，闻意和周雨落之间从来没有发生过直接冲突。

周雨落的高高在上，反衬出她的不幸。周茜茜脑子愚笨，虽然看她不顺眼，却想不出办法来对付她，在背后给周茜茜出谋划策的人是谁，不言而喻。

周雨落笑了笑，也没在意闻意说的话，依旧温和地说道：“苏先生，关于你受伤的事，我代剧组跟你道歉。拍摄延期的事情，你不用担心，一切损失都由剧组承担。”

苏禹桥回了她一抹十分礼貌的微笑：“麻烦你了。”

“你好好休息。”周雨落说完，看了一眼闻意，“苏先生，剧组还是希望能把这件事情压下去。这段时间就委屈你，尽量不要和外人接触，以免走漏消息。”

闻意挑了挑眉："他确实应该少和外人接触，所以麻烦周小姐赶紧走吧。"

说完，她也不看周雨落的脸色，对苏禹桥说了一句："我先走了，你照顾好自己。"

出了医院后，闻意慢悠悠地走着，走出一段距离，就听到身后传来周雨落的声音："闻小姐。"

闻意停下脚步，回头看她："有事？"

周雨落看着闻意那漫不经心的神情有些不爽，勉强扯出一抹微笑："闻小姐不喜欢温庭吧？以前温庭在国外也就算了，现在他回来了，你们朝夕相处的，闻小姐不会觉得累吗？"

"周雨落。"闻意眉眼轻扬，语气不似往常那般散漫，而是多了几分冷意，"现在是秋天了。"

周雨落有些蒙："什么？"

闻意微笑着说："树叶都黄了，你还想绿我？"

第六章 我有你

闻意的记性是真的不好，尤其是对于那些烦心事。回到家后，她就把周雨落忘记了。

也不是她心大，只是周雨落高中时就喜欢沈温庭，这么多年过去了，两人要是能成早成了，更别说现在沈温庭已经结婚了。而闻意毫不怀疑沈温庭对婚姻的忠诚。

她回来的当天晚上，艾思言便约她出去吃饭，一见面便问她："苏禹桥真没事？"

"没事，就是手骨折了，养一段时间就好了。"闻意打着哈欠，她不喜欢坐飞机，一坐飞机就觉得很累。

艾思言紧紧皱着眉头："我看新闻说他伤得很重。"

"新闻？"闻意很诧异，"什么新闻？"

"就是微博上面的新闻，都已经上热搜了。"艾思言说着打开了手机，"喏。"

"苏禹桥拍戏受伤"这个话题已经爬上热搜榜前十，苏禹桥还发了一条微博："谢谢大家关心，我会好好养病。"

转眼间，这条微博的评论数已经高达好几千。

网友们纷纷安慰他，也有人谴责剧组，甚至有人怀疑是不是谁故意针对苏禹桥。

热度居高不下，连带着苏禹桥正在拍的那部剧也上了热搜，粉丝都为他打抱不平。

闻意看了两眼，便不想再看。

虽然她跟李玉敏说过不要把苏禹桥受伤的消息放出去，但明星受伤这种事情，有时候瞒不住也是正常的。医院人多，他就算戴着口罩，也有可能被人认出来。

“不过话说回来，他这一受伤，拍戏耽搁，行程也耽搁，对他的发展可能有些不利。”艾思言轻叹一声，托着腮帮子道，“现在他受伤的事爆出来，热度是上去了，不过以他的性子，估计不喜欢这样。”

闻意轻垂眉眼，没再说什么。娱乐圈太乱，苏禹桥不愿去争，她也理解。

人嘛，没必要事事做到极致，开心最重要。

吃完了饭，闻意便回家躺着了。

接下来的几天，闻意一边带班教学，一边完成未画完的画稿，忙得头昏脑涨，加上天气变凉，她晚上有时踢被子，于是便着了凉。顶着昏沉的脑袋画完了最后一点，闻意洗了个热水澡，又吃了药，便躺上了床。

她辗转反侧，看了一眼手机，拨出了沈温庭的电话。那头传来冷冰冰的提示音，他的手机关机了。他说过今天回来的，现在都快晚上十一点了，依旧没有消息。

身体实在是难受得紧，闻意有些委屈，闭了闭眼，努力想睡着。

其实这两年来，沈温庭大多数时候都在国外，闻意一个人也过来了。自从沈温庭回来之后，闻意就觉得有了依靠，每每伤心难过的时候，就下意识地想要去依赖他。

加拿大那边忽降大雪，航班延迟了将近一天。直到第二天天边泛白，沈温庭才回到家。

他脱下外套进了卧室，见床上被子隆起一团，顿觉心中一暖。

一身的疲倦在此刻仿佛全部卸下，沈温庭走到床边，却发现闻意的脸红得有些不正常，睡梦中的她眉头紧蹙，似乎很难受。他探了探她的额头，一片滚烫。

沈温庭立马打横抱起闻意，朝外面走去。

“唔……”闻意迷迷糊糊地醒过来，睁开眼便看到沈温庭，一时间有些恍然。

她眨了眨眼，伸出手环住他的脖子，委屈道：“沈温温，我难受。”

她的小手滚烫，呼出的气息也带着灼人的热度，沈温庭放软了声音哄道：“忍一下，马上带你去医院。”

给闻意穿上一件风衣，把她裹得严严实实的，沈温庭才带着人下楼。

最近的一所医院离得不远，当初选择清河湾的时候，沈温庭就是看中了这一点。

闻意一直昏昏沉沉的，直到手背被针刺入，她才清醒了一点，下意识地看向旁边的男人，哼哼唧唧地说道：“疼。”

沈温庭替她扣好扣子，有些无奈地说道：“别乱动。”

闻意眨了眨眼睛，不满地说道：“我都生病了，你就不能对我温柔些吗？”

沈温庭顺着她：“好，我错了。”

护士看了两人一眼，笑了笑，提醒了一句：“打了点滴，回去再好好睡一觉。”

闻意这会儿还困顿着，下意识地把头靠在沈温庭身上：“我睡会儿。”

“嗯。”

闻意醒来的时候，脖子有些酸痛。她转了转脖子，看着近在咫尺的沈温庭，好半晌才出声：“我好像落枕了。”

沈温庭失笑。

刚刚退烧，闻意全身还很疲软，下车后，她趴在沈温庭的背上，道：“还是难受。”

“你再睡会儿，晚上我给你做些清淡的菜。”沈温庭道，背着她慢慢地走向电梯。

“可我想吃火锅。”发烧的人嘴里总是没味，再加上闻意嗜辣，吃清淡的东西对她来说就是一种折磨。

她忍不住戳了戳沈温庭的肩膀，认真地说道：“护士说了，对待病人要温柔一点。”

“闻意。”沈温庭低声道，“你说过，我回来后你都听我的。”

“我能撤回这句话吗？”闻意十分后悔，她就不该一时冲动说出这种话。

“超过两分钟，撤回不了。”

闻意心想：你一个连朋友圈都不知道在哪儿的老古板，什么时候知道撤回还有时限了？

她本来就说不过沈温庭，这会儿脑子还发蒙，正在绞尽脑汁想着怎么反驳的时候，突然看到远处有一道熟悉的身影，看着有点像周雨落。她还没来得及细看，沈温庭已经背着她进了电梯。

回到家，沈温庭简单地做了一些菜，闻意吃过后，又上床睡觉了。

这一觉睡得很舒服，醒来的时候，闻意感觉有什么东西压着她。她睁开眼，看着身上的两床被子，沉默了一会儿，道：“沈温庭，你是想压死我吗？”

听到声音，沈温庭抬起头，随即走到床边，掀开被子，将闻意从里面捞了出来。

闻意双腿一环，直接挂在了他腰上，哼道：“我饿了，想吃火锅。”

“没有火锅。”沈温庭就着这个姿势把她抱去洗手间，“下来，自己洗漱。”

闻意乖乖地下来，洗漱之后跟着沈温庭出去。扫了一眼电脑，闻意才反应过来，沈温庭为了陪她，今天没有去公司。

她心里生出一丝愧疚，问他：“公司的事情不要紧吗？其实我好得差不多了，要不你现在去公司加班？”

沈温庭走进厨房，看向身后的小尾巴，淡淡地回道：“今天的事情不多。”

怎么可能不多，每次出差回来，都是沈温庭最忙的时候。只是闻意生病，沈温庭不可能留她一个人在家。

这些年，闻意虽然年纪渐长，但很多习惯一直没变，比如半夜踢被子，睡觉也不老实，一到换季的时候就容易感冒。

“哦。”闻意乖乖地点头，这会儿精神好了，就在沈温庭身边晃悠。

“我不要吃清蒸鱼，要红烧的！”闻意嚷嚷道，盯着锅里的鱼，要不是她不会做菜，估计这会儿直接上手了。

沈温庭看她一眼：“再说话，连鱼都不给你吃。”

闻意闭了嘴，眼神幽怨地看着沈温庭。

沈温庭不为所动，做好三菜一汤才端出去。

菜式太过清淡，闻意吃得索然无味，吃了小半碗饭就放下了筷子，寻思着待会儿沈温庭工作的时候，她再偷偷地点些外卖。

沈温庭看向闻意的饭碗，皱了皱眉头，冷下声音：“再吃一点。”

闻意不肯：“我饱了。”

对上沈温庭的眼神，闻意赶紧道：“最近我胖了些，得减肥。”

“不吃也不会瘦。”沈温庭道，把鱼推到她面前，“鱼肉的热量不高，你多吃点。”

闻意不吭声了。

小时候闻意挑食，沈老爷子就让沈温庭监督她吃饭。被面无表情的沈温庭盯着，闻意只得乖乖地吃完。

闻意的恢复能力还算不错，第二天她就活蹦乱跳了。在确定闻意没事之后，沈温庭才去了公司。

在过了几天画室和家里两点一线的生活后，闻意被艾思言拉出去训了一顿：“作为豪门富太太，你能不能活得像样点？哪个富太太像你这样拼命工作，挣的钱还不够买一个包包。宝贝，你要学会享受生活！”

闻意打了一个哈欠，道：“你不懂，人若没了梦想，那和咸鱼有什么区别？”

她倒也不是有什么伟大的梦想，就是喜欢画画，也乐于把画画当成自己的工作。

艾思言顿了一下，才道：“那大佬，你养我这条咸鱼可以吗？”

闻意丢给她一个嫌弃的眼神，抿了一口奶茶，舒服地眯了眯眼：“最近方译不是在给你献殷勤吗？他应该愿意养你这条咸鱼。”

“算了吧。”艾思言有些闷闷不乐，“他就是个花心大萝卜，能搞出上次的学姐事件，谁知道会不会来一个学妹事件。在哪里跌倒……”

“就在哪里吃一顿烧烤。”闻意淡定地接了下一句话，“想吃烧烤吗？”

这几天闻意吃得十分清淡，早就馋得不行了。

话题转得太快，艾思言怔了怔才道：“好，我早就想找你一起去吃烧烤了，就怕被你家沈总说。”

“我都不怕，你怕什么。”闻意挽着她的手往烧烤店走，“话说回来，你要是真的放下了方译，那就直接拒绝他，省得浪费时间。你要是愿意，我给你介绍几个对象？”

艾思言嫌弃地说道：“那我还是单身吧。”

“行吧。”

想了想，艾思言又道：“你让我再考虑几天。”

闻意点了点头：“好好想清楚，这人啊，最怕留下遗憾。”

在外吃了顿烧烤，闻意本想着回到家就洗个澡，结果一进门便撞见沈温庭在客厅里打电话，听到开门的声音，他微微转头看向她。

闻意心口一跳，佯装淡定地从他身后走过去，正准备去洗澡的时候，却被沈温庭喊住：“闻意。”

闻意很心虚，慢吞吞地转过身，不情不愿地朝着沈温庭走过去：“做什么？”

方译在电话那头笑着道：“闻意回来了？”

“嗯。”

“我说你啊，对人家温柔些，追女孩子嘛，只要你温柔一点，很快就能拿下。”

沈温庭朝她伸出手，把人拉到身边，微微俯身便嗅到了一股烧烤味。他皱起眉头，说了一句：“下次聊。”

眼看着沈温庭挂了电话，闻意更加忐忑了，直接把艾思言卖了：“是艾思言非拉我去的，我一口没吃！”

沈温庭看着她，神色淡淡，摆明了一副不相信的样子。

“一口没吃？”

闻意忙不迭地点头：“真的，我就是陪她而已。”

唇上突然被男人不轻不重地吻了一下，闻意愣神之际，沈温庭已经撬开她的牙关，迅速地在她唇齿间扫了一圈，然后才慢慢地退出来。

“吃了牛肉？”

闻意被沈温庭撩得心痒难耐，盯着他的薄唇道：“好吃吗？”

沈温庭没有回答这个问题。烧烤不好吃，她的味道倒是不错。

“那些东西不干净。”

“很干净，卫生都是达标的。”闻意忍不住小声反驳，那又不是路边摊，而是正规的烧烤店。

沈温庭很轻地“嗯”了一声，看她一眼：“倒是胖了些。”

闻意怒视他：“我劝你收回这句话，不然我要生气了！”

她是小仙女，小仙女怎么可能会胖？！

沈温庭捏了捏她的腰，道：“这样刚刚好。”以前闻意太瘦，抱起来都有些硌手。

闻意微笑：“打住，不要再讨论这个话题了。”她拍开沈温庭的手，扫了他一眼，胡乱地在他身上摸了一把，这才去洗澡。

尽管沈温庭说她胖了正好，但是向来注重身材管理的闻意绝对不允许这种事情发生，第二天下午她就拉着艾思言去了健身房。

艾思言觉得莫名其妙：“我不胖，不需要减肥。”

闻意瞪她一眼，掐了掐她腰上的肥肉：“这还叫不胖？”

艾思言没好气地说道：“你不懂，这是我为即将到来的冬天囤积的脂肪。”

“反正你也没事做，就当消遣了。”

健身房的前台是一个长相清纯的女生，看起来像个大学生，闻意忍不住多看了几眼，总觉得有些眼熟。

女生看向闻意，笑道：“两位女士，请在这边填写你们的信息。”

闻意收回视线，填写了信息，递给女生：“给我办一张月卡。”

女生看了一眼她的信息，脸上的笑容淡了几分：“闻小姐是吗？”

“嗯，怎么了？”闻意盯着她的脸，越发觉得眼熟，一时间又想不起来在哪里见过。

“没、没什么。”女生咬了咬唇，正准备录入她们的信息，他的手机突然响了。

闻意扫了一眼，女生立即把手机调为静音模式，又将手机屏幕扣在桌面上，小心翼翼地看了闻意后，飞快地录入信息。

闻意轻笑：“你紧张什么？我长得很可怕吗？”

艾思言瞅了她一眼，这张脸勾人得很，跟可怕完全挂不上钩。

女生猛地摇头，把月卡递给闻意，说：“没有，我只是觉得闻小姐很好看。”

“我也这么觉得。”闻意摸了一把自己的脸，“你嘴巴真甜，很讨人喜欢吧？”

女生怔了怔，说话都有些不利索了：“闻小姐，我……”

“你别紧张，我就是随口一说。你这副样子，被人看到了，还以为我欺负你呢。”闻意笑得有些肆意，修长的手指在桌面上轻轻敲着，“你年纪轻轻的做什么不好，非得上赶着被人玩？”

闻意把月卡还了回去：“卡我不要了，钱呢，你自己处理。”

女生的一张脸顿时变得惨白：“闻小姐，我是不是做错了什么？您说出来，我可以改。”

“演技还不错。”闻意挥了挥手，拉着一脸茫然的艾思言离开了。

出了健身房，艾思言还是一副不明所以的表情：“虽然看你呛得有点爽，但是我能问问，那个女生到底对你做了什么吗？”

“她就是被闻远包养的那个女生。”闻意道。

她只见过对方一次，所以刚才一时没有想起来。那通电话打进来的时候，闻意看到了来电显示，这才想起来。

艾思言震惊了，好半晌才道：“果然是人不可貌相。”顿了一下，她又问，“不对啊，她都被你哥包养了，为什么还要去打工？”

“这你就不懂了吧，这叫以进为退。”闻意敲了敲艾思言的脑袋，她解释道，“闻远好歹也是闻纪年一手带出来的，一般的手段怎么能搞定他，让他死心塌地？刚才那个女生一边接受闻远的包养，一边自立自强，是不是像极了言情小说里的女主角？男主角觉得这个女人特别有趣，就越陷越深，最后两人修成正果。”

艾思言虚心求教：“哪本小说？”

“就你上次送我那本。”闻意道。

艾思言怀疑她们看的不是同一本小说。

“那你打算告诉周茜茜吗？”

“我都跟她说了好几次了，但她不信。”闻意耸了耸肩，虽然她讨厌周茜茜，但更看不惯出轨的人。

看了一眼天，闻意感慨一句：“周茜茜的春天要来了。”

“啊？”

“她将在冬天拥有一片草地。”

艾思言送闻意回清河湾的时候，正好撞见了周茜茜。

“哼！”大概是上次在闻意这里吃了瘪，周茜茜心里有气，又想到周父的警告，不敢去招惹闻意，便打算扭头离去。

“周茜茜。”艾思言喊住她。

周茜茜回头，恶声恶气地说道：“做什么？我今天不是来找碴的，而是来买房的！”

闻意挑眉：“买房？你要搬到这里住？”

周茜茜赶紧道：“我才不会住在这种破地方，我是给我姐买的！”

破地方？这里寸土寸金，要不是周围没人，周茜茜这句话不知道要惹怒多少人。

闻意差点被气笑了，见她这副蠢样，最后一次提醒她：“周茜茜，你很喜欢闻远吧？”

周茜茜愣了愣，有些羞涩地说道：“关你什么事！”

闻意眼里的笑意越发深了，还带着几分同情：“当然不关我的事，我只是想告诉你，闻远不喜欢你。”

周茜茜像是被踩住了尾巴一样，气急败坏地反驳：“沈温庭也不喜欢你，你比我还悲哀！”

闻意也不生气，沈温庭喜不喜欢她都无所谓，至少沈温庭对她还算不错，也不会出轨，这就足够了。

她和周茜茜是死对头，她已经提醒对方好几次，仁至义尽了。

“太傻了吧。”艾思言摇头叹息，看了一眼闻意，有些担心，“周雨落搬过来，你不担心？”

闻意咬牙道：“担心。”

一想到这是沈温庭惹出来的情债，闻意就气不打一处来，打了一辆车，直接冲到沈氏集团。

白霄看见闻意，怔了怔，随即上前，问道：“太太，您是来找沈总的吗？”

“嗯。”闻意一脸冷漠，“他人呢？”

白霄带着闻意走到沈温庭办公室门口：“您的心情似乎不好？”

“最近天凉了。”闻意丢下一句，推门进去，气势汹汹道，“周雨落想搬来我们小区！”

沈温庭扫了一眼怒气冲冲的闻意：“给你看个东西。”

“不看！”闻意扭过头不看他，虽然周雨落对她构不成什么威胁，但对方都搬到小区里来了，她怎么可能无动于衷。

沈温庭也没强迫她，柔声问：“生气了？”

“当然！”

沈温庭走到她身边，低声解释：“她买不到。”

闻意狐疑地看了他一眼：“为什么？”

“想知道？”沈温庭似乎有意吊着她的胃口，并不打算直接回答。

闻意点了点头，跟他抱怨：“她可烦人了。”

沈温庭笑了一下，那抹笑极浅极淡，闻意几乎以为是自己的错觉。沈温庭低声道：“闻意，有没有兴趣收租？”

“什么？”

沈温庭给她看的东西是好几本房产证，全是清河湾的房子。

闻意狐疑地看了他一眼：“你是不是背着我在外面有女人了？”

沈温庭盯着她看了几秒，薄唇紧抿，看上去有些生气，声音低低冷冷的：“胡说什么。”

“每个人购房有限制，你怎么能买这么多套？”闻意还是纳闷。

“用了白景、白霄的名额。”沈温庭道，脸色缓和了一些，“那句话以后不许乱说。”

闻意看了一眼面色微冷的沈温庭，乖乖点头，跟他道歉：“下次保证不会了。”

清河湾的住户非富即贵，极少有人转卖房子。而沈温庭已经放了消息出去，估计更没人敢转手卖房给周雨落。

“我先瞧瞧。”闻意仔细看了一下那些房产证，一共四套房子，位置不算多好，“租出去？”

“随你。”

闻意想了想，道：“那我能不能……”

“不能。”没等她说完，沈温庭就面无表情地拒绝，“这几套房的位置不好，不适合你住。”

他是她肚子里的蛔虫吗，她还没说完，他就知道她想说什么。

她想和他分居的念头又被扼杀在萌芽状态。

闻意左思右想，总觉得这事做得有点欠考虑：“沈温庭，你说为了一个周雨落，咱们花那么多钱买下这些房子，值得吗？”

艾思言总说她败家，她觉得沈温庭才是挥金如土。

“没关系，这几套房价格不高。”沈温庭坐下来，朝闻意招了招手，“她去找你麻烦了？”

闻意性格单纯，论心机和手段，自然比不过周雨落。

沈家和周家相交几十年，如果没有特别大的矛盾，沈温庭也不可能做得太过分。

“没有。”闻意摇头，凑到沈温庭跟前，有些纠结地说道，“你会不会觉得我太小气了？”

艾思言一直和她说，沈温庭太优秀，就算结了婚，依旧很招女人喜欢，今天会有一个周雨落，明天就会有一个王雨落。

但是闻意就是在意，凭什么别的女人觊觎她老公，她还得装作不在意？不来她面前晃悠也就算了，这都追到家门口了，她再坐得住就不是闻意了。

“小气也好。”有危机意识的她倒是比之前没心没肺的她更让他心安。

闻意抱住沈温庭的一只手臂，道：“我不管，你是我老公，你不能出轨。”

闻纪年出轨这事一直是闻意心口上的一道疤，她不说，不代表这道疤不存在。这一点，沈温庭一直知道，所以他从不和其他女人过多接触。

“闻意，我不会。”沈温庭轻抚着她的头发，叹息一声，“饿不饿？”

饿是饿的，但是一想到自己胖了两斤的事实，闻意就硬生生地压下了那股饿意。她一抬头，就看见了男人的薄唇。

闻意凑了上去，重重地亲了一口：“不饿。”

沈温庭神色微暗，最近闻意越发大胆了，之前和他接吻时还会脸红，今天大概是被刺激到了，想要宣示主权了。

沈温庭正准备反客为主，却见方译推门进来。

“沈温庭，我发现……”方译的声音戛然而止。

方译和沈温庭的关系一直不错，他进沈温庭办公室从来不用敲门。他一推开门就看到两人靠在一起，闻意还抱着沈温庭的一只手臂，脑袋微微仰着，姿势无比暧昧。

“咯咯，我是不是打扰你们了？”方译有些尴尬，下意识地看了一眼沈温庭。同样是男人，他自然知道欲求不满的男人有多么可怕。

闻意一脸淡定地挥手：“没事，亲完了。”

方译只能硬着头皮对沈温庭道：“我刚发现你的私人账户少了一大笔钱，被盗了？”沈温庭的账户安全一直由方译监督着，一般的开销他不会注意，只是这次的金额实在太大。

“哦，买了几套房。”闻意替沈温庭回答了，她握着沈温庭的手，把玩着他修长的手指。

“喜欢我的手？”沈温庭捏了捏她的手，问道。

“当然。”闻意回答得很认真，“你身上哪里我不喜欢？”就连大方给她花钱这一点，她也很喜欢。

沈温庭沉默几秒，耳尖爬上一丝红晕，说：“你什么时候学会调戏人了？”

“一……”闻意硬生生地改了口，“一天前。”

沈温庭瞥了她一眼，闻意心虚地扭过头去看方译：“你还有事吗？”

被忽视的方译总算找到机会问：“你没事买房做什么？”

“打击情敌啊。周雨落想在清河湾买房，沈温庭就把正在出售的几套全买了。”闻意回答得理所当然，还不忘教育方译，“你多学学我老公，别整那些花里胡哨的，难怪你追不上艾思言。”

沈温庭似乎被这句话取悦了，眼底带着浅浅的笑意。

闻意的手越来越不安分，把玩他的手指就算了，还去解他的袖扣。沈温庭淡淡地扫了一眼，闻意立马松了手：“小气。”

沈温庭有些无奈，闭了闭眼，抛开那些心思，起身去拿茶叶。

方译虚心受教：“闻老师请继续说。”

闻意今天心情不错，笑着道：“你呢，虽然长得没我老公好看，但也算得上能看，自然也有眼瞎的人会看上你。”

方译有些无语。

沈温庭拿了茶叶转身，眼里还带着一丝笑意，正好被方译瞧见了。他收回视线，没好气地说道：“什么叫看上我的眼瞎……”

在两人的逼视下，方译立即改了口：“闻老师请继续。”

闻意清了清嗓子，继续道：“总的来说，就是要脸皮厚。”

方译等了一会儿，见闻意没有下文了，便问：“没了？”

闻意点头：“没了，问题给你列出来了，意见给你提了，能不能成功就看你的造化了。”

方译一时间不知该怎么形容自己此刻的心情。

这时，闻意又幽幽地感慨道：“但是往往都是造化弄人啊。”

方译一噎。

闻意虽然没有经济头脑，但是顾方原有，她跟顾方原打了一个小时的电话后，两人达成一致，由顾方原来找房客，闻意负责装修的事情。

谈到最后，闻意问他：“那收入怎么分？”

顾方原给她分析了一下清河湾的租金，闻意笑得嘴角都压不下去了。以前她总觉得包租婆是电视剧里的角色，烫个大波浪，每天催人交租，和她的形象不符合，现在让顾方原算了一下每个月的收入，闻意觉得做个包租婆也很不错。

“咱们朋友一场，谈钱多伤感情。”顾方原冠冕堂皇道。沈氏投资了他的酒吧后，现在已经开了分店，每个月的收入十分可观。

顾方原虽然爱钱，但是也有分寸，贪谁的钱都不能贪闻意的钱，免得哪天沈温庭撤资，那他岂不是得不偿失？

“这话从你嘴里说出来，怎么就那么不可信呢？”闻意看着自己的美甲道。

顾方原轻咳一声：“行了，你就负责装修就行。”

“好。”闻意高高兴兴地挂了电话。

她找好了设计师，确定了改造方案，这才告诉了顾方原。

忙完了这些，又是一个多星期过去，艾思言忍不住劝她：“意宝贝，咱们能别把自己搞得那么累吗，这些事让白霄他们去做不好吗？”

“这不一样。”闻意总算把拖欠的稿子画好了，伸了个大大的懒腰，看着助理道，“田雨，你把这些画稿处理一下，再发到我之前给你的邮箱。”

“好的，闻老师辛苦了。”

“没事。”闻意打了一个哈欠，看向艾思言，“怎么说呢，这大概是咸鱼的挣扎。”

闻意虽然没有想过做得多么出色，但也不想做一个一无是处、没有兴趣的咸鱼，不然一辈子多无聊啊。

艾思言咬着棒棒糖，看见闻意朝她伸手，她从包里找出一根递给她：“那我要不要也找份工作？”

艾思言家境不错，父母、哥哥都是医生，把她宠得不谙世事。

“你早该找工作了。”闻意道，“要是苏禹桥在这儿，估计又得跟你说一大堆道理了。”

对闻意来说，苏禹桥不但是弟弟，还是知己，他教会了她很多事情。艾思言是通过闻意认识苏禹桥的，和他关系一般，要不然以苏禹桥的性子，他肯定会教育她一番。

艾思言怔了怔，想到了什么，冲闻意讨好地笑了笑：“你觉得我能做什么？你们画室还缺人吗？”

“我们画室地方小，请不起你。”闻意挥了挥手，见她一副茫然的样子，又道，“你仔细想想自己能做什么。”

艾思言点头：“那我回去好好想想。”吃完一根棒棒糖，她继续翻着闻意的画本，小漫画的剧情已经更新了，是闻意发烧时的场景。

艾思言看得心里直冒酸泡泡，她看了一眼闻意，犹豫片刻，问道：“你不觉得沈温庭有点喜欢你吗？”

闻意反问：“我这么漂亮，哪个男人不喜欢？”

“我是说男女之间的喜欢。”

见闻意不说话了，艾思言合上画本，跟她分析道：“你仔细想想，沈温庭回国后对你是不是特别好？不对，他以前对你也不差。沈温庭一直以来只对你很特别，我以前怎么就没想到这一点呢……”

以前艾思言见到沈温庭的时候，他总是面色淡淡的，虽然会把不听话的闻意带回家，也会背受伤的闻意，但她根本没有往那方面去想。而且那个时候，所有人都觉得沈温庭对闻意好不过是看在沈老爷子的面子上。现在想想，沈温庭向来有主见，即便尊敬沈老爷子，也不会放弃自己的原则。

闻意下意识地摇头否认：“我们从小就是这样相处的。”

“你不知道有个词叫日久生情？”艾思言急了，闻意这是典型的当局者迷，“给你买了那么多言情小说，你白看了吗？你回去试探试探不就知道了？”

听了艾思言的话，当天闻意就去沈氏集团找沈温庭，还给他带了很多好吃的。

“忙完了？”沈温庭知道闻意最近在忙房子的事情，本以为她还要忙些时日，没想到今天在公司看到了她。

闻意点了点头。今天她特意打扮了一番，眼影、高光都用上了，为了试探沈温庭，她还穿上了短裙和丝袜。可是见到沈温庭，闻意又不知道从哪里入手，只能努力找话题：“你什么时候忙完？”

“还得有一会儿，你不急的话就在这里看会儿书。”

闻意应下。

沈温庭觉得今天的闻意有些奇怪，忍不住又看了她一眼，问：“怎么了？”

“没事，你先忙。”

人在自己眼皮子底下，沈温庭也没太在意，便继续工作了。

闻意酝酿了好一会儿，又让艾思言支了招，才鼓起勇气朝沈温庭走去。

沈温庭抬眸看了她一眼，又低头继续工作。

闻意怒了，这么一个大美人站在他面前，他怎么能够无动于衷呢！她忍不住用手戳了戳他的脸，沈温庭抬起头看向她：“无聊了？”

闻意也不回答，直接坐到他怀里，环住他的脖子，矫揉造作地说道：“沈温庭，你觉得我美吗？”

沈温庭不知道她受了什么刺激，一副做作的样子，与平时截然不同。她想扮作一个小妖精，业务却不熟练，反倒带着几分娇憨。

不过，闻意的确很美。

他“嗯”了一声。

闻意十分不满意他的回答：“我记得你高中时语文成绩很好。”

沈温庭不明所以地看着她。闻意撇了撇嘴，道：“夸个八百字。”

沈温庭：“下去。”

眼看着沈温庭要变脸了，闻意赶紧扒住他，也不敢胡来了，继续实施自己的计划：“你不要这样对人家嘛，人家害怕。”

沈温庭忍住把她丢开的冲动，训斥一声：“好好说话。”

闻意没好气地看着他：“我在撒娇，你看不出来吗！”

沈温庭的脸色缓和了一些：“在外面惹麻烦了？”

“没有！”闻意郁闷了，气鼓鼓地看着他，“我在你眼中就是这样的人吗？”

沈温庭想了一下，轻轻地“嗯”了一声。

闻意气得扭头就走，还打电话跟艾思言抱怨：“沈温庭不可能喜欢我，你眼睛瞎了。”

“你老公对你的美貌熟视无睹？”

“不仅熟视无睹，我觉得他的反应完全是对的美貌的侮辱！”

艾思言憋着笑，难不成她猜错了？

闻意愤愤不平，艾思言赶紧安慰她：“沈温庭没看到你的魅力，是他的损失，乖，咱们不气，气坏了身体不值当。”

闻意重重地冷哼两声：“亏我还穿了短裙和丝袜，臭男人完全没反应。”

艾思言犹豫了很久，还是忍不住开口：“意宝贝，你要不要带沈总去看看医生？我觉得这个问题还是挺严重的。”

“闭嘴。”闻意没好气道，“你赶紧想想你以后要做什么吧。”

“好嘞！”

回到家，闻意查看了一下最近的安排，之前接的工作差不多都完成了，可以开始新一波的约稿了。

闲来无事，闻意给沈温庭画了一幅简笔画，发到微博上，并配文：“呵，臭男人。”

虽然这不是闻意第一次把漫画发到微博上，却是第一次这么直白地表露情绪。

“等等？那些漫画中的情景不是虚构的吗？难不成是作者的亲身经历？”

“好甜啊！希望作者继续画漫画！”

“只有我关心作者结婚了吗？”

很快就收到了许多评论，闻意扫了一眼，没有回复，刚想退出，便看到一条私信。

M漫小明：“您好，我是《M漫画》的编辑小明，在微博上看了您的漫画，觉得很不错。您如果有连载漫画的想法，可以加我微信，我们聊一下。”

闻意想了想，还是回复她：“很抱歉，我暂时没有这个想法。”

她平时的事情太多，更重要的是她记性不好，连载漫画这种有固定周期的工作实在不适合她。而且生活不是电视剧，不可能每天都会发生有趣的事情。比起这些甜甜的小故事，她和沈温庭的相处实在太过平淡，画成漫画也没什么意思。

闻意的那条微博刚发出去，方译就看到了，他拿着手机走进沈温庭的办公室：“闻意刚才调戏你了？”

沈温庭抬眸，不悦地扫了他一眼。方译赶忙摆手解释：“别误会，我可没有在你办公室装监控，她刚发了微博，我正好看见了。”

沈温庭也是有微博账号的，当初接管沈氏的时候，就让白霄给他申请了一个。不过沈温庭一直没用，甚至连这个软件都没有装。

他点进闻意的微博主页，便看到了闻意刚发的动态，是很多漫画人物的小人物，并配上了它们的心理活动——

“白瞎了这么好看的眼影，我还打了高光，居然被无视了。”

“不解风情的臭男人，孤独终老吧！”

沈温庭仔仔细细地看着，方译继续调侃他：“我说你也真是的，人家闻意都那么主动了，你何必一直端着呢？生米煮成熟饭不正好遂了你的意吗？”

沈温庭皱眉，将手机熄屏，看着桌上的钢笔，淡淡道：“她不喜欢我。”

“所以呢？你就打算这么耗着？”方译都替他着急，“你总不能默默地等着她喜欢上你吧？”

沈温庭收回视线：“不急。”

都等了这么多年了，现在闻意总算敢亲近他了，这个时候若是把人吓跑了，就得不偿失了。

方译知道沈温庭性子执拗，也不打算劝了：“行吧。”

这天晚上闻意早早就上床了，而原本应该在书房处理工作的沈温庭反常地坐在她身边。

闻意气闷，扭过头去不看他。沈温庭揽着她的腰把她捞了回去，她滚了一圈就滚到了他怀里。

这男人当她是陀螺吗！

闻意气急败坏地看着沈温庭，还没来得及指责他，就听到他道：“今天的眼影和高光不错。”

他知道什么叫眼影和高光吗？

闻意白了他一眼，得意地说道：“我化的妆肯定好看。”

“闻意。”沈温庭扣住她想要滚回去的身体。

闻意挣扎无果，鼻息间都是他身上的淡淡茶香，不禁有些心烦。沈温庭能够坐怀不乱，闻意只觉得煎熬，美色当前，却只能看不能动，实在是闹心。

“做什么？”她不满地哼道。

“漫画画错了。”沈温庭轻声道，清浅的呼吸落在她的额头上，痒痒的。

闻意看了他一眼，灯光暗淡，她却能瞧见他眼底的清明。

很多人都说苏禹桥的眼睛很好看，里面仿佛有星星，闻意也承认，不过她觉得沈温庭的眼睛是世界上最好看的，如云如雾，摸不清看不透，却又清明无比。

“什么？”

“不会孤独终老，因为我有你。”

第七章
有点心动

闻意被沈温庭一句简简单单的情话撩得半夜才睡着，第二天醒来，脑子还是晕乎乎的。她扫了一眼若无其事的沈温庭，安安静静地吃早餐，比平时乖巧不少。

吃完早餐，两人简单地收拾了一下，便开车去了烟水别院。

两人有一段时间没来这边，沈老爷子念叨了他们许久。当然，沈老爷子是舍不得说闻意的，大多数时候都是在抱怨沈温庭，顺便把沈温庭刚得到的上好茶叶赢走。

“爷爷威武！”闻意朝沈老爷子竖起大拇指，此时的她有些倦了，便直接靠在沈温庭的肩膀上，打了一个哈欠。

沈温庭看了她一眼，吻了吻她的额头：“昨晚在想什么？”

“想你啊。”闻意不满地嘀咕一句，“谁让你说那句话的。”

“我只是在纠错。”沈温庭的声音低得有些勾人，还带着几分笑意。

“哦，沈老师好棒哦。”闻意不想搭理他，只敷衍地夸了一句。这个臭男人撩人不自知，还一脸淡定。

沈老爷子端起面前的茶，把两人的互动尽收眼底，缓缓道：“小意又没睡好？”

闻意生怕沈老爷子说出什么惊世骇俗的话，赶紧解释：“昨天忙着工作，睡晚了而已。”

“那么急做什么，我又没说什么。”沈老爷子和蔼地笑了笑，“周雨落的事，我也听说了。温庭，听说你给小意买了几套房？”

沈温庭点头：“嗯，正好降价。”

降价？

清河湾的房子就算卖不出去，也不会降价。

沈老爷子看破不说破，别人也许不懂沈温庭的心思，他是看着沈温庭长大的，还能不懂吗？这孩子从小就心思重，再加上父母对他不管不问，他便习惯了把事情藏在心底。

“这样终究治标不治本。”沈老爷子放下茶杯，严肃地说道，“温庭，这是男人的事情，你自己要处理好，不要让小意为这些事烦心。”

沈温庭认真地回道：“我会处理好。”

闻意心下暖暖的，冲沈老爷子甜甜地一笑：“爷爷别担心，我可厉害了。”

“你啊。”沈老爷子无奈地叹息一声。

又坐了一会儿，闻意起身伸了个懒腰。

“沈爷爷。”一道稚嫩的声音传来，接着一个小男孩一蹦一跳地朝着沈老爷子跑过来。

沈老爷子顿时笑开了眼，乐呵呵道：“慢点，千万别摔着。”

话音刚落，小男孩就摔在了闻意面前。闻意怔了怔，和仰起头的小男孩大眼瞪小眼。

“碰瓷？”闻意下意识道。

小男孩没听懂闻意的话，天气凉了，地面上都铺着地毯，他倒也不疼。

他也不娇气，自己爬起来，仰着小脑袋看向面前的闻意：“漂亮姐姐，你是仙女吗？”

闻意一下子就乐了，这小孩真会说话。她蹲下身子，与他平视，回道：“是啊，姐姐特地下凡来看你。”

“那乐乐能不能亲一下仙女姐姐？”小男孩也不怕生，眨巴着一双大眼睛乖巧地看着闻意。

他看上去也就五六岁，脸蛋胖嘟嘟的，十分可爱，尤其是撒娇卖萌的时候。闻意的母爱顿时泛滥了，她抱着他就亲了两口。

闻意看向沈老爷子：“爷爷，您从哪儿偷来的孩子？”

沈老爷子没好气地回道：“他叫乐乐，是隔壁新搬来的那家人的孩子。”说完，他又看向乐乐，指了指闻意和沈温庭，“乐乐，这个是嫂子，这个是哥哥。”

乐乐看了一眼面色淡淡的沈温庭，下意识地缩进闻意的怀里：“是姐姐。”

沈老爷子顿时乐了，也不计较这些，让保姆拿玩具给乐乐玩。

闻意便和乐乐一起玩了起来，把沈氏爷孙晾在了一边。

沈老爷子打开电视，沈温庭坐在他身边陪他一起看。

“你和小意结婚也两年了吧？”沈老爷子突然开口，“以前我还怕小意埋怨这桩婚事，现在看你们感情这么好，我也就放心了。”

沈温庭看向一旁的闻意，眸色微暖：“我和闻意过得很好，爷爷不必担心。”

“我还不知道你吗？”沈老爷子哼道，像个老顽童一样，“什么事都闷在心里，自己苦了自己。”

沈温庭不语，沈老爷子继续念叨：“小意快二十四岁了，你们可以把生孩子这事提上日程了。”

“还早。”沈温庭看着堆积木的闻意，语气温柔又宠溺，“她自己都还是一个孩子。”

夜色深了，闻意洗过澡就上了床。被子里有些凉，她下意识地往沈温庭那边缩去。

沈温庭手脚冰凉，冻得她打了个哆嗦。沈温庭立刻退开了一点，又调高了空调温度。

“你的手怎么这么冰？”闻意拉住他的手，还是一片冰凉。

沈温庭不轻不重地捏了捏她的手，示意她松开，闻意却抓着不放，他只好低声道：“凉。”

“正好给你暖暖。”闻意道，凑上前去，双脚去勾沈温庭的脚，奈何沈温庭太高，她只能往下蹭了蹭，整个脑袋都快缩进被子里。

沈温庭畏寒，一到冬天就会手脚冰凉。这会儿已经是十一月了，天气越来越冷，在清河湾的时候，临睡前闻意总要给他准备一个暖手袋搭在脚上。

沈温庭把被子往下扯了扯，避免闻意被憋着，然后对她说：“我没事，你别冻着了。”

“不会。”闻意摇头，小脚丫蹭着他的脚，微微侧身，大半个身体都压在他身上，小手抓着他的一只手，“爷爷和你说了什么？”

沈温庭扫了她一眼，有些无奈，努力压下欲望：“聊了一些家常。”

“哦。”闻意侧趴着有些累，索性整个人趴在沈温庭身上，脑袋正好抵在他胸口上，“最近我是不是瘦了一点？”

她虽然没有去健身，但是节食了几天，应该是瘦了的。

沈温庭闭上眼，闻意对他没有任何防备，随性地趴在他身上，她身子暖暖的，像个小火炉。她仰头跟他说话的时候，温热的气息就落在他的脖子上，痒痒的。

他拍了拍闻意的肩膀，道：“瘦了，下去。”

“再给你暖暖。”闻意困倦地打了一个哈欠，小脚丫蹭着他的腿，“你的手脚这么凉，要不要吃点中药调理一下？”

沈温庭扣住闻意胡乱磨蹭的腿，声音沙哑道：“别动。”

闻意虽然未经人事，但是也并不是一无所知，何况艾思言经常给她普及这方面的知识。

她小心翼翼地动了动身体，便清晰地感受到了沈温庭的反应。

嗯……她老公一点问题都没有。

“闻意！”沈温庭的声音带着隐隐的怒气，大手用力地扣在她的腰肢上。这下子，她是真的动弹不了了。

“我、我不动了。”闻意紧张得连手都不敢动了，一时间欲哭无泪。

沈温庭缓了好一会儿才压下心里的欲望，看了一眼闻意，她乖乖地趴着，从他这个角度看去，能看到她细长的睫毛、小巧的鼻子和嘟起的红唇，十分勾人。

“吓着了？”

闻意摇头，在他胸口蹭了蹭，才翻身滚了下来。她一抬头，便撞进沈温庭的眼眸之中，里面仿佛有火光，带着灼人的温度。

闻意磕磕绊绊地说道：“这样……是不是就暖和了？”

沈温庭腹诽：有贼心没贼胆的家伙，这就被吓着了？

“那个，你不冷了就赶紧睡吧。”闻意深吸一口气，翻过身，背对着沈温庭。

她本以为沈温庭对她没兴趣，所以才肆无忌惮地撩拨他，谁知一不小心撩过头了。

沈温庭盯着她的后脑勺看了几秒，无声地叹了一口气，跟她解释：“这是正常反应。”

“哦。”闻意耳尖都红了，声音闷闷的，“睡吧。”

“嗯。”

在烟水别院住了两天，两人便回去了。因为那晚的事情，闻意看向沈温庭时，总是眼神躲闪。

好在回去之后，两人又忙碌起来，一晃半个月过去了。闻意终于得空休息的时候，想到沈温庭近日工作辛苦，担心他的身体，便打包了吃的去公司看他。她出电梯的时候，正好看见准备下班的方译。

方译看向她手里的饭盒，酸溜溜道：“哟，来给沈温庭送吃的？”

“是啊，羡慕吧？”闻意笑得一脸肆意，又开启互呛模式，“某人还是单身呢。”

“你是已婚少妇。”

闻意淡定地纠正道：“我是豪门少妇。”

方译：“……”

沈温庭正在处理文件，听到开门声，他抬起头，见到闻意，有些意外：“你怎么来了？”

“怕你不吃饭，特地给你送饭过来。”闻意把盒子放在办公桌上，指了指那一大沓文件，“这些都是要处理的？”

“嗯，后天我要去出差。”沈温庭想了想，问她，“你要不要跟我一起去？”

“要！”闻意眼睛一亮，“我能带上艾思言吗？”

沈温庭抿了抿唇，有些不乐意，却还是应下了。

“到时候你忙你的，我和艾思言去玩就好。”沈温庭太古板，既不许她喝凉的，也不许她吃辣的，和他出去实在没意思。

见他事务繁忙，闻意也不再打扰他，安安静静地坐在沙发上玩手机。一会儿后，眼看着菜都要凉了，闻意才忍不住提醒他道：“沈温庭，你再不吃，饭菜就凉了。”

沈温庭头也没抬道：“还有几份文件要处理。”

闻意郁闷地看着盒饭，打开后夹了一点，走到沈温庭身边，板着脸道：“张嘴。”

沈温庭无奈地看了她一眼。闻意才不理会这些，他一犯胃病就疼得厉害，他自己不在意，她看着都难受。

“张嘴。”闻意再一次说道。

沈温庭没办法了，只得道：“马上就好。”

“我喂给你吃，又不耽误你工作。”闻意才不相信沈温庭说的话，就这句话他已经说了好几次，他要是胃疼，折腾的还是她。

沈温庭见闻意坚持，只得停下工作，走到沙发边坐下，开始吃饭。闻意见状，满意地笑了笑，拿起茶叶开始冲泡。许久没有泡茶，她都有些生疏了。

“不躲我了？”吃了几口后，沈温庭忽然开口。

闻意拿着茶壶的手一抖，滚烫的茶水溅到她手上，她惊呼了一声，赶紧放下茶壶。她本想抬起手查看一下，却有一只手比她更快，沈温庭的声音随即响起：“烫到了？”

闻意皮肤白嫩，虽然只是稍微烫了一下，看起来却有些吓人。

“嗯。”闻意点点头，不满地埋怨道，“谁让你突然说话的。”

“不是因为你心虚？”

闻意看向沈温庭，他眉眼清冷，沉静得如同一汪冷泉，可是那晚她分明在他眼底看到了灼灼的火光。她别开眼，反驳道：“我没有心虚。”

沈温庭松开手：“这半个月你没躲我？”

“没躲！”闻意拔高了声音，“是你工作太忙。”

沈温庭顿了一下，才道：“你在躲我。”他扫了她一眼，知道她在担心什么，缓缓道，“怕我把持不住？”

闻意没吭声，但她的眼神已经说明了一切。

沈温庭收回手，又恢复了那副清清冷冷的样子：“不用担心。”

沈温庭一向说话算数，闻意松了一口气。

“比起你，更应该担心的是我。”

闻意腹诽：我不就撩拨过你两次吗，你有必要这么计较吗？

得到沈温庭的保证后，闻意又上网查了查，有反应是正常的，没反应才有问题。不过有反应也代表不了什么，再说了，他们两个都同床共枕那么久了。

闻意放下心，这晚又像八爪鱼一样缠着沈温庭，被他训斥了几声，才慢慢地放开，背过身哼道：“小气鬼！”

大冬天的，被子不暖和，她抱着他取取暖怎么了！

十二月的法国寒风呼啸，闻意十分爱美，拿着小裙子不肯放手：“不冷，室内都有暖气。”

沈温庭把羽绒服递给她：“穿上。”

闻意没有接，做着最后的挣扎：“羽绒服太丑了，你自己都不穿。”她今天要跟艾思言拍美照，穿得跟企鹅一样怎么行。

见她不肯听话，沈温庭微微眯起眼，冷冷道：“闻意。”

闻意一下就怕了，乖乖把小裙子交给沈温庭，穿上毛衣，但死活不肯穿上羽绒服。

沈温庭见状，直接拿起那件羽绒服，看着面前闹着别扭的大龄儿童：“张开手臂。”

闻意不情不愿地照做，任由沈温庭帮自己穿上，末了还欠扁地摸了一把他的脸：“小温子伺候得不错。”

沈温庭对于她的调戏无动于衷：“把围巾和口罩戴上。”

把闻意包裹得跟粽子一样，沈温庭总算放她出门了。

早就等在外面的艾思言看到她，忍不住大笑出声：“哈哈哈，你怎么穿得这么多？”

“沈温庭让我穿的。”闻意咬着牙，拖着大笑的艾思言离开，“赶紧走。”

直到到了商场，艾思言还是忍不住围着闻意打量：“你是穿了多少件衣服啊？”

“四件。”一件保暖衣、两件毛衣和一件羽绒服，估计今晚脱衣服的时候，她就能感受到静电对她不一般的爱了。

“不错不错，这都是沈总对你深沉的爱。”艾思言拍了拍闻意的肩膀，抱住她的一只手臂，下意识道，“我总觉得自己抱着一只猪蹄。”

闻意一巴掌拍在她身上：“你闭嘴吧。”

“好了好了，不笑你了。”艾思言道，“今天咱们是来出玩的，别坏了心情。”

“我的心情已经很不好了。”闻意微笑。

艾思言又忍不住笑了，见闻意的眼神扫了过来，她赶紧正色道：“你要相信我的推断，沈温庭绝对喜欢你！”

“这样，咱们也别整那些试探的方法了，你直接问他好了。”艾思言怂恿她。

“再说吧。”闻意不知道该怎么开口，如果沈温庭否认，岂不是显得她很自恋？如果沈温庭承认，她又该如何面对他？

在法国的这几天，沈温庭处理着工作上的事，闻意和艾思言则到处游玩。这天两人玩累了后，找了一家火锅店坐下。

“想在国外找到一家火锅店可真是不容易。”艾思言感慨道，这里什么都好，就是食物不合胃口，才短短几天时间，她觉得自己为冬天囤积的脂肪都快消耗完了。

“累死我了。”闻意毫无形象地往椅子上一靠，还真像一只胖企鹅。

艾思言偷偷地拍了一张照片，闻意怒瞪她：“把照片交出来！”

“沈总，恩诺大师的作品在第五个，这是照片。”白霄恭恭敬敬道。

“嗯。”这会儿拍卖会刚开始，沈温庭对前面四件拍品没有兴趣，他打开微信，看了一眼朋友圈，十几分钟前闻意发了一条动态——

闻意：“被沈温庭裹成了球。”

下面配了一张她在火锅店里的照片，衣服太厚，显得她整个人十分臃肿，虽然一张小脸十分精致，眼神却有些呆呆的，显出几分娇憨。

沈温庭默默地保存了图片，然后点开闻意的微信，戴上蓝牙耳机，拨了一个视频电话过去。

“嗨。”闻意接了视频后，冲他挥了挥手，笑得有些傻乎乎的。看见他身后的人，她有些好奇地问，“你在哪儿？”

“拍卖会。”

沈温庭将手机摄像头对准两幅画的照片：“喜欢哪幅画？”

闻意看了一眼，两幅画各有各的好，她想了想，选了左边那幅。

她的心情很不错，声音里都带着几分愉悦：“沈温庭，等你工作结束，我们去游乐场约会好不好？”

“好。”沈温庭眉眼温柔地应道。

他们跳过了恋爱这个环节，直接进入了婚姻，这样虽然不错，可是总有些遗憾。以前闻意不提便罢了，如今闻意提出来了，他便要满足她。

“那我先挂了，一会儿我和艾思言再去逛一下。”闻意道。

“等等！”正准备挂断视频电话时，闻意突然道，“你后面是谁？”

沈温庭还未来得及转头去看，便听到一道轻柔的声音：“温庭，好巧啊。”

闻意气得直接挂了视频电话。

沈温庭有些头疼，不耐烦地转过头去，礼貌又疏远地招呼道：“周小姐。”

“你是来竞拍画的吧？”周雨落笑了笑，“我可以坐在你身边吗？这里的人，我都不认识。”她是临时知道这边有个拍卖会，想着试试运气便过来了。

白霄一屁股坐在沈温庭左边，而他右边已经有人了。

“很抱歉，周小姐，要不您换个位置？”白霄假装十分抱歉地说。

周雨落有些尴尬，只得坐在沈温庭的后面。

沈温庭低头给闻意发微信消息：“那幅画你还要吗？”

闻意回复：“不要！你要是敢把那幅画拍下来，咱们就分居！”

看来她气得不轻。

沈温庭回复她：“我不知道她也在。”

闻意没再回复。

沈温庭将手机熄屏，此时第五件拍品正好开拍，周雨落举了牌子叫价，他却没什么反应。

白霄小心翼翼地问了一句：“太太生气了？”

“嗯。”

白霄犹豫了一会儿，才道：“那这幅画还拍不拍？”再不拍就被别人拍走了。

“不了。”沈温庭道，靠在座位上小憩了一会儿，才拿上外套离开。

他刚走到门口，便听到身后传来一阵急促的脚步声。

“温庭，等等我。”周雨落抱着一幅画跑到沈温庭面前，她轻轻地舒了一口气，把画递给他，“我知道你喜欢画，特地把这幅画拍下来送给你。”

沈温庭没接，只是道：“我不喜欢画。”

周雨落以为他故意这样说，有点失落，但还是坚持道：“你之前在国外的时候经常去画展，也买过很多画……”

她没再说下去，脑子里冒出一个她不愿承认的想法。

闻意喜欢画。

她一直以为沈温庭出身书香门第，所以才会对画感兴趣，从来没有把这件事和闻意联系到一起。

周雨落问道：“你是为闻意买的？”

“嗯。”沈温庭本不想多说，但想到周雨落的出现惹得闻意不开心，便打算趁机把话说清楚。

“你从大学开始就经常买画。”周雨落不敢置信道，如果那些画都是为闻意买的，那他是多早之前就喜欢上闻意了？

“你对闻意……”她脸色惨白，“我买不到清河湾的房子，这事是你做的，还是闻意的主意？”

“有区别吗？”沈温庭反问，看着周雨落的目光中一片冷然，“我和闻意是夫妻。”

周雨落咬了咬唇，指甲几乎要抠进肉里：“你喜欢她，对吗？”

“不止。”

周雨落的身体狠狠一颤。

“所以请周小姐自重。”

酒店里，闻意坐在沙发上，怀里抱着一堆零食。她郁闷地盯着面前的电视机，腮帮子鼓鼓的。

艾思言瞅了她一眼，眼看着她怀里的零食越来越少，很心疼又不敢去抢：“意宝贝，要我说啊，这事真的不能怪沈温庭，是周雨落主动凑上去的，你要是和沈温庭闹翻了，岂不是正中周雨落的下怀？”

闻意看了她一眼，愤怒地说道：“你是想让我装作什么都没发生？”

艾思言一噎：“也不是，就……”

咚咚咚。敲门声传来，两人齐刷刷地看向门口。

艾思言穿上拖鞋站起身：“我去开门。”

“等等，你先从猫眼看看是不是沈温庭。”闻意赶紧道，裹紧了身上的小毯子。她看了一眼手机，沈温庭打了好几个电话过来，她都没接。

艾思言幽幽地说道：“是他我更得开门。”惹谁都不能惹沈温庭啊。

艾思言打开门，外面站着的果然是沈温庭。

他面色冰冷，不动声色地扫了房间一眼，没看到闻意的身影。

“闻意在里面？”沈温庭这句话虽然是疑问句，语气却有几分笃定。

艾思言点了点头，拦住想要进去的沈温庭，小声道：“沈总，闻意这会儿正在气头上，她说……今晚要住在这里。”

“那幅画我没买。”所以闻意没有理由和他分居。

艾思言尴尬地笑了笑，说：“就算没买，她也在气头上。”顿了一下，她压低声音道，“周雨落和闻意向来不对付，沈总，你应该懂我的意思吧？”

对闻意来说，周雨落就是一个不可忽视的心结。在她本就黯淡的童年里，周雨落的存在让她的童年显得更为悲惨。

“嗯。”沈温庭瞥了她一眼，艾思言立马乖乖地让开。

沈温庭走进去，见闻意裹着一条毯子坐在沙发上，正一边嗑着瓜子一边看剧。看到他，她立马拉下脸：“今晚我要睡在这里！”

“这里暖气不足。”沈温庭道，目光落在闻意的脸上，清冷的眉眼染上很浅的笑意。

他知道闻意为什么这么生气，事关周雨落，一包薯片她都不会让，更别说是老公。

“那我和艾思言抱团取暖，反正你也不让我抱，还不如睡在这里！”

这么一个大美人在旁边，沈温庭真能忍得了，连抱抱都拒绝了？艾思言默默地吞了吞口水，对沈温庭越发敬佩。

沈温庭看着闹别扭的闻意，拿过她手里的薯片袋：“今晚让你抱。”

闻意还没来得及开口，便被沈温庭打横抱起，她挣扎了几下：“沈温庭，我今晚不想和你睡。”

艾思言赶紧给闻意穿上拖鞋，笑眯眯地把两人送到门口：“意宝贝，明天见！”

这下她是真的确定沈温庭喜欢闻意了！

直到回到房间，沈温庭才放下她。看着板着脸的闻意，沈温庭缓缓道：“我和周雨落说清楚了，以后她不会再来烦我们了。”

“哼！”闻意扭过头不看他。

“这次是我的疏忽，下次不会了。”沈温庭道，见闻意的脸色缓和了一些，才继续说，“明天我带你去游乐场。”

闻意还是不说话，坐在沙发上，打开了电视。

“还生气？”沈温庭顺势坐在她身边，轻叹一声，“那我哄哄你？”

闻意耳尖一红，虽然她的确想要沈温庭说好话来哄哄她，可是被沈温庭直接说出来，她又有些不好意思。

“不用。”闻意这会儿已经不生气了，沈温庭都放下身段来哄她了，她哪里还有气。她闷闷地转过头，问他，“你跟周雨落说清楚了？”

“嗯。”

闻意眨了眨眼：“怎么说的？”

“我已经结婚了。”沈温庭道，用手指挑起闻意胸口前的戒指，“太太还很凶。”

她愤怒地瞪了沈温庭一眼，拿回自己的戒指：“只要她以后不出现在我们面前就行。”

“现在不气了？”沈温庭微微垂眸，看着闻意的小脸。

这会儿理智回笼，闻意有点尴尬，小声问道：“我是不是太作了？”

沈温庭不说话，只是看着她，但他的眼神已经说明了一切。

“其实我也不是故意闹脾气，就是心里不舒服。”闻意垂着小脑袋道，“你说你长得这么好看做什么，整天在外招蜂引蝶。”

“闻意。”沈温庭低低地喊了她一声，闻意下意识地抬眸，撞进他深邃的眸子，“你可以闹脾气。”

下一秒，沈温庭突然靠近，闻意感觉唇上一凉，有淡淡的茶香掠过。

突如其来的生理期打乱了闻意的计划，她不仅去不了游乐场，还要面对沈温庭的教训。

“昨天吃辣的了？”沈温庭一边煮着红糖水，一边问她。

闻意心虚地盖好毯子，看着沈温庭的背影，小声道：“没有。”

“我去问艾思言。”沈温庭转过身，正好对上闻意的眼眸。

闻意心虚地移开了视线。

沈温庭抿了抿唇，把红糖水递给她：“要是你俩的说法不一样，你今天就不许出门。”

艾思言本来就有些怕沈温庭，何况他现在心情不好，脸色阴沉得可怕，估计都不用他“严刑逼问”，艾思言就会把她供出来。

“就吃了一点。”闻意赶紧改口，接过红糖水捧在手里，可怜兮兮地看着沈温庭。

“吃了一点？”沈温庭盯着闻意看了几秒，又道，“我记得你们吃的是火锅。”

闻意腹诽：你一个大老板，怎么每天尽关注这些？

沈温庭看她一副心虚的样子，淡淡地加了一句：“还点了冷饮。”

闻意假装淡定地说道：“那是艾思言点的。”

“两杯。”

“她饭量大！”

沈温庭沉下脸，不轻不重地喊了一声：“闻意。”

“我错了……”闻意乖乖认错，“我就是一时嘴馋没忍住。”

闻意吃了火锅又喝了冷饮，这会儿腹痛难忍，疼得小脸惨白一片，就连唇瓣也没了血色。

沈温庭想训她，又不忍心，最后只是轻叹一声，把人抱在怀里："疼得厉害？"

闻意猛点头，小脑袋在沈温庭胸前蹭来蹭去，企图得到他的安慰。

"疼也好，这样你才能记住教训。"沈温庭淡淡道。

呵。

闻意从沈温庭怀里抬起头："我们什么时候回去？"

"过两天。"沈温庭轻轻给她揉着肚子，"把红糖水喝了。"

闻意听话地喝了。

想着去不了游乐场，闻意有些不甘心："那明天我们去游乐场？"

沈温庭瞥她一眼："外面冷。"

女孩子生理期的时候畏寒，闻意要是这个时候落下了毛病，年纪大了会很难受。

闻意不满了，哼哼唧唧地说道："我们好不容易来一次，都没出去约会。"她踹了一脚沈温庭，从他怀里起来，"去去去，做你的事情去。"

沈温庭抓住她不安分的小脚丫，无奈地说道："难道不是因为你吃了辣？"

闻意越发不开心，趴在沙发上，瓮声瓮气道："早知道就不等你了，和思言一起去多好。"

一整天，闻意都被迫待在酒店里，她郁闷极了。而艾思言这个重色轻友的家伙，沉迷于欣赏异国帅哥，早就忘了还有她这个朋友。

第二天早上，闻意正睡得迷迷糊糊，听到沈温庭声音低沉地喊她："闻意，起床。"

她翻过身，背对着沈温庭，小脑袋缩进被子里，准备继续睡。

被子被掀开了一个角，冷风灌进来，闻意下意识地打了个哆嗦，不情愿地睁开眼看向沈温庭："做什么？"

沈温庭看着她惺忪的睡眼，轻声道："不是说要出去玩？"

闻意眨了眨眼，过了几秒才反应过来："我马上起床！"

她一把掀开被子下了床，却被冷得缩了缩脖子。

沈温庭见状，把空调温度调高了一些，见她一副着急忙慌的样子，又出声提醒：“不着急。”

等闻意化完妆穿好衣服，大半个小时过去了。

沈温庭的耐心极好，他没有催促闻意，一直安静地等着。

“好了。”闻意收拾好后，在沈温庭面前转了个圈。

沈温庭微微抿了抿唇，替闻意整理好颊边的碎发：“把帽子和口罩戴上。”

闻意腹诽：那我化妆的意义在哪里？

但这话她是不敢说出口的，沈温庭能让她出门已经很不容易，她再讨价还价，估计又得在酒店待一整天。

游乐场肯定不能去，闻意身子弱，吹一天风，再玩一些剧烈运动，又得疼得掉金豆子了。两人便在商场里逛了逛，下午三四点的时候，闻意就累了，抱着沈温庭的手臂，说什么也要回酒店。

闻意愿意回酒店等着，沈温庭自然乐意之至，可是闻意又耍起了无赖，站在原地不肯走，可怜兮兮地看着他：“我肚子疼，你背我。”

沈温庭扫了一眼来来往往的人，紧紧抿着唇：“自己走。”

“你之前还说我可以闹脾气的！”闻意瞪着沈温庭，气呼呼道。

“你是小孩子吗？”沈温庭轻叹一声，半蹲下身，“下不为例。”

“嘿嘿。”闻意见好就收，慢吞吞地爬上他的背，脑袋埋在他的脖子间。

不知道是不是她的错觉，闻意觉得沈温庭似乎越来越纵容她，也越来越温柔了。

闻意还在愣神之际，沈温庭忽然停下了脚步。

她下意识地朝沈温庭看去，见他盯着不远处，侧脸线条冷硬。

闻意抬头，不远处站着一个中年男人，模样和沈温庭有七八分相似。

“温庭。”中年男人也看到了两人，朝着他们走来。

闻意对于沈万钧的记忆并不深，她只知道沈万钧对沈温庭很严厉，而且经常不在家。她以前见过沈万钧和沈温庭相处时的样子，并不是一对正常父子的相处模式。

沈万钧一直用最严格的标准要求沈温庭，沈温庭还曾因为没有达到他的要求就被罚跪。

比起沈温庭，闻意更怕沈万钧。

闻意赶紧从沈温庭背上下来，下意识地抓住沈温庭的袖口，试图躲在他身后。

“闻意。”沈万钧锐利的目光扫过闻意，声音低沉而冰冷。他穿着一身黑色的西装，头发梳得一丝不苟。他虽然已经五十岁，但身材保持得很好，且气场强大，不怒自威。

闻意赶紧站直了身体，喊道：“爸。”

沈温庭不动声色地挡在闻意面前，平静地看着面前的男人：“我记得您现在应该在英国。”

沈万钧冷哼一声：“我的行程还要向你汇报？”

“自然不用。”感觉闻意拽着他衣袖的手越发收紧，沈温庭轻轻拍了拍她的手，“我和闻意还有事，就不打扰您了。”

“等等。”沈万钧喊住他，“明年就到了约定时间，过年我和你妈会回去一趟，你记得提前处理好相关事宜。”

沈温庭的身体一僵，闻意看不见他的神色，却能感觉到他身上的气息越发沉寂。

“好。”他的语气极为凉薄，不带任何感情。

沈温庭的父母感情一直不好，闻意极少看到两人和睦相处。小时候她经过沈家时，常常听到里面传来争吵声，后来等她长大一点，就很少看到两人一起出现。

沈老爷子大概是心有愧疚，所以极其宠爱沈温庭。即便如此，沈温庭的性子依旧冷淡，仿佛有一面无形的墙将他与世界隔开了。

“回神了，宝贝。”艾思言伸出手在闻意的面前晃了晃，“我不就是去看了帅哥嘛，乖乖乖，我还拍了照片呢，给你看。”

闻意翻了个白眼：“看照片有什么意思，我想看真人。”

“那就算了，我怕你老公打我。你也别不开心，你跟沈温庭卿卿我我的时候，我才去找了几个帅哥安抚我受伤的心。”艾思言笑嘻嘻道，“这里的帅哥真多，要不我拐一个回去？”

闻意瞥了她一眼："你不怕方译找上门来？"

艾思言嘴硬道："他又管不了我！"

虽然两人还没复合，但是比起之前一见面就掐的状态好多了。

一个真心想挽回，一个确实放不下，估计也就折腾折腾，过不了多久就会重新在一起。

闻意捧着脸，深深地叹了一口气："问你个问题，我有个朋友……"

"哪个朋友？"

闻意噎了噎："行吧，沈温庭现在心情不好，我该怎么安慰他？"

沈温庭那张脸能看得出喜怒？艾思言想了想，问："他是因为哪方面的事情心情不好？"

"家庭。"闻意简单地说了一下情况。

虽然沈温庭的情绪起伏不大，但是闻意知道，他的心情很低落。

她虽然没听懂沈万钧说的那番话，但她知道肯定是一件很重要的事。

"你抱抱他？"艾思言不确定地说道。

闻意瞪了她一眼："正经一点。"

"我很正经啊。"艾思言打开一包薯片，拿出一片塞进闻意的嘴里，"我都说了沈温庭喜欢你，你非不信。等会儿你就试试，亲亲抱抱他之后，看看他的眼神会不会发生变化。"

"我又不是没亲过。"闻意想起沈温庭回国之后他们第一次接吻，他礼貌又冷淡，沉醉其中的只有她，他更像是例行公事一样。

不过也有例外，沈温庭也曾发狠地吻过她，那个吻带着浓浓的情欲。

"再试试呗。"艾思言推了推闻意，"反正沈温庭那么帅，你又不吃亏。"

闻意磨蹭了许久才回房。

晚上八点，天已经黑了。窗帘大大地开着，对面大楼的霓虹灯闪耀，在玻璃窗上折射出不真实的光。

闻意不喜欢这样的夜景，索性把窗帘全部拉上。她转过身，视线落在沈温庭身上。

沈温庭是闻意见过的最能隐忍的人，他把心事藏得很深，即便她和他从小认识，也只有在他情绪波动极大的时候才能看出来。

“回来了？”沈温庭合上书，站起身，“你先去洗个澡，我给你煮红糖水。”

“我现在不想喝。”闻意摇了摇头，走到沈温庭跟前，想起艾思言说的话，她猛地扎进他怀中，脑袋撞在他胸膛上，有些疼。

这男人的胸口怎么这么硬？

沈温庭被闻意的动作弄得怔了怔，过了好几秒才回过神，轻轻拍了拍她的肩膀：“怎么了？”

闻意环住他精壮的腰，在他怀里抬起头：“沈温庭，你现在是不是心情不好？”

的确不好。他没想到会在这里见到沈万钧，也没想到过了这么多年，沈万钧依旧没有改变决定。他冷血无情，即便对自己的儿子也是如此。

沈温庭心有不甘，却不得不接受现实。

他放松下来，淡淡地说道：“没有。”

“你撒谎。”闻意不满地“哼”了一声，“你就是不开心了。”

她嗅着他身上的淡淡茶香，抽出一只手扣住他的手指，似乎觉得这样还不够，她又咬了咬他的手指。

沈温庭不觉得疼，只感觉酥酥麻麻的。他的目光落在闻意那张明媚动人的小脸上，旧时的记忆席卷而来。他从小循规蹈矩，突然有一天，一个叽叽喳喳的小姑娘闯进他的生活，打破他所遵守的规矩。小姑娘的性子和他截然不同，虽然她闹腾得很，却鲜活真实。

闻意所拥有的，是他一直求而不得的。她敢爱敢恨，活得自在。

闻意盯着沈温庭的薄唇看了片刻，然后直接吻了上去。沈温庭迟疑了几秒，随即禁锢住闻意纤细的腰肢，让她无法退开。

闻意看到沈温庭素来清冷的眸子里染上了灼灼的火光，那火光中倒映着小小的她。

回国那天，闻意在飞机上睡得晕晕乎乎的，下了飞机便被沈温庭住了手。沈温庭牵着她，慢慢地走着。

艾思言扫了两人一眼，摇头叹息。就他们这速度，走出机场估计都得半个多小时。

“困。”闻意打了一个哈欠。

沈温庭扫了她一眼，替她戴上帽子：“回到家再睡。”

闻意乖乖地点头，等终于走出机场，她整个人靠在沈温庭身上，问道：“车呢？”

“白霄马上开过来。”

“艾思言！”这时，一道恶狠狠的声音传来。

闻意迷迷糊糊地看过去，待看清来人时，瞬间清醒了。

方译不知道什么时候到的，他穿着一件深蓝色的风衣，朝着他们走过来。虽然方译平日里吊儿郎当的，但是不说话的时候，还是有几分翩翩君子的样子。此刻的他面带怒气，脸色阴沉，完全和翩翩君子不沾边。

“你怎么来了？”艾思言往闻意身后躲了躲，偏头就对上沈温庭那双淡漠的眸子，下意识地往旁边挪了两步。

“听说你在国外玩得很开心？”方译冷笑，“有美男看，有美景赏，你的小日子过得挺滋润啊。”

敢情他是兴师问罪来了。

闻意这会儿精神了，拉着沈温庭的手准备看戏，却被沈温庭牵走了。

“等等，我们再看看。”闻意不愿走。

“他们的事，让他们自己处理。”沈温庭对别人的事情毫无兴趣。

艾思言一出国就去看帅哥，还好没有带上闻意，不然这账沈温庭必定是要记上了。

“万一思言吃亏了，我得帮她啊！”

沈温庭上下打量了一番闻意，得出一个结论：“勇气可嘉，实力不行。”

闻意不服气：“你小瞧我！”

沈温庭一边走一边跟她说：“方译曾经是我们省的散打冠军。”

闻意：“……”

两人回到家，已经是晚上十二点了。洗了个澡，闻意便趴在床上，给艾思言打电话：“你朋友圈没屏蔽方译？”

“本小姐发朋友圈从来不藏着掖着！”艾思言豪气地说道。

闻意顿了一下，问她：“那你现在打算怎么办？”

“再看看吧，不过他吃醋的样子挺可爱的。”艾思言娇羞地笑着道。

闻意面无表情道：“听我一句劝，见好就收。”

夜色深深，沈温庭听着电话里白景的汇报。

“闻纪年已经约了您好几次，说是要谈一些合作，您看要不要抽时间见见？”

“推到明年。”沈温庭看向日历，再过不久就是闻意的生日，新设计的戒指快做好了，正好当作生日礼物。

“好的。”白景应下，想了想又道，“沈总，闻远可能想打太太的闻氏股份的主意。”

沈温庭目光一顿，声音冷冽：“查到了什么？”

“得知太太准备把那几套房租出去，闻远似乎雇用了几个人来假装房客。”

房子出租后，如果房客出了什么事，闻意必定要承担责任，到时候闻远若以此要挟她……

“我知道了。”沈温庭挂了电话，手机上弹出来闻远发来的消息。

闻远：“沈总，我又给闻意买了些礼物，您看什么时候送过来比较合适？”

回复了闻远后，沈温庭去了卧室，一进去便听到闻意说：“相信我，男人就吃这一套，你肯定能把方译拿下，并把他收拾得服服帖帖的！”

“嗯嗯，等你消息，挂了挂了，我老公来了，我们要睡觉了。”

闻意愉悦地丢下手机，朝着沈温庭看去：“工作处理完了？”

“嗯。”沈温庭疲惫地捏了捏眉心，“和艾思言聊了什么？”

“教她怎么收服方译。”闻意浅浅地打了一个哈欠，直勾勾地看着面前的男人。

沈温庭就站在床边，五官精致，面色淡然。

闻意满意地欣赏着美男，却听到沈温庭问她：“你很有经验？”

她得意地说道：“那当然，追我的人跟奶茶一样。”

“什么？”沈温庭很少上网，没听懂这句话。

“可以绕地球好几圈啊。”闻意道。

沈温庭扫了她一眼：“夜深了，该睡了。”

言下之意是让她乖乖睡觉，梦里什么都有。

闻意十分不爽，她怎么觉得这个臭男人在质疑她的魅力？

第八章 我会一直陪着你

回国之后，沈温庭和闻意都忙碌起来。而艾思言找了一份实习工作，比闻意还忙。

网上已经有很多人在催闻意更新漫画了，她打开微博，发现编辑小明又给她发了一条私信。

M 漫小明：“您可以先考虑一下。我看了您微博底下的评论，很多人都在期待您更新这个漫画。我猜想您画的应该是自己的故事，画成漫画也算是一个纪念。”

纪念吗？

闻意盯着手机，想了想还是回复道：“好的，我再考虑考虑，年前给你答复可以吗？”

小明正好在线，立马回了她：“好的好的。这是我的微信号，您要是考虑好了，可以直接联系我。”

闻意截了张图，然后把手机丢在一旁，开始画画。

在她的笔下，两个主角仿佛有了生命。

画好后，她便把图发到了微博上。也不知道是不是有人帮她宣传了，这段时间她的微博粉丝数涨了五六万，还有人找她打广告。

闻意一一拒绝后，退出微博，闻纪年的电话在这时打了过来。

“小意，今晚你和温庭回一趟家吧。”闻纪年的语气很沉重。

闻意挑了挑眉，问："闻氏破产了？"

"胡说什么！"闻纪年的火气立马就上来了，闻氏是他一辈子的心血，他怎么也不会让闻氏毁在他手里，"是你哥的事。"

"哦。"那她就知道了，无非是周茜茜发现闻远出轨了。

闻意转了转还有些疼的手腕，化了一个妆，才去找沈温庭。

还有一个月就要过年了，这段时间沈温庭非常忙碌。想了想，闻意去饭店打包了一些饭菜带了过去。等会儿去闻家，估计又会遇到一大堆闹心的事情，肯定吃不下饭，还不如提前吃了。

"啧啧啧。"方译推开门，闻到一股菜香，调侃道，"沈温庭，我在你办公室喝咖啡都不行，她却可以在这里吃饭，你也太双标了吧。"

沈温庭看他一眼，轻启薄唇："你和她不一样。"

是不一样，一个是娇妻，一个是兄弟。

他看向一旁吃得正香的闻意，有些无奈："闻大小姐？"

闻意在百忙之中抽空看了他一眼："做什么？"

方译谄媚地笑了笑："您老最近忙不忙？"

"还行，你要是找我一起赚钱的话，我就不忙。"

方译轻咳一声，道："要不这样，我给你安排点事情做，求你别整天给艾思言出馊主意了。"

闻意吃下最后一口饭，沈温庭递给她一碗汤："喝碗汤，养胃。"

闻意不想喝，刚想说话，被沈温庭瞥了一眼后，就乖乖闭嘴了。

沈温庭收拾了饭盒，扫了一眼杵在一旁的方译："你自己追不上人家，怪谁。"

方译一脸茫然，他之所以追不上，难道不是因为闻意整天帮艾思言出馊主意吗？他翻了一个白眼，看着两人道："说正事，我们公司和闻氏的合作该终止就终止，最近闻氏投资失败，股票大跌，长期下去，我们肯定也会受到影响。"沈温庭用眼神制止他继续说下去，方译却无视道，"你也别怪我，当着闻意的面正好说清楚。这些年因为闻氏，咱们也赔了不少，及时止损吧。"

沈温庭再有钱，沈氏再厉害，也不能这样折腾，他们迟早会被闻氏拖垮。

沈温庭冷冷地说道：“以后再说。”

“别啊，就今天说清楚。”闻意却托着腮帮子听得津津有味，“闻氏从沈氏这里获利了多少？截和了沈氏多少个项目？”

方译想了一下，道：“那可就多了，一时半会儿我还算不清楚。”

沈温庭扫了他一眼，站起身，看向闻意：“走吧。”

“沈温庭，我手里还有闻氏的股份。”闻意拉住沈温庭的手。

他问：“你想做什么？”

“也没什么，就是想让方译列个清单，让闻远还钱，然后我好趁机把股份给他。”闻意打着小算盘，笑着说道。虽然那些股份每年带来的收益不少，但她不想再和闻家有任何瓜葛，还不如直接换成钱，她用起来舒坦，也免得闻远觊觎。

沈温庭看着她：“你想好了？”

“想好了。”闻意点头，“就是不知道闻远愿不愿意。”

她拉着沈温庭的手借力站起来，倚靠在他的手臂上，浅笑盈盈道：“闻远要是不愿意，你就威逼利诱，我可以付你钱！”

见她一副小财迷的样子，沈温庭淡淡道：“不用。”

闻意看向一旁的方译：“你记得把明细整理出来，这算是我送给闻远的过年礼物。”

方译扯了扯嘴角，这礼物闻远怕是难以消受。

闻意许久没来闻家了，连家里的狗都不认识她了，一见到她就大声嚎叫，看到沈温庭后却立马蔫了。

闻意嫌弃道：“这狗还真是势利，只会对我凶！”

两人刚结婚的时候，这狗见了沈温庭就凶猛地扑过去，被沈温庭的保镖教训了一顿，之后它看见沈温庭便躲。而看见闻意，它则是一贯的凶狠。

沈温庭扫了一眼愤愤不平的闻意，低声道：“你看起来好欺负。”

闻意很不满，立刻呛了回去：“谁让我长得乖巧可爱，有我做你老婆，你就偷着乐吧。”

沈温庭不置可否。

她的确长得乖巧可爱，就是性格太张扬。

闻家的大门敞开着，闻意先走进去，就见一个东西直直地朝她飞过来，她还没来得及做出反应，便被揽进一个温暖的怀抱。

东西打在了沈温庭的身上，发出一声闷响。

闻意赶紧推开沈温庭，焦急地问道："疼不疼？"她低头一看，脚边落了一个巴掌大小的圆盒子，她踢了一下，还有点重。

"不疼。"沈温庭看向闻意，"吓着了？"

闻意摇头，又气又急："真的没事？"

"没事，只是被砸了一下。"沈温庭安抚她。他穿得厚，虽然有些疼，但是不碍事。

在这里也不好扒开他的衣服看，闻意忍着怒火，看向大厅。

周茜茜正在摔东西，大厅里一片狼藉。她自幼被父母宠着，性格骄横，发现闻远出轨后，她已经闹了一个下午。把大厅里能摔的东西都摔完后，周茜茜看向闻远，大声吼道："滚！你马上给我滚！"

闻意盯着周茜茜看了几秒钟，突然走上前，重重地打了她一巴掌："你闹可以，不要伤及无辜。闻远是什么德行，你不知道？我都送你一顶绿帽子了，就不能稍微想想是什么意思？"

这次只是盒子，下次若是刀子，沈温庭岂不是要因为他们这点破事进医院？

"你、你……"周茜茜大概没想到闻意会突然来这么一出，瞬间被镇住了。

旁边的闻远开口："闻意，你……"

啪！他也被打了一巴掌。

闻意觉得自己的手心都打疼了，骂道："你也是，跟你爸一个样，管不住自己的下半身。你做出这种事，和畜生有什么区别？"

"闻意，你在做什么！"闻纪年怒道。

闻意转了转手腕，不慌不忙道："你喊我回来，是想借着周茜茜的手谋杀我？"

闻纪年有些尴尬，看了一眼沈温庭，有些心虚地说道："我也没想到会闹成这样。"

“你当然没想到，毕竟当年你出轨时，我妈可是一直忍气吞声，委曲求全。”闻意冷笑，“怎么，你没想到你儿子碰到的是一个硬茬？”

“闻意，我让你回来，不是让你说风凉话的！”闻纪年忌惮地看了一眼沈温庭，“你哥只是一时糊涂，我们好歹是一家人，你和温庭也劝劝他。咱们也商量商量，这事该怎么解决。”

这哪里是劝劝，喊闻意回来是假，利用沈温庭的威势是真。周茜茜再嚣张，也得忌惮沈家。闻纪年想用沈温庭来震慑周茜茜，她若是要离婚，就是站在闻家和沈家的对立面。

闻纪年向来是这样，只有在想要利用闻意的时候，才会想起她。

沈温庭深知闻纪年的为人，冷着脸道：“闻总，闻意是我太太，你们的家事跟她没关系。”

闻纪年脸色一僵：“温庭，闻意好歹也是我的女儿。”

“那闻总可有把闻意当作女儿看待？”沈温庭的声音很冷，面上更是如同覆着寒霜。

闻意愣了愣，相识二十多年，这还是她第一次看到这样的沈温庭。

“温庭是在怪我对小意不好吗？”闻纪年苦笑一声，假惺惺地说道，“哪个父亲会对女儿不好呢，我只是想磨炼她。”

“我看闻远先生也需要磨炼，不如从今往后，沈氏不再向闻氏提供任何帮助。”沈温庭道。

闻纪年一怔，还没来得及开口，沈温庭又道：“闻总要偏心他？”

“没有，磨炼一下也挺好的。”闻纪年不是傻子，自然不会去惹正在气头上的沈温庭。

要不是现在场合不合适，闻意真想给沈温庭鼓掌。她恨闻家的人，虽然她打了闻远和周茜茜的脸，但不敢打闻纪年，没想到沈温庭用这种方式帮她出了气。

沈温庭不给闻纪年反悔的机会，直接道：“闻总同意就好。闻家的家事，我和闻意就不掺和了，先告辞了。”

闻意挽着沈温庭的手，哼着小曲离开了。

“这么开心？”沈温庭借着路灯的光看向闻意，她表情愉悦，精致的小脸明媚动人。

“当然！”闻意就喜欢看闻纪年被呛得说不出话来的样子，她奖励般在沈温庭的脸上亲了一下，笑眯眯道，“走！回家！”

她的吻如蜻蜓点水，沈温庭错失了回吻的时机，而闻意是个没心没肺的主，亲完之后就给艾思言发微信去了。

两人上了车，沈温庭吩咐白霄开车，后者犹豫片刻后问，道：“我们和闻氏合作的项目怎么办？”

“除了滨河项目，其他全部解约。”

“好的。”

白霄想，看来这次沈总气得不轻，以前无论方副总和他怎么劝，沈总都不肯中止和闻式的合作项目，这次倒是狠下心了。

回到家，闻意立马催促沈温庭去洗澡。两人一人占据一个卫生间。闻意洗得慢，等她洗完出来的时候，沈温庭正站在窗边打电话。

闻意等他打完了电话，便道：“脱衣服。”

沈温庭瞥了她一眼：“没伤着。”

“那我也要看看。”闻意见他不动，直接伸手拽他的衣服。

沈温庭太高，闻意索性站在床上，拽着他的睡衣往上掀，小脚丫在床上踩来踩去。

“别蹦。”沈温庭训了一句，躲开闻意的手，自己脱下睡衣。

精壮的腹肌一闪而过，闻意还没来得及大饱眼福，沈温庭已经转过了身。

“真的不疼？”闻意一边问，一边目光放肆地在他身上流连。

“嗯。”大概是闻意的目光太炙热，沈温庭拿起睡衣随意地套上，盖住令闻意垂涎的好身材。

闻意遗憾地收回视线，心想，这男人真小气，她多看几眼又不会怎么样。

“今天在闻家的时候你替我挡什么，我又不是不会躲开。”闻意钻进被子里，道。

“你要是躲不开呢？”沈温庭的目光落在她脸上，语气轻缓而低沉，“你这么娇气，受得了那委屈？”

“那还不是你和爷爷宠出来的。”闻意理直气壮道。

“所以我得负责善后。”沈温庭回道。

闻意很满意他的回答，她不再作妖，而是把自己裹得严严实实的，只露出一个小脑袋。

扫了一眼裹成蚕宝宝的闻意，沈温庭看了一眼时间，也顺势躺下。闻意见状，把被子分给他一半：“喏，替你暖好被子了。”接着，闻意便靠过去，八爪鱼似的扒着他，“你冷不冷？我过几天就去找医生，给你开点药补补。”

“我不冷，也不用补，你自己睡好。”沈温庭把她扒拉下去。

“哦。”闻意转身抱住娃娃。

闻意睡觉一向安分，今天大概是被闻远的事情气到了，一直辗转反侧。她一会儿翻过身来戳他的手臂，一会儿把玩他的手指，摆明了自己睡不着，也不让沈温庭睡。

沈温庭被扰得无法，只能轻斥一声：“乖乖睡觉。”

“我睡不着。”闻意的声音闷闷的，听上去有些委屈，“沈温庭，你说为什么有些人出轨还能那么理直气壮？”

闻意虽然讨厌周茜茜，但周茜茜也可怜，她很爱闻远，从小时候开始便对他很好。闻意的母亲还在时，闻意仗着有母亲撑腰，对闻远百般刁难，周茜茜因此和她打了不少架。婚后周茜茜更是为闻远做了不少，结果换来这样的下场。

“人有千万种，本性如此，改变不了。”沈温庭微微侧头，见她身后的被子开了，伸出手替她掖紧了。

闻意有些委屈：“他们是恶人，为什么要祸害我们？”

周茜茜有爱她的父母，即使离婚，也不会有什么影响。

“闻意，这个世界上，总有人不喜欢你，总有人想故意伤害你。”沈温庭顿了一下，看向闻意清澈的眼眸，“人心就是这样，对于那些人，你大可不必理会。”

不知道从什么时候开始，沈温庭看向她的时候，眼里总是带着一抹温柔。他性子清冷，而闻意又粗心，未曾觉察到他的变化，直到今天她才确定，沈温庭待她不一样。遇到危险时，他也会下意识地保护她。

“你不喜欢闻家人便不回去，你现在是我沈温庭的太太，他们要想对你评头论足，也得掂量一下自己的身份。”沈温庭对她说。

“那你呢？”

沈温庭沉默了一会儿，道：“我们是夫妻，我会护你一辈子。”

“可是一辈子那么长。”

沈温庭闭了闭眼，道：“长一点也好。”

答非所问。

闻意哼了哼，抬头看着他，他的睫毛细长，侧脸轮廓硬朗。在商场上，他眼光独到，光明磊落。这个男人的确拥有让无数女人倾慕的资本，而他娶了她。

“沈温庭虽然孝顺，但并不是会拿一辈子的幸福开玩笑的人。你就没想过，他身边优秀的女人那么多，为什么他却选了你吗？”

这个问题，艾思言不止一次问过她，每一次闻意都没有严肃回答。作为一个丈夫，沈温庭已经尽职尽责了，至于其他的……闻意想了想，拉住了沈温庭的手。

“你总是把事情藏在心里，我猜不透你的心思，只能直接问你。”闻意朝沈温庭身边凑了凑，小脚丫搭上他的大脚。

沈温庭难得见到这么正经的闻意，垂头看着她。

闻意盯着沈温庭的脸看了几秒，轻声开口：“沈温庭，你是不是喜欢我？”

沈温庭没有立即回答，房间里安安静静的，只有两人浅浅的呼吸声。闻意等了好一会儿，才听到沈温庭低低地“嗯”了一声。

闻意和沈温庭认识了太久，从她记事开始，这个男人就进入了她的生活。日复一日，年复一年，他们似乎本就该在一起，无关情爱。

闻意一直以为，像沈温庭这种清冷的男人是不会动心的，更不会喜欢上她。她本以为沈温庭和她一样，觉得两个人在一起合适就好，有没有感情并不重要。

沈温庭可以护着她，她也能够照顾沈温庭，两人平平淡淡地过日子也不错。一旦涉及爱情，闻意就不知道该怎么面对他了。

她垂下小脑袋，不敢看沈温庭了，一时间也不知道该怎么回答他。

“睡吧。”沈温庭似乎也并没有想要得到她的回应。

闻意安静了好一会儿，又抬起头看了一眼沈温庭。男人闭着眼睛，像是睡着了。闻意知道，他没有睡着。

“沈温庭。”

“嗯？”

闻意被他低沉的尾音勾得心尖颤了颤，忍住诱惑开口道：“我不喜欢你。”虽然她垂涎沈温庭的长相和身材，享受他的温柔，但是这些都不是喜欢。

沈温庭没有睁开眼，只是轻启薄唇：“你眼光不好。”

闻意气闷地鼓了鼓腮帮子，又伸出手指戳他的手臂：“那你说说，你是什么时候喜欢上我的？是不是忽然有一天，你突然发现我既好看又体贴，就怦然心动了？”

沈温庭扣住她的手，不让她乱动：“闻意，看来你的肉都长在了脸上了。”

闻意知道自己这段时间长胖了，但一直不让沈温庭提，没想到这男人现在不仅提了，还暗指她脸皮厚。她翻过身背对着沈温庭，怒道：“睡觉睡觉！”

第二天，闻意起了一个大早，给沈温庭熬好了粥，正准备偷偷摸摸地出门，撞上了突然出现在客厅的沈温庭。

他刚醒来，头发凌乱，面色平静。

她没来由地有些心虚：“粥给你熬好了，我先出门了。”

“闻意。”沈温庭喊住她，目光触及她眼下的黑眼圈，神色一敛，“你不用躲我，我们还是像以前那样相处。”

他不愿意说开，就是怕闻意会多想。

闻意尴尬地笑了一下：“我没躲你，是真的有事，周茜茜约我今天去医院。”

躲沈温庭是真的，周茜茜约她也是真的。说来也奇怪，之前她和周茜茜一见面就互呛，关系极差，昨晚周茜茜竟然突然给她打电话，低声下气地约她一起去医院处理问题，难不成她一巴掌把周茜茜打清醒了？

“是吗？”沈温庭淡淡地说道。

闻意点了点头：“那我先出门了，你记得好好吃饭。”

她穿好鞋子，又看了一眼沈温庭，忽然想起昨晚两人的那番谈话，拿上包便出了门。

闻意的思绪很乱，她不知道怎么整理。如果沈温庭不喜欢她，她依旧可以和他像之前那样相处，现在这样好像她亏欠了他一样。

这份感情，她不知道该怎么回应。

闻意是和艾思言一起去的医院。

“意宝贝，你今天状态不太好啊。”艾思言看了看闻意的脸色，问道，“遇到什么烦心事了？”

“回头再跟你说吧，现在我心里很乱。”闻意轻叹一声。

两人到了住院部，便看到周茜茜低着头坐在走廊里的椅子上。她眼眶通红，脸上的巴掌印还没有完全消下去，头发也有些乱，看上去可怜兮兮的。

闻意不由得生出了恻隐之心，但一想到两人之间的过节，她又默默地硬了硬心肠：“找我做什么？”

听见声音，周茜茜抬头看向闻意：“闻意，你能帮我一个忙吗？”她眼下一片青黑，声音沙哑，像是很多天未喝过水一样。

闻意挑眉，这还是周茜茜第一次找她帮忙，她扫了一眼住院部，道：“那个女人在里面？”

“嗯。”周茜茜苦笑一声，“那个女人怀孕了，只要你能让她打掉孩子，你要我做什么，我都可以答应你。”

她也是被逼急了，如今闻远力保这个孩子，她父亲虽然生气，但是也不可能强硬地让闻远放弃这个孩子，她想来想去，只得找闻意帮忙。

艾思言很不满：“这种事情为什么让闻意来做？别以为她看起来好欺负，就能任人拿捏。”

闻意猛地想起，沈温庭也说过她看起来很好欺负。她摇了摇头，把沈温庭抛到脑后，看向周茜茜，问道：“怎么弄进医院了？”

“我推了她。”周茜茜咬牙，隐隐有着不甘，“那孩子命大，没掉。”

闻意了然。

周茜茜嚣张跋扈惯了，闻远出轨，让她丢了脸面，她怎么可能无动于衷。估计知道消息后就直接动手了。

闻意正准备坐下，便看到闻远从病房里出来。看到她们，他神色一凛，快步走过来，压低声音道：“你们想做什么？”

“你老婆让我劝那个女生打掉孩子。”闻意坦诚地说道，随意地坐下，靠在艾思言的肩膀上，慵懒地打了一个哈欠。

周茜茜脸色一僵，还没来得及说话，闻远已经怒声逼问：“那是一个生命，周茜茜你怎么这么恶毒？”

闻意抬眼，目光落在闻远狰狞的脸上。

恶人永远不觉得是自己做错了，反倒把过错推到别人身上。

“我恶毒？闻远，你扪心自问，我可曾对不起你过！”周茜茜拔高声音道，尖厉的声音在安静的医院里显得格外刺耳。

闻意不满地皱了皱眉：“有什么事出去说，这里是医院。”

最后，四个人找了一家咖啡厅坐下来。

艾思言捧着咖啡尝了一口，顿时皱起小脸，凑到闻意身边道了一句：“没想到有一天我居然会和他们一起喝咖啡，感觉要折寿了。还有，这咖啡怎么回事，苦死我了。”

“习惯就好。”闻意拍了拍她的肩膀，吃着小蛋糕。

艾思言也不喝了：“这是他们之间的事，周茜茜找你来做什么？”

闻意认真地思考了一下，道：“她可能把我当成居委会的人了，让我来宣传一下爱与和平。”

艾思言腹诽：你难道不是来看热闹的吗？

闻远和周茜茜坐下后就吵了起来，闻意被他们闹得头疼，本来昨晚就没睡好，现在更是头疼。

闻远看了闻意一眼，心里有些不爽，却没敢表现出来。

沈温庭护闻意护得厉害，他的所有小动作都被沈温庭发现了。沈温庭还警告他，如果他做出伤害闻意的事情，后果自负。沈温庭那个人，看似无欲无求，实则最不好惹。闻远胆子再大，也不敢继续动闻意。

“周茜茜，你要是实在受不了，干脆离婚吧。”闻意道，虽然她看周茜茜不爽，但是她更讨厌闻远。

“我不离！凭什么要我离开，让他和那个女人在一起！”周茜茜眼里满是疯狂之意。

“你们要么离婚，要么让那个女生打掉孩子。”闻意敲了敲桌面，扫了一眼闻远，“闻远，我不是在和你商量。”

闻远微微僵住：“闻意，这是我和周茜茜之间的事情。”

“我也不想管，可我就是看你不顺眼，怎么办？”闻意无辜地眨了眨眼睛，“能让你不舒服，那我就舒服了。”

她承认，此刻的她就是想报复闻远。无论是离婚后失去周家的支持，还是失去那个孩子，都足够让闻远痛苦。当年的闻纪年一边哄着她母亲，让她为不吵不闹，做一个温婉贤惠的妻子，一边在外面和莫清美恩恩爱爱，现在她可不会让闻远也过得那么舒服！

艾思言下意识地看向闻意，忽然想抱抱她。闻纪年出轨一事一直是闻意心中的一根刺，她极度厌恶这种事情，更别说还是她从小就讨厌的闻远，她绝对不会让他如愿的。

周茜茜正是知道这一点，才会找她。

“闻意！”闻远怒极，正想训斥几句，想到沈温庭，又逼自己冷静下来，他深吸了几口气，商量道，“你们看这样行吗？孩子生下来后，交给周茜茜抚养，我也不再和那个女人来往。”

“然后呢？等到你不需要周家支持的那天，再把那个女人接回来？闻远，如果你是路边的阿猫阿狗，我会袖手旁观，可是你是闻纪年的儿子，是闻纪年背叛我妈的证据，所以很抱歉，这件事没得商量。”闻意浅笑盈盈地看着闻远，“闻远，你可以慢慢考虑选择什么。”

四人离开咖啡厅时，已经是中午了，太阳高高地挂在空中，却依旧冷得冻人。

艾思言挽住闻意的手臂，安慰她：“你别听周茜茜乱说，她就是个神经病。”

走之前，周茜茜对闻意说：“闻意，你不要仗着有沈温庭撑腰，你就可以为所欲为。男人都一个样，迟早有一天你会摔得比我还惨。”

闻意抬眸，看到不远处站着的男人。她对艾思言笑了笑，勾唇道：“我知道。”

“那就好。”艾思言松了一口气。

闻意拍了拍她的肩，对她说：“沈温庭来接我了。”

艾思言顺着她的视线看过去，只见沈温庭站在一棵大树旁，他穿着一件风衣，身姿挺拔，面容沉静。艾思言怔了怔，却想起沈温庭一直是这样，无论闻意遇到什么事，他都会适时地出现。

闻意开心地跑到他面前："你怎么来了？"

"爷爷打了电话给我，说想见你。"沈温庭自然而然地牵过她的手，却忘了自己体寒。

闻意打了一个寒战，在沈温庭反应过来打算松手的时候又反握住他的手："我怎么觉得你是担心我才来的？"

沈温庭不语。

白景没来，沈温庭自己开车，闻意便坐了副驾驶的位子。

"闻远的事情你打算怎么解决？"沈温庭忽然开口问道。

闻意扫了他一眼，道："不知道。"

按照闻远的性子，他应该会选择离婚，但他后面还有个闻纪年，闻纪年是不会放弃周家这个香饽饽的。

"沈温庭。"闻意看了沈温庭一眼，又赶紧移开了目光。

"怎么？"他的声音低低沉沉的。

"没什么。"闻意摇了摇头，心里依旧很乱。

"闻意，如果昨晚我说的话给你造成了困扰，我可以收回。"沈温庭说着，打了方向盘，拐入隧道。

他目视前方，忽明忽暗的灯光打在他脸上，好看极了。这样一个优秀的男人，怎么就看上她了呢？

闻意心口堵得慌，好半晌才干巴巴地问他："那你能收回对我的这份感情吗？"

沈温庭皱眉，片刻后，面无表情地问她："你希望我收回？"

"沈温庭，我现在无法回应你的感情。"闻意垂着脑袋，有些茫然，"我心里有点乱。"

出了隧道，刚好遇到了红灯，沈温庭停下车，转头扫了她一眼："我本来就没指望你这个小没良心的会回应我。"

闻意怒瞪他，哼了哼，道："我有良心。"

"那你就别再躲着我。"沈温庭说完，很轻地叹息了一声。

闻意怔了怔，好半晌才乖乖地应道：“好。”

一到冬天，沈老爷子的身体便越来越差，即使吃了药也不管用。

“喀喀喀……”吃饭的时候，沈老爷子又捂着胸口咳起来。

闻意和沈温庭立即投去关切的眼神，沈老爷子挥了挥手：“没事，就是咳嗽而已。”

沈温庭倒了一杯热水递给他，低声道：“爷爷，这段时间您不能碰荤腥。”

沈老爷子哼了哼：“我都这把岁数了，还不能吃点好的？”

闻意又气又急，忍不住教育固执的沈老爷子：“等会儿我就去跟阿姨说，让她这段时间给您做些清淡的饭菜。爷爷，您要是不听话，我和沈温庭可就赖在这里不走了。”

沈老爷子瞪了闻意一眼，捧着水杯喝了一口：“你们要是能天天陪着我倒也挺好的。”他老了，权力、财富什么的都不在意了，就希望他在意的两个孩子能够陪在身边。

闻意鼻子一酸。她虽然经常抽时间过来，但是陪伴沈老爷子的时间还是太少。她抱住沈老爷子的手臂，撒娇道：“好啊，您要是不嫌烦的话，我和沈温庭就天天烦着您。”

沈老爷子拍了拍她的脑袋，道：“还是别了，你太闹腾，爷爷还是想清静一点。”

闻意“哼”了一声。

吃过午饭，闻意就一溜烟跑得没影了，只剩下沈老爷子和沈温庭。今天天气不错，阳光明媚，沈温庭便扶着沈老爷子去了后院。

“万钧跟我打过电话了，说你们在国外见了一面？”沈老爷子拄着拐杖坐在亭子里，看着面前的沈温庭。

“嗯。”沈温庭道，替沈老爷子把风衣披好。

沈老爷子轻叹一声：“你不怨？”

“怨。”沈温庭顿了片刻，又说，“他们互相折磨了这么多年，结束了也好。”

沈老爷子点点头：“闻家的事情我略有耳闻，这些天小意的心情估计不好，你多陪陪她，这终究是她的心结。”

“我知道。”沈温庭压低了声音，“爷爷，我会保护好闻意。您身体不好，不要过多费神。”

“这哪是费神，我一老头子天天闲着，也没什么事可做。”沈老爷子不满道，“明早回去的时候，你记得把阿姨泡的灯笼椒带上，小意喜欢吃这个，我特地让阿姨给她做的。”

沈温庭有些无奈，道：“闻意有痛经的毛病，平时都得用药调理着，不宜吃辣。”

“吃一点点没事的，小意还跟我告状，说你管得太严了。女孩子，得惯着一点。”沈老爷子道。

“对啊，沈温庭，你可得听爷爷的话。”闻意不知道从哪里窜了出来，道，“爷爷，外面风大，我们回屋吧。”

“好好好。”沈老爷子顺势起身，敲了敲闻意的小脑袋，“小管家婆。”

闻意笑嘻嘻道：“爷爷，那灯笼椒在哪儿？我可得看紧了。”

沈温庭瞥了她一眼：“明早给你带回去。”

“我怕你趁我睡着了把它藏起来。”闻意不信他，撇嘴道。

外面风大，闻意的头发被吹乱了，沈温庭伸出手帮她整理好，道：“不会的。”

“爷爷是证人，你要是敢藏起来，我就让爷爷给我做主。”闻意顺着杆子往上爬。

沈老爷子乐呵呵道：“好好好，我给小意当证人。”

从烟水别院回来，又过了几天，便到了闻意的生日。

在生日前一天，闻意一边在书房画画，一边时不时地看向在旁边办公的沈温庭。他们的相处模式仍和之前一样，沈温庭并没有因为爱她就特别温柔地待她，该严厉的时候还是很严厉，该管着的时候照样管着。

闻意虽然无法回应他的感情，却也明白，如果她疏远他，便是对不起他。就是时间一久，闻意在家里待不住了。她直接给顾方原发了微信：“明晚九点，给我准备一个包厢。”

外面太乱，她这个有夫之妇就不去了，但找间包厢好好地放松一下总可以吧。

顾方原立刻回道：“闻大小姐，我们酒吧明天停业整修。”

闻意：“那后天？”

顾方原：“后天也整修。”

闻意不傻，顾方原摆明了就是不想让她去！有钱不赚，绝对不是他的性格，那么只有一个可能性……闻意把手机丢在一旁，看着沈温庭。

感受到她幽怨的眼神，沈温庭抬起头看了她一眼：“画好了？”

“顾方原那边是你安排的？”

“嗯。”被闻意发现沈温庭也不紧张，慢条斯理地和她讲道理，“酒吧太乱，不适合你。”

她就说顾方原那货怎么突然这么硬气了，有钱都不赚，原来是有沈温庭撑腰。闻意顿了一下，不服气道：“你凭什么没收我的酒？”

“喝酒对胃不好。”沈温庭发送了邮件，才继续道，“你要是想喝，可以每天喝一杯红酒。”

闻意和他讨价还价：“一杯不够喝，要不一瓶？”

沈温庭扫了她一眼：“那别喝了。”

这男人怎么这么过分！

“那天爷爷说的话你是不是忘记了？”闻意气鼓鼓道，“你要惯着我一点。”

沈温庭合上电脑，抬眸看她：“女人不能惯，越惯越浑蛋。”

从他口里听到这句话，闻意震惊了。

沈温庭这人吧，有时候太正经，任闻意怎么撩也撩不动；有时候惹人生气了却不自知，比如现在。闻意气得想咬他，他却还是一副淡定自若的样子：“要吃夜宵吗？”

“不吃！”她气饱了。

闻意扭过头去，继续画画。

沈温庭扫了她一眼，没再说什么，出了书房，并带上了门。

手机上不断地弹出微信消息，闻意也不理会，继续画画。等到收尾时，外面飘进来一缕香味，闻意忍不住嗅了嗅，肚子不争气地叫了起来。她加快了速度，把最后一笔画完，才走了出去。

客厅灯光明亮，电视开着，里面传来主持人搞怪的声音。厨房是半开放设计，沈温庭背对着她，正在煮东西。

长这么大，闻意对家的记忆很少。闻家向来是冷冰冰的，她住在沈家的那些日子才真正感受到家的温暖。沈温庭回国后，不忙的时候都会做饭。闻意喜欢这样的生活，爱情于她太遥远，她不奢求，她要的不过是一种家的感觉，有人陪着她就好。

闻意还在胡思乱想，沈温庭端着一碗面转过身，对她道：“过来。”

她往厨房里看了一眼，锅都盖上了，这男人真的只煮了一碗？

她今天回来得晚，在外面随便吃了一点就当解决了晚饭。她一回来就开始画画，早就饿得前胸贴后背了。可是一想到刚才沈温庭对她的态度，她又拉不下脸让他给也煮一碗面。

闻意不大乐意地走过去：“做什么？”

“吃夜宵。”沈温庭把那碗面条递到她面前。

闻意愣了愣，压下嘴角的弧度：“你不吃吗？”

“我不饿。”沈温庭微微勾了一下嘴角，“这个时候吃夜宵，容易胖。”

闻意腹诽：所以您就给我吃，让我长胖？

沈温庭端了一杯温水坐到她身边，说道：“吃吧，即使你长胖了，我也不会嫌弃你。”

闻意气得牙痒痒，沈温庭果然还是以前那个沈温庭，呛她的时候嘴下毫不留情。闻意不想跟自己的肚子过不去，但她又不想沈温庭看不起她，所以吃之前还不忘丢下豪言壮志：“我一定会瘦下来！”

沈温庭偏头看了她一眼，缓缓道：“有目标是好事。”

闻意总觉得这个臭男人在嘲讽她。

第二天早上，闻意迷迷糊糊地醒来，看了一眼正在穿衣服的沈温庭，问道：“你不和我们一起去吗？”

昨晚她软磨硬泡了好久，沈温庭才允许她今天去酒吧玩一天，前提是酒吧清场，只能和认识的人玩。

“不了。”他向来不喜欢热闹的地方，而且今天他约了闻纪年。

“那我早点回来。”闻意打了一个哈欠，又滚进被子里睡觉了。

这一觉睡得很舒服，闻意起来吃了午饭，化了个淡妆便直奔酒吧而去。顾方原还算义气，不但把酒吧布置了一番，还准备了不少娱乐项目。

一群人闹了一下午，闻意有些疲倦地靠在艾思言的肩膀上：“方译不用上班吗？”

艾思言拿了一颗草莓喂给她：“不知道。对了，这几天你是不是心情不好啊？”

“也不是，就是你的猜想被证实了。”闻意咬了一口草莓，还挺甜的。沈温庭喜欢吃草莓，她要不要捎点回去？

艾思言有些激动：“沈温庭承认了？”

“嗯。”闻意轻叹一声，戳了戳艾思言的肩膀，闷闷不乐道，“早知道我就不问了。”

艾思言知道闻意在担心什么，摸着她的小脑袋安慰道：“乖，别想那么多了，今天是你生日，开心一点。”

“大寿星躲在角落里做什么呢？不过来玩两局？”顾方原摇晃着酒杯，冲闻意笑了笑，“斗地主、大冒险，你选一个。”

“幼不幼稚。”闻意很是嫌弃，却还是起身，拉着艾思言一起过去了。

这一闹就闹到了晚上，外面的天已经黑了，闻意看了一眼时间，便打算打道回府。

“我得回家了，沈温庭还在家里等我。”闻意穿上外套，看向其他的人，“你们继续玩，今天的费用算我头上。”

“别啊，闻大小姐，你都多久没和我们一起玩了，难得沈总放你出来，你应该好好享受一下。”顾方原乐呵呵道，他正在兴头上，手气又好，怎么可能放闻意走，“来来来，咱们继续。”

有人起哄：“这么着急回去，闻大小姐果然是夫管严啊。”

闻意拉不下面子，只得重新坐下来：“再玩一会儿我就回去。”

“好好好，保证在十点前让你回家。”顾方原道，重新洗了牌，吩咐一旁的人，“赶紧倒酒。”

“好嘞！”

今天，闻纪年亲自来沈氏谈解约事宜，但谈判并不顺利。临近晚上九点时，沈温庭便不耐烦了。他不时看一眼手机，但微信安安静静的，闻意没有发来任何消息。

“温庭啊，要是现在解约，闻氏和沈氏都会损失不少，而且按照合约，沈氏获得的利润更多，要不这件事就算了吧。”闻纪年不愧是老狐狸，一番话说得像是完全为了沈氏着想一样。

沈温庭看了一眼腕表，又漫不经心地看向闻纪年：“闻总可知今天是什么日子？”

闻纪年认真地想了想，和善地说道：“今天是今年的最后一天，今天过去了，就意味着新的一年到来了。我相信明年闻氏和沈氏的合作会越来越愉快。”

沈温庭皱起眉头，道：“闻总，我意已决，违约金沈氏会按照合同赔给闻氏。”

“温庭，闻意终究姓闻，她是我的女儿。”闻纪年的脸色有些难看，他到底是个长辈，还是沈温庭的岳父，对方却如此不给他面子。

沈温庭听到这话，扫了他一眼，冷冷地说道：“沈氏对闻家已经仁至义尽，闻意也不欠闻家。”他说完就离开了。

白景走上前，摆出职业性的微笑：“闻总，这边请。”

闻纪年压下怒火，暗忖既然沈家靠不住了，那么周家这边的支持绝对不能失去。他看了一眼白景，问道：“今天是什么特殊日子？”

白景温和地笑了笑，回道：“倒也不是什么特殊日子，只是我们太太的生日。”

见闻纪年变了脸色，白景提醒了一句：“沈总把太太放在心尖上，而闻总是怎么做父亲的，想必不用我多说，以后请闻总好自为之吧。”

沈温庭刚出公司，便接到了顾方原的电话：“沈总，闻意喝醉了，您能不能来接她？”

电话那头传来震耳欲聋的歌声，闻意五音不全，不唱歌则已，一唱歌就要命。

“我马上过去。”沈温庭挂了电话便上了车，车子直接驶向顾方原的酒吧。

第九章
新年快乐

酒吧。

“姑奶奶，求你别唱了，咱们下来休息一会儿行不行？”顾方原欲哭无泪，本想着闻意的酒量不错，今天难得尽兴，所以就劝了酒，结果她一不小心喝多了，闹得不行。

“不行。”闻意脱了鞋子踩在沙发上，居高临下地看着顾方原，豪气万丈地说道，“闻哥今天给你们开演唱会。”

其他人都走得差不多了，除了顾方原和闻意，就剩下方译和艾思言。艾思言也醉了，方译正想着怎么把人拐回家。

顾方原不敢强硬地把闻意抱下来，只能围着她转圈，又怕她一脚踩空摔下来，哄道：“开开开，咱们明天开行不？明天我给您包场，您想怎么唱就怎么唱。”

闻意果然不唱了，看着顾方原，似乎在认真思考，然后她环视了一圈，大小姐脾气上来了：“我的观众呢？”

怕她第二天醒来气急败坏，顾方原便让其他人离开了。

“观众还没来呢，闻哥您先回家，我今晚就去找观众。”

“哦。”闻意打了个酒嗝，看到从门外走进来的男人，眼睛一亮，“观众来了。”

沈温庭一直知道闻意酒量不错，虽然她喝醉过几次，但都没有这一次严重。他脱下外套朝她走过去，不由分说地把她裹住，直接把人抱了起来。

“你做什么！”闻意动弹不得，不满地瞪他。

沈温庭的外套太大，闻意被困在其中，只露出了一个小脑袋。

“闻意，乖乖跟我回家。”

闻意微微歪着头，看着面前的沈温庭，费劲地从脖子处伸出手。

顾方原赶紧上前，接过话筒。

“沈温庭。”

闻意眼眸迷蒙，小脸通红，头发凌乱，看起来可怜兮兮的。

他轻叹了一声：“我在。”

“你怎么才来？”闻意拉住沈温庭的领带，沈温庭微微松开了一点，她便顺势环住他的脖子，跟他告状，“我早就想回家了，他们非拉着我喝酒。”

见沈温庭投来不悦的目光，顾方原赶紧摆手：“是其他人劝的。大家许久没聚了，今天又是她的生日，所以就放纵了一些。”

谁料这小姑奶奶一段时间没来，酒量也比之前差了。

闻意这会儿困得很，缠着沈温庭要他背自己。沈温庭在她面前蹲下，警告道：“不许吐，否则我就把你丢在地上。”

闻意哼了哼，不情不愿地爬上沈温庭的背，还不忘指挥身下的人：“快回家。”

闻意的酒品不好不坏，安静的时候特别乖，闹腾起来也让人无比头疼。好在喝醉的她也害怕沈温庭，乖乖地跟他回了家，没再闹腾。

“能自己洗澡吗？”沈温庭看着脸蛋红红的闻意，有些头疼。

“能。”闻意点着小脑袋，护住自己的胸口，警惕地看了他一眼，“我自己洗。”

沈温庭将她的睡衣放在浴室，看她一副半醉半醒的样子，有些不放心，他微微弯下腰，直视着她：“有什么事就喊我。”

闻意点头：“哦。”

沈温庭关上门，听到里面传来流水的声音，才拿着手机走到窗边接电话。

白景：“沈总，事情都处理好了。”

“嗯，辛苦了。”沈温庭挂了电话，从抽屉里拿出一个盒子。

盒子里是重新设计制作的戒指，比之前的那枚要素雅一些，也更精致一些。

这时，浴室门打开，闻意站在门口，双眸湿润润的，正一脸茫然地看着他：“沈温庭？”

看来她还没清醒。

沈温庭走过去，闻意闻到了熟悉的茶香，立马扑了上去。她双腿盘在他腰间，手指挑起他的下巴，道：“我垂涎你很久了。”

沈温庭扶着她的腿以免她摔下去，一丝清香钻进鼻子，他喉咙一紧，声音都沙哑了几分：“我知道。”

“可是你说你喜欢我。”闻意低声道，有些茫然无措，“我怕自己辜负你，又怕伤害你。”

沈温庭抱着她没有说话，又听到她轻声说：“我会对你很好，我会做一个好妻子，我们就这样相处下去好不好？”

沈温庭亲了亲她的额头：“嗯，好。”

闻意歪头，试探性地问了一句：“那我能继续垂涎你的美色吗？”

见她一副小流氓的样子，沈温庭无声地笑了一下：“只能亲。”

闻意很不满：“为什么？”

“因为你眼光不好。”

沈温庭把她抱到床上，闻意压下他的头，狠狠地吻住他的唇，同时含混不清道：“甜的……”

沈温庭忍了忍，偏偏喝醉了的闻意不知道收敛。大概是见他没有反应，闻意生气了，没轻没重地咬了他一口。他吃痛，垂眸看她一眼，随即狠狠地吻了回去。

“嗯……”闻意迷迷糊糊的，任由他索取。过了好半晌，她才睁开眼睛看了他一眼，哼哼唧唧地推开他。

沈温庭迟疑片刻，还是放开了她。闻意得到自由后，掀开被子缩了进去，舒服地眯了眯眼睛。

沈温庭深吸了一口气，抑制住心里的欲望，替闻意盖好被子。她把他惹得浑身起火，却只管自己得到满足就不管他了。沈温庭轻敛眉眼，惩罚性地在她脸上捏了捏。

闻意哼了哼，不满地瞪了他一眼。

沈温庭盯着她粉嫩水润的唇瓣，思索片刻，微微俯身，温柔地吻了吻她的额头，轻声道：“小浑蛋。”

第二天早上，沈温庭醒来的时候，闻意还在熟睡中，他没有打扰她，轻手轻脚地洗漱完便去了公司。

“哟，你今天竟然来得这么早，我还以为‘从此君王不早朝’了。”方译一只手提着早餐，另一只手冲沈温庭晃了晃，看着沈温庭嘴唇上的伤，不怀好意地笑了笑，“看来昨晚战况激烈。”

昨晚闻意那一下咬得狠了一些，在沈温庭的唇上留下了一些痕迹。

沈温庭看他一眼，径直进了电梯：“艾思言呢？”

“跑了。”说到这个方译就来气，“我多买了一杯豆浆，你要吗？”

沈温庭拒绝道：“我不喝。”

“得得得，都忘记了您老从不吃这些东西。”方译插上吸管喝了起来，眼尖地看见沈温庭手上的戒指换了，“啧啧啧，这戒指看起来不错。”

沈温庭微微挑眉：“羡慕？”

方译气急：“不就是一枚戒指吗，我又不是买不起！”

沈温庭顿了片刻才说：“这是婚戒。”

方译腹诽：结婚有什么了不起？等我追到艾思言，天天在你面前秀恩爱！

闻意醒来的时候快到中午了，她按了按太阳穴，慢慢地从被子里钻出来，靠在床头。

无意间一低头，她发现手指被套上了一枚素雅又精致的戒指。她摸了摸脖子，项链上的戒指还在，闻意想了想，索性把手上的戒指摘下来串在一起。

她看了一眼手机，昨晚收到了很多人发来的生日祝福，苏禹桥也发了消息给她。

苏禹桥：“生日快乐，今晚有活动，我走不开，明天你有时间吗？”

闻意回复了他：“昨晚我没看到消息，你在本市？”

发完这条消息后，闻意便丢下手机，跑去卫生间洗漱。

她醉了之后会间断性地断片，关于昨天的记忆并不是很完整。在酒吧的时候，她似乎唱歌了。闻意一边洗脸一边懊恼，温水滑过脸颊时，她脑子里闪过几个画面：她盘在沈温庭的腰上，主动吻了他……

她抬头看着镜子里的自己，脸颊通红，双眸一片水润。要命，她迟早会把沈温庭拿下，省得整天惦记。

吃了午餐，又和苏禹桥约好了晚饭，闻意便打车去了画室。临近年关，她又忙了起来，沈温庭也忙，估计又会开启加班模式。

到了画室，闻意简单地打扫了一下，便投入了工作中。直到太阳下山，闻意才匆匆忙忙收了笔。画室附近就是商业街，对面有一个生活超市。眼看时间还很充裕，她便去超市逛了一圈，顺手给沈温庭买了些东西。

踩着时间点，闻意去餐厅要了一个包厢，在里面等苏禹桥。约莫十分钟，门口传来敲门声，苏禹桥推门进来，把帽子和口罩摘了下来，露出一张略显疲倦的脸。

闻意看了一眼，给他倒了一杯温水："没休息好？"

"最近工作有点多。"苏禹桥捏了捏眉心，淡淡地笑了笑，"公司给我接了一部戏，半个月后开拍，拍摄地点就在本市。"

这事闻意是知道的，那是一部警匪片，目前市场上这种片子不多，而且对演员的要求很高。对苏禹桥来说，这是一个挑战，也是他转型之路上的一个关键点。

"那我就可以和思言去探班了。"闻意开心道。点心先上来，她往苏禹桥那边推了推，"尝尝。"虽然是西餐厅，但也做中式小点心，闻意之前吃的时候觉得味道还不错，今天便点了一份。

苏禹桥拈起一个点心咬了一口，咽下去后，道："闻家的事，我略有耳闻。"

闻意挑眉："闹得那么大？"

"我所在的经纪公司毕竟是闻氏旗下的，我自然知道一些。"苏禹桥轻声道，有些担忧地看了她一眼，"你还好吧？"

"还好，这事已经解决了。"闻意托着腮帮子道。

闻远选择了放弃孩子，跟那个女生一刀两断，这是闻意意料之中的结果。

苏禹桥见状，便不再提及这个话题，从口袋里拿出一个小巧的礼盒：“迟来的生日礼物，希望你不要介意。”

“苏大明星百忙之中还记得给我买礼物，我哪里会介意。”闻意冲他笑了笑，接了过来，“春节期间有通告吗？”

苏禹桥摇头：“没有。”

“那正好，你可以回去陪陪家人。”闻意打开盒子，里面是一枚精致的胸针，图案非常特别。

苏禹桥直接转移了话题：“闻意，有件事情我想请你帮忙。”

“嗯？”闻意有些意外，苏禹桥极少主动找她帮忙。

“接下来几个月我都得住在这里，所以想租个房子。”

闻意了然。苏禹桥不是本市人，虽然在这里上大学，但大学还没毕业就出道了，所以对这个城市并不熟悉。他又是公众人物，最怕的就是自己的住所被粉丝发现。

“沈温庭给我买了几套房，你正好可以挑一套。不过那几套房都还在装修中，我尽量赶在年前装好。”

苏禹桥怔了怔，笑着打趣一句：“沈总这是打算金屋藏娇？”

闻意没好气地翻了一个白眼：“这事说来话长，主要还是周雨落惹的祸。”

苏禹桥略一思索，大致也明白了，道：“我听说她报考了国外的学校，大概要去进修了。”

难怪这些日子她都没看见周雨落，就连周茜茜出了这种事，周雨落也没有现身。

晚上八点多，苏禹桥送闻意回清河湾。上车后，他扫了一眼后座：“这些东西是给沈总准备的？”

“嗯。”闻意看了一眼大包小包的东西，“一到冬天，沈温庭就手脚冰冷，我打算熬点汤给他补补。”

“你会熬汤？”苏禹桥把车子停好，和她一起下了车。她微微偏头，有些茫然地问：“不是直接按分量加水就行了？”

苏禹桥失笑，与她细细说来。

闻意记性不好，遂打开手机备忘录，记了下来。

苏禹桥看着神情专注的闻意，想起第一次见到她的时候，她正是肆意的年纪。看着十分骄纵，人却和善，大大咧咧的。结婚后，她的性子收敛了不少。从前那个性格莽撞还有些嚣张的姑娘，不知不觉中也学会了如何照顾别人。或许她自己都没意识到，沈温庭于她很重要。

闻意一回到家就钻进厨房捣鼓起来，失败了几次后她才熟练了一些。她正熬着汤，听到门口传来门把手转动的声音，连忙探出小脑袋："回来了？"

沈温庭正准备换鞋，闻言勾起嘴角："嗯。在熬粥？"

"给你熬汤。"闻意回道，揭开盖子看了一眼，用汤勺舀了一点尝了一口，有点淡，盐好像放少了。

沈温庭换上鞋子往厨房里看了一眼，不算很乱，就是砧板上满是玉米须。他洗了手，顺便把砧板上的玉米须清理干净，问道："怎么想着熬汤了？"

闻意不是一个喜欢下厨的人，学会了熬粥之后便不愿再学了。

"给你补身体啊。"闻意回答得随意。

沈温庭动作一顿，不动声色地看了她一眼，她微微垂着脑袋，正盯着锅里的汤。

"好了。"闻意关了火，转过身，便被沈温庭拉到怀里。

他在她唇上轻轻一吻，又亲了亲她的额头，低叹一声："辛苦了。"

之后闻意似乎从熬汤中体验到了乐趣，尝试了好几种汤，有的成功了，也有的失败了，不过沈温庭都乖乖地喝了。也不知道是不是心理作用，闻意总觉得沈温庭的手好像比以前暖和了一些。

一晃到了大年三十，闻意在被窝里赖了半天，最后还是被沈温庭捞了起来。

"你先去洗漱，待会儿我送你去闻家。"

"你又不陪我去。"闻意挂在沈温庭身上，有些闷闷不乐。

沈温庭看着她垮下去的小脸，道："你要是不想去就不去。"

闻意又在他身上赖了一会儿，才道："还是得去走一趟的。你先去陪爷爷，我这边结束了就过去。”

“嗯。”沈温庭把人放了下来，“今天降温了，你多穿一点。”

“好。”闻意点了点头。

这半个月她天天喝汤，又没有锻炼，以至于不仅没瘦下去，反倒重了两斤。穿上毛衣后，她就觉得有些憋闷，深呼吸几口气后才好些了。她看着神色淡淡的沈温庭，问道：“我是不是又胖了？”

沈温庭盯着她圆润的脸，实诚地点头。

闻意叉着腰道：“我要减肥，从今天开始不喝汤了！”

沈温庭把羽绒服递给闻意，提醒了一句：“半个月前你也说过这句话。”见她一脸郁闷，他又安慰道，“冬天胖点好，不容易冻着。”

闻意：“……”

大年三十这天闻家的晚饭吃得早，闻意简单地吃了一点便告辞了，时间也不过刚过六点。闻纪年因为闻远的事情正窝着火，再加上闻氏和沈氏的合作大多都终止了，他自然没有给闻意好脸色。一想到自己刚刚没了的孙子，他巴不得闻意赶紧走，也没假惺惺地挽留。

外面冷得不行，闻意等了一会儿没等到车，反倒等来了周茜茜。

“闻意。”周茜茜走到她面前，“大过年的，不好打车，我送你吧。”

闻意看了她一眼，又看了一眼夜空，不确定地问：“今天太阳打西边出来的？”她和周茜茜的关系还没有好到这种地步。

“坐不坐？”周茜茜瘦了不少，宽大的棉衣穿在她身上竟显得空荡荡的，“你要是不想坐，就继续站在这里吹冷风吧！”

嗯，还是原来那个周茜茜，一开口就让闻意想打她。

“不坐。”闻意不再理她，继续低头看着自己的手机，还是没能打到车。

外面确实挺冷的，闻意寻思着要不要叫沈温庭来接她，不过这一来一回的，他估计也会累得够呛。

“你！”周茜茜气急，咬了咬牙，“我就是讨厌你这副样子！”

闻意懒懒地说道：“好巧，我也看你不顺眼。”

她给顾方原发了一条消息，让他给她找辆车子，他认识的人多，这种小事很容易办到。

顾方原很快便回复了闻意："我联系好了，车十五分钟后就到，车牌号是 ×××××，对方姓莫，你别上错车了。"

闻意："谢了。"

见闻意一副满不在意的样子，周茜茜趾高气扬道："我不是来跟你吵架的。"

闻意抽空看了她一眼，上下打量着她，似乎在思考着什么。

"这次的事情，多谢你。"周茜茜深吸了一口气，才不情不愿道。尽管她是受宠爱的小女儿，但为了家族利益，她父亲也希望她能大度一点，甚至想过留下那个孩子，以让闻家欠他们一个人情。

"谢我做什么，我又不是为了帮你。"闻意裹紧了身上的羽绒服，这天气真的冷。

"不管怎么样，还是谢谢你。"周茜茜道，"我虽然一直看你不顺眼，但是好像也明白了一些事情。"

闻家没人在乎闻意，她只有活得骄傲肆意，才不会被人看扁。

闻意看了她一眼，道："你比你姐看起来顺眼一点。"

她之所以愿意帮周茜茜，只是不愿看到母亲的悲剧重演。

周茜茜冷嗤一声："你也比以前看起来顺眼了一些。"

车子已经到了，闻意看了一眼车牌号，准备上车前又看向周茜茜，道："最后送你一句话。"

"什么？"

"这样的婚姻，早点结束了吧。"

周茜茜愣了一下，随即摇头："你不懂，我爱闻远。"

即使爱一个人，也没必要把自己弄得那么狼狈。以前的周茜茜嚣张跋扈，现在的她憔悴不堪。闻意翻了一个白眼："随你吧。"

"对了，再问你一个问题。"闻意盯着她，微微皱起眉头。

"什么？"

"你是怎么在短时间内瘦下来的？"

"……"

大年三十的晚上，路上有些堵，闻意看着车窗外璀璨的灯火，忽然有些惆怅。

她不是一个喜欢回忆的人，在这样热闹的日子里，却忍不住想起了自己的母亲。她打开手机，给沈温庭发微信消息：“我现在已经在路上了，有点堵，爷爷吃过饭了吗？”

那头没有回复，闻意等了一会儿，又发了几条消息过去，却依旧没有收到回复。

车子驶离市中心后，交通就没有那么堵了。不过半个小时，车子便开到了烟水别院，闻意给了司机三倍车钱，然后拿着包下了车。

冷空气迎面袭来，闻意一路小跑进了烟水别院。

“爷爷。”闻意一打开门，便看到客厅里坐着的两个人，是沈万钧和于婉。

“爸，妈。”她立马打了一声招呼。

于婉看了她一眼，淡淡地说道：“回来了就过来坐会儿吧。”

闻意拘谨地点了点头，换上棉拖走到于婉身边坐下。算起来，她上一次见到于婉还是在她和沈温庭的婚礼上。于婉一生从医，性子清冷，对很多事情都看得很淡，唯独对待感情刚烈无比。

“在外面冻着了吧？”于婉突然问了一句。

闻意摇了摇头，她暗暗地扫了一圈，没看到沈老爷子和沈温庭。

“他们在楼上书房里。”注意到她的视线，于婉道，“我们离婚的事情还有些问题需要处理。”

“离婚？”闻意有些诧异，她知道沈万钧和于婉这些年的关系一直不好，但没想到他们会突然离婚。

“觉得意外？”沈万钧端起面前的茶喝了一口，似乎觉得苦，又放下了。他淡淡地扫了闻意一眼，让闻意有些不自在，“沈温庭没有和你说过？”

闻意摇了摇头。

沈温庭极少在她面前提起他父母的事情，正如她一样。

“我和沈万钧早就达成协议，等到温庭能够独当一面的时候，我们就离婚。”于婉替她解了惑，见她一副恍然大悟的样子，加了一句，“他不告诉你，大概是怕你有顾虑。”

什么顾虑？

闻意有些蒙，一时间不知道该作何反应。

陪了两人一会儿，闻意就上了楼，正好看见从书房出来的沈温庭。走廊上的灯光有些暗，他就站在那儿，眼睛一眨不眨地看着她。

不知怎么的，闻意突然有些鼻酸，她朝他小跑过去，撞进他的怀抱："处理好了吗？"

"嗯。"沈温庭摸了摸她的脸，入手一片冰凉。他替她暖了暖脸，才道，"爷爷今天累了，已经睡了，等会儿我陪你守岁。"

"好。"闻意眨了眨眼，犹豫了几秒才开口，"协议的事情，你是什么时候知道的？"

"很小的时候。"

闻意愣住了，一时间不知道该说什么。

沈温庭牵着她下楼："想吃面条还是炒饭？"

沈温庭知道闻意在闻家大概没怎么吃。他本来打算送闻意过去的，谁知沈万钧和于婉突然回来，打乱了他的计划。

"面条吧。"闻意看了一眼客厅里的两个人，小声说道，"你陪我过去。"面对沈万钧和于婉，闻意有些拘谨，不想单独和两人待在一起。

"那就进来帮忙。"沈温庭道，目光落在她微红的鼻尖上，"在外面冻着了？"

"等了一会儿车。"闻意吸了吸鼻子，朝沈温庭伸出手，"我想抱抱你。"

沈温庭抱住她，眼底泛出浅浅的笑意："怎么突然撒娇？"

闻意没回答，仰起小脑袋："还想亲亲。"

原木色的厨房里灯光明亮，紧闭的窗户外树枝轻晃，一片片细碎的雪花飘落下来，转眼就消失不见。

沈温庭低沉的声音带着些许磁性："闻意，别撩拨我。"

他二十六岁，正是血气方刚的年纪，即使他极力忍耐，但面对闻意时，他的自制力也越来越差。

闻意冲他眨了眨眼："亲亲。"

她话音刚落，带着茶香的薄唇便落了下来，轻轻地贴在她的红唇上。

闻意哼了哼，环住他精壮的腰，微微仰头，咬了下他的薄唇。

恶作剧得逞，闻意便打算抽身而退，却不知沈温庭早已经被勾起欲火。不等她退出，他就展开攻势，深深地吻着她。

厨房的门半开着，客厅里的沈万钧和于婉只要稍微走过来一些，便能看到拥吻的两人。

闻意到底还是胆小，她推了推沈温庭的胸口，含混不清道："爸妈在外面。"

"不用管。"沈温庭的声音沙哑至极。

闻意微微怔住，沈温庭的吻又席卷而来，瞬间就让她丧失了思考的能力。她极少看见如此疯狂的沈温庭，他眼底似有火焰跳跃，让他变得温暖，也变得更吸引她。

直到闻意软软地挂在沈温庭身上时，他才心满意足地放开她。

怀中的女人有些失神，红唇湿润，还带着些许暧昧的痕迹。

沈温庭轻怜地摸了摸她的头发，哑着声音道："下次还敢不敢了？"

"敢！"闻意仰头道，瞥见他的眼神，她又有些紧张，赶紧从他怀里退出来，局促地站在旁边，摸着小肚子道，"我饿了。"

"好，等一会儿。"沈温庭洗了手，便开始烧水煮面。

"加两个蛋。"闻意凑到他身边要求道。

她说是来打下手的，其实什么也没做。煮面条本来就不难，沈温庭一个人完全可以搞定。闻意实在不想出去面对沈万钧和于婉，便只能缠着沈温庭。

"好。"沈温庭打了两个蛋进去，想了想，又问她，"要吃肉吗？今晚阿姨做了牛肉。"

"我去看看。"闻意去翻了一下冰箱，里面有些剩菜。

看到辣子鸡，闻意的眼睛瞬间就亮了，她赶忙端了出来。

沈温庭正忙着捞面，抽空看了她一眼，看到那盘辣子鸡，他沉下脸，道："不许吃辣的，换成牛肉。"

"为什么？"闻意许久没吃辣了，这会儿正馋着。这个臭男人虽然没有把她的灯笼椒藏起来，可是只允许她一天吃一个。

"空腹不宜吃辣。"

“我在闻家吃了点东西的。”闻意据理力争，说完就把辣子鸡放进微波炉，定好时间，扭头看到一脸不悦的沈温庭，她淡定地说道，“今天是大年三十。”

这种好日子，沈温庭不能对她发火。

她心里那点小九九，沈温庭不用想便知道。他端着面往外走，还不忘看一眼走到门口时盯着微波炉的闻意，喊了声：“出来吃面。”

“哦。”闻意洗了手，跟在沈温庭后面去了餐厅。

餐厅和客厅是连在一起的，闻意只要微微偏头，就能看到沉默地坐在沙发上的两人。两人安安静静地看着春晚，没有聊天，也没有吵架。

厨房里传来叮的一声，闻意赶忙跑进去，戴上防烫手套，小心翼翼地将辣子鸡端出来。

她仔细地看了一眼沈温庭，见他脸色如常，才心安理得地吃了起来。

也不知道是不是面条太香，客厅里的两人时不时地看过来，让她颇为不自在。

沈温庭坐在她对面，也一瞬不瞬地看着她。

闻意突然觉得面条不香了，她抬起头看向沈温庭，问：“你要不要吃一口？”

“我不饿。”吃晚饭的时候，沈老爷子说他瘦了，给他夹了不少菜，这会儿他不仅不饿，还有些撑。

闻意“哦”了一声，又低下头去，只是下意识地加快了吃面的速度。

辣子鸡只剩下最后两块时，闻意想了想，夹起一块送到沈温庭嘴边：“尝尝？”

沈温庭迟疑了几秒，看着闻意充满期待的眼神，就着她的筷子吃下。唇齿之间瞬间充斥着一股辣味，他被呛得咳嗽了几声，脸上覆上了一层薄薄的红晕。

闻意赶忙给他倒了一杯温水：“有这么辣吗？”

沈温庭喝了几口温水才缓了过来：“被呛到了。”

于婉一直关注着他们，眼见闻意吃得差不多了，她开口道：“你们过来坐会儿吧，以后也没有这种机会了。”

闻意在于婉身边坐下后，于婉问她：“听说你开了个画室，平时忙不忙？”

闻意道：“还好。”

于婉又问了些琐碎的事情，闻意都一一回答了。

一晃到了零点，新的一年到来了。

沈万钧站起身，看向沈温庭：“这几天你把协议拟好，年后我们就去办手续。”

沈温庭“嗯”了一声，看向闻意：“走吧，回房洗个热水澡。”

“闻意。”于婉忽然开口喊了闻意一声，看向她的目光复杂难懂，最后却只说了一句，“新年快乐！”

闻意洗完澡出来，边擦着头发边朝窗边的沈温庭走去。

“到你了，快去洗澡。”闻意催促道。

“等会儿。”沈温庭长身而立，侧脸线条尤其好看，偶有月光洒在他脸上，衬得他更为清冷。

闻意也不擦头发了，和他一起站在窗边。

窗外是院子，光秃秃一片，实在算不上好看。

“下雪了？”闻意有些诧异。

雪花太细小，落在地面上便瞬间没了踪影，隔着一扇窗户，闻意看得不太清楚。

“今年的第一场雪来得有些迟了。”沈温庭看着荒芜一片的院子，缓缓道，“过年期间应该会有一场大雪。”

沈温庭今天的情绪实在不算高，大多数时候他就像一潭死水，平静得令人害怕。

雪似乎停了，玻璃蒙上了一层白雾，闻意偏头看了一眼身边的男人，伸出手在窗户上写下“沈温温”三个字。

沈温庭盯着那三个字，脸色缓和了些：“手不冷？”

“还好。”闻意用手指戳了戳他的脸，“冰到了吗？”

“嗯。”沈温庭握住她作乱的手，“他们离婚后，我要给他们百分之十的股份。”

闻意记得沈温庭所持有的股份也不过百分之四十，这样一来，他可能就不是持有沈氏股份最多的人了。

“那我把我的股份给你。”闻意冲他笑了笑，“我还有百分之九的沈氏股份。”

当初结婚的时候，沈老爷子为了祝福他们婚姻长长久久，特地给了闻意百分之九的股份。

闻意突然想起，她自己就是一个小富婆，那她这些年为什么要花沈温庭的钱？大概是花着舒服？

“我不是心疼那点股份。”沈温庭顿了片刻，继续道，“只是想告诉你。”

闻意似懂非懂地点了点头，沉默了一会儿，突然开口：“爸妈离婚的事，你为什么不告诉我？”

沈温庭沉默了。

夜色越发深沉，他眼底的光忽明忽暗。过了好一会儿，闻意才听到他说：“闻意，我不想你对婚姻失望。”

他们父母的婚姻都是失败的，虽然闻意性格开朗，看得通透，但他终究还是害怕，害怕这两段失败的婚姻在闻意心中留下阴影。

闻意鼻子发酸，她也不知道自己怎么了，最近老是想哭。她吸了吸鼻子，在他脸上亲了一下，看到他眼底的错愕，她很认真地说道：“他们是他们，我们是我们，我们会一直在一起。”

方译曾问沈温庭，如果他用一辈子的陪伴都换不来闻意的真心，他该怎么办。

他说，一辈子很快就过去了。

如今闻意愿意在他失落的时候安慰他，时不时会对他撒娇，表示会一直陪着他，他又希望一辈子长一点。

沈温庭洗完澡从浴室出来，原本应该已经入睡的闻意看到他，立即闭上眼装睡。他目光一扫，看到窗子上的淡淡字迹：沈温温要天天开心。

他忽然想起十岁那年，七八岁的闻意蹲在他家门口，拿着一根树枝在厚厚的雪地上写下了一样的字。

感受到身侧的床垫陷下去一点，闻意下意识地睁开眼，就见一道阴影落下。

沈温庭在她额头上落下一吻：“闻意，新年快乐！”

辞旧迎新，所有不好的事情都会过去，新的一年他们都要开开心心。

大年初一的早上，闻意就赖了床。她迷迷糊糊下楼的时候，沈老爷子和沈温庭已经准备吃午饭了。

“小意醒了，来来来，爷爷特地让温庭给你做了麻婆豆腐。”沈老爷子笑眯眯地朝她招了招手。

闻意笑嘻嘻地凑过去，给沈老爷子拜了个年：“爷爷新年好，祝爷爷在新的一年里幸福安康。”

“好好好。”沈老爷子喜笑颜开，给了她一个大大的红包，“祝我们小意越来越漂亮，早些给爷爷添个曾孙女。”

“才不要。”闻意故作骄纵地撒娇，“生了女儿，我就不是爷爷最疼爱的人了。”

“胡说。”沈老爷子没好气地戳了戳她的小脑袋，“你永远是爷爷最疼爱的那一个。”

“嘿嘿，爷爷果然是最疼我的。”闻意为沈老爷子捏了捏肩膀，问道，“爷爷今天要出去？”

沈老爷子穿戴整齐，还是一身唐装，就连头发也打理得一丝不苟。

“爷爷去看望一个老朋友，许久未见了，也该去看看了。”

对老人来说，有些朋友再不见见，可能以后就真的再也见不到了。

“那爷爷可得注意保暖。”闻意摸了摸沈老爷子的唐装，“这件衣服太薄了，我让沈温庭给您挑一件厚的，他可会选了。”

沈温庭一向注重保暖，就连丑不拉几的秋裤都被他翻出来让她穿上。

“我已经给爷爷准备好外套了。”沈温庭道，朝她伸出手，“过来。”

闻意乖乖地走过去，俏皮地眨了眨眼：“沈温庭，我的红包呢？”

沈温庭年年都会给闻意准备一个大红包，今年也不例外。

“谢谢老公。”接过红包，闻意拉长了尾音，故意逗沈温庭，“我老公最好了。”

沈温庭眉头一挑，神色柔和，手指轻轻拂过闻意的脸颊，替她把不听话的碎发别到耳后："还算有良心。"

这男人太不会说话了。

闻意瞪他一眼，哼道："看在红包的分上，我就不和你计较了。"

她拿起筷子，正准备去夹麻婆豆腐，碗里就多了一块年糕。沈温庭道："先吃点垫肚子。"

闻意瞅了他一眼，又看看那块年糕，转头就向沈老爷子告状："爷爷，你看沈温庭老管着我。"

沈老爷子慢悠悠地吃着饭，和蔼地说道："我可管不了他。"

闻意气闷，只能乖乖地吃了那块年糕。

"爷爷。"门外传来一道稚嫩的声音，接着，胖墩墩的乐乐推门进来。他今天的打扮很喜庆，红色的小棉衣配红色的棉裤，脑袋上还戴着一个有兔子耳朵的毛绒帽子，胖嘟嘟的脸上挂着甜甜的笑，"爷爷新年好！"

"好好好，乐乐也新年好。"沈老爷子笑得眼睛都眯起来了，看着喜庆的乐乐，甚是欢喜。

闻意看着乐乐，轻笑一声："那姐姐呢？"

乐乐看向闻意，歪着脑袋想了一会儿，道："祝姐姐越来越漂亮。"

这小孩果然会说话。闻意乐了，冲他伸出手："来，姐姐抱抱你。"

乐乐一边迈着小短腿朝闻意跑过去，一边对沈温庭喊道："哥哥新年好。"

沈温庭拿出一个红包给他："新年快乐！"

乐乐也不客气，双手接过，还小心地放进自己的小棉衣里。

这小棉衣还能藏红包？

闻意很好奇，伸出手微微拉开乐乐的小棉衣，朝里面看了一眼。只见里面放着四五个红包，鼓鼓的一片，她刚才还以为这孩子吃撑了呢。

"乐乐，你还挺会藏钱呢。"闻意打趣道，拍了拍乐乐的小肚子。

"嘘——"乐乐赶紧捂着自己的衣服，骄傲地说道，"乐乐要存很多钱，以后用来娶媳妇。"

沈老爷子哈哈一笑，也跟着递上一个红包，又问："乐乐知道媳妇是什么吗？"

"当然。"乐乐重重地点头，一本正经道，"妈妈说了，媳妇就是像闻意姐姐这么好看的小仙女。”

这孩子嘴太甜了！

闻意被夸得心里美滋滋的，立即夹了一块肉给乐乐：“乐乐多吃点，长高高。”

“唔。”嘴里被塞了一块肉，乐乐说话都不利索了，“姐姐，我、我的红包呢？”

这小孩倒是不认生，和她见了几次面就管她要红包了。闻意没有准备红包，因为家族里没有小孩，就算有，也是沈温庭给红包，她一向是收红包的那个。

“姐姐不用给红包。”沈温庭突然开口。

乐乐看向沈温庭，大着胆子问道：“为什么？”

“姐姐也是孩子，只收红包。”沈温庭道。

闻意有些不好意思，耳朵慢慢红了。

沈老爷子看了三人一眼，这么看上去，还颇有一家三口的感觉。他满意地点了点头，静静地看着。

乐乐狐疑地看了一眼闻意，不解地说道：“可是姐姐是大人。”

沈温庭看着面前的小胖球，没再解释，只是告诉他：“乐乐长大后就懂了。”

午饭过后，乐乐回了家，沈老爷子则出门去见朋友。

闻意吃得有些撑，往沙发上一躺，饶有兴致地看着收拾碗筷的沈温庭，故意打趣道：“沈温庭，我什么时候成小孩子了？”

沈温庭一边往厨房走，一边道：“难道这些年，你不是光长个子不长脑子？”

这男人会不会说话！

闻意气得穿上拖鞋就往厨房里跑去，她气鼓鼓地看着沈温庭：“人家乐乐从小就知道给媳妇攒钱，还那么会说话。你嫌弃我不长脑子，我还嫌弃你连个小孩子都不如。”

沈温庭沉默下来，从小给媳妇攒钱这一点，他可不会输。

“说话。”得不到回应的闻意戳着沈温庭的腰，大概是觉得手感不错，她又忍不住摸了几下。

室内开着暖气，沈温庭穿这么多做什么？

她刚扒开他的外套，原本安静洗碗的沈温庭便转过身，目光从她的小脸上扫过，落在她那只不安分的手上，他沉声道：“闻意，别耍流氓。”

他的定力越来越差，经不起闻意这般折腾。

“我没有。”闻意心虚地帮他把衣服整理好，“我就是觉得你的衣服不平整，帮你整理一下。”

沈温庭也不拆穿她，只是问：“不想当小孩？”

闻意倒也不是不想当，只是觉得他忽视了她发育良好的智力，以及身材。

闻意犹豫着不知该怎么回答，沈温庭擦干了手朝她伸过来：“既然你不是小孩，那把红包还给我。”

闻意赶紧捂住自己的小口袋，很是嫌弃地看着他：“沈温庭，对老婆不能这么抠门。”

“性质不一样。”

闻意不和他争论，拍开他的手，道：“你好好洗碗。”说完，她也没看沈温庭的脸色，一溜烟地跑出去了。

沈温庭洗完碗从厨房出来的时候，闻意已经靠在沙发上睡着了，手里还拿着半颗草莓。

沈温庭从她手里拿过那半颗草莓，闻意被他冰凉的手指冻得缩了缩，不满地嘟囔一声。

“沈温温……”也不知道做了什么梦，她轻启双唇，喊着沈温庭的名字。

“不许抢我红包……”闻意又嘟囔了一声。

沈温庭失笑，哄着熟睡的闻意：“嗯，不抢你的。”

真笨。

第十章 他是朋友，你是老公

过年这段期间，闻意和沈温庭一直住在烟水别院陪老爷子。闻意在家躺了好几天，每天不是跟艾思言唠嗑，就是和苏禹桥聊聊八卦。

“房子住得还舒服吧？”闻意开了扩音，一边往脸上抹面霜一边和苏禹桥聊天。

苏禹桥那头安安静静的，只有他温润的声音传来：“嗯，装修风格我很喜欢。”

“家具基本上都是我选的，整体风格比较温馨。你平时拍戏辛苦，这边清静，很适合你。”闻意擦完了面霜，又开始往胳膊上抹护肤乳。

房门被人从外面打开，闻意循声看去，见沈温庭穿着一件浅灰色毛衣站在门口。沈温庭刚准备开口，就听到一道男人的声音：“谢了，等你回清河湾，我有礼物送给你。”

“什么礼物？”闻意漫不经心地问道。每年新年，苏禹桥不但会给闻意准备一份礼物，而且每次都不一样。闻意在回礼方面却不爱花心思，要么直接给他发个红包，要么随手拿一幅画给他。

沈温庭见状，没有打扰他们，他走到闻意旁边，却被她拉住了手。他低头看去，只见闻意将他的衣袖挽上去，露出一截线条完美的手臂。沈温庭看着闻意十分自然地把没用完的护肤乳抹在他的手臂上，轻叹一声，警告般地点了点她的额头。

闻意抬头，冲他讨好一笑：“男人也得护肤。”

“嗯？”苏禹桥愣了一下，似乎察觉到了什么，很识趣地说道，“我不打扰你了，下次聊。”

“好。”闻意挂了电话，随即又反应过来，“啊，忘记问了。”

沈温庭收回手，整理好衣服后问她：“问什么？”

“大过年的，苏禹桥怎么不回家？”闻意纳闷道。

对于苏禹桥家里的情况，闻意并不清楚。苏禹桥不愿意说，她也就没有问。

沈温庭见她一脸疑惑，淡淡道：“你最近和他联系得很频繁？”

闻意狐疑地看他一眼，道：“他对这里不熟，现在又住在清河湾，我自然要照顾着些。”顿了一下，她又加上一句，“他年后就得去拍戏了，到时候肯定很忙，便没时间联系了。”

对于苏禹桥的存在，沈温庭一直是知道的，闻意见他从不过问，便以为他并不在意。

沈温庭不语，闻意怕他误会，赶紧解释：“我就是把他当弟弟，他进入娱乐圈的缘由你也是知道的，我一直觉得对不起他。”

沈温庭轻叹了一声，有些无奈地说道：“我知道。”

闻意忍不住嘀咕一句：“还不是怕你乱吃醋。”

她的声音虽然小，沈温庭却听到了，他没有继续这个话题，而是问：“今天要出去吗？”

“不出去，外面太冷了。”闻意摇头，又看向沈温庭，“你要出门？”

“不出去，在家陪你。”难得有个长假，他们都不用工作，沈温庭想好好地陪陪她。年后他又会忙碌起来，还要去国外出差，到那时，他就没时间陪她了。

闻意点了点头，打开了微博。过年期间她还没发过微博，虽然她不是什么名人，但好歹也是有一些粉丝的，还是得发一条祝福微博。

闻意：“新年快乐，迟来的新年祝福。”

发了微博，闻意看了一眼私信，大多是来催更的。

小甜甜：“我猜作者一定是去过年了，要是作者过年也更新，我就一个月不吃肉，并写一篇一千字的作文夸奖作者！”

闻意盯着那条私信看了几秒，放下手机，宣布道："沈温庭，我要去画画。"

闻意知道粉丝们想看甜蜜的场景，但她思来想去，还是没有任何灵感。她和沈温庭的生活太过平淡，这个男人也不懂浪漫，平时只会呛她。最后，闻意画了大年三十那晚发生的事。

沈温庭找了一本书坐在她旁边看着，时不时看她几眼。在闻意又一次放下笔的时候，沈温庭问她："累了？"

"还好。"闻意转了转手腕，看到沈温庭手里的《探索古希腊的奥秘》，好奇地问，"这种书你怎么看得下去？"

"打发时间。"沈温庭道。

闻意分给他一张纸，又给他一支铅笔："你要是无聊的话，就和我一起画画。"她盯着沈温庭的手指看了几眼，拿过来把玩了一下。瞅着他骨节分明的手指，她脱口而出道，"你的手这么好看，你为什么不去学钢琴？"

沈温庭瞥了她一眼，淡淡地说道："怕你自卑。"

"什么？"

"如果我什么都会，岂不是显得你很笨？"沈温庭解释道。

沈温庭不仅智商很高，学习能力也极强。两人曾经一起学骑马，沈温庭已经能策马奔腾时，闻意连马背都没有爬上去。想起不堪回首的过往，闻意突然觉得沈温庭的手也没多好看，她微笑道："我会画画。"

"嗯，很厉害。"

闻意腹诽：别以为我听不出你话中的敷衍。

又画了一会儿，闻意看了一眼沈温庭，他倒是开始画了，不过就寥寥几笔，连个轮廓都没画出来。

闻意甚是满足，输了啥都不能输了画画。她看了一眼手机，对沈温庭道："我回房跟艾思言打个电话，你不许过来。"

"好。"

书房又恢复了安静，沈温庭拉开窗帘，阳光洒了进来。想起刚才闻意认真画画的模样，他重新提起笔，笔下力道轻重有序。

大年初六那天，整个城市下了一场大雪。

闻意醒来时，沈温庭已经不在床上。他穿着一件睡衣站在窗边，窗帘被拉开了一小条缝。她看不到他的脸，只能看到他挺拔的背影。

“沈温庭。”闻意迷迷糊糊地下了床，走到沈温庭身边，挨着他的肩膀，从那条缝隙里往外看。

雪花不断地飘落，天地间素白一片。

“下雪了？”闻意拉开窗帘，胡乱地擦了一下玻璃，外面的雪景清晰地露出来。

沈温庭握住闻意的手：“先去洗漱。”

“不想动。”闻意瞅了一眼身姿挺拔的沈温庭，像没有骨头一样靠在他身上，懒洋洋道，“外面好冷。”

可是她又想堆雪人。

“多穿点。”

闻意嫌弃地推开沈温庭，钻进卫生间洗漱了一番，出来便看见他穿着整齐地站在衣柜前，手里拿着一条黑色的毛裤。沈温庭朝她招了招手：“穿上毛裤。”

闻意身体僵了僵，满脸写着拒绝，转移话题道：“我下午要出门去聚会，你和我一起去。”

之前她就和沈温庭说过，今天约了方译、艾思言他们，顾方原还特地包场了，她准备好好地宰他一顿。

“所以多穿一点。”沈温庭似乎没有察觉到闻意的抗拒，不由分说地把毛裤递给她，“穿上，我在外面等你。”

“我穿了秋裤了。”闻意拿着那条毛裤没有动，“那你穿了吗？”

“我不冷。”

闻意腹诽：是谁手冷脚冷，每天还要用热水袋的？

然而，闻意不愿意也没办法，她拗不过沈温庭。磨蹭了许久，她才不情不愿地穿上毛裤。

吃早餐时，闻意对沈老爷子说：“爷爷，等会儿我和沈温庭出去一趟，晚上回来陪您吃饭。”

沈老爷子笑道：“去约会？”

“才不是。”闻意嘀咕一句，“沈温庭才没有那么浪漫。”

沈温庭闻言看向她，缓缓道：“不是你一直赖着不出门？”

这几天，闻意嫌外面太冷，一直老老实实地待在家里，衣来伸手、饭来张口，还仗着有沈老爷子撑腰，时不时地使唤一下沈温庭，小日子过得那叫一个舒坦。

闻意一噎，默默地低下头继续吃饭。

烟水别院离聚会的地方比较远，再加上路上有点拥堵，沈温庭和闻意到的时候，其他三个人已经无聊地玩起了斗地主。

“哟，闻大美女来了。”看见他们二人进来，顾方原朝闻意招了招手，“正好四个人，我们打麻将。”说完，他又看了一眼沈温庭，讪讪一笑，“沈总，您不介意吧？”

“不介意。”沈温庭摇了摇头。

“那你等着，今天我要让你把家底都输掉。”闻意把包往沈温庭怀里一塞，得意地说道，“给你小露一手。”

去年春节时，也不知道是不是命里和财神爷犯冲，闻意输给了顾方原不少钱，因为这事她跟艾思言抱怨了好久。

顾方原乐了：“行啊，等你把去年输掉的钱赢回去。”

他不说还好，一说闻意就来气，她瞪了他一眼，道：“少废话。”

艾思言拍了拍闻意的肩膀，语重心长道：“宝贝，加油。”

沈温庭见状，顺势坐在方译和闻意之间。

对于闻意的牌技，方译是亲身领教过的。他一边码牌，一边调侃沈温庭：“你真不阻止她？我怕她把清河湾那几套房全部输了。”

“没关系。”沈温庭护短，看着气鼓鼓的闻意，淡淡道，“我们家底厚，输得起。”

闻意故意娇声道：“呜呜呜，老公对我最好了。”

其他三人猝不及防吃了一嘴“狗粮”，默默地瞅了一眼闻意，便开始摸牌。

方译手边有一杯奶茶，吸管上沾着口红印，他似乎没看到，又或者是故意的，直接拿起来喝了一口。

“那是我的奶茶！”艾思言喊道。

方译微微勾唇，一只手转着麻将，漫不经心道：“抱歉，不小心喝错了。”

艾思言心道：装什么装，你都没点奶茶，还不小心喝错了！

奶茶被方译喝过了，艾思言也不想再喝，她瞪了方译好几眼，方译浑然不觉，依旧浅浅地笑着。

顾方原心想：我组的局，为什么第一个出局的是我？早知道我就带小女友过来了。

闻意在牌桌上的手气一向很差，她总是输得最惨的那一个。不一会儿闻意就输了好几局，收钱收到手软的顾方原笑眯眯地说道：“闻大小姐好牌技。”

闻意气得咬牙切齿，却又无可奈何。

“我来玩一局。”沈温庭突然开口，对上闻意带着怒火的眼眸，他低声道，“你休息一会儿，嗯？”

“你会？”在闻意的印象里，沈温庭好像根本没有接触过麻将，她想了想，拽着他的衣袖小声道，“别吧，等会儿真把家底输光了。”

虽然沈家有钱，但是他们也不能白白送人那么多钱。

“不缺这点钱。”沈温庭看向一旁的餐桌，道，“那边有你爱吃的小蛋糕，你去拿几块过来吃。”

现在不是吃小蛋糕的时候啊，要是真让沈温庭来，恐怕得输一家蛋糕店。

闻意十分纠结，顾方原在一旁火上浇油：“没事，你歇着吧，你输了那么多，你家沈总早就看不下去了。”

大概是因为过年，再加上赢了钱，顾方原有些得意忘形。反应过来后，他紧张地看了一眼沈温庭，发现对方神色如常，才松了一口气，继续看着自己的牌。

方译也自信满满道：“今天我要提前赚够一年的工资。”

闻意心想：这下完了。

她轻叹一声，也不管了，反正打牌就是图个乐呵，输点钱也没什么。

闻意走到餐桌边坐下，一边吃蛋糕一边拍照，顺便发了一条朋友圈。

接着，闻意把镜头对准了沈温庭，这个男人打麻将的场景难得一见，可得好好地记录下来，回头跟爷爷分享。

两块蛋糕下肚，闻意有些撑，百无聊赖地玩着手机，却听到顾方原突然哀号了一声：“清一色？厉害啊！”

闻意扫了他们一眼，除了沈温庭，其他三人的表情都不太对。她好奇地凑过去：“谁赢了？”

艾思言扯了扯嘴角：“你老公。”

闻意一瞧，还真是清一色，和了！

“给钱给钱。”闻意立刻出示收款二维码，并丢给沈温庭一个小眼神，“老公加油！”

沈温庭面不改色，盯着闻意嘴角的奶油，下意识地伸手替她擦去：“好吃吗？”

“还行吧，就是吃多了有些腻，没有画室对面那家甜品店的蛋糕好吃。”闻意点评道。

“年后带你去。”

闻意点头：“好！”她看向麻将桌，笑嘻嘻地在沈温庭身边坐下来，招呼其他三人道，“继续，继续。”

在接下来的两个小时里，顾方原差点把自己的酒吧输掉了。

结束的时候，顾方原像送佛一样，说了一大堆好话，把人送出门后，狠狠地关上了门。

闻意盯着紧闭的酒吧大门，幽幽地叹息了一声。沈温庭瞥了她一眼：“走吧，去约会。”

闻意心中一喜，面上却故作淡定：“怎么突然想起去约会了？”

沈温庭替她戴上羽绒服的帽子，几乎将她整个脑袋盖住了。他说：“怕你嫌弃我不浪漫。”他用微凉的大手牵起她的手，牢牢地抓住。

闻意眉眼弯弯：“沈温庭，你什么时候学会打麻将了？”

“看你们玩了那么久，我自然就学会了。”

闻意鼓了鼓腮帮子，闷声闷气地说道：“人与人之间的差距怎么就那么大呢。”

沈温庭不语，牵着她的手往前走，雪地里留下一大一小的脚印。

冬日很冷，沈温庭无比庆幸有她在身边。

“沈温庭。”闻意突然喊了他一声。沈温庭侧头看去，帽子盖住了她的眼睛，只有下半张脸露在外面。

闻意微微往上拉了拉帽子，露出明媚的双眼：“这好像是你第一次和他们一起玩。”

虽然大家从小就认识，但是沈温庭这个人性子冷淡，从来不参与他们的活动。

“真的吗？”沈温庭轻声道，微微皱着眉头，似乎在思考什么。

闻意笑道：“如果你愿意和他们一起玩，以后我就多带你出来，省得他们老欺负我。”

沈温庭无声地笑了一下：“不是你欺负他们？”

“当然不是，就说打麻将，去年顾方原就赢了我很多钱。而且我每次去他的酒吧，都会被他坑！”闻意气鼓鼓道，“还有方译，他智商比我高，总是嫌弃我。就连思言也喜欢调侃我，说我不懂得享受生活。”

虽然沈温庭很好，但闻意希望他能和朋友更亲近，希望他去体验没有经历过的事情。

大年初八，沈万钧和于婉一大早就去民政局办理离婚手续，沈温庭和闻意等在外面，不一会儿，他们便出来了。

沈万钧没看沈温庭，直接开车离开了。

于婉有些疲惫，据闻意所知，她昨天还在工作，是今天一大早坐飞机过来的。她有些抱歉地看向闻意：“闻意，我想和温庭单独说会儿话，你能回避一下吗？”

闻意识趣地点了点头。

三人找了一家咖啡店，闻意不喜欢喝咖啡，就在店外堆起了雪人。

沈温庭看着兴高采烈地在外面堆雪人的闻意，无奈地摇了摇头。他收回视线，便对上了于婉清浅的眸子，道：“以前我总以为，你是他的儿子，多少会像他。”

沈温庭和于婉的相处时间实在不多，所以他并不懂得如何与面前这个称之为“母亲”的人相处。他端起咖啡轻抿了一口，有些苦涩，与茶是不同的苦。

“没想到你一点也不像他。”于婉难得笑了笑。

沈温庭淡淡道：“我很庆幸我不像他。”

闻意正在堆雪人的身子，大概是察觉到了沈温庭的目光，她扭过头，朝他挥了挥手，笑得傻乎乎的。

外面实在太冷，闻意堆好雪人的身子就不想再动了，她的手指都被冻僵了。看到于婉和沈温庭还没有聊完，她索性蹲下身子，百无聊赖地戳着雪人。

等到双手暖和一些了，闻意又继续堆雪人的头。

“我这次去美国，以后大概都不会回来了。”于婉轻声开口，虽然她从没对沈温庭上过心，但他终究是她怀胎十月生下来的，血脉是割舍不断的。

沈温庭一直注意着外面的闻意，听到于婉这般说，他沉吟片刻，道：“嗯，若是有空，我和闻意会去看您的。”

于婉迟疑了几秒才道：“这么多年了，我终于明白了一个道理，感情是勉强不来的。”她顿了一下，再次开口道，“当年你为了娶闻意，用城北的项目和闻家做交换，这件事情你打算什么时候和她说？”

她和沈万钧是商业联姻，沈万钧这人没有心，她对感情之事也淡漠，刚开始两人还能和平共处，时间久了便开始争吵。在于婉怀孕期间，沈万钧不冷不热的态度彻底激怒了她，两人吵得越来越凶，最后只能分开。

她能看出来沈温庭是真心喜欢闻意，所以她不希望他和自己一样在感情上不得善终。

“如果可以，我宁愿瞒她一辈子。”沈温庭道。

他出身书香门第，自幼接受沈老爷子的教导，为人做事坦坦荡荡，唯独在这件事情上用尽了心机。

于婉愣了愣，随即就明白了。看着已经成熟稳重的沈温庭，她道：“我很开心，你没有受到我们的影响，依旧懂得如何去爱一个人。”

“其实我不懂。”沈温庭如实道。

他不懂，闻意也不懂，不过这样也挺好的，一辈子那么长，他们慢慢学便是了。

沈温庭走出咖啡店的时候，闻意还蹲在雪地里，正在装饰雪人的面部。听到脚步声，闻意微微侧头看去，见是沈温庭，便冲他招了招手：“你帮我找根树枝来。”

旁边就有一棵树，沈温庭随手在雪地上捡了一根树枝。

闻意把树枝掰成两段，一段插到雪人的鼻子上，另外一段插到它的手上。做好这一切，闻意起身，却因为蹲了太久，有些头晕。

沈温庭及时扶住她，大手握住她冰凉的小手。

“冻死了。”闻意往沈温庭的怀里缩，小手也往他的脖子探去。沈温庭穿着高领毛衣，被闻意往下拉了一些，露出一截脖子，紧接着，她冰凉的手就贴了上去。

过了一会儿，闻意便移开自己的手：“你冷不冷？”

“还好。”沈温庭牵起她的小手，“现在回家？”

“嗯。”闻意重重地点头，“太冷了，想回去躺着。”

“好。”

雪又开始下了，细密的雪花落在头发上和衣服上，犹如星星点点的糖霜。

闻意一边跺脚一边埋怨道：“冻死了，我们快点回去。”

有雪花落在她的鼻尖，她下意识地看去，差点变成了斗鸡眼。她甩了甩头，那片雪花便消失不见。她赶紧戴上羽绒服的帽子，遮住白皙的小脸。

沈温庭扬了扬嘴角，不动声色地收回目光。

今年冬天，有点可爱。

年后，沈温庭便出差了。苏禹桥的新戏开始拍摄了，晚上，闻意便拉着艾思言去探班。

“瞧你这光彩照人，看来这段时间你和沈温庭相处得很融洽的。”艾思言打趣道。

她们站在一片雪地里，周围全是来来往往的工作人员。这是闻家投资的剧，身为闻家大小姐，闻意要想进入片场自然轻而易举。

“还好还好。”闻意故作矜持，冲着艾思言抛了个媚眼，“你这个孤家寡人肯定不懂。”

艾思言猝不及防被塞了一嘴“狗粮”，冷笑道：“闻意，你是不是皮痒了？”

闻意高高抬起下巴，一副“你能把我怎么样”的样子。

艾思言“哼”了一声，转头看向不远处正在拍戏的苏禹桥。

闻意心不在焉地喝着冷掉了的奶茶，想起最近沈老爷子的身体，她就犯愁：“唉，近来爷爷身体不好，经常咳嗽，吃了药也没有用。”

艾思言轻声安慰她：“这段时间天气太冷了，老人家受不得寒，等天气暖和了，应该就会好很多，这些天注意保暖，尽量不要出门。”

“也只能这样了。”闻意轻叹一声。

手机突然振动起来，跳出一个视频通话，闻意看了一眼，赶紧接通，屏幕里出现沈温庭清隽的脸，他背后是一面白墙，看上去应该是在酒店。

“你在外面？”

“我和思言来探班。”

闻意将手机摄像头转向艾思言，艾思言傻乎乎地打了一个招呼：“嗨。”

闻意忍住笑，把镜头重新对准自己：“你怎么突然想起跟我视频通话了？”

难得看到两人视频通话，艾思言没忍住，好奇地瞅了一眼。

不得不说，沈温庭的颜值确实很高，不论是现实中，还是在小小的手机里，都完美得无可挑剔。

沈温庭淡淡地看向镜头，轻启薄唇，吐出两个字：“查岗。”

闻意：“……”

因为拍摄的地方在郊区，来回不方便，闻意和艾思言探完班后在附近的酒店订了一间房，两人互相抱着睡了一晚。

第二天早上两人便回了市里，该工作的工作，该玩的玩。

闻意在微博上更新了小漫画，如愿收到了一千字的夸奖，她被夸得心花怒放，赶紧发给沈温庭让他好好学习学习。沈温庭没有立刻回复，她便放下手机继续画画。

过了好一会儿，沈温庭才回复她：“写得与实际不符。”

闻意：“我单方面宣布你被我拉黑了。”

她自然是不敢拉黑沈温庭的，但也没再理会他，心里想着找个律师咨询股份转让的事情。

闻意对这方面不了解，而且事关沈氏，她也不敢乱来。她思来想去，最后约了白景去吃火锅，边吃边谈。

菜上齐后，闻意一边烫着牛百叶一边跟白景说着自己的打算。

“您决定好了吗？”白景思考了一番，还是如实说，“您持有的闻氏股份已经兑换成现金，如果又将所持的沈氏股份转让给沈总，那您……”

闻意吃下热乎的牛百叶，满不在乎地说道：“你不是应该站在你老板那边吗？”

白景笑了笑，温和地说道：“正是因为站在沈总这边，所以我才会提醒太太。我猜想，沈总也不希望您把股份转让给他。”

“所以你得替我保密。”闻意看着白景笑道。沈温庭对白景、白霄有恩，这两人是绝对不会背叛他的。

“我想委托你全权负责这件事，前提是你不要告诉沈温庭。”闻意撇了撇嘴，“那人古板得很，到时候肯定又会把我训一顿，麻烦死了。”

白景失笑，好声好气道：“沈总都是为了太太好。太太的性子太过活泼，沈总不知道为您操了多少心。”

“我又不是小孩子……”话说到一半，闻意便闭上了嘴。

沈温庭还真是把她当小孩，该教育的时候教育，该宽容的时候宽容。她心情复杂地吃着牛百叶，重重地叹息了一声。

吃到一半，白景的手机响了起来，她看了一眼来电显示，对闻意笑了笑，说：“太太，我送您回家吧，沈总已经下了飞机，正在回清河湾的路上。”

“急什么，等我吃完。”闻意满不在乎，美食当前，沈温庭什么的都靠边站，“你让他过来一起吃也行。”

白景很头疼，要是沈总过来看到她和闻意在吃火锅，那她的饭碗怕是保不住了。

“太太可以加快速度。”白景选择了一个折中的办法，这会儿正是下班高峰期，从机场到清河湾最快也要一个小时，她们应该能赶在沈总之前回去。

闻意吃饱喝足，和白景赶回清河湾的时候，沈温庭正好回来，他走在前面，后头的白霄替他拖着行李。

他余光瞥见一道纤细的身影，仔细一看，是闻意。

闻意穿着小短裙搭配打底裤，上身是毛衣配小外套，原本微卷的头发不知道什么时候拉直了，随意地扎了起来，乍看上去，颇像青涩的大学生。

闻意也看到了他，傲娇地扭过头，她还记得这臭男人说她的坏话。

“闻意。”沈温庭朝她走过去。

闻意瞅了他一眼，高高仰起小脑袋：“我现在在和你冷战！”

沈温庭略一思索，想到了那日发生的事情。他垂下眼，打量她俏丽的小脸：“我的意思是，你比她说得更好。”

闻意不敢置信地看着他，愣了好一会儿才道：“你中邪了？”

这还是那个毫不留情地呛她的沈温庭吗？

沈温庭朝后面扫了一眼，白霄立马会意，拉着行李箱走到前面，白景紧随其后。

比起沉稳的白景，白霄的话要多一些，他好奇地问：“姐，你怎么和太太一起回来了？”

白景想了想，还是决定暂时不告诉他，她道：“太太请我吃东西。”

“为什么？”白霄纳闷了，“我也是沈总的秘书，太太就没请我吃过饭。”

白景看了一眼白霄，无奈地说道：“太太请你，你敢去？”

白霄赶忙摇头：“不敢。”他说着忍不住回头看了一眼，这会儿的清河湾很安静，周围没什么人，刚才还闹着脾气的闻意居然抱住了沈温庭，狠狠地吻着他，画面看上去十分唯美。

雪越来越大，闻意忍不住打了一个寒战，她郁闷地看着面前的沈温庭，含混不清地说道：“你还能再冷淡一点吗？”

沈温庭轻叹一声，扣住她的脑袋，狠狠地回吻她。比起闻意那青涩的吻技，沈温庭自然更老练一些。

在雪地里接吻，周身都很冷，唯独唇齿间一片滚烫。

“不气了？”沈温庭揽着软了身子的闻意走到电梯口。

白景和白霄正好放完行李从电梯里出来，看到两人，他们很有眼力见地迅速离开。

闻意被吻得都喘不过气来了，哪还有气？

两人进入电梯，闻意靠在他胸口上，听着他沉稳的心跳声，道：“勉强原谅你。”

“那我们算算账。”沈温庭拍了拍她的腰，低声道，“站直。”

闻意腹诽：臭男人，亲完就翻脸不认人了？

“去吃了火锅？”沈温庭微微垂眸看着她。

闻意摇头，严肃地说道：“没吃，你不能冤枉好人。”

回到家后，闻意往沙发上一躺，舒服得眯起眼睛。

沈温庭在她身边坐下，摸了摸她的打底裤，就薄薄的一层，忍不住问：“怎么没穿秋裤？”

闻意不吭声，小脚丫踢了踢他的裤腿，像是在撒娇，又像是在撩拨。沈温庭眼神一暗，大手抓住她乱动的脚丫：“还撒谎。”

三重罪。

要是认了，她可就惨了。

闻意抽不回脚，索性直接搭在他的手上，嘴硬道：“没有。”

以前的闻意胆子可没这么大，至少犯错后会老实地承认，如今倒是学会耍赖了，就是看准了沈温庭不敢对她怎么样。

沈温庭放开她，沉声道：“果然不能惯。”

现在她真成小混蛋了。

很快，小浑蛋就收到了沈温庭带给她的礼物——补汤，很苦的补汤。

这段时间她在调理身体，虽然她觉得痛经没什么，可是沈温庭和沈老爷子都极其重视，闻意只能每天乖乖喝补汤。

只喝了一口，闻意就差点喷出来，小脸皱成一团，她忍了忍，最后还是咽了下去。

她擦了擦嘴，气鼓鼓地瞪着沈温庭：“你故意不放糖！”

沈温庭学着她的语气道：“没有，你不能冤枉好人。”

最后，闻意乖乖认了错，撒娇耍赖说了半天好话，沈温庭才放过了她。

新的一年，闻意依旧没能翻身做主人，还是那个被欺压的“夫管严”。

二月底是苏禹桥的生日，闻意拉着艾思言一起去为他庆生。

苏禹桥在圈内的朋友不多，他也不喜欢和那些人走得太近，给他过生日的人只有闻意和艾思言。

沈氏。

沈温庭将白霄给的药吃了下去，按着疼痛的太阳穴。他的身体素质再好，也扛不住连轴转，加上天气寒冷，他一不注意便发起了高烧。

白霄看着揪心，忍不住劝道：“沈总，咱们还是去医院吧？”

“不用。”沈温庭翻阅着文件，虽说和闻氏解约能够及时止损，但是一下子终止了那么多合作，沈氏的亏损也不小。

白霄是个直肠子，忍不住说了一句：“沈总，那我跟太太说，让她回来？”

沈温庭闻言抬眸，不悦地扫了他一眼：“不用。”

白霄意识到自己说错了话，无奈只好离开，出去之前他又不放心地看了一眼沈温庭。

沈温庭处理完工作，已经过了下班时间。冬天的夜晚总是来得很早，外面已经黑了下来。沈温庭忍着身体的不适，让白霄送他回了家。

简单地吃了一点东西，沈温庭洗了个澡便上床躺下。

半梦半醒间，沈温庭感觉到有什么温热的东西贴在自己的额头上，鼻息间还闻到专属于闻意的淡淡香味，他猛地睁开眼，便看到闻意气鼓鼓的小脸。

“你怎么回来了？”他放柔了声音，但是因为发烧，难免有些沙哑。

“你发烧了怎么不告诉我？！”闻意的小脸上带着怒意，眼眸里跳动着一小团火焰。

沈温庭以为自己在做梦，他闭了闭眼，又睁开，面前依旧是她。

不是梦，她真的回来了。

“你不是去给苏禹桥庆生了吗？”他说。

他知道闻意一直觉得愧对苏禹桥，所以才会纵容她这般对苏禹桥。闻意无法选择自己的出身，苏禹桥的命运又因为她的选择而发生了改变。

“这不一样。”闻意没好气地瞪着不解风情的沈温庭，闷闷地说道，“他是朋友，你是我老公。”

沈温庭心中一动，微微起身，闻意一把按住他：“你别动，毛巾要掉下来了。”

沈温庭听话地不动了，定定地看着她，刻意放柔了声音，像是在撩拨她一样：“闻意，我想亲你。”

闻意愣住了。在这方面向来都是她比较主动，要不是明确地知道沈温庭喜欢自己，她都快对自己的魅力产生怀疑了。

此刻的沈温庭面色苍白，神色疲倦，不复往日的神采，像个病美人。

闻意猛地回神，一本正经道：“你别勾引我，我疯狂起来连病人都不放过。”

大概是嫌弃她太磨蹭，沈温庭直接坐起身，扣住她的脑袋，狠狠地吻了上去。

闻意的唇齿间还有甜甜的奶茶味，是她最喜欢的香草奶昔。沈温庭尝过了药的苦味，这时候得到一块可口的点心，自然不会放过。

原本闻意还一肚子气，被沈温庭这么一吻，她立马没有了原则，哼哼唧唧道：“我还在生气。”

沈温庭心情颇好，声音都柔和了几分：“嗯。”

闻意瞪他：“别以为一个亲亲就能把这事揭过去。”

要不是白景偷偷打电话给她，她还不知道沈温庭病了。

沈温庭看向她，眼神专注又温柔，他低声提醒：“闻意，我是病人。”

他似乎故意在示弱，双眸定定地看着她，她竟从中看出了一丝委屈。

闻意瞬间心软了，她有些心疼地说道：“你饿不饿？我去给你煮粥好不好？”

沈温庭揽住她，灼热的呼吸拂在她的脖子上：“让我睡一会儿。”

闻意老老实实地不动了，充当一个合格的人形抱枕。

沈温庭是真的累极了，不到片刻，他的呼吸便变得均匀平缓，闻意也随即沉沉睡去。

夜色深沉，苏禹桥看着闻意发来的消息，微微勾起嘴角。他的眸子里映着灯光，本该明亮一片，却极其黯淡。

“桥哥，今天是你的生日吧？”与他搭档的女演员抱着一个礼盒走到他面前，有些羞涩地说道，“这是我送给你的礼物，祝你生日快乐。”

苏禹桥接过，礼貌地说道：“谢谢。”

女演员又问：“原本导演打算今天给你办个生日会，毕竟你是男主角，你怎么就推了呢？”

苏禹桥神色淡淡的，带着明显的疏远，道：“我有点累，想早些回去休息。”

女演员想了想，小声问他：“桥哥，最近经常来探班你的那位小姐是不是你的女朋友？”她指的是闻意。

一般来说，像苏禹桥这种当上升期男演员是不会让同龄的女性朋友经常来探班的，毕竟这容易引起不必要的麻烦，除非对方是他私下里交往的女朋友。

“不是。”苏禹桥的神色冷了一些，声音也比平时沉了许多，“宋小姐，今天我有点累，先回去了。”

“好……”

闻意睡得早，醒得也早，回想起自己昨晚没有洗澡，她立马冲进卫生间，把自己洗得香喷喷的才出来。

沈温庭还没醒，闻意轻手轻脚地出了卧室，去厨房熬粥。

虽然没能给苏禹桥过成生日，但礼物还是要送出去的，跟苏禹桥约好了见面的时间，闻意便出门了。

沈温庭醒来的时候已经九点多了，房间里安安静静的，他按了按有些疼痛的头起了床，客厅里没有闻意的身影，书房里也没有。

厨房里飘来南瓜粥的香味，沈温庭正准备走进去，身后便响起开门的声音，他回头看去，见闻意提着一袋零食进来，看到他，她问：“现在还难受吗？”

“还好。”沈温庭道。

他的目光太过专注深情，闻意有些吃不消，轻咳一声：“怎么了？”

沈温庭轻垂眉眼：“没什么。”

闻意也没在意，把零食放在茶几上：“你先喝粥，要是还难受，我们就去医院。”

“不用，已经好很多了。”

闻意伸手探了探他的额头，的确没之前那么烫了，她松了一口气，板着脸装出凶恶的样子：“以后不许瞒着我。”

沈温庭“嗯”了一声，微微垂眸，看着闻意故作严肃的小脸，心里一动，生出些旖旎的想法，随即又被他硬生生地压了下去。

下午闻意去探班时，苏禹桥正在和编剧讨论剧本。

“这段戏之前没有，是临时加的吗？”苏禹桥问。

编剧是个四十多岁的男人，看着苏禹桥指的那一段，笑道：“是啊，昨天加的。”

他的语气之中带着调侃和猥琐之意，别说苏禹桥，就连一旁听着的闻意都觉得反胃。她皱了皱眉，踩着高跟鞋走过去：“这种题材的剧有必要加吻戏吗？不会喧宾夺主吗？”

苏禹桥拍的这部剧是警匪片。闻意粗略地看过原著，里面最吸引人的就是紧张激烈的情节，严丝合缝的逻辑以及真实的生动的人物。

原著里连感情戏都没有，更别说吻戏了，也不知道编剧把剧本改成了什么样子。

编剧不悦地看了一眼闻意：“你是谁？怎么突然闯进我们剧组？”

闻意笑了笑，道：“我叫闻意，来探个班。”

“我管你叫……”编剧突然想到什么，小心翼翼地问了一句，“闻远是你什么人？”

闻意脸上的笑意淡了一些：“不用怀疑，就是你想的那样。”

编剧这下子反应过来了。都说苏禹桥背后有人，他一直不相信，现在不得不信了。据他所知，闻意已经嫁给沈温庭，却在外面护着一个男明星，也不知道这其中有没有见不得人的勾当。

一看编剧的表情，闻意就知道他的想法有多龌龊。闻意横了他一眼，说："你有这乱想的工夫，不如多花点精力在剧本上。"

编剧有些尴尬地说道："不知闻小姐大驾光临，有什么指教？"

"没指教，只是希望你不要乱改剧本。"闻意道。李玉敏曾经跟她说过，苏禹桥的戏份被改得乱七八糟，她还不怎么相信，没想到现在竟然还莫名其妙地加了吻戏，简直就是乱来。

编剧赶忙应下。

这会儿苏禹桥没戏份，他们就在附近找了一家餐厅。

"怎么加了这么多感情戏？"闻意翻着苏禹桥的剧本，有些生气，道，"之前明明不是这样的。"

苏禹桥浅笑，替她倒了一杯茶："毕竟要迎合市场。"

"'原著党'不得被气死。"闻意很无语。

苏禹桥只道："其他还好，我就是不想拍吻戏，不过你今天这么一闹，大概是不用拍了。"

看着面前温润如玉的苏禹桥，想到娱乐圈的错综复杂，闻意不由得道："你真的不愿意离开这个圈子？"

"嗯，我有必须待在娱乐圈的理由。"苏禹桥十分坚定地说道，见她一脸担忧，他便转移了话题，"沈总现在怎么样了？"

"已经好了。"闻意道，有些抱歉地看着他，"昨天事发突然，抱歉，没能给你庆生。"

"没关系。"苏禹桥顿了一下，又道，"闻意，你对沈总越来越上心了。"

闻意一愣。

苏禹桥接着道："你和沈总一起长大，很多事情都变成了习惯，有时候可能连你自己也分不清是习惯还是喜欢。你啊，在感情上就是缺根筋。"苏禹桥叹息一声，"不着急，慢慢来，以后你总会分清的。"

反正，沈温庭会一直等着她。

第十一章 沈爷爷病重

三月份，天气逐渐转暖。闻意看完了一集电视剧，便放下手机，缩进被子里，微微仰着小脑袋看着身边的沈温庭。

沈温庭靠在床头，正拿着一本书看得认真。

闻意打了一个哈欠，最近每天喝补药，睡得都比较早，这会儿才十点多，她就已经困了。不过这补药还挺有用，至少上次生理期的时候，闻意不觉得很疼了。

又瞅了一眼沈温庭，她从被子里伸出一只手拽了拽他的衣角，催促他道："沈温庭，快睡觉。"

"你先睡吧。"沈温庭抓着她的手塞进被子里，又替她掖了掖被子，低声道，"晚安。"

闻意确实困了，又打了一个哈欠，便沉沉地睡了过去。

她做了一个梦。梦里她回到了小时候，那时她的母亲刚过世，闻家没人真心疼爱她，沈老爷子亲自来到沈家，抱着小小的她柔声安慰。

自那以后，闻意每次受了委屈，都会跑去沈家找沈老爷子。她不是闻家的小公主，却被沈老爷子宠出了公主病。

梦境陡然一变，记忆如碎片一般从闻意脑海中闪过，她虽然看得不是很真切，却感觉心口暖暖的。

"闻意。"耳边响起一道低沉的声音，闻意轻轻皱起眉头，不愿醒来。

那道声音不断响起，闻意不胜其扰，只能睁开眼睛，不满地瞪着面前的沈温庭："做什么！"

"快起床，爷爷突然晕倒了，现在送去医院了。"沈温庭语气沉重，带着显而易见的紧张。他打开衣柜，随手拿出衣服递给闻意。

闻意的脸色顿时一片惨白，沈温庭安抚性地抱了抱她："别担心，我们过去看看。"

"好……"她脑子里已经乱成一团，机械地照着沈温庭的话穿好衣服和鞋子。

凌晨三点的马路上安静得令人心慌，路灯在地面上投下长长的影子。沈温庭开得很快，窗外的风景急速后退，像是快速播放的电影一样。

闻意拽住胸前的安全带，指尖都在轻轻颤抖，心里止不住地发慌，她扭头看着沈温庭，哽咽道："爷爷不会有事的，对吗？"

"嗯。"沈温庭笃定道。

两人到了医院，负责照顾沈老爷子的阿姨赶紧迎了上来，磕磕绊绊地说道："今天我照例每隔两个小时就去看看老爷子，却发现老爷子呼吸急促，赶忙拨打急救电话，把他送到了医院。"

沈温庭沉声问："现在情况怎么样？"

"还不知道。"阿姨摇头。

闻意双腿一软，沈温庭及时扶住了她，安慰道："别担心，爷爷吉人自有天相。"

"我知道……"闻意紧紧抓住沈温庭的手，好像这样就能有所依靠一样。

这时，抢救室的门打开，医生走出来，问："谁是病人家属？"

"我是。"闻意拉着沈温庭上前，急忙问道，"我爷爷怎么样了？"

"病人的情况不太乐观，还需要再观察一段时间。人上了年纪，身体总是会有些毛病，你们放心，我们会尽全力救治的。"

闻意咬了咬唇，努力稳住自己的情绪："那我们能进去看看吗？"

医生摇了摇头，道："在病人度过危险期之前，不允许看望。"

医生又和沈温庭说了几句，便离开了。

沈温庭办好住院手续后，却发现闻意不见了踪影，阿姨赶忙道："太太说她去楼下走走。”

“好。”沈温庭走出两步，又转头看向阿姨，“这段时间得辛苦您了，工资方面我会给您加倍。”

阿姨摇了摇头，有些感慨：“不用了，这些年沈家对我很好，如今沈老爷子住院，我照顾他也是应该的。”

沈温庭闻言，没再说什么。

虽然已经入了春，但晚上依旧很冷，闻意出门时太匆忙，只在打底衣外面裹了一件羽绒服，这会儿寒风不断刮在脸上，她却仿佛毫无察觉，一动不动地坐在一块石头上，看着面前平静的池水。身后响起脚步声，闻意扭头看去，巴掌大的脸上带着泪痕，眼底一片湿润。

沈温庭的心顿时揪了起来，微凉的手指轻轻摩挲着她的脸，为她拭去那些泪痕：“你啊，现在折腾自己的身体，爷爷醒来后怕是要训你一顿。”

“他训我一顿才好。”闻意喃喃道。

她忽然想起儿时的自己。那时候她太单纯，每年的新年愿望就是家人身体健康，自己能成为科学家。长大后她才明白，这两个最为幼稚的愿望也最难实现。

有什么东西落入水池，激起了一圈又一圈涟漪。

沈温庭抱住闻意，将下巴轻轻地搭在她的头顶：“外面冷，我们进去吧。”

他的怀抱很暖，闻意有些贪恋地蹭了蹭，紧紧地拽住他的衣袖，道：“我害怕。”

于闻意而言，沈老爷子是这个世界上最为重要的人。沈老爷子守着她长大，她也想守着沈老爷子变老。

“别怕，我陪着你。”沈温庭微微低头，吻了吻闻意的额头，唇下一片冰冷。

医院里有暖气，这会儿是凌晨，走廊上没什么人，沈温庭刚找了一个位置坐下，便看到匆匆赶来的白霄。

“沈总，我买了一些日用品带过来，酒店也订好了。”白霄看了一眼被沈温庭揽在怀里的闻意，很有眼力见地从袋子里拿出一条毯子，递给他。

沈温庭接过，披在闻意身上，低声问她：“先去酒店？”

闻意摇头，缩在他怀里不肯动。

“爷爷这边一有情况，我们马上就过来。”沈温庭说完，把人打横抱起来，“现在不是耍小性子的时候，先去酒店好好休息，后面有你忙的时候。”

闻意沉默地点了点头。

把闻意抱进酒店房间，沈温庭替她脱下羽绒服，往被子里一塞，又打开了空调。

白霄等在门外，看见沈温庭出来，赶紧迎了上去：“医院那边我已经安排了人守着，一旦有什么情况，会立刻通知我们。”

“嗯。”沈温庭有些疲惫地按了按眉心，吩咐他，“公司的事，让方译这几日多费心。”

白霄点头：“好的。”他顿了一下，忍不住劝慰了一句，“沈老爷子吉人自有天相，您不必太担心。”

对沈家和闻意来说，沈温庭是顶梁柱，闻意可以崩溃，他不能。

他敛了神色，点点头：“今晚辛苦你了。”

白霄赶紧摇头：“我不辛苦，倒是沈总您今晚担心操劳，肯定累了，赶紧去休息吧，要是沈老爷子那边有什么消息，我立马通知您。”

闻意这会儿情绪不稳定，让她一个人待着确实不行。沈温庭打开门，又想到什么，道：“联系艾思言，让她过来一趟。”

“好。”

闻意果然没有乖乖睡觉，看到沈温庭，她从被子里伸出手：“抱。”

她像一个无助的小孩，声音软软的，沈温庭的心一下子就软了，他走过去，把她从被窝里捞出来，半搂在怀里：“睡不着？”

“嗯，想爷爷了。”闻意环住沈温庭的脖子，轻嗅着他身上的茶香，深吸了一口气，自我安慰般说道，“爷爷会长命百岁的。”

“嗯，爷爷只是累了，睡一觉就好了。”

闻意重重地点头，对他说：“等爷爷醒了，我们就去陪他下棋，陪他散步。”

“好。”沈温庭轻轻地拍着她的后背，像哄孩子一样哄着她，“你再睡一会儿。”

闻意也的确累了，一直担惊受怕，这会儿躺在熟悉的怀抱里，她闭了闭眼，睡了过去。

闻意是被说话声吵醒的，虽然沈温庭已经刻意压低了声音，但是浅眠的闻意对微小的动静都很敏感。

“知道了。”沈温庭挂了电话，便对上闻意那双惺忪的睡眼，“医生说爷爷还在观察期，还得等两三天。”

闻意点头，掀开被子下了床，说：“我想去看看爷爷，在病房外看看也好。”

沈温庭知道闻意看不到爷爷是放不下心的，也没再劝阻：“可以，不过得先吃早餐。”

他的声音有些沙哑，眼下有明显的青黑，衣服也有些凌乱。她迟疑了几秒，讷讷地开口：“你一夜没睡？”

“睡不着。”瞧见闻意眼底的担忧，沈温庭不动声色地转移了话题，“你先洗漱，我去买早餐。”

两人到医院的时候，刚过了八点。

医生照例为沈老爷子做了一系列检查，出来后对两人道：“目前病人一切正常，只是他上了年纪，可能会出现突发情况，还需要继续观察。”医生顿了一下，轻叹一声，“对老人来说，每进一次医院，都代表着身体机能在逐渐衰退，这一点你们必须得清楚。”

闻意怔了怔，脑子里嗡嗡作响。

沈温庭冷静地说道：“我们知道了，谢谢医生。”

“没事。”医生看着两人，劝慰道，“你们也别太担心，按照目前的情况来看，病人应该没什么大问题。”

“谢谢……”闻意松了一口气，透过病房门上的观察窗看着里面躺着的老人。

半个月前，她还陪着爷爷泡茶，跟他聊天，一转眼，爷爷就躺在病床上了。

闻意红着眼眶看向沈温庭，道：“你在这里等我一下。”

沈温庭抓住她的手：“不要乱跑。”

闻意冲他笑了笑：“我很快就回来。”

沈温庭这才松开手。

病房里躺着的是他的爷爷，说不难过是假的，只是他明白，情况越慌乱，他就越要冷静。

沈温庭闭了闭眼，几乎一夜未睡的他有些撑不住，身形晃了晃，但他很快又稳住了。他喉咙疼痛，一说话，刺痛感便阵阵袭来。

不过十来分钟，闻意就回来了，手上拿着一瓶矿泉水和一盒药：“沈温庭，你先吃点药。”

沈温庭微微愣住，闻意瞧了他一眼，拧开矿泉水塞到他手里，又拿出两颗药给他：“你也要照顾好自己，难受了别一个人扛着。”

沈温庭沉默，闻意见他不动，催促道：“怎么不吃？”

“没什么。”沈温庭就着水吞下药。

很多事情都是他一个人扛过来的，久而久之，他也就习惯了。而现在，他身边有了闻意。

闻意深吸一口气，盯着沈温庭眼下的青黑，很认真地道歉：“对不起，事发突然，我又慌又害怕，没考虑到你的感受。”

“没关系。”沈温庭又喝了一口水，感觉喉咙舒服了些许，才缓缓地加了一句，“你没良心也不是一天两天了。”

闻意气急，拉过他的手咬了一口，怒瞪着他。

这臭男人太不会说话了。

沈温庭看着手上浅浅的牙印，瞥了她一眼。闻意“哼”了一声，拉着他在椅子上坐下，拍了拍自己并不宽厚的肩膀，道：“借你靠靠，你先睡一会儿。”

沈温庭看着她略显疲惫的小脸，搂住她的腰往怀里一带，让她的头靠在自己的肩膀上：“你也睡会儿吧。”

闻意抬眸：“你是不是不好意思？”

“你的肩膀太窄，不好靠。”

闻意微愣，敢情他不是不好意思，而是嫌弃她。

“怪我，以后把你养胖一点。”沈温庭缓缓道。

“不可以。”闻意瞪他一眼，随即有些茫然地问他，“你会一直陪着我，对吗？”

“嗯。”

“可是生老病死乃人之常情，如果有一天……”

“闻意，我舍不得。”沈温庭低低地叹息一声。

他舍不得独自离去，留下闻意一个人。

艾思言赶到医院的时候，两人已经互相靠着睡着了。走廊上人来人往，他们紧紧地挨着，在这个冰冷的地方，他们只有彼此。

这一刻，艾思言似乎明白了什么是最美好的爱情。

到了第三天，沈老爷子的情况终于稳定下来，但他依旧没有苏醒。

絮絮叨叨地和沈老爷子说了半个小时的话，闻意才关上病房的门，让爷爷好好地休息。

“瞧你，短短几天就瘦了这么多。”艾思言捧着闻意的脸，心疼道，“我带你去吃些东西好不好？”

闻意这些天吃不好睡不好，整个人瘦了一圈，艾思言什么都做不了，只能干着急。

闻意点了点头，环视一圈：“沈温庭呢？”

艾思言摇头：“不知道，好像出去了。”

艾思言在医院附近找了一家干净的饭店，两人点好菜后，闻意给沈温庭发了定位。

“你多吃点肉，沈爷爷最疼你了，要是他醒来后发现你瘦了一圈，又得心疼了。”艾思言把肉菜全部推到闻意面前，大气地说道，“这顿我请，你就敞开了吃。”

闻意挑眉，打趣一句：“不怕我把你吃穷了？”

艾思言很是嫌弃：“就你那小肚子，想吃穷我，还是下辈子吧。”

闻意倒了一杯茶递到艾思言面前，一本正经地道谢：“多谢艾大小姐这些天的陪伴，闻某感激不尽，日后若有用得上闻某的地方，闻某必定赴汤蹈火，在所不辞。”

“少来这套。”艾思言翻了个白眼，接过那杯茶，道，“咱俩谁跟谁啊。”

她们既是朋友，也是闺密。

菜刚上齐，沈温庭便回来了，一起进来的还有顾方原，他是来看望爷爷的，随之而来的还有一股烧烤味。

闻意循着味道看过去，只见沈温庭拎着一大袋烧烤。她眨了眨眼，有些不敢置信：“你买了烧烤？”

沈温庭从不吃烧烤，他总觉得这种食物不卫生。每次闻意偷吃，都会被沈温庭教育一顿。

“嗯，不想吃？”沈温庭问她。

闻意赶紧接过来，重重地点头：“想吃。”

顾方原看到闻意那副馋样，不由得乐道：“你怎么跟几百年没吃过饭一样，你家沈总虐待你了？”

“差不多。”闻意故作悲痛，却惹来沈温庭的一瞥。他道：“你果真没良心。”

闻意不再管他，和艾思言吃了起来。

两天后，沈老爷子总算醒了，医生仔仔细细地为他检查了一遍，道：“病人的身体已经没有太大的问题了，为了保险起见，最好再住院观察一段时间。”

“谢谢医生。”顾方原送医生出去，艾思言也跟着离开了，还懂事地关上了门。

沈老爷子依旧很虚弱，他努力睁开沉重的双眼，看着床边的闻意，缓缓伸出苍老的手：“小意……”

闻意一下子就哭了，她握住沈老爷子的手，哽咽着道：“爷爷，您吓坏我了。”

“乖，不哭。”沈老爷子实在没力气，只能看着沈温庭，“哄哄你媳妇。”

沈温庭替闻意理了理凌乱的头发，开口时声音低沉而温柔：“爷爷，让她哭一会儿吧。”

这些天，闻意一直压抑着情绪，现在哭出来会好很多。

“下次不许这样了。”闻意哭够了，一边吸着鼻子一边对沈老爷子道。

沈老爷子勉强地笑了笑，应道：“好好好，都是爷爷不对，让我们小意担心了。”

他拍了拍闻意的手，道：“小意啊，爷爷想吃东西了。”

闻意一怔，赶忙道：“医生说您刚醒，最多只能吃些流食。”

“那能喝茶吗？”沈老爷子嗜茶如命，一天不喝就难受得紧。

“不能。”闻意道，“哼”了一声，“以后您都得少喝茶了，回头我就把别院里的那些茶叶清理了。”

沈老爷子急了：“那可不行。”

“您先别着急，我先给您保管着，等您病好了再还给您。如果您再出事，我就哭给您看，让您心疼。”闻意板着脸威胁沈老爷子，她知道他是想支开她，便起身道，“您好好休息，我先去给您准备些吃的。”

等到闻意离开，沈温庭才开口：“爷爷。”

“温庭啊，”沈老爷子的声音很虚弱，“我终究是老了，即使这次能撑过去，指不定哪天……”

沈温庭沉声道：“爷爷，不要说这种不吉利的话。”

沈老爷子瞪他一眼：“我也就只敢跟你说说，要是那个小哭包听见，估计又会哭得稀里哗啦的。”

沈温庭沉默不语。

沈老爷子拉住他的手，语重心长地说：“你爸爸不成器，我只能把所有的希望寄托在你的身上，我们沈家的基业不能毁了，所以，你小的时候，我对你严厉了些。”

沈温庭自然知道沈老爷子的良苦用心，道：“我明白。爷爷您大病初愈，先好好休息，这些事情以后再说。”

“我今天就要说。我老了，记性不好，怕以后忘记了。”沈老爷子拍了拍沈温庭的手，“放心，爷爷没事。你性格稳重，做事向来靠谱，爷爷对你很放心，只是不放心小意。她啊，这么大了，还跟个孩子一样，随心所欲，没心没肺。”沈老爷子咳嗽了两声，缓了一会儿才道，“我怕我不在了，没人护着她。温庭，无论小意喜不喜欢你，你都要跟爷爷保证，有生之年，护她周全。”

他这一辈子打过交道的人不计其数，沈温庭和闻意之间的事情哪里瞒得过他，他只是不想戳穿罢了。

“爷爷，我向您保证。”沈温庭缓缓道。

沈老爷子这下满意了：“我知道你喜欢小意，只是一辈子那么长，我怕岁月无常。”

岁月无常，情却长。

沈温庭喜欢了闻意十年，要是能够放下，他早就放下了，也不至于越陷越深，再也离不开她。

“她是我的妻子，我爱她、护她是应该的。”无关他对沈老爷子的承诺，只是因为深爱。

沈老爷子打量着他，心里有无数的话想说，到了嘴边却化作一声长叹：“这样便好。”他闭了闭眼，有些累了，道，“果然是年纪大了，精神不如以往了，爷爷再睡会儿，你让小意别忙活了。”

“好，您好好休息。”沈温庭等沈老爷子睡着了，才出了病房。

一出门，他便看到闻意安安静静地站在外面，小脸上挂满了泪痕，也不知道听到了多少。

“怎么还偷听？”沈温庭替她擦了擦眼泪，却怎么也擦不完。

闻意撇了撇嘴，一脸骄傲地看着沈温庭：“爷爷果然最宠我。”

沈温庭哭笑不得，捧着她的脸轻声哄道：“嗯，爷爷当然最宠你。晚上想吃什么？”

“想吃冰激凌、甜甜圈、火锅、章鱼小丸子。”闻意掰着手指头细细地数着，“还有奶茶、烧烤、炸鸡、冰可乐。”

沈温庭放低声音问：“中餐还是西餐？”

闻意不乐意了：“那你还问我做什么？”

“走个过场。”

男人的嘴，骗人的鬼！

似乎是嫌弃沈温庭的动作不够温柔，闻意扫了他一眼：“别擦了，小仙女的眼泪是要珍藏起来的。”

“珍藏就算了。”沈温庭收回手，看着粘在指腹上的粉底，又道，

“妆花了。”

闻意瞪眼，急忙拿出随身化妆镜：“丑不丑啊？”

“还好。”

她化的妆比较淡，即使花了也不难看，她也就懒得补妆。

闻意收起化妆镜，挽上沈温庭的手臂，喊他：“沈温庭。”

“嗯？”

闻意只是喊着他的名字：“沈温温。”

沈温庭放缓脚步，微微偏过头看着她。

“你在我这里很得宠。”闻意冲他软软一笑，“你要不要趁着还得宠再加把力？”

“什么？”

“你听说过父凭子贵吗？”闻意一本正经道，“要不要试试？”

“闻意。”

“嗯？”

“我说过，只能亲。”沈温庭心情很好地戳了戳她气鼓鼓的小脸，道，“别耍流氓。”

又一次被拒绝，闻意气得整个晚上都没有理他。

一周后，沈老爷子顺利出院，顾方原几人都来了。沈老爷子喜欢热闹，大家便一起去了烟水别院。

“为了庆祝沈爷爷出院，今天我下厨！”艾思言撸起袖子，准备大干一场。

方译赶紧把人拽回来，说：“沈爷爷刚出院，你别胡来，食物中毒不好玩。”

“你胡说什么！”艾思言气得直接一脚踹了过去。

方译眼疾手快地抓住她的腿，笑了一声：“小淑女，注意形象。”

两人打情骂俏，会厨艺的顾方原和沈温庭则在厨房里忙碌，只会熬粥的闻意便充当了监督员的角色。

顾方原一边切肉一边调侃：“我在这里当电灯泡不太好吧？”

闻意喝着酸奶，漫不经心地接了一句：“外面也有一对，就你是孤家寡人。”

顾方原突然觉得手里的肉不香了，没好气地说道：“我也是有女朋友的人。”

“你那些也能算女朋友？”闻意摇了摇头，又八卦道，“听说阿姨给你介绍了一个挺乖的小姑娘？我之前还撞见你们约会了。”

过年的时候，顾方原回了趟家，免不了被顾父骂了一顿，但他好不容易回来一趟，顾父顾母自然不舍得赶他走。

关系刚缓和下来，顾母便操心起顾方原的婚姻大事，想着顾方原是个不靠谱的，得找一个乖巧懂事的姑娘。

“那都是做戏给我老妈看的。”顾方原道，“你又不是不知道，我喜欢身材火辣一点的。”

闻意点了点头：“哦，那就好，我上次陪艾思言去学校拍照，正好看见了她，瞧着那姑娘似乎已经有喜欢的人了。”

顾方原一怔：“怎么可能，我妈说她可单纯了。”

“就她们学校的一个学长，看着挺帅气的，还会打篮球。”闻意喝完了酸奶，将空瓶子丢进一旁的垃圾桶，想了想，又拿出一瓶，继续道，“比起你这种老男人，她肯定更喜欢阳光帅气的男生。”

顾方原怒了：“好歹我们还在交往，她怎么可以脚踏两只船！”

闻意冷笑：“男人没一个好东西。”说完，她凑到沈温庭身边，将酸奶递到他嘴边，冲他讨好地笑了笑，“当然，我老公是好男人。”

沈温庭轻抿了一口酸奶，低头见闻意双眼亮晶晶地盯着鸡肉，问道：“想吃？”

“嗯。”闻意点头。

沈温庭从锅里夹起一块鸡肉递到她嘴边，低声提醒：“有点烫。”

闻意一口咬住，双手不停地扇风，待鸡肉不那么烫了，她才吞进嘴里，嗯，味道好极了。

闻意这会儿已经饿了，又凑上去：“还要。”

现在她倒是乖巧了，安安静静地站在沈温庭身边，像一只嗷嗷待哺的幼兽。沈温庭招架不住，自然依了她。

一旁的顾方原不乐意了，酸溜溜地说道：“你再吃下去，等会儿沈总就只能端一个空盘子出去了。”

“行，我不吃了，我出去陪陪爷爷。”闻意笑着道。

顾方原凑到沈温庭身边，虚心请教：“沈总，这个……谈恋爱的时候，应该怎么讨好女生？”

沈温庭边洗手边道：“顾先生似乎比我懂得更多。”

顾方原讪笑：“以前都是玩玩，我是说冲着结婚的恋爱怎么谈？”

“我和闻意结婚前没谈过恋爱。”沈温庭如实道，随后意味深长地看了顾方原一眼，“我也没有前科。”

顾方原无言以对。

饭后，闻意和艾思言在院子里拆着礼物盒。

艾思言盯着手里的玉，虽然她不懂玉，但是闻家送给沈老爷子的东西怎么也不可能是次品：“宝贝，咱们没让闻家的人进来，却收了他们的礼，是不是不厚道？”

“是挺不厚道的。”闻意随意地回道，又拆开一个礼物盒，“对闻家不厚道，挺爽的。”

“对了，你……”闻意轻咳一声，有些难以启齿，“你知道怎么逼一个男人就范吗？”

艾思言：“你怎么会以为我懂得这方面的事情？”

闻意拍了拍她的肩膀：“我以为你博览群书，肯定会懂。”

艾思言放下礼物盒，随意地将长腿搭在台阶上，撑着头看她：“你是认真的？”

闻意幽幽地看着她：“你觉得我在开玩笑？”

艾思言往客厅看了一眼，试探性地问了一句：“是因为沈爷爷吗？”

“爷爷一直想要个孙女。”闻意抱着自己的双膝，将脑袋搭在上面，有些怅然若失，“以前我不甚在意，现在却害怕来不及。”

“可是……”艾思言顿了一下，不知道该怎么说，稍微组织了一下措辞，“如果你不是自愿的，沈爷爷也不会开心。”

“顾不了那么多了。”闻意喃喃道。

晚饭后，顾方原、方译和艾思言便离开了。

闻意送沈老爷子回房，扶着他靠在床头。

“玩了一天，累了吧？”沈老爷子和蔼地对闻意道，“虽然闻家别有所图，但是有爷爷给你撑腰，你不必有所顾忌。”

“我知道。”闻意闷闷不乐道，轻轻地将脑袋搭在沈老爷子的肩膀上，“爷爷，我努努力，明年让您抱上孙女好不好？”

“不怕爷爷以后不宠你了？”沈老爷子笑眯眯地说道，拍了拍闻意的脑袋。

闻意哼道：“我才不怕呢，还有沈温庭宠我呢。”

“温庭那么宠你，舍得你现在要孩子？”沈老爷子早就看得通透了，“他说你还是个孩子呢。”

闻意不说话了。她想要孩子，的确得过沈温庭那关。现在沈温庭防她跟防贼一样，就差跟她分房睡了。

沈老爷子慢慢地说道：“爷爷只是希望你们过得幸福，孩子什么的，不着急。”

“好……”

“你啊，别整天想这些有的没的。”沈老爷子戳了戳闻意的额头，“我们小意是公主，只要开开心心的就好了，爷爷会保护你，温庭也会保护你。”

闻意的鼻子一下就酸了。

她虽然姓闻，却是沈家的小公主。

闻意洗过澡之后便趴在床上，百无聊赖地刷着微博。说好年前给小明回复，结果忙着忙着就忘了，这会儿对方发来了一条催促的信息，她不知道该怎么回复。

沈温庭从浴室出来，包裹得严严实实的。

闻意有些郁闷，把自己塞进被子里，背对着沈温庭。“咝——”头发突然被沈温庭压住，闻意痛呼一声。沈温庭赶紧退开，把她的头发扫到一边，淡淡道：“头发长了些。”

闻意已经半年没有剪过头发了，平日里睡觉时，沈温庭偶尔会压到她的头发。次数多了，闻意就学乖了，每次睡觉的时候都会面对着沈温庭，以免自己的头发被压到。她翻过身面对沈温庭，严肃地说道：“我觉得我们得好好地谈一下。”

“谈什么？”

“关于最近你老防着我的事情，咱们得好好地谈谈。”闻意板着脸看着他，义正词严道，“我们是夫妻，你这样做伤害了我幼小的心灵。”

沈温庭微微起身，一只手撑着脑袋，深邃的双眸看着她：“幼小的心灵？”

“对，我还是个孩子。”

“所以我不能太冲动。”沈温庭压低了声音，有些无奈地说道，“可偏偏我面对你时自制力就不复存在了。”

闻意还没来得及反驳，他微凉的薄唇便压了下来，在她的唇齿间轻轻一扫，又退了出去。

“乖一点。”

闻意气结，一只手扯着沈温庭的衣领，另一只手在他的身上胡乱地摸了一通：“沈温庭，你是活在古代吗，怎么这么保守！”

“我怕你后悔。”沈温庭抓住闻意作乱的小手，“我虽不是老古板，却也希望你能保护好自己。”

闻意纳闷地问：“那我要是一辈子都不喜欢你呢？”

他岂不是得一辈子禁欲？

沈温庭惩罚性地捏了捏她的小脸：“最多给你一年时间。”

闻意不满地缠了上去，整个身体都压在沈温庭的身上，她在他的下巴上咬了一口，哼唧道：“半年。”

沈温庭拍了拍她的细腰，沙哑着声音道：“闻意，下去。”

闻意似乎感受到了什么，一下子就偃旗息鼓了：“我睡了，晚安！”

“晚安。”

因为担心沈老爷子的身体，闻意索性把画室交给了助理田雨管理，自己在烟水别院待了一段时间。

沈温庭还要管理公司，分身乏术，加上前些日子照顾沈老爷子，积攒了不少工作，所以在沈老爷子的身体好转一些之后，他便出差了。

闻意乐得自在，白日里陪沈老爷子下下棋喝喝茶，偶尔接一些定制画稿业务，赚些零花钱。她没想到股份转让那么麻烦，就算交给经验丰富的白景来处理也花了不少时间。不过趁着沈温庭出差的这段时间，这件事总算办好了。

中午，沈老爷子回房休息后，闻意见天气还算暖和，便把画架搬到院子里，边画画边给艾思言打电话。

“方译追了你那么久，你也差不多该同意了，再让他等下去，你就不怕他不愿意等了？”闻意扫了一眼刚发芽的植物，玩心大起，用毛笔蘸了墨水涂在上面。

艾思言哼道：“沈总不是等你等到了现在？”

“思言，不是所有的男人都愿意等这么久。”闻意知道艾思言在和方译闹别扭，劝道，“有些感情，如果你不及时回应，就真的会失去。”

“我知道。”艾思言有些茫然，问道，“宝贝，你是怎么确定沈温庭是你要与之共度一生的人的？”

闻意挑眉：“我大学毕业后就被沈温庭娶回家了，有机会确定吗？”

当初她还以为是商业联姻，现在想想，估计正中沈温庭那个臭男人的下怀！

想了想，闻意又加了一句：“对了，沈温庭长得帅。”

艾思言忍不住笑出声来，笑了一会儿，她又郁闷地说：“我跟你说认真的。”

“行吧，我就跟你说说。”闻意缓缓道，“一个男人对你是不是真心的，从很多细节都能看得出来，比如他能不能记住你的喜好。”

艾思言试探性地问了一句：“那颜值呢？”

闻意微笑：“有颜值是前提。”

艾思言不再和闻意谈论这个话题，转而问：“我后天要去中大拍摄，你要不要一起去？”

认真地规划了人生后，艾思言决定进军摄影圈，目前是一个实习小助理，经常要拍拍小杂志的封面。

这一次的拍摄地点定在了中大，中大是艺术学校，帅哥美女如云，两人一起去过一次。

“这次我就不去了，我想多陪陪爷爷。”闻意道，终于舍得放过被她摧残的植物，把注意力转移到画纸上来。

“那行。”

“等等。”闻意忽然想起一件事，道，“顾方原相亲的那个小姑娘也在中大，你可以留意一下。”

艾思言不以为意道：“顾方原指不定早就把人家姑娘忘到脑后了。”

这可说不定，那天的顾方原可不像是把人家姑娘忘了的样子。闻意沉思了一会儿，淡定地说道：“没事，你遇到了就留意一下。”

“好嘞。”

闻意只画了一会儿便收了画架，开始给沈老爷子泡茶。她询问过医生，医生说老人喝茶有益处，只是不能喝浓茶。

茶刚泡好，沈老爷子便闻着茶香下来了，他拄着拐杖，看上去精神不错：“小意在泡茶啊？”

“是啊，这不是怕您馋嘛。”闻意笑嘻嘻道，给沈老爷子递上一杯茶，“爷爷睡得好吗？”

“还不错，就是总觉得睡不够。”沈老爷子叹息一声，知道闻意担忧，又赶忙加了一句，“爷爷只是嗜睡了一点，没事的。”

“我知道。”闻意轻声道。

老年人每进一次医院，身体都会大不如前。如今爷爷还健健康康地坐在自己面前，已经是一件幸运的事了。

“画得怎么样了？”沈老爷子问她。

闻意指了指只画了一部分的画稿：“院子里的风吹着太舒服，我都没心思画了。”

“你啊……”沈老爷子既宠溺又无可奈何地说道，“注意着点，小心吹得头疼。”

“我可注意了。”闻意拍了拍胸脯，“壮实得很。”

“老爷子。”阿姨从外面进来，恭敬地说道，“闻先生一家来了，您看要不要见见？”

“我去赶走他们。”闻意作势要起身。

“小意，让他们进来吧。”沈老爷子赶忙拦住闻意，看着她一脸怒气的样子，笑骂一句，“你啊，做事别这么冲动。上次你把他们赶走了，这不人家又来了。该见的还是得见，爷爷又不是软柿子，还能被欺负了不成？”

闻意下意识地反驳：“我怕他们太烦人，打扰爷爷您静养。”

闻家人这会儿来，探病是假，不榨干她作为闻家人的最后一点利用价值才是他们真正的目的。

“放心，爷爷有分寸。”沈老爷子拍了拍她的手，对着阿姨道，“让他们进来吧。”

除了莫清美，其他三人都来了。

当年闻纪年要扶正莫清美的时候，沈老爷子一直不赞同，可这毕竟是闻家的家事，他再心疼闻意也没立场管，只是后来也一直不待见莫清美。闻纪年深知这一点，所以没让莫清美过来。

“沈爷爷。”闻远和周茜茜喊了一声。

“沈老爷子。”闻纪年恭敬地说道，拿着几个包装精美的盒子坐到沈老爷子的身边，“这是一些上好的补品，您刚出院，正是需要补身体的时候。”

沈老爷子看了一眼，点了点头：“有心了。”

闻纪年看向闻意，笑了笑，道：“怎么不喊爸爸？这么久没见，小意是不是闹别扭了？”

闻意扯了扯嘴角，皮笑肉不笑地说道：“我以为爸还在怪我插手闻远的事情。”

闻纪年脸上闪过一丝尴尬的神色，不过很快恢复如常：“这件事是闻远做得不对，作为妹妹，你关心哥哥是正常的，爸爸没有怪你。”

“哦。”闻意懒洋洋地应了一声，用手碰了碰茶杯，茶水凉了，她又重新泡了一杯。

来者皆是客，要以礼相待，不然传出去会丢沈老爷子的脸。

她为闻家人一一奉茶，到了周茜茜面前，周茜茜突然抓住她的手，道：“闻意，听说这别院的风景不错，你能带我去后院转转吗？”

周茜茜知道，闻纪年此次前来，必定是想和沈老爷子达成什么交易。而闻意性子刚烈，又一直看闻纪年不爽，要是直接在闻意面前说，以闻意的性子，估计会掀桌翻脸。所以她得想办法把闻意支走。

“后院没什么好看的，你还不如上网看看图片。”闻意懒洋洋地说道，甩开她的手，把那杯茶放在她面前。

“你！”周茜茜气急，又不敢发火，“我就是想去看看。”

闻意指了指后院的方向：“喏，后院就在那边，慢走不送。”

沈老爷子和蔼地笑了笑，道：“小意别闹了，周小姐好歹是客人，你就陪着她去看看吧。”

闻意不太乐意，扫了一眼闻纪年，带着几分警告意味。过了片刻，她才站起身，嘱咐一旁的阿姨：“阿姨，爷爷身体不好，要是有人惹他生气，你就让管家将人赶出去。”

等到闻意和周茜茜去了后院，沈老爷子才轻抿一口淡茶，看着面前的闻纪年，道：“说吧，你想要什么？”

闻纪年不动声色地扫了一眼闻远，斟酌着道：“老爷子，我今日就是专门来看望您的。自从听说您住院了，我一直很担心，作为小辈，怎么也得来看望一下。之前因为和小意有些误会，所以才拖到了现在。”

沈老爷子品着茶不语。他住院的这段时间，闻纪年一次都没有去看过他，现在来，不过是想着趁他精神些，好谈条件。

闻纪年很聪明，在商场上也算是一只老狐狸。沈老爷子年长他许多，早就看穿了他的小心思。

沈老爷子觉得有些疲倦，直截了当道：“你要什么便说，我年纪大了，没精力和你兜圈子。”

“既然您这么说了，我便不再兜圈子了。”闻纪年正色道，“您掌管沈氏的时候，沈氏与闻氏一直有商业合作。温庭接管沈氏后，却越发不近人情。不管怎么说，我们两家都是姻亲，温庭这么做，就不怕别人在背后戳脊梁骨？”

沈老爷子平静地听着，直到闻纪年发泄完心中的愤懑之后，才缓缓道：“这件事温庭确实做得欠妥。”

沈老爷子想，他也该给闻意以后的日子铺铺路了。

第十二章
春游

阳春四月，草长莺飞。院子里一片生机勃勃，水流潺潺而过，鸟儿啁啾飞舞。

周茜茜四处打量了一番，才在秋千上坐下，冷哼道：“闻小姐的眼光好高，这么美的景色都觉得一般。”

闻意懒得和她打官腔，直截了当地说道：“闻家都这么对你了，你还帮着他们？”

周茜茜怔了怔，脸上闪过一丝落寞：“不然呢？闻意，你虽然是闻家的女儿，但嫁入了沈家，当然不用管闻家的事，可我不一样。”

嫁鸡随鸡嫁狗随狗，这句话虽然听起来挺俗的，但也是现实。

“你可以离婚，一个人过也比在闻家受气好。”

闻意找了一块石头坐下，随手扯过一根狗尾巴草，绕在手指上把玩。

“我爸不会同意的。”周茜茜说完，恶狠狠地看了闻意一眼，继续道，“你以为谁都像你这么幸运吗，不但婚姻美满，沈老爷子和沈总还那么护着你！”

闻意突然觉得很无趣，扔了狗尾巴草，吹了吹手上的细屑，看向周茜茜：“你真的觉得我幸运？”

周茜茜一怔。

午后的阳光正好，落在她姣好的面容之上。她今日没有化妆，小脸一片素净，却依旧惊艳。周雨落曾经说过，闻意配不上沈温庭，可是闻意光凭这张脸，就足够压周雨落一头。

周茜茜忽然想到自己三四岁时见过的那个温婉如水的女子。闻意虽然长得很像她，但是眉眼之间带着几分她没有的骄纵，这是被沈家人宠出来的，是那个女人没有得到过的娇宠。

周茜茜想，自己和那个温婉如水的女人一样，命不太好，甚至有些悲惨。她有些害怕，害怕自己的结局会和那个女人一样。

“他们好像谈好了。”闻意伸了一个懒腰，“我们进去吧。”

“闻意。”周茜茜喊住她，“我以前只是……”话到嘴边，她却说不出口。

周茜茜自小被宠坏了，见着别的漂亮小女孩就不顺眼，总是想去欺负。长大后，她嫉妒闻意拥有的一切，所以时常对其冷嘲热讽。现在想想，闻意并没有得罪过她，自始至终都是她在欺负闻意。

闻意转过头，微微扬起白净的小脸，道：“周茜茜，你不用跟我道歉，我也不会原谅你。”

不管周茜茜有心无心，是不是年幼不懂事，就都不会原谅周茜茜，毕竟伤害已经造成。

最后，闻意礼貌地把闻家人送了出去。

阿姨轻轻地捏着沈老爷子酸痛的肩膀，忍不住说了一句：“老爷子，您这又是何必呢，白白让他们捡了个便宜。”

沈老爷子叹道：“温庭做事有他自己的原则，可他到底还是年轻了些，考虑不周全。我已经老了，在所剩无几的日子里，能为小意做一些便是一些吧。”

阿姨一连“呸”了三声：“别说这种不吉利的话，您还年轻着呢。小意还说以后有了孩子，一定要他好好地在您跟前闹腾一番呢。”

沈老爷子和蔼地笑了笑：“那可不行，我的宝贝只有小意。”

闻意一回来就听到了这句话，眼眶蓦地红了。

周茜茜说得没错，她很幸运，这份幸运足够让她忘却遭遇的不公，抚慰所有的伤痛。

她吸了吸鼻子，难得煽情地给沈温庭发了一条微信消息：“沈温温，我想你了。”

沈温庭倒是回复得很快：“又惹祸了？”

闻意：“我再妄想你能够学会浪漫，我就不姓闻！”

这次，沈温庭出差了大半个月，他回国那天，闻意被沈老爷子赶去接机。

已经四月中旬了，闻意脱下了厚厚的棉衣，穿上了漂亮的小洋裙，两条笔直的长腿吸引了不少人的目光。

白景跟在闻意身边，笑道：“太太这些天瘦了不少。”

闻意摸了摸自己的脸，满意地说：“四月了，再不瘦就来不及了。”

白景自然懂得她的心思，笑了笑，道：“就怕沈总不乐意。”

“不管他。”闻意哼道。

航班还没到达，闻意百无聊赖地玩着手机，刷微博时，她突然想起自己还没有给回复小明。

闻意：“抱歉，前些日子家里出了点事，没能及时回复你。漫画的事情我考虑好了，但我要提前说明一下，这漫画的内容不仅有我和我老公的相处细节，还会出现很多对我来说很重要的人。”

她想清楚了，她记性不太好，确实可以通过漫画的形式把生命里那些重要的人记录下来，就算以后老了，也能看着漫画回忆过往。

闻意刚回复完，面前忽然落下一道阴影，她微微仰头看去，许久不见的沈温庭站在她的面前，他穿着一件深色的卫衣，显得很年轻。

闻意冲他软乎乎地笑了，刚站起来，便被他揽入怀中。

他的怀抱依旧带着浅浅的茶香，不过跟她这段时间喝的普洱茶的香气不一样，而是一股茉莉花的味道。

“沈……”闻意刚开口，便感觉沈温庭把她抱得更紧了。

这么热情？

闻意狐疑地从他怀里抬起头，却只能看到他的侧脸，好像瘦了一点，也更俊了一些。

“闻意。”沈温庭的声音低沉，惹得闻意心痒难耐，“我想你了。”

浅浅的吻落在她的耳尖，一触即离。

闻意心跳如擂鼓。

回去的路上，闻意虽然一直端正地坐着，但眼神不断地往旁边的沈温庭瞟去。她寻思着，按照刚才沈温庭那个热情劲，上车后怎么也得抱着她来个法式深吻，结果他上车后就打开电脑，专注地看起了文件，连余光都不曾分给她。

“沈温庭。”闻意忍不住去戳他的手臂，试图让他注意到自己，“你饿了吗？”

这会儿已经是晚上了，飞机上的简餐又不太合胃口，他虽然嘴上不说，但是肯定早就饿了。

“不饿。”沈温庭连个眼神都没有给闻意，继续看着文件。他似乎心情不太好，说话时的声音都带着冷意。

“我饿了。”闻意没吃晚饭就从烟水别院赶了过来，又在机场等了一会儿，早就饿了。

沈温庭总算有了反应，抬头看向闻意消瘦的脸颊，问道：“怎么瘦了这么多？”

“陪着爷爷吃素，就瘦了下来。”闻意嘟囔道。沈老爷子年纪大了，不能天天大鱼大肉，闻意跟着他吃了一段时间的清粥小菜，自然就瘦了下来。

沈温庭看向前排的白景，吩咐了一句：“先去饭店。”

“好的，沈总。”

沈温庭关上电脑，看着闻意的小脸，轻叹一声，道：“过来，让我抱抱。”

这是在撒娇？

闻意故作矜持地忸怩了一下：“白霄他们还在呢。”

白霄虎躯一震，瞌睡散了大半，赶紧道：“沈总和太太不必管我，我什么也看不到。”

闻意不过来，沈温庭便过去。

车内的空间就那么大，她也躲不到哪里去。

揽着娇小的闻意，沈温庭低低地叹息一声：“本来不打算抱你的。”

这个臭男人又抽什么风？闻意纳闷地想。

“毕竟你犯了错，得罚。”沈温庭低声道，温热的呼吸落在她的脖子上，痒痒的。

她什么时候犯错了？这臭男人不能污蔑她！

闻意一时间没明白，沈温庭却不再继续这个话题，转而问道：“爷爷的身体还好吗？”

“除了比以前更嗜睡，其他的还好。”闻意把头埋在他怀里。

沈温庭不在的这半个月，她总觉得身边少了些什么，如今沈温庭回来了，她才安心了一点。

“辛苦了。”沈温庭抱紧了闻意，轻轻地嗅了嗅她身上的淡淡香气。

分离太久，若不是那边实在脱不开身，沈温庭都想提前回来。

思念的味道，的确不怎么好。

白景找了一家中餐厅后便拉着白霄离开了。点了几个菜后，闻意看了一眼开始看文件的沈温庭，想着离上菜还有一段时间，便打算去外面买杯奶茶。

她刚站起身，便听沈温庭道：“闻意。”

他已经合上了文件，一双深邃的眸子正看着她，里面有着她看不懂的情绪。

见他没再开口，闻意只得说道：“我要去买奶茶，你喝吗？”

“爷爷给你的股份，你偷偷转让给我了？”他的声音低沉，听上去带着怒气。

闻意有些心虚地退到门口，顾左右而言他：“对面那家饮品店的香草奶昔不错，我给你也买一杯？”

“跑什么？过来。”沈温庭朝闻意伸出手，她却想当作没看见。

沈温庭心里窝着一团火，直接起身过去把人拉到身边，扣住她纤细的腰肢，让她动弹不得，沉声道：“我说过不要你的股份。”

他想着，闻意总得给自己留条后路，那些股份是爷爷给她的，他就算遇到再大的困难也不会去动。

“你别凶我！”闻意瞪了沈温庭一眼，有些委屈地说，“你一回来就凶我。”

他出差半个月，回来第一次件事就是训她，臭男人！

眼看着闻意的眼眶都红了，沈温庭慌了神，连忙哄道：“我就随口一说，你怎么这么娇气。”

“还不是你惯出来的。”闻意吸了吸鼻子，把眼泪憋了回去。

沈温庭沉默了，生气的闻意说不得，只能顺着她的意思。

她深吸了好几口气，才板着脸看向沈温庭：“你都知道了，那就把后面的手续办了吧。”

沈温庭有些无奈，闻意看似散漫，可是一旦固执起来，连沈老爷子也劝不动。

他顿了顿，对她说：“那是爷爷送给你的新婚礼物。”

“送给我的，那就由我做主。”闻意道，拍了拍横在自己腰间的手，“放开，我要去买奶茶。”

沈温庭定定地盯着她。原本该生气的人是他，怎么现在闻意倒生起气来了？

他惩罚性地捏了捏闻意的脸，冷静地说道：“别转移话题。”

他不缺这点股份，也不希望闻意这样做。

闻意气得想咬他，却又无可奈何，愤愤地说道：“你要是敢拒绝，咱们就分居。”

沈温庭的眸色一下就暗了下去。

第二天沈温庭还要去公司，回烟水别院不方便，两人便回了清河湾。想着等到了周末，再去烟水别院小住。

晚上十点过后，两人皆洗完了澡。

天气转暖，闻意换上了轻便的长袖睡衣和宽松的裤子，她随意一拉，就露出了半截白皙的小腿。

她在手里挤了一些护肤乳，爬上床后，一边往腿上抹着护肤乳一边看向沈温庭。

沈温庭正在打电话，余光看到闻意的动作，他有些无奈地走过去，很自觉地伸出一只手。

闻意嘿嘿一笑，半跪在沈温庭面前，将护肤乳抹在他的手臂上。靠得近了，闻意听到电话那头传来一道女声，听上去颇为年轻，不是白景。

“嗯，过两天我让白霄去接机。”沈温庭挂了电话，看向心不在焉的闻意。

闻意抱住沈温庭，整个人挂在他身上：“你刚才和谁打电话？”

沈温庭扶住她的腰：“一个学妹。”

跟学妹说话有必要那么温柔吗？

闻意吸了吸鼻子，没搭话。

沈温庭并不知道她的小心思，折腾了一天，他也累了，拍了拍她的后背，把她塞进被子里：“睡吧。”

“哼。”闻意翻过身背对着沈温庭，开始细数他这些天的罪状。

去国外出差不记得打电话给她，一回来就训她，刚才给学妹打电话却那么温柔！

按法，当诛！

第二天，艾思言知道这事后乐不可支：“我说意宝贝，你这是依照的哪国的法律？”

“闻氏自创！”闻意一边往面包上抹着奶油酱一边说，“沈温庭和我说话都没有那么温柔。”

艾思言静默了几秒，道：“我觉得……是你的妒火造就了这层柔光滤镜。”就沈温庭的性子，艾思言怎么也不相信他对别的女人说话会很温柔。

“什么妒火？”

艾思言语重心长地说道：“宝贝，你不觉得自己越来越依赖沈温庭了吗，也越来越在意他了。”

苏禹桥主演的电影刚杀青，之前拍的那部电视剧就开播了。周雨落虽然没有改编大 IP 的能力，但写一些简单的剧本还是没问题的，苏禹桥饰演的角色人设十分讨喜，因此收获了不少粉丝。

苏禹桥的经纪人趁着这个热度，又为他接了一部剧。

这次的拍摄地点挺远，拍摄时间也长。在他离开的前一天，艾思言和闻意约他一起吃饭。

“恭喜！”闻意举起一杯酒和苏禹桥碰杯，“祝咱们的苏大明星前程似锦！”

苏禹桥小酌了一口，轻笑道：“只是一部网剧，不是什么大制作。”

为了不撞档期，后期也是草草地完成，就怕撞到暑期档。这部剧的特效什么的也不怎么行，好在主演的演技和颜值都在线，播出后的热度还算可以。

“不是大制作都能有热度，说明你越来越红了。”艾思言吃了两颗花生米，含混不清地说道，“对了，这段时间网上一直有你的绯闻，你不澄清一下吗？”

虽然为了提升剧的热度，主演偶尔会炒作绯闻，但据艾思言所知，苏禹桥并不喜欢炒作。

苏禹桥放下酒杯，道：“这是制作方安排的，我也做不了主。”

闻意微愣：“我记得我吩咐过他们……”见苏禹桥一脸平静，她也就没继续说了。

他不愿意麻烦她，很久以前就是这样。他有自己的骄傲，就算被雪藏，也不曾在她面前说过什么。苏禹桥这个不争不抢的性子，让她有种无力的感觉。

“等这部电影上映了，你的资源应该会好很多。”艾思言给他细细地分析道。

苏禹桥自然是知道这一点的。

闻意有些惆怅：“我可爱的弟弟就要长大了。”

艾思言瞪了她一眼，没好气道：“你就比他大一个月，不要总占他便宜。”

苏禹桥笑了，难得认真地对闻意说：“是啊，你不要占我便宜。”

闻意不说话了，乖乖地吃饭。

三人走出餐厅的时候，苏禹桥虽然戴了帽子和口罩，可依旧被人认出来了。一群人突然涌了上来，直接把闻意和艾思言推到了角落里。

“真的是苏禹桥！桥哥，我们爱你！”

“呜呜呜，桥哥，我是看着你一路走过来的，你太不容易了，我相信你以后会越来越好的！”

“苏禹桥加油，我们会永远支持你！”

这群粉丝还算有秩序，只是围着苏禹桥，并没有堵着他的路。

闻意和他对视了一眼，轻轻地摇了摇头，这个时候他们还是分开走比较好。

灯光明亮，明明只是一条简简单单的路，却让苏禹桥走出了一种红毯的感觉，像是有诸多灯火落在他身上，还有无数粉丝为他保驾护航。

曾经那个普通的温和少年在不知不觉中已经成为很多人眼中耀眼的星星。

回到家后，闻意加了小明的微信，和她商量了一下漫画事宜。

如果要认真画漫画，就不能像以前那样简单地勾勒几笔，而且还要上色，这样画面才生动。

不过闻意画的漫画没什么剧情，只是把日常发生的事情画出来，这就涉及交稿时间的问题。两人商量了一下，最终定为一周交稿一次，内容长度由闻意自己决定。

小明把合同发过来后，闻意仔细地看了一下，确定没有问题了便打印出来。

将合同寄出后，她就开始构思接下来要画的内容。

放空脑袋想了好一会儿，闻意也没什么灵感，盯着手机看了很久，她还是决定去找沈温庭。

她刚到沈氏，便听到两个前台小姐在聊天。

“今天那个女人是沈总的什么人啊？第一次看见沈总对除太太之外的女人那么好。”

“说起来，我已经很久没见过太太了。”

闻意翻了个白眼，这段时间她很忙，没时间来沈氏。

“沈总该不会是在外面包养小情人了吧？”

“不会吧，沈总在我心中可是完美男人，怎么可能做出这种事情。”

“男人不都是这样？再说了，那女人一副柔柔弱弱的样子，很多男人都喜欢这一款。”

两人越说越离谱，闻意听不下去了，扫了一眼两人，进了电梯。

随着电梯上升，闻意突然想起之前沈温庭接过一个学妹的电话，那时他的声音温柔无比，现在想来，可能真的有猫腻。

难道刚刚前台小姐口中的那个女人就是那个所谓的学妹？

闻意咬了咬牙，出了电梯后直接往沈温庭的办公室走去。

方译看到她，先是一愣，随即紧张起来，三步并作两步跑到她面前，似乎有意挡住她的去路："闻大小姐，你怎么有空来了？"

闻意轻飘飘地反问："不能来？"

前些天艾思言终于松口，方译总算抱得美人归。这段时间他春风得意，眼中的喜悦藏都藏不住，就连闻意这个已婚人士都被塞了一把"狗粮"。

要不是知道自家闺密喜欢这个男人，就凭方译这副德行，闻意说什么也不会让艾思言落入虎口的。

"倒也不是不能来。"方译漫不经心地笑了笑，扫了一眼沈温庭的办公室，状似随意地说道，"就是咱们沈总现在正忙着，不方便见你。"

闻意微笑道："理解。那你带我去看看前台她们说的那个女人。"

方译一愣，随即没好气地骂了一句："那些人没事说什么闲话，我明天就辞退她们！"

真有猫腻？

闻意的心不断下坠，脸色也变得有些苍白。她已经习惯了沈温庭对她的宠爱，如果有一天他突然收回，她害怕自己会承受不住。

方译也慌了神，磕磕绊绊地说道："那个，沈总就在办公室，你要去就去，我先走了。"

闻意稳住心神，扫了一眼方译，提醒道："你最近安分点，再拈花惹草，即使思言不说，我也不会放过你。"

方译无奈："你还有闲心管我们，赶紧去找沈温庭吧。"

闻意不再看他，径直朝沈温庭的办公室走去，一打开门就看到一个二十几岁的女人端坐在沙发上，笑得一脸温柔。

"要不是你结婚了……"看到闻意，她愣了一下，有些诧异地说道，"这是……"

沈温庭站起身，朝闻意走去：“怎么突然来了？”

闻意看着他们，满腔的怒火难以平息，咬着牙冷声道：“抓奸！”

那个女人闻言笑了，脸上露出两个小酒窝，一头秀发高高梳起，脸上没有带妆，显得十分清纯，大概就是现在许多男人喜欢的类型。

“闹脾气了？”沈温庭看着怒意十足的闻意，眼底漾出清浅的笑意，温声介绍道，“这是我太太，闻意。”

那女人了然地笑了笑，优雅地起身，朝闻意伸出手：“你好，我叫贝丽，很高兴认识你。”

敌人太温和，闻意一下子都不知道该如何接招，她迟疑了几秒，才没好气地捏了一下沈温庭的手，然后伸出手与贝丽握了一下：“你好。”

贝丽似乎被闻意的反应取悦了，掩嘴笑起来：“闻小姐不必紧张，我跟沈学长清清白白，我对他也没有爱慕之情。”

那方译刚才那副样子完全是为了骗她？

之前因为艾思言，闻意没少找方译的麻烦，虽然他嘴上不说，实则全部暗暗记在了心里，现在终于让他等着了，哪里会放过。就等着找机会报复回来。

“先坐吧。”沈温庭牵着闻意走到沙发边坐下，瞥见她气鼓鼓的小脸，不由得有些诧异。

见闻意面露疑惑，贝丽继续道：“我的未婚夫和沈学长是好朋友。我这次回国，除了办理结婚手续，就是亲自邀请沈学长去参加我们的婚礼。”她顿了一下，浅笑一声，意有所指道，“我的未婚夫本来想让沈学长做伴郎的，可惜沈学长已经结婚了。”

原来是这样。

闻意仔细想了想，道：“我们婚礼上的那个凯恩……”

沈温庭的朋友不多，他们结婚的时候，嘉宾里有一个蓝眼睛的外国人，那人长得很帅，闻意还特地和他打过招呼。

“那就是贝丽的未婚夫。”沈温庭解释道，却又被闻意瞪了一眼，他有些无奈，“还生气？”

贝丽抿嘴笑了，柔声道：“闻小姐这是吃醋了，恭喜沈学长，总算是守得云开见月明。”

闻意下意识地看向贝丽，这话说得好像她知道什么一样。

“如此便好。”沈温庭盯着闻意微红的耳尖，缓缓道，“就怕有人不愿意承认。”

闻意心道：有人？谁？反正不是我。

沈温庭还有工作要处理，闻意这个闲人便尽地主之谊，带贝丽去附近逛了逛。

贝丽很兴奋，与刚才的样子完全不一样，更像一个对什么都好奇的孩子。

等贝丽玩够了，闻意才问道：“要不要去吃些东西？火锅怎么样？国外的火锅店很少，你应该很久没吃了。”

贝丽略一思索便同意了：“好。”她又道，“沈学长不让你吃辣，我们点个清锅吧。”

闻意纳闷地问：“你怎么知道他不让我吃辣？”

“听过你们打电话。”贝丽轻笑一声，见闻意一脸郁闷，她眼珠子转了转，笃定地说道，“闻小姐，你早就喜欢上沈学长了吧。”

闻意轻咳一声，有些不自在，生硬地转移了话题：“你好像对沈温庭很了解。”

“你别误会，我未婚夫上大学那会儿，几乎天天和沈学长在一起。我黏人得紧，所以就知道了一些。”贝丽比闻意高一些，轻而易举地揽住她的肩膀，“为了感谢你今天带我玩，等你参加我们婚礼的时候，我就把沈学长的小秘密告诉你。”

小秘密……

晚上九点刚过，沈温庭就来接闻意。

贝丽虽然玩累了，但很开心。临别的时候，贝丽突然抱住闻意，在她脸上亲了一口。

对于这么亲密的举动，闻意有些傻了，直到被沈温庭塞进车里才反应过来。

车子缓缓地朝前行驶，忽明忽暗的路灯光落进车里，闻意歪头朝沈温庭看去，便听到他低声解释道：“贝丽很小的时候就出国了，所以会开放些。”

“可我是中国人啊……”闻意叹息一声，拿着纸巾轻轻地擦着脸上残留的口红印。

“的确。”沈温庭淡淡地说了一句。

车里安静下来，两人一路沉默。

闻意心里乱得很，她是真的吃醋了，看到沈温庭对别的女人那么温柔，她很慌乱。

一直以来，她都理所当然地认为沈温庭会一辈子对自己好，从没想过有一天会突然失去这些。

清河湾的夜色很美，他们住的那栋楼下建了喷泉，周围还有七彩的灯光，灯光投射在喷泉上，显得流光溢彩。

“沈温庭。”闻意扯了扯他风衣的口袋，把手伸进去，摸到一串车钥匙。

沈温庭停下脚步，看着她耷拉着的小脑袋，张开双臂把她揽入怀里：“怎么了？”

“没什么。”闻意摇了摇头，蹭着他的胸口，嗅着熟悉的味道，好像只有这样，才能安心一点。

男人轻轻地捧起她的小脸，她猝不及防地对上他的双眸。闻意眨了眨眼睛，呆呆地看着这张近在咫尺的俊脸。

沈温庭在她的脸颊上落下一个轻柔的吻，似乎不满足于如此短暂的亲昵，他又吻了吻。对上闻意有些迷茫的双眼，他低声解释：“我好像有些介意。”

即使对方是女人，即使那不过是一个简单的问候礼，他还是介意。

闻意眨了眨眼，心跳得极快，隔着两层衣服，她似乎能听到自己的心在说：瞧吧，这次再也无法否认了。

回到家，闻意利索地洗了澡，爬上床裹上被子，像极了一只只露出小脑袋的乌龟。

沈温庭也不着急，过不了多久，这只小乌龟就会自己钻出来。

贝丽待了几天就回国了，闻意去送机的时候，贝丽特意嘱咐她：“你一定要来参加我们的婚礼，沈学长的小秘密对你来说很重要。”

这句话瞬间就勾起了闻意的好奇心，但贝丽的婚礼在一个多月后，她急也没用。

四月底，闻意总算把第一期漫画交给了小明。

顾方原他们几个人每年都会一起去春游，今年也不例外。

闻意戳着平板电脑，上面正是今年的春游计划：爬山。

呵，顾方原还当自己是学生吗？

闻意给他发微信消息：“驳回，重新想一个。”

顾方原：“别啊，我都算好时间了，那天会有流星雨，多浪漫啊。”

闻意很鄙夷，大晚上的住在山上，她真的找不到一丝浪漫：“山上有住的地方？”

顾方原：“有帐篷，还能烧烤，心动了吗？”

小群里已经有三个人表示赞同了，闻意只能少数服从多数。

等等，除了艾思言和方译，多出来的那个人是谁？

闻意仔细一看，对方的头像是一个糯米团子，她心下明了，侧过身去戳了戳沈温庭：“这周末顾方原组织春游，你要一起去吗？”

“你们去吧，我陪爷爷。”沈温庭回道。

闻意捏住他的下巴，有些不乐意：“他们都是一对一对的，我一个人去会被歧视的。”

沈温庭放下手中的书，把她不安分的手拿开：“谁敢歧视沈太太？”

他说这话的时候，眼底闪着暖暖的光。闻意的心怦怦直跳，她咬了咬牙，梗着脖子道：“那你去不去？”

沈温庭的视线微微下垂，落在她的胸口处，此刻的她领口大开，一抹雪白暴露在他眼前。

沈温庭很快移开了视线：“讨好我？”

闻意一把拍开他的手，快速缩进被子里，翻过身背对着他，重重地“哼”了一声。

“我陪你去。”他低沉的声音在她头顶响起。闻意忍不住翘起嘴角，又听到他说，“闻意，刚才你的心跳得好快。”

“刚才压着心脏了！”

沈温庭低低地笑了一声：“小骗子。”

闻意心想：完蛋，心跳又加速了。

周末，闻意跟沈老爷子打了个长长的电话，嘱咐了一通后，才不舍地说：“这周末不能陪您了，下周末我一定去看您，您要照顾好自己，冰糖雪梨要记得吃，能治咳嗽的。”

沈老爷子乐呵呵地笑道：“我知道了，小管家婆。你难得出去玩一次，玩得开心点，爷爷这边一切都好。”

闻意想了想，又道：“那行，要是您想我了，就给我打电话，山上也是有信号的。”

沈老爷子连忙应下：“好好好，爷爷好着呢，你尽管去玩吧。”

沈老爷子挂了电话，旁边的阿姨赶忙递上一碗冰糖炖雪梨。他不情不愿地接过，嫌弃地闻了闻味道，一口一口地慢慢喝着。

阿姨笑了笑，道：“您还不如直接一口吃了。”

“那不行。”沈老爷子哼道，又吃了一口，颇为欣慰地说道，“春游好啊，这还是温庭第一次去春游呢。”

阿姨赶忙道：“是啊，我也算是看着温庭这孩子长大的，他哪儿都好，就是孤僻了些，不怎么爱参加这种活动。”

“幸好现在有小意。”沈老爷子十分满意，“慢慢来，温庭总会改变的。”

如果闻意事先知道这座山的高度，她一定不会来。

一行人爬了一个小时，山顶还遥遥在望。顾方原带来的那个小姑娘看着娇娇弱弱的，没想到体力不错，爬了这么久，大气都不喘，倒是闻意休息了好几次，被远远地落在了后面。

又一次休息，闻意盯着身边的沈温庭，陷入了沉思。

闻意这副皱着眉认真思考的样子着实有趣，沈温庭没忍住多瞧了几眼。半晌后，他出声提醒：“该走了。”

“爬不动了。”闻意捶了捶腿。大学毕业后，她就很少运动了，爬这么高的山的确太为难她了。

“以后你还是跟着我一起锻炼吧。”

清河湾的那套房子里设了健身室，但平时只有沈温庭会使用一下，闻意从未踏足。

“别说那么长远的事情，我现在真的爬不动了。”闻意觉得自己的两条腿都废了，跟沈温庭耍无赖，“你背我。”

沈温庭居高临下地看着她：“有一种方法适合你。”

“什么？”

“自由落体。”

闻意忍不住腹诽：之前对这个臭男人心动，绝对是我的心脏出了问题！

她拍了拍自己的脸，强撑着站起身，却看见沈温庭在她面前蹲下身，她颇为傲气地扭过头，冷哼一声：“我自己走。”

“也好。”沈温庭作势要起身。

闻意慌了神，匆匆忙忙地爬上去，不满地拍着他的肩膀：“你凶我。”

沈温庭惩罚性地拍了一下她的屁股，不出意外地听到她气急败坏地喊道：“沈温庭！”

“再动就把你丢地上。”沈温庭淡淡道。

他背着闻意慢慢走着，缓缓道：“久坐对身体不好，以后你得多锻炼。爬山虽累，但好歹也是锻炼。”

“哦。”闻意乖乖地应下，又戳了戳沈温庭的背，“你真的要背我上去？”

他们所在的地方离山顶还很远，沈温庭体力再好，背着她爬上去，怕是也够呛。

“背不动。”沈温庭如实道。背着闻意朝右边的山路走去。

闻意往前看去，原本狭窄的山路变得十分宽阔，道路尽头有一大片空地，还有缆车站。

“缆车？”闻意从沈温庭的背上跳下来，不敢置信地看着一辆辆移动的缆车，“你怎么不早说？”

“早说了，你一步都不愿意爬。”沈温庭早就把闻意那点小心思看穿了，牵着她的手朝着缆车走去，“走吧。”

“好。”

这还是闻意第一次坐缆车，坐在车厢里往外看，整个城市的风景尽收眼底。

她收回目光，转过头便发现沈温庭的目光落在她身上，专注而温柔。

闻意眨了眨眼睛，抱住沈温庭亲了一口。

他的目光顿时变得炙热，闻意急忙解释：“听说当缆车达到最高点时，如果与恋人亲吻，他们的感情就会长长久久。”

沈温庭沉默片刻，纠正她：“那是摩天轮。”

这个不懂浪漫的男人居然知道？

缆车突然停下，闻意赶紧松开手，拉着沈温庭出去。他们走了捷径，在草地上等了好一会儿，才看见顾方原几人喘着粗气爬上来。

“宝贝，你怎么不早说有缆车？”艾思言累得直接躺在草地上，犹如一条搁浅的鱼。

“你得多锻炼。”闻意说完，便指挥三个男人搭帐篷。

整座山都是开放的，每天都会有人来巡逻检查，这一片草地也是允许烧烤的。他们租了两个烧烤架还有帐篷等物品，闻意便开始串肉。

“一看你在家就不做家务。”艾思言十分嫌弃，“韭菜我来弄，这样不好烤。”

闻意乖乖地让出了位置，朝顾方原带来的小姑娘看去。小姑娘叫陆依依，年纪不大，看起来很单纯。注意到闻意的目光，陆依依冲她腼腆地笑了笑：“闻小姐。”

闻意走到陆依依身边，看着她那张人畜无害的小脸，语重心长道：“顾方原不是什么好人，听姐姐一句劝，你要了解清楚了再考虑。”

陆依依顶着一张娃娃脸，认真地说道：“嗯，我也觉得他没有我之前的九个男朋友优秀。”

闻意一脸震惊，敢情陆依依是个情场老手。

方译听到两人的对话，幸灾乐祸地对沈温庭道：“沈温庭，你就不怕你家闻意被带坏了？”

沈温庭扫了一眼闻意，觉得有些头疼，喊了一声：“闻意，过来。”

闻意看了他一眼，又看了看陆依依，最后还是听话地过去了：“饿了？”

“有点。”

她从背包里拿出些吃的，知道沈温庭腾不出手，便贴心地喂他：“辛苦了，老公。”

沈温庭瞥了她一眼：“知道我辛苦就好。”

闻意喂饱了他，又去找陆依依。

陆依依进入大学两年就陆续交往了九个男朋友，偏偏她并不觉得有什么问题。她淡定地说完，还教育闻意和艾思言：“不多谈几个，怎么能确定是不是下一个更好？”她越说越起劲，掰着手指头细数，“温柔体贴型，腹黑毒舌型，霸道强势型，撒娇奶狗型，高贵清冷型，各有各的好，我无法做出选择。我还这么年轻，就应该尽情享受，而不是早早结婚。”

已经结婚的闻意一噎。

艾思言心道：你说得好像很有道理。

方译笑得快喘不过气来：“顾方原，这姑娘还挺有趣的。”

顾方原扯了扯嘴角，笑得有些勉强。

沈温庭听不下去了，拉走一副受教了的表情的闻意，对她进行新一轮的洗脑：“你觉得她说的有道理？”

闻意点了点头，随即反应过来，又摇了摇头：“她年纪小不懂事，乱说的。”

想起陆依依丰富的恋爱经历，闻意突然觉得有点遗憾。

沈温庭似乎猜到了闻意的心思，慢条斯理道：“论风流，你并不比她差。”

闻意心道：你对风流是不是有什么误解？

沈温庭没有多说，只是道：“先吃东西。”

顾方原的手艺不错，连沈温庭都很给面子地吃了一些。

吃饱喝足后，顾方原便拿出一副扑克牌，道：“沈总，来几局？”他已经提前打听清楚了，沈温庭不会斗地主。

方译正逗着艾思言，闻言扭过头看向沈温庭：“我也来，把上次输的都赢回来。”

沈温庭淡淡地回道：“好。”

三人开始斗地主，闻意则拉着艾思言和陆依依躺在草地上聊天。

陆依依好奇地问道：“闻意姐，你真的不后悔这么早结婚？”

这孩子怎么这么执着？

闻意颇为头疼，丢给她一句：“你觉得我还能找到比我老公更优秀的男人？”

陆依依认真地想了想，道：“我阅人无数，沈总的确比大多数男人都优秀，你要好好珍惜。”

闻意笑道：“好的。”

她忍不住朝沈温庭看去，以前那个总是冷冷清清的少年好像变得有人情味了。

流星雨迟迟没来，闻意靠着沈温庭的肩膀眯了一会儿。

她刚有了睡意，沈温庭便喊了她一声。

闻意朝天空看去，一颗白色的流星划过，转眼就消失不见。过了一两分钟，又有流星划过。

她推了推沈温庭，催促道：“赶紧许愿。”

流星雨持续的时间很长，闻意看得都困了，将脑袋搭在沈温庭的肩膀上，轻声问他：“赢了吗？”

“没有，输了。”沈温庭道，“顾方原玩得不错。”

闻意撇了撇嘴，道：“没准是他出老千了。”顿了一下，她问道，“你会不会觉得这样的春游很无聊？”

沈温庭抱紧了她：“不会，我很喜欢。”

和朋友在一起的感觉不赖，他以前从没感受过，现在回想起来，觉得挺遗憾的。

夜深了，山上有些凉，沈温庭带着闻意进了帐篷，他随口问道：“你刚才许了什么愿望？”

“我只许了一个愿望。”闻意冲他笑了笑，眼底闪着光，“我希望我爱的人平安喜乐。”

沈温庭怕闻意着凉，给她盖了被子后，又脱下自己的外套压在被子上。他低声道：“挺好的。”

闻意继续道：“我爱的人有爷爷，有思言……”她一个一个数着，最后看向他，“还有你，沈温庭。”

沈温庭这一生见过极光，看过流星，却觉得世间万物都不如面前的闻意耀眼。

第一次这么认真地告白，闻意耳尖都红了，她把被子往下拉低了一些，试图缓解身体的闷热。

“再说一遍。”沈温庭的声音带着轻颤。

闻意听出来了，从被子里伸出手，就被沈温庭牢牢抓住。

她挠了挠他的手心，很认真地说道：“沈温庭，我喜欢你。”顿了一下，她朝他眨眨眼，“恭喜你，不是单相思……”

急促又凶猛的吻突然砸了下来，他不给她任何反应的时间。

闻意迟疑了几秒，回应沈温庭，却碰到了他的牙齿，一股血腥味弥漫在唇齿间。闻意吃痛，一双眼睛湿漉漉的，不满地瞪着沈温庭。

沈温庭也尝到了血腥味，却不肯放开她，继而轻缓温柔地吻着。

闻意被迫承受着这一切，沈温庭吻够了，才缓缓地退开了一些。他又吻了吻她红艳艳的唇，侧身抱着她，轻轻挨着她的肩膀喘息。

闻意的脸红成了一片，这男人真不是柳下惠，不仅不是，反应还大得很。她绷紧了身体，完全不敢动，轻声安抚着他：“沈温庭，不能在这里……”

沈温庭闻言，看了她一眼：“别乱想。”

闻意撇了撇嘴，她倒是不想乱想，但是拜托他稍微控制一下自己的欲望。

“张嘴，让我检查一下。”沈温庭突然来了一句。

“啊——”闻意乖乖地张开了嘴。

第十三章
我不会变的

帐篷里有些暗，沈温庭拿出手机打开手电筒，发现她的下唇破了一个小口子。

“疼吗？”沈温庭向来冷静自持，但一遇到闻意就会控制不住自己。

“现在不疼了。”闻意眼神幽怨道，“你是属狗的吗？”

“抱歉，一时没忍住。”沈温庭抱着闻意，在她的侧脸上落下细碎而轻柔的吻。

现在的沈温庭像变了一个人一样，黏人得很。闻意微微侧身，鼻尖抵着他的胸膛，一股冷冽的茶香便扑鼻而来。

“闻意，我很开心。”沈温庭的声音飘散在寂静的夜色之中，周围安静下来，只余他低沉又轻缓的声音。

闻意有些不好意思，小声问他：“有多开心？”

沈温庭低低地叹了一声：“开心到想马上得到你。我等了那么久，刚才差点就忍不住了。”

闻意忍不住问：“有多久？”

沈温庭沉默了。

他等了太久，以至于听到她说出口的时候，竟有种不真切的感觉。

困意袭来，闻意没等到他的回答就进入了梦乡。

梦里她又回到了以前。上学时沈温庭成绩很好，她上初三的时候，就老被沈温庭强迫着补习。

岁月静好，时光缓缓流淌，少年依旧在。

闻意醒来时，天已大亮，沈温庭还没醒，浓密的睫毛自然地垂着。

她看得有些心痒，忍不住伸出手指戳了戳他的脸，他的睫毛颤动了一下，又安静下来。她又戳了戳他的脸，瞧着他轻颤的睫毛和微动的眼皮，忍不住道：“赶紧起来。”

“有点困。”沈温庭轻轻蹭着闻意的肩膀，像是在撒娇一样。

闻意全身绷紧了，心又开始不听使唤地乱跳。她努力平复自己的呼吸，不自觉地放轻了声音：“那再睡一会儿？”

“嗯。”沈温庭下意识地在闻意的脸上吻了一下。

闻意心想：心脏，你要淡定，再跳就蹦出来了！

两人这一睡又睡了一个小时。

“日上三竿了，沈总，您是不是该起床了？”

说话的是方译，自从抱得美人归，他的胆子就越来越大。

沈温庭和闻意被吵醒了，收拾了一下便出了帐篷。顾方原正在准备早餐，见到他们，随口调侃了一句：“怎么起得这么晚？”

“赖床了。”闻意打了个哈欠，便慢条斯理地洗漱起来。

艾思言在旁边瞧着她，挤了挤眼睛，小声道：“昨晚你们帐篷里的动静挺大啊。”

陆依依附和道：“我也听到了。”

闻意差点把嘴里的漱口水咽下去，她用湿纸巾擦了擦脸，淡定地说道：“你们听错了。”

“不可能！”

闻意没再说话，洗漱完后，她靠着沈温庭的肩膀撒娇道：“等会儿我想坐缆车下山。”

沈温庭侧眸看她，不发一言。

一般他没有直接同意，就是不想同意。

闻意赶紧补充道：“我太累了，嘴巴也疼，刚才吃面包的时候又不小心碰到伤口了。”

沈温庭无奈，只能带着她去坐缆车。

那天之后，沈温庭又黏了闻意两三天，之后就变得和后来一样，仿佛什么都没有发生过。

闻意心里很着急，试图暗示他的时候，她的生理期又到了，这次小腹倒是不疼了，就是胀胀的。

她靠坐在书房的小床上，盯着空白的笔记本，陷入了沉思。对于新一期的漫画内容，闻意没有任何头绪，都快把笔杆咬断了。

她一直发呆放空，等到沈温庭处理完工作，她仍一笔未动。

肚子上突然多了一个暖乎乎的热水袋，闻意朝着沈温庭看去，软乎乎地撒娇："写不出来脚本。"她把笔一丢，将空白的笔记本塞给沈温庭，"小明又要来催了。"

沈温庭把笔记本放在一旁，道："我帮你写？"

闻意眼睛一亮，假意推托了一下，一本正经道："不太好吧，这毕竟是我的工作。"

沈温庭微微沉吟，道："嗯，是不太好。"

闻意心道：我就随口一说，你不坚持一下吗？

把闻意气恼的小表情看在眼里，沈温庭把人从床上捞起来，往主卧走去："我帮你写有什么好处？"

闻意趴在沈温庭的肩膀上，很认真地说道："沈温庭，你不觉得你变坏了吗？"

沈温庭把她稳稳当当地放在床上："怎么说？"

"你以前帮忙从不要回报。"闻意控诉道。

沈温庭拉上窗帘，转头看着床上的闻意，说："我只是突然醒悟过来，有人没良心，我总得给自己谋福利。"

那个人绝对不是她！

闻意确定，这男人变了，变得越来越毒舌了。她气呼呼地盖好被子，思考起漫画的内容。

沈温庭也不催她，拿了衣服去洗澡。他洗完出来，闻意依旧保持着之前的姿势，连表情都没有变。

他看了一眼时间，已经到了睡觉的时候。他把主灯关了，上床后靠在床头，问：“想好了吗？”

闻意试探着问：“稿费分你两成？”

“我不缺钱。”

“那你想要什么？”闻意直接问。

沈温庭替她把头发松开，温热的呼吸喷在她额头上：“晚安吻。”闻意还没反应过来，他的薄唇已经落了下来，“每天一个。”

闻意的心脏又开始不听使唤地乱跳了。

周末两人去了烟水别院，之前跟着父母出国游玩的乐乐也回来了，甜甜地笑着正坐在沈老爷子的身边。一看到闻意，他就迈着小短腿跑过去，直接抱住了她的腰。

小孩子长得快，一段时间没见，乐乐又长高了不少。

闻意笑着问：“在国外玩得开心吗？”

乐乐连连点头：“那边有好多漂亮姐姐。”他又看了一眼闻意，奶声奶气道，“但是乐乐觉得姐姐最好看。”

闻意想，乐乐的小嘴真的太甜了，要是沈温庭也这么会说话就好了。

闻意抱起乐乐，看向身边的沈温庭：“你要不要抱一下？”

沈温庭轻轻摇头。

“别那么快拒绝，乐乐会伤心的。”闻意亲了亲乐乐的脸蛋，又看向沈温庭，“尝试一下？”

乐乐乖巧地朝沈温庭伸出手，胖嘟嘟的小脸上带着几分懵懂：“哥哥抱。”

沈温庭无奈，只得从闻意手中接过乐乐。小孩子的身体很柔软，还带着淡淡的奶香味，沈温庭一时有些失神。

闻意丢下一大一小，跑到沈老爷子身边，替他按着肩膀：“爷爷，我要告状。我让沈温庭教我下棋，他不愿意，这一次您可得教教我。”

沈老爷子哼道：“你啊，以前学过那么多次，哪一次不是学到一半就不学了。就你这性子，能坐得住？”

“爷爷，您不要看不起我，我现在可有耐心了。”闻意不满地说道。

“这次能坚持下来？”

“绝对可以！”

晚饭过后，乐乐就回了家，留下刚堆好的积木。

闻意瞅了两眼，玩心顿起，拉着沈温庭道：“一起玩？”

“这是小孩子玩的。”沈温庭拿了一个橙子递给她，“吃点水果。”

“谁说的，大人也能玩。”闻意说完，看着他手里的橙子，要求道，“喂我。”

沈温庭优雅地剥开橙子，一片一片地送进闻意的嘴里。

闻意瞧了他一眼，坏心眼地咬住他的手指。

沈温庭眸色一沉：“松开。”

闻意不敢造次，吞下那片橙子，又缠着他，喊道：“都堆好了，不玩浪费了。”

沈温庭发现最近闻意的胆子越来越大了，使唤起他来也越来越得心应手了。他坐在地毯上，道：“只是玩？”

“不然呢？”闻意扫他一眼，“想比赛？”

沈温庭不急不缓地开口：“赢了有什么好处？”

闻意转了转眼珠，凑到他耳边低声道：“如果我赢了，你就准我每半个月去一次酒吧。”

这段时间沈温庭管得实在太严，她已经很久没去酒吧了。她去酒吧只是喝喝酒听听歌，又不做什么伤天害理的事情，为什么不能去？

沈温庭问：“要是我赢了呢？”

闻意狐疑地看他一眼：“你玩过积木？”

据她所知，沈温庭根本没有童年，也不屑于玩这些玩具。自闻意记事起，这个男人就沉迷于学业，对其他事物没什么兴趣。

“没有。”没有玩过不代表玩不好。

没有玩过还这么自信？

闻意认真地分析了一下沈温庭的实力，最后还是决定放弃：“算了算了，不玩了。”

她说完便打算起身，却被沈温庭一把捞了回去。闻意重心不稳，直接跌进沈温庭的怀里，坐在他的大腿上。

“哎哟，现在的年轻人啊……”沈老爷子拄着拐杖站起身，乐呵呵地说道，“我回房看书咯，不打扰你们小两口。”

闻意戳了戳沈温庭的胸口：“我不和你比，反正肯定是我输。”

沈温庭挑眉，她倒是比小时候聪明多了，不过到嘴的肉，他不可能放过。

他环着闻意纤细的腰肢，扫了一眼她不安分的小手：“乖一点。”

他不是柳下惠，她再乱动的话，他不保证自己不会做点什么。他随手抽出一块积木，堆着的积木晃了晃，接着整个坍塌。

闻意看得目瞪口呆：“你故意的？”

沈温庭没有回答，而是抛出一个很大的诱惑：“你若是赢了，我就允许你去酒吧。”

闻意犹豫了一会儿，问他：“那你想要什么？”

“我的要求很简单，你不用担心。”

她怎么觉得他没安好心呢？

晚上九点半，闻意气鼓鼓地坐在书房里，怎么都下不了笔：“沈温庭，你是认真的？”

这都什么年代了，他居然还让她写“约法三章”！而且为什么是她写？太丢人了，她就不该相信这个男人的花言巧语。

沈温庭点头，指着空白处：“第一条，不许喝醉。”

闻意的酒量虽好，但是酒品极差。喝醉之后，她十分闹腾，就差拆家了。更为折磨人的是，她会缠着沈温庭吃一番豆腐，到关键时刻又沉沉睡去。

这条勉强能够接受，闻意乖乖地写了。

“第二条，不许调戏男人。”

闻意立马反驳：“我什么时候调戏男人了？”

沈温庭瞥了她一眼，细数她的罪行：“大二的时候，你调戏计算机系的学长。大三的时候，你招惹了一个小律师。大四的时候……”

闻意总算知道那天沈温庭为什么说论风流她不比陆依依逊色了，敢情他一直记着账，就等今天呢。

“停停停，那都是多少年前的事情了，你怎么还翻旧账呢？”闻意气闷，抓住他的手就咬了一口，“你派人监视我的事情，我还没跟你算账呢。”

“那不是监视，是保护。但是我没想到你那么风流，倒是多此一举了。”那时候他在国外，如果闻意出事，他不一定能赶回来，便派人保护着她。

对上沈温庭别有深意的眼神，闻意轻咳一声，有些心虚地别过头，连忙解释道：“其实我也没有对他们怎么样，就是调戏了一下而已。”闻意说完，随即又觉得哪里不对劲，“不对，我就算调戏了他们又怎么样，谁还没有个过去。”

“我记得在你十八岁的时候，我们就已经订下婚约。”沈温庭捏着闻意的脸蛋，语气不轻不重，“你背着我调戏别人还这么理直气壮？”

这下子闻意是彻底哑口无言了，乖乖地写下了第二条，然后歪头看着沈温庭。

沈温庭扫了她一眼，抽走她面前的纸：“第三条待定。”

“哦。”闻意趴在书桌上，懒洋洋地眯着眼睛看沈温庭，“那我能调戏你吗？”

沈温庭沉默半晌才“嗯”了一声，耳朵都红了。

沈温庭的记性的确要比闻意的好，高中的时候他的语文成绩就不错，写的作文还经常被当作范文。

一周后，闻意拿到了沈温庭写的脚本，也不知道他是不是特地去查过相关资料，竟写得有模有样，甚至还有分镜。

闻意坐在沈温庭的办公室里，看到文档中的一段内容，不敢置信地看向沈温庭：“那次你没喝醉？”

之前有一次，闻意以为他喝醉了，不仅使唤他做了一大堆事情，还偷亲了他。

“嗯。”沈温庭从文件中抬起头，看了她一眼。

“那你怎么不否认！”闻意跳脚。还好那晚她把持住了，不然就尴尬了。

沈温庭拿着文件站起身：“我想看看你会做什么。”

这个男人的心机太深了。

闻意扭过脸，不想搭理他。

沈温庭走到她面前，瞧了一眼她气鼓鼓的小脸，淡淡地说道："吃亏的是我，你气什么？"

闻意气闷："你哪里吃亏了？"

沈温庭气定神闲道："你使唤我，偷亲我。"

他记得这么清楚做什么！闻意想了想，义正词严道："我偷亲你，你还吃亏了？"

沈温庭愣了一下，带着几分歉意道："口误，应该是奖励。"

"那……"闻意瞅了他一眼，心里小鹿乱撞，"要是哪天我强迫你，你会不会推开我？"

"不会。"沈温庭道，"醉意上心头，情之所至。"

他是开启了撩人模式吗？

小心脏啊，你再乱跳，我就暴露了！

闻意约了小明见面，一下楼就看见戴着口罩和帽子的苏禹桥匆匆而过。她环视了一周，确定附近没人之后才喊他："苏禹桥？"

苏禹桥停下脚步回过头，微微拉下口罩，轻声道："好久不见。"

"你回来了怎么没告诉我？"闻意抱怨道。

他们很久没有见面了，苏禹桥拍戏也忙，两个人之间的联系就越来越少了。

"剧组放了几天假，我刚回来，太忙了就忘记跟你说了。"苏禹桥道，看到她裸露在外的长腿，温声提醒道，"虽然已经五月了，但是早上有些凉，你多穿点，别感冒了。"

"你怎么和沈温庭一样。"闻意忍不住小声嘟囔。

苏禹桥无奈道："换季的时候容易感冒，还是多穿一点比较好。"

"知道了。"

苏禹桥见她一副郁闷的样子，识趣地没再多说，他低声询问："你要出去吗？我开车送你？"

"不用，我自己去就行了，你刚回来，还是好好休息吧。"闻意摆了摆手，看了一眼时间，见这会儿离约定的时间还早，道，“走吧，我送你到楼下。”

“好。”

五月的天气暖暖的，很舒服，偶有微风吹过，撩起闻意的发丝。这一个多月来，苏禹桥的人气越来越高，闻意却感觉他越来越陌生了。

“这次回来待几天？”闻意踢着地上的石子，漫不经心地问道。

“三天，明天还有一个广告需要拍摄。”行程被安排得满满当当，他略显疲倦地说道。

闻意点了点头，一时间也不知道该聊些什么，只能道：“那你注意休息，挣钱虽然重要，但身体更重要。”

说话间，两人已经到了苏禹桥所住的那栋楼下。他停下脚步，转过身看着闻意：“我知道。你刚刚嫌我太啰唆，现在自己又啰唆上了。”

闻意撇了撇嘴：“我这不是担心你的身体嘛。”

苏禹桥失笑：“你不是约了人吗？”

闻意朝他挥了挥手：“那我先走了，这几天你要是有时间，我们就一起吃个饭。”

苏禹桥温和地回道：“好。”

和小明的见面很愉快，两人相谈甚欢，小明是个爽朗的东北姑娘，大大咧咧的，很好相处。

开开心心地吃了一顿火锅后，闻意刚回到家，就收到了沈温庭的微信消息。

沈温庭：“今晚加班，可能会很晚才能回家。”

闻意：“记得吃饭。”

她丢下手机，翻出沈温庭写的脚本，开始构思漫画。

最近沈氏接了一个中外合作的项目，沈温庭需要去邻市进行实地考察，早上过去，回来已经是下午。又开了一个会议，他才有时间处理堆积的文件。

落地窗外，对面高楼的电子屏幕发出明亮的光。办公室里安安静静的，只有沈温庭敲击键盘的声音。

“沈总。”白景推门进来，脸色有些难看，“太太上热搜了。”

白景一直关注着有关闻意的一切。

今天白霄和沈温庭去了邻市，白景忙着处理公司的事情，忙完后才知道闻意在下午的时候上了热搜，她赶忙吩咐人将热搜撤下，随后便来向沈温庭汇报。

“今天苏禹桥回了清河湾，正好与太太遇见了，两人聊了几句。有人拍了几张借位照片发到网上，说苏禹桥被人包养了。”白景冷静地汇报完，小心翼翼地打量着沈温庭的脸色。

这段时间苏禹桥的发展势头很猛，难免会有人眼红。

听说在圈子里，苏禹桥因为性子太冷，被几个导演欺负过，看他不爽的人也不少。

虽然沈温庭没有下载微博，但每天看到闻意玩，也了解个大概。他问：“太太被拍到了正脸？”

“那倒没有，只是一个背影。”白景摇了摇头，道，“也不知道是谁爆出来的，把太太的身份都挂了出来。”

住在清河湾的人那么多，光凭一个背影，是不可能猜出是谁的。巧合的是，今天的一条热搜中的新闻坐实了闻意的身份。

如今网上负面评论一大片，不仅有骂苏禹桥的，还有骂闻意的。

沈温庭看了一眼微信，安安静静的。闻意一般只会在睡前刷一会儿微博，这个时候她大概还没有看到。

“让白霄以沈氏集团的名义发微博澄清，并通知苏禹桥，让他也出面澄清。”沈温庭沉声道。

白景点头，正准备去办，又听到沈温庭说：“让白霄进来。”

白霄进来后，沈温庭把自己的手机丢给他：“下载一个微博。”

“好。”

作为贴心的秘书，白霄不仅帮沈温庭下载了微博，还顺便给他登上了那个注册后就没用过的账号。

当初账号注册好后，平时沈氏有什么活动，集团官微都会象征性地提一下这个账号，长时间下来，这个账号竟也有了几十万粉丝。

白霄把手机递给沈温庭，并讲解了一下：“沈总，发微博点这里，这边是您关注的人……”

沈温庭认真地听完，问道：“怎么关注太太？”

白霄愣了一下，随即道：“直接搜索太太的微博名。”

沈温庭输入名字，点了关注。想了想，他发了第一条微博——沈温庭：“闻意，我太太。”

这简单直接的宣布主权的方式，非常符合他的风格。

瞧着没自己什么事了，白霄正准备退出去，又听到沈温庭问：“头像怎么换？”

白霄：“……”

清河湾。

闻意正看着沈温庭写的脚本，许多事情她都记不清了，看到沈温庭写的这些，她突然有一种梦回少女时代的感觉。

她刚看完，正准备着手画画，就看到书房门从外面打开了。她抬头看去，说要加班的沈温庭出现在了门口。

闻意眨了眨眼睛，又看了看电脑上的脚本，一时间有些蒙。

难不成她太思念他，所以出现了幻觉？

直到沈温庭朝她走过来，挡住了一些光线，闻意才傻乎乎地问了一句：“你旷工了？”

“嗯，怕你一个人在家害怕。”

书房的椅子很大，坐三个人都绰绰有余，沈温庭在闻意身边坐下。闻意拿着绘画板看着他：“怕什么？”

怕她因为网友的评论而难过得掉眼泪。

“我让白霄在我的办公室给你准备了桌子，以后你可以去那儿画画。”沈温庭道。

他经常加班，清河湾的安保工作虽然一直做得不错，可是让闻意一个人在家，他多少有些不放心。

“哦。”闻意点头，总觉得今天的沈温庭怪怪的。

“没看手机？”他问。

闻意指了指电脑上打开的文档：“没呢，下午一直在看你写的脚本，回忆我那辉煌的过去。”

“先看看手机吧。”

闻意下午为了专心画画，把手机调成了静音。她打开后才发现艾思言给她打了无数通电话，还给她发了几十条微信消息。

第一条是：“宝贝，你看微博热搜了吗？”

最新一条是：“气死我了，不过你老公好帅。”

闻意一脸茫然。

沈温庭又做了什么？

她狐疑地看了一眼身边的男人，点开了微博。她的微博一直是允许陌生人评论的，虽然平时经常会收到网友催更的消息，但是也不至于一下冒出来好几万条评论。闻意粗略地看了一眼，大多是骂她的。

“今天你和苏禹桥见面，被人拍下来发到了微博上。”沈温庭轻声解释。

关于她的那条热搜已经没有了，取而代之的是“苏禹桥澄清”“沈温庭闻意”。

她对第二个热搜颇有兴趣，点进去就看到沈温庭发的那条微博。

她虽然脸皮厚，但是当着广大网友的面秀恩爱还是第一次。她再仔细一看，表情顿时变得有些复杂：“你的头像……”

微信没有几个好友也就算了，微博大家都看着，用这种头像，高冷的总裁形象不要了吗？

沈温庭很淡定，瞥了闻意一眼，意有所指道：“我比较专一。”

网友们很厉害，很快翻出了闻意多年前的微博，画的正是沈温庭的头像。这一波暗戳戳的“糖”，再一次把他们喂饱了。

这时，闻意收到了苏禹桥发来的微信消息：“抱歉，这次是我没有处理好。”

闻意回了一个表情图，切换到微博，组织了一下措辞才编辑了一条微博。

闻意：“我和苏禹桥认识很多年了，一直把他当弟弟，仅此而已。对了，我已婚，感情甜蜜，不劳费心。”

她把这段文字给沈温庭看了一眼，严格的沈老师替她改了一下，她才发了出去。

“这件事情应该是有人故意为之。”闻意踢掉拖鞋，把小腿搭在沈温庭的大腿上，“查查？”

“自然要查。”沈温庭给她揉了揉微红的脚后跟。闻意不习惯穿高跟鞋，又偏偏喜欢穿，每次穿都会磨红脚后跟。

“这个圈子真乱。”闻意叹息一声，“我当初怎么就一时冲动把苏禹桥拉进去了呢。”

沈温庭手上加了些力，闻意吃痛：“你轻一点。”

沈温庭放轻了一点力道，看着闻意疼得皱起的小脸，道：“苏禹桥未必是你看到的那样。”

“嗯？”

沈温庭没再继续这个话题。

闻意刷了会儿微博，正准备退出来，就听沈温庭道：“关注我。”

闻意：“……”

沈温庭的办事效率相当高，第二天早上，闻意睡得迷迷糊糊之际，便听到沈温庭在打电话。

她在被子里滚了几圈，便被沈温庭捞到了身边，他扣住她的腰不让她乱动。等到沈温庭挂了电话，闻意才开口：“热搜的事情查清楚了？”

“嗯。”沈温庭对上她还带着三分睡意的眸子，缓缓道，“确定想知道？”

听到这话，闻意心口猛地一跳，最后她还是点了点头：“确定。”

“他的经纪人。”沈温庭如实说道，“照片和热搜都是她的手笔。”

闻意想过很多种可能，唯独没有往苏禹桥身上想过。

苏禹桥的经纪人是他自己挑选的，如果说这件事情和他一点关系都没有，闻意不会相信。

她眨了眨眼睛，刚坐起身，便被沈温庭揽入怀中。闻意闷闷不乐地问沈温庭：“苏禹桥说他今天要拍一个广告，是在哪儿拍摄？”

“大悦商城。”沈温庭有点不放心，“我陪你去？”

闻意摇头：“你去工作吧，我处理完就去找你。”

“好。”

大悦商场是沈氏集团的产业，白霄给闻意准备了一张工作证，方便她进出。闻意到的时候，苏禹桥已经拍完了，正在休息室休息。

李玉敏也在，看到闻意，她低声解释：“闻小姐，这一次……”

“没事。”闻意冲她摇了摇头，“带我去见苏禹桥吧。”

李玉敏作为总监，要处理的事情很多，不可能顾及每个艺人。

她点了点头：“好。”

苏禹桥被安排在一个独立的休息室，休息室不隔音，在门外就能听到里面传来的争执声。

“我说过，不要伤害闻意。”一道带着无奈和狠厉的声音传来。

闻意一震，突然觉得这样的苏禹桥无比陌生。

紧接着传来一道尖锐的女声：“你已经利用过她一次，再利用一次又怎么样！你得罪了那么多人，我不帮你，难道要眼睁睁地看着你再次跌入谷底吗？”

“我们都知道，沈氏一定会出面澄清，到时候所有人都会知道你和闻意关系匪浅，那些导演也就不敢给你穿小鞋了。再说了，她又没有受到实质性的伤害！”

李玉敏的脸色变得很难看，她看着沉下脸的闻意，道：“闻小姐，我马上……”

闻意摇头：“你先去忙吧，这事我来处理。”

休息室里的人已经安静下来，应该是觉察到了外面有人。

闻意等了几分钟，面前的门便打开了，苏禹桥站在她面前。他的妆容已经卸掉了，露出一张干净的脸，乍一看，仿佛还是当年那个少年。

“有时间谈谈吗？”闻意问他，很是客气礼貌。

苏禹桥点了点头，让她进去。

进门后，闻意看向苏禹桥的经纪人，三十岁左右的女人，看起来很精明。对方见到闻意便立马走了，一刻也不敢多留。

“我以为你无意争那些。”闻意平静地看着苏禹桥。

苏禹桥静默了片刻，道：“以前是无意。”

闻意一直知道娱乐圈是个大染缸，只是她没想到，一向不争不抢的苏禹桥也会被同化。

“她说你之前利用了我一次，是什么时候？”

苏禹桥温声道：“你来探班，替我撤了那场吻戏。”他算好了闻意到来的时间，故意在她面前演了那一出。

闻意看着他，一字一句道：“你有野心，为什么不告诉我？”

如果可以，苏禹桥想一辈子做闻意心中的单纯少年，可是世事无常，谁也不知道明天会发生什么，他只能让自己变得更强大。

见苏禹桥沉默，闻意有些难过：“我是真的把你当朋友的。”

“我知道。”闻意对他的好，苏禹桥都记着，“可是闻意，我不想你是因为愧疚才对我这么好。我想要的，可以自己去争取。”

闻意不知道该怎么回答他。虽说苏禹桥利用了她，可是仔细想想，当初如果不是因为她，苏禹桥也不会进入这个圈子。

有因必有果，谁对谁错好像已经分不清了。

苏禹桥下午还有行程，闻意没有多留。

分别之前，苏禹桥跟她说：“有很多事情我不知道该怎么跟你说，但是闻意，我也是真心把你当成朋友的。”

从大悦商城出来，闻意直接去找沈温庭。

“这个项目暂时交给方译负责。”沈温庭刚开完会，一出会议室便被闻意抱住。

白霄轻咳一声，很有眼力见地离开了。

沈温庭抱着情绪低落的闻意进了办公室，没过问苏禹桥的事情，只是对她说：“上次你说想吃日料，今晚我正好有时间。”

“嗯。”闻意在他怀里点点头。

沈温庭像抱孩子一样把她放在自己的腿上，搂着她纤细的腰肢，轻声哄道：“最近有部喜剧片上映了，我们吃完饭去看吧。”

“好。”闻意说完，又感慨了一句，“我现在才意识到，其他人都可能离开我，只有你不会。”

苏禹桥有自己的路要走，艾思言也会拥有自己的幸福，他们陪伴她走过了一段路，可是迟早会分开。

“嗯，所以你别乱跑，我怕找不到你。”顿了一下，男人又说道，“不过你体力那么差，跑不远。”

闻意气闷，这男人就不能不破坏气氛吗？

“别难过，苏禹桥待你并非毫无真心。”沈温庭安慰道。

“我知道，这事怪不得他，我就是觉得可惜。”闻意叹息一声，觉得心口堵得慌，“你说苏禹桥长得那么帅，性格又那么好……”

“闻意。”沈温庭的声音突然冷了下来，她微微仰头看去，就被他吻住了。最后，他贴在她的耳边轻声道，“他很帅？”

“沈温温，你是不是吃醋了？”

“没有。”

真是别扭的男人。

白霄拿着资料走进沈温庭的办公室，恭恭敬敬地递给闻意：“太太，这是苏禹桥的资料。”

闻意接过来扫了一眼，发现这些资料像是早就准备好的，她忍不住看向正在专心处理文件的男人：“你之前就调查过苏禹桥？”

“嗯，因为我不放心。”沈温庭回道。

对于闻意身边的人，沈温庭多多少少都是有些不放心的。她和苏禹桥走得太近，反倒不容易看清楚他的变化。

虽然两人认识的时候苏禹桥是个单纯的少年，可是在娱乐圈待了几年，他还能保持初心吗？

从墓园出来，苏禹桥抬头看了一眼太阳，收回视线时，他看见闻意和沈温庭就站在不远处。

“下午的飞机？”她问得很平淡，仿佛昨天的事情没有发生过。

苏禹桥点了点头，走到闻意面前，他轻轻地扫了一眼沈温庭，心中了然。

她应该都知道了。

“为什么不和我说？”闻意心里很生气，却又无可奈何。

这是苏禹桥的家事，他们之间说得难听点非亲非故，苏禹桥没有必要跟她说这些。

她以为他们是朋友，会和他分享很多事情。苏禹桥则将所有的事情都藏在心里，不肯向她透露半分。

苏禹桥沉默了几秒，微笑着道："也不是什么大事。"

在钩心斗角的娱乐圈，他本想不争不抢，平平淡淡地过一辈子，可是天不遂人愿，他的母亲因癌症去世，他的事业又跌入谷底，还欠了很多钱。

他总得生存下去，一直不争不抢，到头来便什么都没有。等到还完欠的钱，他便会隐退，找一个安安静静的地方，好好休息一阵。至于闻意，如果不是因为当年那个意外，他不会认识她，所以家里出事后，他根本没想过找她。

有些人，能够相识，已经很幸运了。

闻意又生气又心疼，难怪他过年不回家，明明有房子却要租房子。

没了亲人的家，已经不能算是家了。

"我不怪你了。"闻意看着苏禹桥，闷闷地说道，"你去争也好，你那么优秀，也该拥有荣光。"

他很优秀，应该站在顶峰。

苏禹桥微怔。

他知道闻意虽然看起来大大咧咧，做事不考虑后果，但其实活得很通透。

"可以抱一下吗？"苏禹桥问她。

闻意点头，主动上前抱住了他。

他的怀抱很温暖，带着一丝栀子花的香味。

闻意能感觉到沈温庭落在自己身上的视线越来越炙热，她直接忽视掉，对苏禹桥道："伯母的事情，我很抱歉，没能在你需要的时候陪着你，以后有事不要再瞒着我。"

"好。"苏禹桥应道，以前总是闻意挡在他前面保护她，现在他才知道她是那么娇小，"我住院的事情，是我自己让人放出去的。"

那次他骨折住院，闻意吩咐了李玉敏不要告诉媒体，消息却依旧传了出去。在事业处于谷底的时候，他总得放出点新闻，引起路人和粉丝的关注。

“这事不算。”闻意固执地说道，像是要挽回他们之间的感情一样。

如果这是苏禹桥在娱乐圈立足的手段，那么闻意选择尊重他。要是放在以前，她会直接帮苏禹桥还清债务，而现在她一字未提。

苏禹桥放开她，打趣一句：“再不放开，沈总怕是要生气了。”

来接苏禹桥的车子已经到了，他的经纪人坐在后排，看见闻意，她没敢露面。

“闻意，我真的不后悔进入娱乐圈。”苏禹桥对她说，“你也别再觉得亏欠我了。”

闻意点了点头，目送他上了车。她知道，他们之间再也回不到从前了，那个温暖的少年终究越走越远。

经纪人看着苏禹桥，把合同丢给他：“不舍得？”

苏禹桥摇了摇头：“这样就很好了。”他本来已经做好了不被闻意原谅的打算。

经纪人叹了口气：“你这一路走来不容易，就算你讨厌那些事情，我也得帮你去做，毕竟那些债务不是小数。”

“我知道。”

经纪人又问他：“你喜欢她？”

苏禹桥没有回答。

车子开远了，闻意才舍得把目光分给沈温庭，她努了努嘴，朝他伸出手：“你要不要过来抱抱你的宝贝？”

对于苏禹桥的存在，沈温庭是介意的，即便知道闻意对苏禹桥并无男女之情。

他把闻意揽入怀中，低声道：“要掉金豆豆吗？”

闻意听到这句话，硬生生地把眼泪憋了回去：“做什么？”

沈温庭道：“金豆豆太珍贵了，我打算找个东西接住。”

自从那天跟苏禹桥分别后，闻意与沈温庭相处的时间明显比以前多了很多，几乎把工作全部搬到了他的办公室。

白霄正在向沈温庭汇报工作，突然听到休息室里传来一道娇娇软软的声音：“沈温庭……”

他面不改色地继续汇报工作，沈温庭站起身，道：“暂停。”

进了休息室，沈温庭把灯打开，看向赖在床上的闻意。他刚走过去，闻意便嘟囔道：“想吃甜甜圈，想喝冰可乐，想吃章鱼小丸子。”

沈温庭冷漠地说道：“那你就继续睡，梦里什么都有。”

能让她立马从睡意十足的状态里清醒过来的，也就只有这个不懂浪漫的臭男人了！

见闻意终于有反应了，沈温庭饶有兴趣地逗她：“梦里还有炸鸡翅、汉堡和火锅。”

她的口水都要流出来了。

闻意掀开被子，刚起身就被沈温庭拉住，她严肃地说道：“我不想做‘咸鱼’了。”

沈温庭有些头疼，提醒她：“你生理期到了。”

闻意扭头一看，床单弄脏了一小块，她赶紧问沈温庭：“这里有我可以穿的衣服吗？”

“没有。”沈温庭起身。

闻意红着脸垂下头，像一只犯了错的鹌鹑。沈温庭的声音染上了几分笑意：“你先去洗手间，我让白景给你准备衣服。”

闻意点了点头，面朝着沈温庭向洗手间退去。沈温庭知道她害羞，转过身不看她，把被子掀开，扯出床单。

再过几天就是贝丽的婚礼了，闻意为了腾出时间，一直在赶稿，再加上最近因为苏禹桥的事情，她心情不好，诸多事情堆在一起，她的生理期就乱了。

她穿好衣服出来后，床单已经换成了新的。她盯着浅灰色的床单，总觉得有些尴尬。

她打开休息室的门走出去，沈温庭正在打开饭盒，看到她，淡淡道：“来吃饭。”

闻意扫了一眼，饭盒里都是沈温庭喜欢的清淡菜式。她挨着沈温庭坐下，惆怅道：“与其吃这些菜，还不如睡觉。”

“再睡就变成猪了。”沈温庭递给她一杯红糖水，“先喝点。”

闻意乖乖地喝下了红糖水，乖乖地吃了饭，饭后休息了一会儿便投入工作。

沈温庭处理完工作时，闻意还在认真地上色。见他看过来，闻意放下手中的笔，朝他伸出手。这段时间闻意很没有安全感，时不时就要抱抱。

沈温庭微微俯身抱住她：“在害怕什么？”

闻意没说话。

时间是个很可怕的东西，闻意以前不觉得，现在却深有感触。

“闻意，你放心，我不会变的。”沈温庭吻着她的嘴角，轻声安慰，“我永远不会离开你。”

第十四章 暗恋

飞机落地，沈温庭和闻意一出机场就看到了凯恩和贝丽。

闻意实在是困，还没到酒店，上车后不久便靠在沈温庭的肩膀上睡过去了，等她迷迷糊糊醒来的时候，已经是晚上了。

闻意醒来后没有见到沈温庭，有些饿了，便从房间出来觅食，在酒店的咖啡厅见到了贝丽，她穿着小洋装，戴着一顶帽子，像极了二十世纪的欧洲贵族小姐。

“闻小姐。”贝丽朝着闻意打了一声招呼，“要吃点东西吗？沈学长和凯恩出去了。”

闻意点头，她喝不惯咖啡，只点了一些点心和一杯牛奶。

贝丽喝了一口咖啡后，整理了一下衣襟，看见闻意的目光落在自己的身上，她笑了笑，问道：“我很喜欢这种款式的衣服，闻小姐也很喜欢吗？”

闻意摇了摇头，道：“我只是觉得这种款式的衣服很适合你。”

“凯恩也是这么说的，我衣柜里的衣服大多是这样的。”说到未婚夫，贝丽有些娇羞，她温柔地问闻意，“沈学长应该很喜欢给你买衣服吧？”

一想到沈温庭给她买的秋裤和羽绒服，闻意就觉得头疼，她讪讪一笑：“他的品位比较独特，他买的衣服一般人欣赏不来。”

“怎么会？”贝丽有些不解，“沈学长在大学里穿的衣服都很好看，我还让凯恩学习过。”

闻意心道：那些都是她挑选的衣服，能不好看吗？

两块点心下肚，闻意就吃不下了。

她突然想起之前贝丽说过的关于沈温庭的秘密，她轻咳一声，道：“贝丽，你之前说的小秘密是什么？”

“别急，你回国之前，我一定会告诉你的。”贝丽神秘地笑了笑，故意吊着闻意的胃口，“明天我带你去我们学校看看吧，我们学校的景色还不错。”

闻意被那个小秘密挠得心痒痒，晚上躺在床上的时候，她看着身边的沈温庭，严肃地问他：“大学期间你有没有做过对不起我的事情？”

沈温庭刚和国内的白景交接完事务，他合上电脑放在一旁，道：“你指哪方面？”

闻意心中的警钟一下子就敲响了，她脱口而出：“精神和肉体！”顿了一下，她搬出沈温庭之前的说辞，“你大学时已经和我订婚了，不能红杏出墙！”

沈温庭纠正她：“我是大三才和你订婚的，还有，‘红杏出墙’这个词不能用在男人身上。”

闻意在自己并不丰富的词汇库里搜索了一下，道：“那拈花惹草？寻花问柳？”

等等，沈温庭怎么又开始给她补习语文了？

闻意摇摇头，抛开这个想法，板着脸看着他：“到底有没有？”

“我没交过女朋友。”沈温庭如实说道。

他出国的那年，闻意才上高二，正是叛逆又没心没肺的年纪。

沈温庭不放心她，只想赶紧完成学业回国，哪里有时间谈恋爱，就算要谈，他也只会和她谈。

闻意满意了，微微翘起嘴角，一副小狐狸样。过了几秒，她又问：“那你……咯，有没有和其他女人约会过？”

沈温庭闻言，立马沉下脸，冷声道：“没有。”

“嘿嘿。”闻意笑了笑，讨好地在他脸上亲了亲。

沈温庭颇为不满：“在你心里我就是这种人？”

“当然不是！”闻意见好就收，赶紧拍马屁，“我老公向来洁身自好，肯定不会乱来。”

沈温庭失笑。

盘问结束，闻意心安了，虽然还是好奇于那个小秘密，但是并不着急知道。

她缩进被子里，又瞅了一眼沈温庭，也不知道哪里来的勇气，竟问了一句：“那你岂不是老处男？”

沈温庭彻底被闻意惹恼了，俯下身狠狠地吻着她，呼吸也渐渐急促起来。

闻意有些意乱情迷，见沈温庭收回了手，她疑惑道：“沈温庭？”

“你的生理期还没结束。”沈温庭道，声音里带着浓浓的欲望。

闻意的内分泌失调了，本来她想去医院检查一下，但凯恩和贝丽的婚礼马上就到了，她只能等婚礼结束后再去。

闻意忍不住看向沈温庭，这么折腾一会儿，他额头上已经布满了汗珠，原本清冷的眸子染上了情欲，还隐隐泛红。

闻意默默地想，这男人动情时比女人还勾人，要不是情况特殊，她一定会毫不犹豫地扑倒他。

“你先睡吧。”沈温庭这会儿已经没有了丝毫睡意。

见沈温庭忍得难受，闻意戳了戳他的手臂，红着脸道：“喀，要不要我帮你？”

翌日早上。

“闻意。”沈温庭轻轻地喊着她的名字。

闻意拱了拱被子，没理会他，现在的她不知道怎么面对他。

“生气了？”沈温庭把被子往下拉了一点，低声道，“别闷着。”

“没生气。”闻意躲在被子里，声音闷闷的。她的后背靠在他怀里，淡淡的茶香不断地窜进她的鼻子。

沈温庭见她的耳朵红得都快滴血了，忍不住伸出手轻轻捏了捏：“小流氓也会不好意思？”

闻意气恼地拍开他的手，翻过身推了推他：“你快去洗漱。”

“好。”沈温庭不再逗她。

等到卫生间里传出哗啦啦的流水声，闻意才一溜烟爬起来，从衣柜里选了一件长裙，刚脱下睡衣，卫生间的门就打开了。

闻意循声看去，对上沈温庭的眼睛，他整个人愣在了原地。

她腰肢纤细，没有一丝赘肉，皮肤白皙如玉，在灯光的映照之下泛着一层柔光。

沈温庭没想到一出来就会看到如此香艳的一幕，反应过来后，他急忙转过身去：“抱歉。”

闻意又气又恼，赶紧穿上了长裙，看着背对着她的沈温庭，瓮声瓮气道：“你看到了？”

“嗯。”沈温庭轻轻应道。他转过身来，看到闻意穿着短袖长裙，微微皱起眉头，“外面冷，再穿一件外套。”

闻意小脸都红透了，气鼓鼓地看着沈温庭，她这副样子像在勾引他一样。

沈温庭低叹一声：“你乖一点。”

“哦。”

闻意进入卫生间，洗脸的时候下意识地看了一眼自己的手，想到昨晚发生的事，她就觉得太羞耻了，她就不该被美色诱惑做出那种事。

她嘟囔了一句：“他怎么那么勾人。”

她化好妆，看了一眼时间，背着一个小背包便出了门。

贝丽和凯恩的家是一栋两层小别墅，四周风景秀丽。

贝丽一边领着闻意往别墅里走，一边道：“这会儿他们男人正忙着，我们聊聊天吧。”

闻意点了点头，打量起这栋小别墅。别墅的面积不算很大，但装修和布置都很用心，置身其中很舒服。

“来，这边。”贝丽拍了拍沙发，“随便坐，不要客气。”

闻意依言在沙发上坐了下来。

贝丽看向闻意，闻意长得真的很好看，眉眼俏丽，皮肤白皙，气质优雅。她虽然只见过闻意两面，但很喜欢对方。

“你和沈学长很早之前就认识了吗？”

闻意笑着回答：“从记事起就认识了。”

“青梅竹马呀。”贝丽笑了笑，“沈学长这人不爱说话，我对你的了解不多，只是偶尔听到过他和你打电话。”

沈温庭出国后，国内便无人管教闻意，怕她误入歧途，沈温庭经常打电话去监督她，所以高中她一直很乖。

进入大三后，沈温庭参与了一些项目，忙了起来，对闻意的管教也就松了很多。而闻意进入大学后，见不再有人管她，便放飞自我，不但经常泡吧，还时不时调戏帅哥。

这些事情沈温庭虽然都知道，却不知道该怎么管，毕竟两人分隔两地，他工作又忙，而且两人之间还有着十几个小时的时差。

“我上高中的时候，他的确每天给我打电话，主要是为了监督我学习。”说到以前，闻意重重地叹了一口气，“他很凶，那时候我还挺怕他的。”

贝丽十分赞同：“沈学长就是一副冷面的样子，一般女生见了他都会有些害怕。”她一边说一边从柜子里拿出一本保护得很好的画册，递给闻意，“翻开看看？”

这就是沈温庭的小秘密？

闻意深吸了一口气，有些不敢打开，问：“喀，是不是少儿不宜？”

贝丽微微顿住，红着脸轻笑道：“别多想，是惊喜。”

闻意定了定神，打开画册，里面是一张一张的画，每一张画的都是她。她盯着前面几张连鼻子都画歪了的画像，问：“这是我？”

她虽然不算倾国倾城，但好歹也是一个小仙女吧，什么时候长得这么丑了？

贝丽顺着她的目光看去，忍不住笑了：“这些应该是沈学长刚学素描时的练笔之作吧，后面就画得不错了。被凯恩拿来收藏了。”

闻意狐疑地看了一眼贝丽，往后翻着画册。

的确，后面的画越来越好，笔力也越来越稳定。这一张张风格各异、表情不一的画，深深地透露出沈温庭对她的爱。

闻意原以为沈温庭是在结婚之后或者回国之后与她相处的过程中才

喜欢上她的，现在想想，当年沈温庭出国留学的时候应该就已经喜欢上她了。

“很惊讶吗？”贝丽打趣道，“沈学长整天冷着一张脸，你猜不出他的心思也是正常的。”

闻意以前几乎把沈温庭当成了老师，他比沈老爷子还严厉，每天都监督她学习，她哪敢对他生出哪怕一丁点旖旎的想法。

“我能看得出来，沈学长是真的很喜欢你。”贝丽给自己倒了一杯热水，缓缓道，“那时候只要有画展，沈学长就算是逃课都会去看。后来看见他学画画，我还以为是他自己喜欢。凯恩帮他寄了几次画后，我才知道，那些全部是他为你买的。”

闻意的鼻子又酸了，她怀疑自己是不是年纪大了，所以听不得这些，想想她已经二十五了，却比小时候还爱哭。

“他对我很好。”闻意瓮声瓮气道。

贝丽点了点头，撑着自己的脑袋，道：“我一直以为，像沈学长那样优秀的人，喜欢的也该是一个优雅大气、知书达理的女生，所以我一直很想认识你。”

“闻小姐是一个活泼阳光的女生。”贝丽瞧着一脸郁闷的闻意，继续道，“沈学长是一个性格冷淡的人，有一个活泼的女生在他身边，他才不会感到寂寞吧。”

闻意合上画册，看着贝丽很认真地说道：“谢谢你告诉我这些。”

贝丽歪了歪头，道：“那你能让我再亲一口吗？”

闻意被她的这个要求震惊了。

离开时，闻意脸颊上带着两个口红印，她抱着一个盒子，一脸凝重地看着沈温庭：“贝丽真的喜欢男人吗？”

沈温庭失笑，拿出纸巾轻轻地擦拭着她脸颊上的口红印：“凯恩好像说过，贝丽喜欢漂亮的女生。”

“这又是什么爱好？”

沈温庭略略思索了一下，道：“大概和你看见好看的男人就想调戏一番是一样的。”

说话就说话，没事翻什么旧账！

贝丽家离他们下榻的酒店不远，两人没有坐车，悠闲地走回去。

沈温庭替闻意拿着那个盒子，问她："这是贝丽送给你的礼物？"

"不是。"闻意冲他眨了眨眼，微微勾起嘴角，"是你送给我的。"

沈温庭微微一顿，随即猜到了里面是什么，轻声问："你喜欢那些画吗？"

"前面的没法看，后面的勉强能看。"闻意哼了哼，又问，"你会画画怎么不告诉我？"

沈温庭瞥了她一眼，漫不经心道："不想抢你的饭碗。"

街道两旁的大树枝叶茂密，偶尔有叶子飘落下来，微风拂过，十分舒服。

"沈温庭……"闻意咬了咬唇，看着身边的男人，"你从大学开始就喜欢我了吗？那时候我还小呢，你是禽兽吗？"

沈温庭停下脚步，温声提醒她："我要是禽兽，会等你到现在？"

闻意别过脸，又想到了昨晚发生的事，她轻咳一声，岔开话题："贝丽说我很活泼，而你性格冷淡，我们两人刚好互补。"

"不是。"沈温庭伸出空闲的那只手轻轻地捏住闻意的下巴，让她与自己对视，"如果我娶你只是因为你性子活泼，那我岂不是把你当成了逗趣的？闻意，我喜欢你，只因为是你。"

无关其他。

贝丽和凯恩的婚礼办得很简单，只邀请了亲朋好友。

他们的大学同学来了不少，闻意被众人围起来，好几个没能参加她和沈温庭婚礼的帅哥按照中国的礼仪给她补了红包。

闻意有些晕乎乎的，直到看见沈温庭沉着脸走过来，她才清醒了一些，兴奋地说道："沈温庭，你大学同学的颜值都好高啊。"

早知道她也来国外读大学，还能在婚前尽情玩一玩。

沈温庭拿过她的手机，提醒了一句："他们不用微信。"

闻意眼巴巴地盯着自己的手机，道："我知道啊，所以我这不是在下载他们使用的聊天软件嘛，方便日后联系。"

沈温庭没收了她的手机，板着一张脸道："喝了多少酒？"

“就……一瓶？”闻意也不确定，看着沈温庭越来越黑的脸，她赶紧道，“我没喝醉。”

“约法三章”她还没忘。

“沈！”有人喊沈温庭的名字，闻意赶紧道：“你先去忙，我再玩一会儿。”

沈温庭不放心地嘱咐道：“别乱跑。”

“嗯嗯。”闻意敷衍地应下。

很快便到了新娘抛花球的环节，闻意想到自己已婚的身份，无意掺和，她刚想站远一点，却不知道被谁撞了一下，她跌倒在地，还没来得及起身，就被花球砸中了。

她看了一眼怀里的花球，茫然地站起身。

沈温庭走到她面前，颇为无奈道：“我才几分钟没看着你，你怎么就摔倒了？”

闻意觉得自己很冤枉，明明她什么都没做。

沈温庭揽着她，淡淡地说道：“摔疼了没？”

“不疼，不小心被推了一下。”闻意道，戳了戳他的手臂，待他放开手，她才把花球还给身穿白色婚纱的贝丽，“要不你再抛一次？”

“那可不行。”贝丽笑着说道，又在闻意脸上亲了一口，“祝你们百年好合，早生贵子。”

闻意拿着花球，眨了眨眼睛，一时不知如何是好。

沈温庭将她揽入怀中：“玩得开心吗？”

“还行。”

帅哥挺多的，酒也好喝，点心也不错。

“想再办一次婚礼？”沈温庭问她，声音有些沉，带着一丝危险的意味。

闻意嫌弃地沈温庭了他一眼：“一个花球而已，沈温温，你掉进醋缸里啦？”

沈温庭没回答，牵着她在旁边的椅子上坐下。

阳光落在沈温庭的脸上，仿佛给他镀上了一层光晕，他放低了声音道：“怕你色心大起。”

“我也是有原则的好吗！”闻意气急，捏着他的手，有些惆怅地说道，“这里的生活节奏慢悠悠的，我很喜欢。”

沈温庭一语戳穿：“那是因为你懒。”

闻意怒了，她也是有尊严的好不好！

沈温庭温柔地亲了亲她的脸颊，把她揽入自己温暖的怀抱：“你要是喜欢这里，以后我们可以常来。”

“嗯。”

婚礼过后，两人便准备回国了。回国当天，闻意是被顾方原的电话吵醒的。

“闻意，我被甩了！”

闻意还没完全醒，听到这句话，往沈温庭那边靠了靠，被他揽入怀中。她蹭了蹭，含混不清道：“又不是第一次了。”

“是我被甩了！”顾方原提高了音量。

闻意迷迷瞪瞪地揉着眼睛：“陆依依甩了你？”

“嗯！”

“天涯何处无芳草，这不是你经常挂在嘴边的话吗？”闻意打了一个呵欠，道。

沈温庭看着她，催促道：“该起床了。”

闻意点了点头，往上挪了一点，靠在床头。

顾方原在电话里控诉道：“可是她也不能这样对我啊！”

敢情顾大少爷是心理落差太大，一时接受不了。

闻意一边看着沈温庭收拾东西，一边道：“那你现在打算怎么办？把她追到手再甩了？”

“才不会。”顾方原的声音低了下去。

“你喝醉了？”闻意这才感觉有些不对劲。

顾方原的酒量很好，算得上千杯不醉，毕竟作为酒吧老板，没点酒量可不行。

这么多年了，闻意就没见顾方原喝醉过。

“闻意，我有点后悔了。”

顾方原的确喝醉了，都开始胡言乱语了，他絮絮叨叨说了一通，闻意都有些心疼了，安慰他："乖，咱们还可以放眼未来。"

"我不管！这婚约她逃不掉的！"顾方原嚷嚷道，随后直接把电话挂了。

闻意给艾思言发了一条微信消息，让她带着方译去看看顾方原。

"顾方原？"沈温庭问道，他已经收拾好了自己的行李，正在整理闻意的东西。

看着沈温庭给她整理贴身衣物，闻意不禁红了脸，小声道："嗯，他好像被甩了。"

沈温庭愣了一下，一时间也不知该说些什么。

闻意拿了衣服去卫生间换，出来的时候见沈温庭正在翻看画册，她走过去探着脑袋看了看，轻咳一声，道："其实画得还不错。"

"喜欢？"

"还行。"

看着她别扭的样子，沈温庭心里一暖。

"当年你怎么不把这些画带回去？"闻意气鼓鼓地看着他。

沈温庭闻言，停下了手里的动作，温柔地注视着她，道："有你在我身边，还要这些画做什么？"

闻意觉得她家沈温温越来越会撩人了。

回国之后，沈温庭和闻意好好休息了一晚。

第二天早上，沈温庭起床的时候，闻意睡得正香，他没有叫醒她，轻手轻脚地下床去洗漱。

待他洗漱完，闻意已经醒了，睁着惺忪的睡眼看着他，调侃道："你好可怜，还得工作。"

沈温庭瞥了她一眼，神色自若地系好领带，身姿修长地站在床边。闻意抱着被子欣赏着面前的美男。

都说穿正装的男人最帅，沈温庭尤其突出，穿上衬衫，系上领带，再配上他那张冷淡禁欲的脸，闻意便觉得自己赚到了。

等沈温庭穿上外套后，闻意才软绵绵地开口问道："晚上什么时候回来？”

“会很晚，你要是无聊了，可以去找我。”沈温庭在床边坐下，放柔了声音道，“我尽量早一点回来。”

“晚一点也没事。”闻意嘟囔道，抓住他修长的手指把玩着，“记得吃饭就好。”

她就怕他忙得忘了吃饭。

“好。”沈温庭应下，在她额头上落下一个吻便打算起身。

闻意环住沈温庭的脖子，在他耳边哼哼唧唧地说道：“今天不去工作好不好？”

沈温庭失笑，他的小娇妻是越来越爱撒娇了：“不工作怎么养得起你这个小败家？”

闻意喜欢收藏名画，那些画一张动辄上百万，他若是不工作，真的养不起她。

“哦。”闻意立刻松开了手，还不忘鼓励他，“那你加油。”

果然是小没良心的。

比起大忙人沈温庭，闻意完全就是一条“咸鱼”。她在床上躺到下午，中间就起来吃了个饭，然后又舒舒服服地窝去被子里了。

她一边吃着薯片一边看剧，中间接到艾思言的电话：“宝贝，顾方原正在酒吧里闹呢，你要过来看看吗？”

顾方原又受什么刺激了？闻意躺在床上不想动，回道：“不去。”

艾思言端着一杯酒，远离了顾方原，压低声音道：“他心情不好，我和方译劝不动他。”

情场浪子第一次被女人甩，自尊心受到极大的打击，整个人瞬间消沉下来。

“买醉？”闻意开了手机扩音，从床上起来，一边挑选衣服一边问艾思言。

闹两天也就差不多了，这会儿还没消停，估计顾方原的心真的被人偷走了。

“差不多吧，他再喝就得进医院了。”艾思言重重地叹息一声，颇为伤感地来了一句，“他这就叫喝最烈的酒，去最好的医院。”

闻意无奈地说道：“得了吧，就他的酒量，你喝趴下了，他也不会进医院。”

“那你过来吗？”

“等我半个小时。”闻意说着，开始化妆。

“好嘞。”

酒吧被清场了，偌大的酒吧里就三个人。闻意扫了一眼门口挂着的“暂停营业”的牌子，慢悠悠地走进去。

“宝贝。”艾思言见她进来，挽着她的手走到角落里，“要不要联系一下陆依依？”

“你能联系上？”闻意挑眉，她没有陆依依的联系方式。

艾思言沉思了一会儿，十分严肃地说道：“我昨天给她发了微信消息，但是到现在都没收到回复。”

“先去看看顾方原吧。”

顾方原还没喝醉，乖乖地坐在沙发上，不发一言。见到闻意，他的眼神才有了些许波动，他一张嘴，声音沙哑得像是很多天没有喝过水一样：“闻意，你们女人怎么那么善变？”

闻意丢给他一个嫌弃的眼神，坐在他对面，跷着二郎腿道：“是啊，你才知道？”

顾方原面前摆着几瓶红酒，都是闻意一直垂涎，而顾方原又舍不得拿出来的。

她扫了一眼颓靡的顾方原，自顾自地倒了一杯酒：“那你现在是什么想法？”

“没想法。”顾方原冷哼一声，“反正她不能甩了我。”

闻意抿了一口酒，眼角往上一挑，配合着精致的眼线，颇有几分勾人的意味。

方译瞧了一眼，有些佩服沈温庭，敢把自己的老婆放出来，也不怕他人觊觎。

闻意慢条斯理地和他讲道理：“咱们讲点道理好不好？男未婚女未

嫁，再说你们只是相了亲，连关系都没确定。”

顾方原固执地说道：“我们两家有意联姻。”

“你不是不喜欢她吗？”闻意轻轻摇晃着酒杯，说道。

顾方原顿了一下，有些气恼地说道：“闻意，你是不是我朋友？”

“废话，我若不是你朋友，就不会管你了。”闻意白了他一眼，看着他胡子拉碴的样子，很是嫌弃地说道，“都说男人谈恋爱智商会下降，果然没错。你喜欢她就认真追呗。”

“她就是想玩玩，没打算认真谈恋爱。”顾方原一脸郁闷，“你说是不是因为我以前太‘渣’了，所以受到了惩罚？”

“嗯，有因必有果。你伤害了那么多姑娘的感情，也该被甩一回了吧。”闻意颇为认真地说，接着给艾思言倒了一杯红酒：“机会难得，你也喝点。”

艾思言凑到她耳边小声道：“顾方原都这样了，咱们还喝他的宝贝酒，是不是不厚道？”

“我做人向来不厚道，你今天才发现？”闻意脸不红气不喘地说道。

艾思言闭了嘴。

这时门口传来声响，艾思言想也不想地说道：“抱歉，今天不营业。”

来人是一男一女，顾方原只愣了几秒，便愤怒地吼道：“陆依依！”

顾小爷还在为陆依依买醉，她却跟帅哥在一起。

陆依依显然见惯了这种场面，她淡定地跟身边的男生解释：“这个男人想追我没追上，所以恼羞成怒了，你放心，我跟他没有任何关系。”

男生立马挡在陆依依前面，对顾方原道：“依依喜欢的人是我，你别妄想了！”

一场闹剧结束，闻意适时地退了场，跑去找沈温庭。

沈温庭正在翻阅文件，闻意从他身后环住他的脖子，绘声绘色地跟他说着今天发生的事情：“你不知道那两个人的对决多么精彩，简直令人拍案叫绝。”

“没打起来？”沈温庭看了她一眼，随口问道。

“没有，不是还有方译嘛。”闻意捏着他的耳朵，“这么一对比，你是不是觉得自己很幸运？”

“并没有。”

行，聊不下去了。

沈温庭合上文件，抓着她的手指轻轻地嗅了嗅，皱起眉头：“酒味有点重。”

闻意低下头闻了闻，有些嫌弃地说道：“那我去洗洗。”

她正准备去卫生间洗个手，就被沈温庭一把拉入怀中，他抵着她的额头问：“好喝吗？”

“好喝。那是名酒，顾方原一直不舍得拿出来。”闻意得意道，她一直觊觎顾方原的酒，今天好不容易有机会喝，自然贪杯了。

“我尝尝。”

闻意还没反应过来，就被沈温庭吻住了。他的唇齿间溢着清冽的茶香，混合着她嘴里的酒味，味道有些奇怪。闻意拍了拍他的胸口，示意他放开自己。

反抗无用，她被沈温庭搂得更紧，吻得更深。闻意哼哼唧唧地咬了咬他的唇，沈温庭一顿，接着吻得更凶。

酒的后劲上来了，闻意有些晕乎乎的，乖巧地趴在沈温庭的怀里，听到他哑声道：“还不错。”

也不知道他是指酒的味道不错还是这个吻不错。

闻意瞪着他：“你不是说要专心工作，挣钱养我吗？”

“养得起。”沈温庭把玩着她的小手，低声问了一句，“顾方原那边最后怎么样了？”

闻意狐疑地看了他一眼：“你不是不关心这种八卦吗？”

“他毕竟是我的朋友。”他说。

闻意微怔，这好像是她第一次从沈温庭的嘴里听到“朋友”这个词。她弯了弯眉眼，对他说：“顾方原气得跳脚，最后强吻了陆依依。你说，他们会不会在一起？”

“不知道。”

感情的事谁也说不准。

闻意“哼”了一声，道：“果真不应该对你抱有浪漫的想法。”

“喜欢浪漫？”沈温庭问她。他们之间的确是不浪漫的，沈温庭不在意这些，如果闻意在意，他自然会满足她。

“算了，就这样处着吧。”闻意颇为大度地说道。

闻意以前从未想过有一天自己会爱上沈温庭，会甘之如饴地和他共度余生。不过，现在看来，这种生活似乎比她想象的更幸福。

接下来的日子，沈温庭忙着公司的事，闻意则忙着画漫画，两人安安静静地在办公室里做自己的事，谁也不妨碍谁。

五月底，沈温庭高中同学聚会。

“我以前从来没有参加过高中同学聚会，今年实在推托不掉，不得不去。”沈温庭出门前替闻意把外套的扣子全部扣好，跟她解释道。

闻意点了点头：“没事，我也想见见他们，都好久没见了。”

高一的时候，闻意住校，因为想念家里做的点心，所以时常让沈温庭给她带到学校。课间休息时，她常往高三那边跑，沈温庭班上大部分人都认识她。

当时她年纪小，虽然有些骄纵，但是模样生得好，大家都很喜欢她。其中和闻意最熟的，就是沈温庭的同桌贺逢君。后来贺逢君去当了兵，和沈温庭便很少联系了。

闻意还是想见见他的。

聚会地点是沈氏旗下的酒店，因为沈温庭从来没有参加过高中同学聚会，为了表示歉意，这次聚会的费用都由他出。

“不穿，丑死了！”到了酒店门口，闻意嫌弃地看着沈温庭手里的外套，垮着一张小脸道，“酒店里不冷。”

她在车上就把外套脱下来了。

“五月天，没人给你开暖气。”沈温庭绷紧了脸，也没打算退让。

闻意撇了撇嘴，正准备反驳的时候，便听到一道爽朗的声音：“这是闻妹妹？”

她扭头看去，来人是个年轻男子，皮肤黝黑，身姿笔挺，五官像是被精心雕刻过一样立体又硬朗。

“温庭。”来人冲沈温庭笑了笑，露出洁白的牙齿，“不记得我了？”

“记得。”沈温庭缓声道，“好久不见。”

闻意迟疑了好一会儿，才不确定地问：“贺逢君？”

贺逢君笑了，打趣了一句：“以前你可是喊我贺哥哥的，才几年不见，就生疏了？”

“贺学长。”闻意冲他笑了笑。

当年贺逢君跟沈温庭关系好，所以闻意见了他便亲切地称呼他“贺哥哥”。

沈温庭因为这事还教育过她，她便改口叫贺学长。

“贺学长。”闻意冲他笑了笑。

贺逢君打量了一眼闻意，笑道：“你们结婚时，我很遗憾没能赶回来参加你们的婚礼。沈温庭那么闷的一个人，我还以为他会暗恋你一辈子，没想到……”

“进去吧。”沈温庭淡淡地说道，“他们已经到了。”

闻意眨了眨眼睛，朝贺逢君看去，后者耸了耸肩：“走吧。”

三人一进包间，便有几个男人迎了上来。

闻意一时间没认出他们，沈温庭便跟她一一介绍了一下。

“这位是闻妹妹吧？”一个身着蓝色卫衣的男人打量着闻意和沈温庭，打趣道，“你还是和以前一样，喜欢跟着咱们班长。”

“你懂什么，他们都成一对了，你还是单身！”有人笑骂道。

“行行行，你们这些成双成对的就知道调侃我，我要是有闻妹妹这样的青梅，也不至于到现在还是单身了。”穿蓝色卫衣的男人好脾气地笑道。

“等你长成班长那样再说吧！”

闻意有些不好意思，拽了拽沈温庭的衣袖，沈温庭见状，便领着她进去了。他刚一落座，便有人凑了过来：“班长，你可太不够意思了，之前从来不参加聚会。”

“早些年一直在国外，抱歉。”沈温庭淡淡道。

“光说抱歉可不行，来来来，喝酒，今天非得把你灌醉不可！”那人来了兴致，“当年学习比不过你，如今事业比不过你，比酒量我总不会输。”

周围人哄笑，沈温庭看向闻意，闻意戳了戳他的手臂，小声道：“你去陪他们喝一点吧，结束的时候我让白霄来接我们。”

“那你呢？”

闻意看向一旁的贺逢君：“我和贺学长说会儿话。”

贺逢君赶忙道：“就是，这么多年不见，我们可得好好聊聊。”

沈温庭扫了一眼闻意面前的酒杯，叮嘱道：“少喝一点。”

“嗯！”

沈温庭刚走，贺逢君就给闻意倒上了酒：“你跟温庭的结婚喜酒，我没赶上，今天咱们不醉不归！”

闻意连忙应道：“好，今天我就陪你好好喝几杯。”

酒过三巡，贺逢君醉得趴在桌子上，侧头看着闻意，开始喋喋不休地说起过往：“闻妹妹，我跟你说，沈温庭读高中时的桃花可多了……”

和贺逢君聊了不少高中时期的趣事后，闻意便去找沈温庭了。

沈温庭被灌了不少酒，正安安静静地坐在沙发上，白玉般的脸上染上一些红晕。

“沈温庭？”闻意喊了一声。

旁边的人立马道：“班长喝醉了，闻妹妹赶紧送他回去休息吧。”

“好。”闻意戳了戳沈温庭，握住他的手，“真的醉了？”

“你是谁？”沈温庭大概是真的醉了，绷着一张冷漠的脸，不悦地看着面前模糊的影子。

闻意没好气道：“闻意。”

“嗯……”沈温庭低喃一声，把她揽进怀中，轻叹一声，“我老婆。”

听到这三个字从他嘴里说出来，闻意瞬间绷紧了身体，心跳如擂鼓。

“哎哟哟，这盆狗粮哟。”旁人笑着道，“我替你扶着他吧。”

那人的手刚碰到沈温庭，沈温庭便冷冷地说道：“松手。”

他这是防什么呢？怕人劫色不成？

闻意默默地打量了一番沈温庭，他眼里带着明显的醉意，白皙如玉的脸颊微红，薄唇紧抿，禁欲的气质消失不见，反倒让人生出保护欲。

嗯，她想劫色。

那人连忙道：“那行，班长，您自己走，闻妹妹一个姑娘家可扛不动你。”

闻意在沈温庭耳边轻声道：“你能自己走吗？”

白霄已经在外面等着了。

“嗯。”沈温庭应了一声，转过头时薄唇擦过闻意的侧脸，他压低声音道，“老婆，我们回家。”

闻意心里小鹿乱撞，面上却十分淡定，跟着沈温庭上了车。

驾驶座上的白霄往后看了一眼，问道：“太太，沈总没事吧？”

“没事，就是喝多了。”闻意打开窗子，风吹进来，驱散了一些闷热。

“和他聊得开心吗？”靠在座椅上的沈温庭突然来了这么一句。

闻意扭头看向他，问：“谁？”

“贺逢君。”沈温庭平静地说道，完全不像一个喝醉酒的人。

“挺不错的，贺学长很健谈。”闻意随口道。

沈温庭不说话了，薄唇抿得很紧，面色冷了下来。闻意凑近他瞧了瞧，心里冒出一个念头，试探道：“沈温庭，你吃醋了？”

“没有。”沈温庭别开眼，不看她。

可他现在跟吃醋闹别扭的小孩有什么区别！

“哦，那就好。”闻意假装没看到他难看的脸色，故意道，“贺学长约我过几天一起吃饭，我怕你吃醋就拒绝了，现在我后悔应该还来得及吧。”

闻意说着就拿出手机，却被沈温庭一把抢走。

“沈……”她刚说了一个字，就被沈温庭吻住了。

闻意被沈温庭吻得晕晕乎乎的，最后只能趴在他怀里控诉道：“你竟然吃你同桌的醋。”

“以前你和他玩得不错。”

沈温庭又开始翻旧账了。

见闻意无动于衷，沈温庭捏了捏她的脸，听到她的惊呼声之后继续道：“昨天你还说喜欢兵哥哥。”

闻意每看一部剧都会喜欢上里面的男主角，昨天她看的那部偶像剧里的男主角是军人，她一边在床上打滚，一边说兵哥哥好帅。当时沈温庭只是在一旁平静地看着她，没想到他全记在心里了。

见闻意走神了，沈温庭咬了一口她的小脸，固执又别扭地说道：“当兵的常年不在家，可没什么时间陪你，而且训练后一身臭汗。”

闻意震惊，他什么时候变得这么幼稚了？

第十五章
一生所求

夜晚十分寂静，他们走的这条路并不是主路，来往的车辆不多。

白霄没忍住笑出声来，又赶忙轻咳一声以作掩饰：“那个，太太，沈总好像真的喝多了。”

废话，她又不瞎，能看不出来吗？

“你怎么那么花心？”沈温庭平时话少，现在喝醉了，絮絮叨叨的，没停过，“闻意，贺逢君有我好看吗？”

“没有没有，你最好看了。”闻意在他脸上亲了一口，哄着他，“你乖一点，咱们回家睡个觉，就当这事过去了，好吗？”

沈温庭深深地看着闻意，最后轻轻颔首：“好，回家睡觉。”

闻意总觉得他这句话似乎别有深意。

沈温庭的酒品不错，只是话多了点，顺便翻一翻旧账。

闻意把他扶到沙发上躺下，看着这个别扭的男人，继续哄道：“你在这里躺一会儿，我去给你煮醒酒汤。”

“不许去。”沈温庭扣住闻意的手，“坐下。”

闻意头疼，这男人就不能不折腾了，好好睡一觉吗？

没法和醉鬼讲道理，闻意只得乖乖坐下，他脸上还有她留下的口红印，白衬衫的领子上也沾了一些。

沈温庭也不说话，只是专注地看着她，时不时把她拉过去亲一亲。

两人就这么大眼瞪小眼地坐了半个小时，闻意坐不住了，捧着沈温庭的脸，认真地看着他：“沈温庭，你什么时候喜欢上我的？”

沈温庭沉默了一会儿，回道：“很早很早以前。”

闻意感叹道：“都怪我，长得貌美如花，所以让你那么早就不可控制地爱上了我。”

沈温庭抿了抿嘴，平静地说道：“闻意，我等了你十年。”

闻意一怔，沈温庭在她嘴角落下细碎的吻：“我以为我一辈子都等不到你。当初跟你结婚，我是存了小心思的。你那么好，我怕我从国外回来时，你身边有了其他男人。”

在闻意的印象中，沈温庭一直是冷静的、克制的，没想到他也会害怕，也会不自信，而且还是因为她。

“你会怪我吗？”沈温庭问她。

闻意猛地摇头，眼泪不受控制地落了下来：“沈温庭，你那么聪明的一个人，为什么在感情上那么傻呢？你有没有想过，你等了我十年，万一等不到呢？”

沈温庭瞧见她哭，心疼得不行，不断地吻着她，温柔地哄着她：“我很幸运，最终等到了。”

闻意知道，幸运的不是沈温庭，而是她。

“沈温庭，你喝醉了，对吗？”闻意再一次确认。

沈温庭点头。

她又问：“那我要对你做些少儿不宜的事情，你不许反抗，行吗？”

“好。”

闻意迷迷糊糊地睡过去的时候还在想，沈温庭的体力真不错。

这一觉闻意睡得很沉，梦里，她回到了少年时期。那时，她成绩垫底，不敢和闻纪年说，逃学去路边摊吃烧烤。

少年匆匆赶来，干净的白衬衫湿了一大片，清冷的面容上多了几分温柔：“闻意，下次不要乱跑。”

那次是她年少时少有的放纵时刻，她拉着沈温庭吃遍了一条街，最后又去河边放了烟花。

记忆里，沈温庭那天很温柔，事事顺着她。

“嗯……”闻意从梦里醒来，盯着天花板看了片刻，微微动了动，便感觉一阵疼痛传来。

“醒了？”

闻意眨了眨眼睛，朝旁边看去，见沈温庭正靠着床头看书，他的睡衣是浴袍款式，胸前露出了一大片风光。

闻意一下子就红了脸，立马用被子盖住自己的小脑袋。

这男人一大早的就那么勾人！之前他不都是穿保守款式的睡衣吗，怎么今天换成了浴袍款式？

“别盖住头。”沈温庭扯了扯被子，清冷的声音里带着一丝笑意。

“不要！”闻意保持着最后的倔强，她的声音透过被子传出来，“你流氓！”

她的腰酸得不行，他则一副没事人的样子。

“嗯，我的错。”沈温庭哄着她，微微掀开被子，对上她明媚的双眸，放柔了声音道，“先起来吃点东西。”

闻意又羞又恼，偏偏肚子叫了起来。

她慢吞吞地坐起来，因为疼痛，小脸皱成一团。她瞪了一眼始作俑者，不满地嚷嚷道：“你禽兽！”

“嗯，我下次轻点。”沈温庭好脾气地哄着她，低声询问，“我抱你去洗漱？”

闻意摇摇头：“我自己可以。”

她虽然浑身酸痛，但是还没到下不了床的地步。

闻意拿着衣服艰难地走进浴室，关门时对沈温庭喊道：“你不许跟进来！”

清水落在脸上冰冰凉凉的，也让闻意清醒了几分，她虽然羞恼，却是心甘情愿的。

嗯，她终于彻底得到沈温庭了。

洗了个澡后，身体的酸痛稍微减轻了一些。闻意换上衣服出去时，沈温庭已经拉开了窗帘，正站在窗边往外看。

阳光透过玻璃窗洒进来，渲染出了一层橙色的光晕，沈温庭的侧脸隐在光晕之中，只看得清轮廓。

闻意从身后环住他，嘟囔道：“都下午了啊。”

“还难受吗？”沈温庭转过身来抱住她，轻柔地吻了吻她的额头。

闻意摇了摇头，咬着唇，似乎难以启齿：“昨晚你没采取安全措施……”

“你在安全期，别担心。”沈温庭道，瞥见她微红的小脸，他压低了声音，“你不想要孩子？”

“想要。”闻意想也不想就道，“可是现在要孩子会不会太早了？”

她觉得她跟沈温庭还处在热恋期，现在要孩子还是早了一些。

“嗯，不急。”沈温庭捧着她的脸，温柔地唤了她一声，“闻意。”

“嗯？”

“昨晚的我是不是很幼稚？”沈温庭喝醉后不会断片，昨晚的事情他记得清清楚楚，他记得自己固执地问闻意他好不好看，还胡乱吃醋。

闻意点了点头，颇为严肃地看着他：“是挺幼稚的。”

沈温庭微怔，闻意在他脸上亲了一口，冲他软软一笑：“不过我很喜欢。”

这一天，沈温庭没有去公司，而是在家陪闻意。

闻意坐在沙发上，身后垫了一个靠枕，沈温庭坐在她旁边处理工作，接了一个又一个电话。她打开一包薯片，喂了沈温庭一片，听他用流利的英语和电话那头的人交流着。

一个跨洋电话打完，沈温庭看向闻意，道：“少吃膨化食品。”

“哦。”闻意漫不经心地应下，继续看着平板电脑上的文档。

这二十多年来，所有她记不得的事情，沈温庭都牢牢地记着。这些记忆是时光带不走的。

她把平板电脑丢在一边，又把贝丽送给她的画册翻出来看了一遍。

画册里一共有一百多张画，从幼时的她到高中时的她都被记录了下来。看到其中一张画像时，她忍不住看了一眼身旁的男人：“我哭鼻子的样子你怎么也画下来了？”

沈温庭探过身看了一眼，道：“那次你哭得太大声，把我吵醒了，所以印象深刻。”

闻意气鼓鼓地问：“这种糗事你还记得多少？”

沈温庭沉默了几秒，道：“十岁时你从树上摔了下来，十一岁时你被狗追着跑，十二岁时你和人打架……”

“停停停。”闻意听不下去了，伸出手按着沈温庭的太阳穴，给他洗脑，“把那些都忘了，我在你心中只能是美丽的小仙女。”

沈温庭握住她的手，笑道：“嗯，小仙女。”

这也太敷衍了。

闻意咬牙切齿，却又无可奈何。

在沙发上躺了一会儿，闻意又爬起来问沈温庭：“沈温庭，你为什么会喜欢我？”

不是她不自信，而是当时追求沈温庭的优秀女生实在太多，周雨落就是其中一个。

“因为你傻。”沈温庭合上手中的文件，朝她看去。

无论时光如何变迁，闻意都是一副傻乎乎的模样。她在学校和人打了架，回到沈家就会扑进沈老爷子的怀里大哭，但只要有好吃的好玩的，她又会破涕为笑。

闻意气闷，把薯片丢在一旁，在沈温庭脸上咬了一口。

沈温庭没有躲开，任由她胡来。等她闹够了，他才伸出手搭在她腰间，轻柔地按着。

“沈温庭，你爱我好像比我爱你更多一点。”闻意环着沈温庭的脖子，像一只树袋鼠一样挂在他身上。

沈温庭抱着她，轻叹一声：“闻意，这辈子我只爱过你一个人，很多事情我做得不好，也怕给你的爱不够多。”

所以他尽自己所能，把最好的东西全部给了闻意。

“你已经做得很好了。”闻意嘟囔一句，拍了拍沈温庭的肩膀，“很多女人都喜欢你，你看，你的魅力多大啊。”

她想说的是，他不用小心翼翼，也不要不自信，是她不够好。

“这说明你眼光不好。”沈温庭咬了咬闻意的耳尖，低声道，“你干脆改名叫闻二吧。”

闻意气得瞪了他一眼。

第二天一早，沈温庭就接到了白霄打来的催促电话，他只得不情不愿地去了公司。

闻意简单收拾了一下便出门了，刚坐上车，就接到艾思言的电话。

“我们真的不管顾方原了？”

“现在他不买醉不颓废，不是挺好的吗？”闻意降下车窗，看着外面飞速倒退的景色，“感情的事，外人不好插手。你和方译的事，我不也没怎么插手，你们就在一起了吗？”

到底是从小一起长大的，艾思言这人重感情，看到平时吊儿郎当的顾方原如此失落，嘴上没说什么，其实心里还是担忧的。

“也是。”艾思言喃喃自语，又突然问道，“昨晚你跑哪儿去了？我一直联系不上你。”

闻意轻咳一声，下了车，看着熟悉的校园，淡定地说道：“昨晚开车去了，上了高速，不方便接电话。”

艾思言一脸茫然。

自从高中毕业后，闻意就很少回母校，因为她高考没考好，当初差点被闻纪年拖过来复读，为此她在学校闹了一通，所以不好意思回来。

这次是因为漫画需要，她才来收集素材，没想到会遇到周茜茜。

周茜茜最近似乎过得不好，虽然化了精致的妆容，却依旧难掩面容的憔悴。眼下乌黑，脸色惨白，穿着一件白色的长裙到处晃荡。

大白天的，闻意看得都起鸡皮疙瘩了，她装作没看见，继续观察校园的总体布局和景观特色。

只是她想躲开，对方却不如她愿。

“闻意。”周茜茜的声音尖锐地喊道，“你很久没有回闻家了。”

闻意耸了耸肩，闻纪年和沈老爷子达成了协议，算是彻底把她这个女儿卖掉了，她回不回去又有什么关系。

“爸的身体越来越差。”周茜茜说道。

闻意懒懒地抬了抬眼：“他是被闻远那个败家子气的吧。”

她没有特意去打听过闻家的事情，不过顾方原和艾思言他们平时多多少少会提几句。

闻远确实和那个大学生断了联系，不过又在外面找了别的女人，后来还犯了事，进警局待了一段时间。

周茜茜脸色一僵，喃喃道："是。你说得对，我应该离婚。"

"那祝你早日找到属于自己的幸福。"闻意翻着手机里的照片，漫不经心地回了一句。

"闻意，爸说想见你一面。"周茜茜突然开口，过了一会儿又道，"他得了癌症，已经到了晚期，应该没多少日子了。"

闻纪年还不到六十岁，可能以前作恶太多，所以遭了报应。

"没空。"闻意抬头看了她一眼，缓缓道，"不管他是想要道歉还是怎么样，我都不会去。你告诉闻纪年，他最对不起的是我妈，他应该去跟我妈道歉，跟我道歉没用。"

"你不怕以后后悔吗？"

闻意无语："你还有心情管这些闲事？"

周茜茜喃喃地说了几句话，声音太轻，闻意没有听清楚，随后她挥挥手，道："你继续，我先走了。"

经过周茜茜身边的时候，闻意最后又看了她一眼，闻意张了张嘴，还是选择了沉默。周茜茜比她母亲幸运多了，至少她年纪尚轻，未来还有无限可能。

以前的她也希望闻纪年有一天会突然醒悟，做一个疼爱她的好父亲，但她并没有等到那一天。

童话故事大多都是美好的结局，然而，现实终究不是童话。对于闻纪年的所作所为，她一辈子也无法原谅。

儿童节那天，闻意和艾思言在商场里逛了一天。

沈温庭打电话来问闻意今天是什么日子时，她一时没反应过来，道："今天？"

闻意认真地想了想，犹犹豫豫地说道："我的节日？"

每年的儿童节，闻意都会和艾思言出去疯玩一天。

沈温庭沉默了几秒，再开口时声音里带着一丝危险的意味："除此之外呢？”

闻意想不出来，猜测道：“你和我的节日？”

“嗯。”他的声音缓和了一些。

“可今天不是七夕。”闻意提醒沈温庭，“你是不是记错了？”

沈温庭站在窗边，看着清河湾中庭的喷泉绽放出的七彩光芒。他按了按太阳穴，有些疲惫地说道：“你在和艾思言逛街？”

闻意点了点头：“是啊，我们等会儿去唱歌。”

沈温庭拉上窗帘，道：“玩得开心点。”

电话被挂断，闻意盯着手机一头雾水，她怎么觉得沈温庭有些不开心呢？

闻意左思右想也没想明白，她既没有拈花惹草，也没有夜不归宿，沈温庭为什么不开心？

“宝贝，咱们还去唱歌吗？”艾思言捧着奶茶，瞅了一眼闻意，见她摇头，又问了一句，“你家沈总查岗了？”

“嗯。”闻意心不在焉地点了点头，绞尽脑汁也没想出来今天是个什么日子，“今天不去唱歌了，改天再约。”

“唉……”艾思言有些失望，用吸管戳着杯底的珍珠，嘟囔一句，“你都好久没陪我玩了。”

闻意又要赶稿，又要和沈温庭亲亲爱爱，就把艾思言忽略了。

“下次吧，乖。”闻意哄着艾思言，打趣道，“今天儿童节，你早点回家。”

闻意赶回清河湾的时候，沈温庭正穿着一身家居服站在喷泉旁边，清隽的眉眼在七彩灯光的映照下忽明忽暗。他周身的气息有些冷，仿佛又变回了以前那个孤僻少年。

闻意放轻了脚步走到沈温庭身后，正准备吓他一跳，原本专注地看着喷泉的男人却转过身，看着姿势滑稽的她：“又多了一件糗事。”

闻意一噎。

恶作剧被拆穿，闻意不乐意了，噘着嘴道：“你就不能配合我的表演吗？”

沈温庭好脾气道：“那你再来一次，我配合你。”

“好！”

闻意往后退了几步，看到沈温庭果真乖乖地转过身，她眉眼弯弯，助跑了两三米，一下跳到沈温庭的背上，捏着他的耳尖道：“沈温温，儿童节快乐！”

沈温庭立马托住她的双腿，抿了抿唇，轻声道：“我不过儿童节。”

“别那么没情趣嘛。”闻意晃着两条腿，看着前方的喷泉，“我怎么觉得今天的喷泉和以前有些不一样？”

“喜欢吗？”沈温庭问她。

“还不错。”闻意环着他的脖子，“今天你怎么回来得这么早？”

沈温庭之前说过，六月中旬之前他都会很忙。

“陪你过节。”

大概是今晚的月色特别美，闻意玩心大起，嘟着嘴亲了亲他的脸：“给我打电话的时候，你是不是生气了？”

“没有。”沈温庭闭了闭眼，忍住想把她“就地正法”的冲动，继而道，“反正你没良心也不是一天两天了。”

听听，这话像不像是深闺怨妇才会说的！

闻意又安抚性地亲了亲沈温庭的侧脸，哄道：“乖，我们回家吧，我饿了。”

沈温庭背着她往电梯走去：“在外面没吃？”

“吃了些点心，本来打算唱完歌再去吃一顿烧烤的。”闻意说话时，气息喷在沈温庭的脸上，他偏了偏头，静下心去听她说话，“这不发现你生气了，所以我就提前回来了嘛。”

“没生气。”沈温庭否认道，背着她走出电梯，“下来。”

“哦。”闻意从他背上下来，一进门便看到玄关处挂着几个气球，餐桌上点着香薰蜡烛，淡淡的香气飘散在空气中。

闻意眨了眨眼睛，怔怔地看着沈温庭：“这是惊喜吗？”

“喜欢吗？”沈温庭观察着闻意的表情，见她呆愣过后露出一抹微笑，才安心了。

“喜欢。”闻意笑出声来，绕着餐桌走了一圈，“合照，玫瑰花，香薰……沈温温，你都是从哪里学来的？”

沈温庭有些不自然地说道：“自己想的。”

“哦——”闻意拉长了尾音。

她才不信，不懂浪漫的男人怎么可能想出这么多点子。

吃饱喝足后，闻意摸着圆滚滚的肚子，幽怨地看了一眼沈温庭，说：“撑了。”

沈温庭找出消食片递给她，等她吃下，又轻轻地给她揉着肚子：“还没想起来？”

闻意被伺候得太舒服，冷不丁听到这话，迷迷瞪瞪地睁开眼，问：“什么？”

沈温庭又替她揉了一会儿肚子才问：“还难受？”

“就是有点撑。”闻意打了一个哈欠，下一刻就被沈温庭抱了起来，她低低地惊呼一声，“干什么？”

“陪你运动，消食。”沈温庭冷声道，温柔地把她放在床上，随即欺身而上。

一番缠绵后，闻意觉得又饿了，抱着他撒娇：“不来了……”

是她的错，她就不应该撩拨沈温庭，憋了许久的男人一旦爆发，不是她可以承受的。

“闻意。”沈温庭低低地唤了她一声，在她颈侧落下细碎的吻，闻意浑身一颤，泪眼汪汪地看着他。

“今天是我们结婚三周年纪念日。”他说。

前两年，沈温庭不在国内，闻意压根没有已婚的认知，所以根本不记得结婚纪念日。

“我错了……”闻意立刻认错，感觉他的力道更重了，她眼泪都飙了出来，怒骂道，“你禽兽！”

什么正人君子、冷淡寡言，都是假象！

“嗯，我禽兽。”沈温庭吻着她的唇，轻声哄道，“可是闻意，犯了错就得接受惩罚。”

贺逢君已经退伍了，之后要去京北工作，临走的那天，沈温庭和闻意前去送行。

“行了行了，就送到这里吧。”贺逢君看着机场来来往往的旅客和送行的人，感叹了一句，“也不知道这一别，下次见面是什么时候。”

闻意接过话：“你若有时间，可以随时过来，我请你吃饭。”

“好啊。”贺逢君咧嘴一笑，“闻妹妹，下次我回来，是不是就是喝你们孩子的满月酒了？”

闻意认真地说道：“那你是打算一个人来还是带着女朋友一起来？”

贺逢君一噎，没好气道：“瞧不起我单身啊？”

“不是，就是觉得贺学长一个人太孤单了。”闻意叹道，见他气得不轻，又笑了笑，“我开玩笑的，贺学长一个人来我们也欢迎。”

贺逢君摇摇头，看了一眼沈温庭：“闻妹妹这些年怎么只长了年纪，性子还跟个孩子一样。温庭，你好不容易把她拐回家，可得看紧了。”

沈温庭点头：“好。”

贺逢君过了安检，很快就消失不见。

闻意和沈温庭走出机场，烈日当空，却不闷热。

“贺学长不会偷偷地一个人哭吧？”闻意朝着机场里面看了一眼，突然说道。

贺逢君这人看着成熟稳重，其实最见不得这种离别的场景。

沈温庭高中毕业时，闻意去找他，就看见贺逢君抱着沈温庭哭得涕泪交加。

“应该不会。”沈温庭忽然停下脚步。

闻意疑惑地问：“怎么了？”

“突然想知道，我离开那年，你有没有偷偷哭鼻子。”那一次，他和闻意一起来机场，却是闻意一个人回去。

“才没有！”闻意哼道。

那年她十六岁，突然得知沈温庭即将出国的消息，难过得躲在被子里掉眼泪，无关情爱，只是一直陪在她身边的人突然离开，她一时接受不了。

“那就好。”沈温庭似乎松了一口气，道，“我怕你难受，曾想过不出国。”

闻意憋住眼泪："哦。"

他总是为她考虑，却什么都没跟她说。

"果然是小没良心的。"沈温庭无可奈何地叹息一声，捏了捏她的脸蛋。

闻意握住他的手咬了一口，讨好道："那我以后对你好一点。"

你的十年，我会用一辈子去弥补。

沈温庭和闻意来到烟水别院的时候，已经放假的乐乐正在这里玩，他一个人在客厅堆起了高高的积木。

看到两人，他欢快地跑过去，熟练地抱住闻意的腰，冲她甜甜一笑："仙女姐姐好久不见。"

闻意被喊得心里甜甜的，温柔地亲了亲他的小脸："哥哥今天给你带了礼物哟。"

乐乐歪着脑袋看向沈温庭，奶声奶气地问："哥哥给乐乐买的吗？"

沈温庭把手中的盒子递给他："嗯，给乐乐的。"

沈温庭显然不懂得怎么和小孩子相处，说话都有些不自然。他蹲下身，温和地对面前的小胖墩道："迟来的生日礼物。"

"谢谢哥哥！"乐乐猛地在沈温庭脸上亲了一口。

带着糖果味的软糯一吻，还有乐乐身上的奶香味，都让沈温庭微微一怔。

性子使然，他很少和小孩子接触，这是第一次觉得小孩子很可爱。

亲完沈温庭之后，乐乐就抱着自己的礼物跑到沈老爷子面前炫耀。

沈温庭站起身，对上闻意弯弯的眉眼："怎么了？"

"没什么，就是觉得你以后应该是一个很温柔的爸爸。"闻意挽住他的手臂笑道。

虽然她和沈温庭都没有一个好父亲，但她相信沈温庭将来一定会是个好父亲。

到了中午，沈温庭挽起袖子进了厨房，闻意则在客厅陪着沈老爷子聊天。

"爷爷，这些天您是不是又偷偷喝浓茶了？"闻意板着脸看着沈老爷子，“阿姨都跟我说了，说您晚上有些失眠。”

“胡说！”沈老爷子没好气道，“我就随便喝了两口！”

“那可不行。”闻意给沈老爷子捏着肩膀，好声好气地哄着他，“爷爷，您要是再这样，我只能让沈温庭把您的茶叶都赢走了。”

沈老爷子最宝贝那些茶叶，一听到这话，立马就吹胡子瞪眼：“温庭是我教出来的，谁输谁赢还不一定。”

沈老爷子显然把他不耍诈就赢不了沈温庭的事情抛到了脑后。

“行行行，不跟您争。您也别犟了，茶可以喝，但得适可而止。”闻意道，又给沈老爷子捶了捶腿，“要不我就哭给您看。”

“就你鬼主意多。”沈老爷子笑骂一句，拍了拍她的手，“好了，温庭一个人在厨房里忙活呢，你也去帮帮忙吧。”

“好嘞，今天我就给爷爷露一手。”闻意笑嘻嘻地说道，脱了外套钻进了厨房。

闻意刚进厨房，沈老爷子就捂着嘴咳嗽了几声，咳得脸都红了，把在一旁正玩积木的乐乐吓了一跳。

乐乐也不玩积木了，紧张地看着沈老爷子，脆生生地说道：“沈爷爷，您是不是不舒服呀？乐乐带您去医院好不好？”

“乐乐别担心，爷爷没事，过一会儿就好了。”沈老爷子说完，又咳嗽了两声。

乐乐歪着脑袋道：“爷爷，妈妈说过，只要去了医院就不痛了。”

“乐乐，爷爷这病，去了医院也好不了。”沈老爷子缓缓道，爱怜地摸了摸乐乐的脑袋，“你长大后就懂了。”

乐乐似懂非懂地点了点头：“姐姐也懂吗？”

沈老爷子笑了：“她跟乐乐一样，还是个小孩。这是我们两个人的小秘密，你不要告诉姐姐好不好？”

“好！这是乐乐跟爷爷的小秘密！”

厨房里，闻意把番茄切成小块放进碗里：“然后呢？”

“拿四个鸡蛋。”沈温庭一边炒菜一边道，还不放心地朝闻意那边看了一眼，“把刀放好。”

“哦。”闻意乖乖照做，拿了四个鸡蛋打到碗里。

她很少下厨，所以只能帮沈温庭打打下手。按着沈温庭的吩咐备好了菜，闻意就没事可做了。

冰箱里放着酸奶和其他饮料，是沈老爷子特意为她准备的。她拿了一盒酸奶，走到沈温庭身后，额头抵着他的背：“沈温庭。”

“嗯？”低沉的声音从他喉咙里溢出来，夹杂着炒菜的声音，令人十分安心。

“今天好暖和啊。”闻意靠着沈温庭，阳光透过窗户洒进来，在地面上投下一片光亮。

沈温庭把酸甜鱼做好，转过身，闻意就猝不及防地撞进他怀里。

“疼……”闻意嘟囔道。

沈温庭伸出手轻轻地揉着她的鼻子，低声跟她说：“这里没什么事了，你去外面待会儿。”

闻意不愿意离开，赖在他身边：“我想陪着你。”

“那你乖一点。”沈温庭微微俯身，在她嘴角落下一吻，“别闹我。”

闻意抬眸，男人的眼睛比阳光更为明亮。在她愣神之际，他又低下头，给了她一个绵长的吻。

他怎么那么禁不住诱惑，能不能专心地做菜！

等到吻够了，沈温庭才缓缓放开她：“出去等我，嗯？”

觉察到他身体上的变化，闻意浑身一僵，愣愣地点了点头。

沈温庭是个大流氓！

是夜。

医生从沈老爷子房间里出来，便看到了站在门外的沈温庭。他轻轻地关上门，表情有些凝重。

做沈老爷子的家庭医生这么多年，他比谁都清楚沈老爷子的身体，老爷子能坚持到现在，真是非常不容易。

“许医生。”沈温庭先行开口，“爷爷的身体怎么样了？”

看着面前沉稳且颇有气势的男人，许医生有些犹豫，一时间不知道该怎么说。

“许医生不必瞒我，我想我有权利知道爷爷的身体状况。”沈温庭厉声道。

许医生下意识地回头看了一眼沈老爷子的房间，轻叹一声，道：“老爷子的身体越来越差了，怕是已经药石无医。”

人都有生老病死，谁也无法改变。在生命面前，再多的钱，再好的医疗设备，都无济于事。

沈温庭轻声问：“还有多久？”

“这个说不好。”许医生斟酌了一下，道，“一两年吧。”见沈温庭的表情不好，许医生赶忙安慰道，“其实沈先生……”

“你不用安慰我。”沈温庭淡淡地说道，“以后还得辛苦许医生照顾爷爷。”

一两年吗？

沈温庭微微垂眸，昏暗的灯光落在他脸上，遮住了他眼底的情绪。

沈温庭回到卧室的时候，闻意已经快睡着了。听到动静，她艰难地掀开眼皮，问道：“怎么这么晚啊？”

“去后院坐了一会儿。”沈温庭道，把纱窗打开了一些，又关上空调。

闻意困极了，打了一个哈欠，软绵绵地朝他伸出手：“抱。”

她睡觉喜欢抱着东西，以前沈温庭不让她抱的时候，她就抱着熊，现在她每晚都要缠着他。

沈温庭关了灯，抱住乖巧得不像话的闻意。她睡眼惺忪，粉嫩的小脸压着他胸口，手还不安分地戳着他的腰：“你有心事吗？”

“没有，只是觉得后院的花开得不错，就去看了看。”沈温庭握着她暖乎乎的小手，吻了吻她的额头，“困了就睡吧。”

“渣男！”闻意思维跳脱，又蛮横起来，“外面的野花有我这朵家花香吗？”

沈温庭愣住了。方译曾对他说，女人蛮不讲理的时候说不得，只能顺着她，哄着她。

闻意“哼”了一声：“回答我。”

“没有。”他心中只有她这朵小娇花，旁的皆不能入他的眼。

闻意满意了，在他胸口蹭了蹭，丝毫没有意识到她这一举动勾起了男人的欲火。

沈温庭闭了闭眼，尽力隐忍着。

闻意这会儿困得很，他要是缠着她折腾一番，估计明天又得生气。

“沈温庭，爷爷的身体越来越差……”她在他怀中低喃，声音越来越小，“我害怕……”

怀中的人安静下来，沈温庭感受着她均匀的呼吸，小声道：“别怕，有我在。”

闻意害怕孤单，所以这辈子他都会陪在她身边。

盛夏的时候，闻意出版了第一本漫画。

白霄知道后，立马用沈氏官微宣传了一下，网友们纷纷在底下留言。

“这本漫画讲述的是沈总和他夫人的恋爱故事？我酸了我酸了，但我还是要买！”

“别拦我，我就是想知道有钱人是怎么谈恋爱的。”

“姐妹，相信我，这书值得买！我关注了作者的微博，漫画中两人的日常真的超甜。”

“我也看了，沈总是什么绝世好男人啊，我也想要！”

艾思言一边刷着评论，一边酸溜溜地说道：“我也酸了，沈总真的是绝世好男人。”

闻意白了她一眼：“你家方译不好？”

“他整天惹我生气。”艾思言说到方译就来气，猛地吸了一大口手中的珍珠奶茶。

闻意往旁边躲了躲，就怕她一生气就化身豌豆射手：“你知足吧，就方译的武力水平，你现在还能平安无恙，说明他是真的爱你。”

艾思言嚼了嚼嘴里的珍珠，含混不清道：“那倒也是。”把全部珍珠咽了去后，她才问，“你不打算在微博上宣传一下自己的新书？我记得你和出版方签的是按销量分成，这书要是卖得好，你就能大赚一笔。”

闻意嫌弃道：“我缺这点钱？”

艾思言差点忘记了，闻意从年前开始就晋升为包租婆了，现在每个月收着房租，不愁吃穿，更别说她还有个总裁老公。

她默默地把购买链接打开，直接下单：“周茜茜这次好像是铁了心要离婚，都开始绝食了。”

“早就该离了。”

男人出轨要么是零次，要么是无数次，闻远的心不在周茜茜身上，她又何必为了他浪费青春。

艾思言赞同地点了点头，过了一会儿，她又道：“那闻总那边……”

“放心，我会去参加他的葬礼的。”闻意看了一眼微信，猛地抬起头不敢置信地看向艾思言，“你和方译要去度蜜月？你们都没结婚，度哪门子蜜月！”

她和沈温庭结婚三年都没度蜜月，这两人竟然抢在他们前头了。

“喀，我们只是去玩几天而已啦。”艾思言有些心虚地说道。

闻意很郁闷，别人羡慕她，她却羡慕艾思言。

蜜月、沙滩和帅哥，她也想要，当然，最后一点最重要。

两人聊着天，就见店里进来了一对男女，男的不认识，女的倒是眼熟，是陆依依。

“这是第几个了？”闻意努力回忆着。

艾思言直接道：“你的手指不够用。”她忍不住往陆依依那边瞅了几眼，叹息道，“顾方原这次栽得有点狠。”

顾方原大概也没想到，恋爱经验那么丰富的他，有一天竟会栽在一个小姑娘身上。

和艾思言告别后，闻意就看见了站在不远处的沈温庭，她小跑到他跟前，开心地问：“想我了？”

“刚好来这边谈合作，顺道过来接你。”沈温庭道。

闻意不满地哼了哼，还是主动牵住了他的手。

要说手凉也是有好处的，比如在盛夏，小火炉闻意热得不行，而沈温庭的掌心微凉干燥，为她驱散了一丝热意。

“我听说方译和艾思言要去度蜜月了，他一走，你岂不是更忙了？”

“会很忙。”顿了一下，他看着身边的闻意，“你会介意吗？”

闻意不明所以：“我介意什么？”

“我忙于工作，有时候会顾不上你。”沈温庭正在慢慢地减少手上的工作，不过这需要一些时间。

闻意摇了摇头，很认真地说道：“不会，你只要照顾好自己就行。”过了几秒，她又小声地嘟囔了一句，“反正我自己也能玩得很开心。”

沈温庭失笑：“闻意，我听得到。”

“哦。”闻意看了他一眼，讪讪地笑了笑。

沈温庭淡淡道：“一个人工作很无聊，你陪我一起吧。”

闻意很惊讶，她家沈温温是在撒娇吗？

到了八月，沈温庭几乎是住在了公司，闻意在休息室里准备了洗漱用品和换洗衣物。

虽然休息室的床没有清河湾的大，但是两个人挤一挤也能够凑合。

闻意赶完稿的时候，沈温庭还在处理文件，灯光落在他脸上，勾勒出他棱角分明的侧脸。她欣赏了一会儿，提醒道：“沈温庭，已经夜里十二点了。”

沈温庭从文件中抬起头来，眉眼之间倦态尽显：“你先去睡，不用等我。”

“那么忙吗？”闻意走过去，替他按着太阳穴。

手指下的皮肤有些烫，闻意心中一惊，伸手探了探沈温庭的额头，滚烫一片：“沈温庭，你发烧了！”

“不碍事。”沈温庭嘴上这样说，其实他难受得紧，喉咙像是被什么烫过一样又痒又疼。

“不行，你跟我去医院。”闻意不由分说地把他拉起来，“白霄应该还在公司，我去喊他。”

沈温庭本想拒绝，但嗓子实在是疼得难受，他只能任由闻意拖着他出门。

39.8℃，闻意听到这个数字的时候，心里那团火差点没喷出来，立刻让白霄去办理住院手续，自己则去给沈温庭取药。

“吃药。”闻意把手里的温水和药递给沈温庭，硬邦邦地说道。

沈温庭吃了药，看着面前冷着脸的闻意，放缓了声音，道："生气了吗？"

闻意不想搭理他，低下头玩着自己的手机，片刻后才冷冷地回复了一句："吃了药好好睡一觉，我看着你。"

"闻意。"沈温庭伸手去抱她，被她躲开，看着自己空荡荡的手，沈温庭失笑，耐心地和她讲着道理，"这次是我不对，你别生气，生气会长皱纹。"

闻意白了他一眼："赶紧睡觉。"

她是真的生气了。

沈温庭轻叹一声，拉过她的手虔诚地吻了一下，然后虚弱地说道："闻意，我难受。"

他全身无力，嗓子也难受得紧。

他一示弱，闻意就拿他没办法，她绷着脸道："沈温庭，我希望你一直健健康康的。"

沈温庭哄着她："好。"

"你别敷衍我。上周你犯了胃病，这周你发烧，下周你是不是要倒在办公室里？"闻意甩开他的手，眨了眨眼睛，把眼泪憋回去，"你说过要和我共度余生的，你再这样，我迟早得守寡，与其这样，我还不如改嫁！"

沈温庭一怔，严厉道："不许改嫁。"

闻意沉默地看着他，小脸拉得老长。

"我向你保证，以后会爱惜身体。"

沈温庭瞧着闻意生气的模样，觉得心里暖暖的，那里被面前这个叫作闻意的女人填满，再也装不下其他。

"原谅我，嗯？"沈温庭难得撒娇，声音虽然沙哑，却很好听，"我下次再犯，你就罚我。"

闻意总算是开口了："罚你什么？"

"罚我一周不碰你。"沈温庭道。

这算什么惩罚？闻意红着脸瞪了他一眼，加重了惩罚："一个月！"

"好。"沈温庭宠溺地说道。

瞥见他眉宇之间的疲惫，闻意也不再闹他了，放柔了声音道：“你快睡觉，我守着你。”

他这会儿正浑身无力，闻意声音温柔地催促道：“别看了，快睡。”

“你别以为我这次原谅了你，你就可以肆无忌惮了。以后你若还是不爱惜身体，我就再也不理你了……”闻意的声音越来越小，最后停了下来。

病床上的男人已经睡熟了，她伸出细长的手指描摹着他的五官，随后俯身，小心翼翼地吻了吻他苍白的嘴唇：“你要好好的。”

她不能失去他。

一夜无梦。

当晨光洒进病房，沈温庭才缓缓睁开了眼睛。

闻意趴在床边睡得正香，眉眼弯弯的，一张小脸被挤得微微变了形。

十六岁那年的某个早上，沈温庭也是这么守在闻意的身边。

那时的他不会想到，有一天，他所爱之人也爱他，并带他走进另一个世界，那里有她，还有一群朋友。

方译曾问他，他等了闻意十年，值得吗？方译不知道，只要有闻意在身边，他等多久都值得。

“嗯……”闻意迷迷糊糊地醒来，看见他，道，“沈温温，早上好。”

沈温庭浅笑道：“早上好。”

睁眼醒来，身边有她。

一生所求，不过如此。

番外一
耐心

又是一年春，沈温庭难得有个小长假，他们便打算去旅行。

他一边看着手机，一边问闻意：“英国？”

闻意摇头：“去过了，换一个。”

“瑞典？”

“也去过了。”

沈温庭又问：“法国？”

闻意冷冷地扫了他一眼，道：“怎么，你还想和你亲爱的周雨落妹妹约会？”

沈温庭并不知道周雨落现在在法国，没想到看似大大咧咧的闻意时刻关注着对她没有任何威胁的情敌。

“你看你默认了吧！”闻意不依不饶，拿起一个抱枕便砸了过去，“我就知道你们男人都一个样，婚前婚后完全是两副面孔！”

“没有。”沈温庭按住她的手，淡淡道，“你不说，我都快忘了还有这么一个人。”

“哼！”闻意傲娇地扭过头，对沈温庭的回答还算满意。

沈温庭放下手机，一把捞起闻意：“不想出去玩？”

闻意顺势滚进他怀里，回道：“一来一回都得两天时间，你的假期又不多。”

沈温庭略一思索，道：“那我带你去郊外春游？”

“你当我是小学生吗？”闻意很嫌弃，突然想到什么，兴致勃勃地说道，“我听思言说有个游戏挺不错的，要不你陪我玩玩？”

闻意老早就想玩那个游戏了，奈何沈温庭这段时间忙得脚不沾地，她只好憋着没说。

“可以。”

两分钟后，沈温庭看着游戏底下的评论，瞥了闻意一眼，道：“你念念。”

闻意莫名地有些心虚：“念什么？”

沈温庭指着点赞最多的那条评论道：“这条评论。”

闻意看了一眼，越发心虚了：“这是我玩过的最厉害的双人游戏，我和我女朋友谈了三年，玩这个游戏不到三十分钟就分手了。感谢游戏，让我解脱。”她轻咳一声，义正词严道，“这人是个渣男！”

“这一条。”沈温庭指着另外一条评论，“游戏玩了，婚离了。”

“他们感情不坚固！”

沈温庭又念道：“最佳分手游戏？”

闻意一噎。

如果她说她只是单纯想玩游戏，他会信吗？

“换一个游戏。”沈温庭刚想退出游戏界面，便被闻意死死地按住了手。

“你不相信我们的感情吗？”闻意问他。

沈温庭深深地看了她一眼，道：“我不相信你。”

闻意咬了咬牙，坚定地说道：“我相信我们的感情绝对不会因为一个游戏而有所改变。”

沈温庭：“闻意，话不要说得这么早，小心打脸。”

闻意震惊了，这男人怎么连“打脸”的意思都知道？

她实在没辙了，索性直接耍赖：“我要玩！”

沈温庭从抽屉里拿出笔和纸，递到闻意面前：“先写保证书。”

闻意满脸问号。

沈温庭念道：“本人闻意保证，不会因为游戏和我的先生沈温庭闹脾气。”

闻意把保证书写好，游戏也下载好了，她掏出两个游戏手柄，把粉红色的那个手柄塞到沈温庭手里。

沈温庭看了那粉嫩嫩的手柄一眼，研究了一下游戏规则。

闻意已经迫不及待地点了开始：“沈温温，等会儿你别拖我后腿，听我指挥就行了。”

沈温庭从小就不玩电脑游戏，闻意觉得自己的游戏水平可以完胜他。

沈温庭淡淡地“嗯”了一声，目光从闻意的小脸上移到电脑上。

半个小时后，闻意哀号起来：“我为什么过不去？这个蘑菇怎么回事啊？”

沈温庭提醒了一句：“你要转换视角，左手不能只控制方向。”

“可是我的手过不来。”闻意气闷。

她没有办法一只手控制方向和跳跃，另一只手切换视角。

沈温庭指挥着闻意：“跳左上，右下，右上。”

“左……右……上……”闻意的眼睛和手都跟不上沈温庭的指挥，反复几次后，她崩溃得吼道，“你别说话行不行！”

沈温庭识趣地没有再说话，就看着闻意在蘑菇上到处蹦跶。

见他默默地注视着自己，闻意更着急了，操作也更乱，快到终点的时候，又掉了下去。

“我不想玩了。”闻意气得扔掉了手柄。

什么破游戏，一点都不好玩！

沈温庭关了电脑，伸出手指轻轻地梳理着闻意乱糟糟的头发：“饿不饿？”

“不饿！”闻意还委屈着。

什么破游戏，那么复杂，一点都没考虑到她这种肢体不协调的人。

“跟游戏还生上气了？”沈温庭失笑，从身后轻轻地抱住了闻意，“不想玩我们就不玩，嗯？”

闻意的怒气来得快去得也快，沈温庭哄了她几句，她的怒气也就消散了。

“刚才我的态度是不是很不好？”闻意开始反省自己。

“有点。”沈温庭轻叹一声，“还好你没打算和我离婚。”

闻意沉默了。沈温庭眉眼一凝，略带警告地喊了一声：“闻意。”

“我去睡觉了！”

沈温庭轻轻捏了捏她的小脸，打趣道：“刚起床又睡，你是猪吗？”

闻意小声抱怨：“我打游戏没有耐心怎么了，那你也……”

“我不会。”沈温庭打断她的话，“我对你永远不会没耐心。”

不然，他也不会等了她十年，等到懵懂的她开窍，等她喜欢上自己。

“哦。”闻意勾起嘴角，转过身埋进沈温庭的怀抱，“你会一直对我有耐心吗？”

沈温庭不假思索道：“会。”

“骗人。”闻意轻哼，“你也会有心情不好的时候，到时候我再闹腾一点，你肯定就不耐烦了！”

沈温庭沉默两秒，问她：“你闹腾的时候还少吗？”

闻意：“……”

沈温庭微微低头，在她额头上落下很轻的一个吻：“我会永远爱你，也会永远对你有耐心。”

一段感情里最难保持的，无非就是爱意和耐心。

而这些，他会一直给闻意。

番外二
礼物

在闻意和沈温庭结婚的第五个年头，沈易之小朋友出生了。

沈易之的小名叫小十，是闻意为了纪念沈温庭暗恋自己十年而取的名字。

也不知道是不是完美地继承了闻意和沈温庭的所有优点，沈易之刚出生的时候不像其他小孩那样红通通、皱巴巴的，而是白白嫩嫩的，看上去可爱极了。

沈易之满月的时候，闻意和沈温庭并没有大办，只邀请了一些朋友和亲戚，在家里办了一个庆祝会。

那一天，闻意收到了一个来自美国的包裹，里面是一把小金锁，并附有一句话：望易之岁岁平安。

“谁寄来的？”沈温庭的声音在她身后响起，他正抱着刚睡醒的沈易之。

闻意把金锁拿出来，小心翼翼地挂在沈易之的脖子上：“小十，这是奶奶送给你的礼物。”

闻家也送来了不少礼物，闻意嫌弃得很，随手丢在一旁。

沈温庭闻言愣了一下：“你和妈说的？”

“嗯。”闻意点头，想了想又道，“我也和爸说了。”

沈温庭沉默不语。

“你们一家三口在干什么呢，大厨都做好饭菜了。”不远处的艾思言冲两人招招手。

闻意瞧了一眼沈温庭，道：“走走走，我们吃饭去。”

沈温庭看着闻意的背影，她所到之处，一片热闹繁华。

那些或黯淡或不甘的过往，好像都淹没在了时间的长河里。

如今，哪怕再次知道沈万钧有多冷漠无情，他也能淡然处之。

如今，他有了属于自己的家庭。

一妻，一子。

沈易之还不到两个月的时候，沈老爷子的生命到了尽头。

“来来来，曾爷爷看看。”沈老爷子的身子越发不行了，整天躺在床上，连起身的力气都没有。

闻意将沈易之放在床边，轻笑道：“小十最近吃得可多了，都胖了。”

“胖些好，小意就是太瘦了。”沈老爷子虚弱地笑了笑，眼底已经一片混浊，不过片刻，他又把沈易之忘了，只记得闻意。

“爷爷，这是您的曾孙子。”闻意一遍又一遍地和他说，“他叫沈易之。”

“哦……原来叫小易啊。”沈老爷子道，“这个名字起得好。”

闻意吸了吸鼻子，把眼眶里的泪水憋了回去。

“小意。”沈老爷子艰难地开口。

闻意赶紧凑到他身边：“爷爷，我在。”

“小意不哭……”沈老爷子喃喃道，“以后我们沈家就是你的家。”

闻意瞬间红了眼眶，小时候每次她受了委屈，沈老爷子都是这么安慰她的。

“爷爷，我现在很幸福。”闻意哽咽着说。

“小意……”爷爷轻声唤她，“不哭……”

当晚，沈老爷子就走了。

闻意眼眶红了又红，硬是撑着没有流泪。

医生说爷爷这段时间记忆力衰退，记不得最近发生的事情，沉浸在过去。

可是闻意知道，沈老爷子很清醒，他让她别哭，是不想让她难过，而非沉浸在过去。所以她不会哭，她要让爷爷安安心心地走。

闻意的第二十八个生日，陪在她身边的依旧是沈家的两个男人，其中一个是刚学会爬的小胖墩。

把沈易之哄睡着后，闻意去了沈老爷子的房间。

“爷爷，我又长大了一岁。”闻意轻声道，“沈温庭给我做了一个蛋糕，味道还行，但是没有蛋糕店里卖的好吃。”

沈温庭站在她身后，安安静静地听着她说。

“看什么看！”闻意转过头看他一眼，“哼”了一声，“奶油太甜了。”

沈温庭低声道：“我下次改进。”

闻意满意了，转过头继续和沈老爷子念叨：“小十才刚学会爬，笨死了。他吃得比我还多，胖乎乎的，估计再过两三年，我就抱不动他了。”

说了许久，闻意才去洗澡，洗完出来就看到沈温庭拿着一个礼物盒。

“这是谁送的？”

闻意纳闷地走过去，一低头便看到了盒子上的贺卡——

给二十八岁的小意：今年爷爷不能陪你过生日了，你不许闹脾气，礼物爷爷可没忘。我听说女孩子喜欢钻石，爷爷也不太懂，就选了一颗最好看的，正好配我们家的小公主。小意，生日快乐，爷爷会一直陪着你的。

闻意微怔，随后跑进沈老爷子的书房，里面摆着几十个礼物盒，每个盒子上都有一张卡片。

给二十九岁的小意，给三十岁的小意，给三十一岁的小意……

一年一张，直到闻意老去。

闻意二十六岁生日那天，沈老爷子答应过她的事情，他都做到了。

番外三
陪伴

又是一年冬。

明明是寒冬腊月，闻意却不觉得冷。

早上醒来后，闻意便一直盯着日历发呆。

沈温庭做好了早餐来叫她，便看见她在发呆，他走上前，温柔地揉了揉她的脑袋：“怎么了？”

“二十年了。”闻意轻叹一声，摸了摸自己的脸，“我好像长皱纹了。”

今天是她和沈温庭结婚的第二十个年头，虽然不想承认，但是事实就是她已经不年轻了。

“嗯，我也有。”沈温庭的声音低沉又好听。

闻意闻言，扭头看了他一眼。岁月已经在他身上留下了痕迹，皱纹缓缓爬上了他的眼角，像是要蚕食他们的青春一样。

“老男人。”闻意轻轻地笑了，往脸上抹着护肤品。

她微微用力，像是要用那些东西擦掉岁月在脸上留下的痕迹。

“红了。”沈温庭扣住她的手，温柔地说道，“如果老的只有我，你是不是就去找那些年轻的帅哥了？”

“我是那样的人吗？”

“是。”沈温庭点头。

闻意反驳不过。

虽然她已经四十多岁了，但是她心态年轻，加上平日里保养得好，整个人显得很年轻，前段时间她去顾方原的酒吧玩还被男人搭讪了。

见闻意不说话，沈温庭轻声问："又在想哪个男人？"

"没有。"闻意摇头，沉默了好一会儿才道，"昨晚我梦到爷爷了。"

沈老爷子去世那一年，闻意经常梦到他，后来，他出现在她梦里的次数越来越少。她上一次梦到沈老爷子，已经是三四年前了。

沈温庭柔声问："爷爷说了什么？"

"爷爷祝我们瓷婚快乐。"闻意吸了吸鼻子，靠在沈温庭的怀里，"沈温温，我想爷爷了。"

沈温庭没有说话，只是紧紧地抱住她。

过了好一会儿，闻意才纳闷地问："沈温庭，为什么结婚二十周年被称为瓷婚？"

"因为这个阶段的婚姻像瓷器一样脆弱，没有了新鲜感，只有日常琐碎。"沈温庭回答她，"前几天你不是还嫌我烦吗？"

"那能怪我吗，看了你几十年，腻烦也正常。"闻意道。

她二十来岁的时候，沈温庭时不时要出差，一走就是十天半个月，每次他回来，她都很黏他。可是现在不一样了，自从她过了第三个本命年后，沈温庭待在家里的时间就越来越多，甚至都不出去应酬了。

"不正常。"沈温庭轻轻捏了捏闻意的鼻尖，"每一天的我都是不一样的，你不应该对我失去新鲜感。"

闻意翻了个白眼，两人感情再深，也有腻烦的一天。

"那你说，我和去年有什么不一样？"

沈温庭轻轻抬手，落在闻意的左眼角上："这里多了一条皱纹。"

闻意一噎。

"腻了吗？"沈温庭定定地看着她，低声道，"那你告诉我，我该怎么做？"

一句话，成功地让闻意哽咽了。她已经不年轻了，不过是仗着有沈温庭的宠爱，才可以肆意妄为。她轻轻抓住沈温庭的右手，虎口的位置有一道很浅的疤痕。

她三十六岁那年出了一场车祸，那辆车撞向的明明是她所坐的副驾驶，她却毫发无伤，而沈温庭在医院里躺了一个多月，右手虎口处也留下了疤痕。

闻意知道，她这辈子最大的幸运就是遇见了沈老爷子和沈温庭，这两个男人用生命护着她长大、老去。

“你什么都不用做。”闻意轻轻拍了拍沈温庭的后背，安抚着男人的情绪。

“沈温庭，我也许会对你产生腻烦的感觉，也可能会对你不耐烦，但是我对你的爱永远不会变。”闻意抬起头，认真地看着已经不再年轻的男人，一字一顿道，“我也永远不会离开你。”

她会陪着沈温庭，直到下一个二十年、下下个二十年……